CATHY WOODMAN

Auf leisen Tatzen ins Glück

Buch

Tessa Wilde ist Tierarzthelferin mit Leib und Seele. Und nicht nur beruflich läuft es bei der hübschen jungen Frau gut, heute wird sie auch endlich ihrem hinreißenden Freund Nathan das Jawort geben. Es soll der schönste Tag ihres Lebens werden, doch als der Wagen, der sie zu ihrer Hochzeit bringen soll, einen Hund anfährt, denkt sie keine Sekunde nach, springt in ihrem Brautkleid aus dem Auto und rettet das Tier. In allerletzter Minute schafft sie es zwar noch zur Trauung, aber vor dem Altar geht es turbulent weiter: Jack Miller, einer ihrer ältesten Freunde, stürmt in die Kirche und fleht sie an, Nein zu sagen, denn er ist sich sicher: Diese Ehe kann nur in Tränen enden. Tatsächlich kommt Tessa ins Zweifeln und lässt die Hochzeit platzen. Ist vielleicht doch Jack der Mann ihres Lebens? Als sie anfangen, zusammen in der Tierschutzstation zu arbeiten, knistert es auf jeden Fall gewaltig zwischen den beiden …

Autorin

Cathy Woodman ist Autorin mehrerer Romane und ausgebildete Tierärztin. Sie hat ein ganzes Haus voller Haustiere, auch wenn sie sich mittlerweile ausschließlich dem Schreiben widmet. *Auf leisen Tatzen ins Glück* ist Cathy Woodmans neuester Roman bei Blanvalet.

Von Cathy Woodman bei Blanvalet lieferbar:

Schnupperküsse (37998) · Vier Pfoten für die Liebe (38134)

CATHY WOODMAN

Auf leisen Tatzen ins Glück

Roman

Aus dem Englischen
von Barbara Müller

blanvalet

Die Originalausgabe erschien 2012
unter dem Titel »The Village Vet« bei Arrow Books,
a division of Random House, London.

MIX
Papier aus verantwortungsvollen Quellen
FSC® C014496

Verlagsgruppe Random House FSC® N001967
Das FSC®-zertifizierte Papier *Holmen Book Cream*
für dieses Buch liefert Holmen Paper, Hallstavik, Schweden.

1. Auflage
Deutsche Erstausgabe November 2015
bei Blanvalet Verlag, einem Unternehmen der
Verlagsgruppe Random House GmbH, München

Dieses Werk wurde vermittelt durch die Literarische Agentur
Thomas Schlück GmbH, 30827 Garbsen.

Umschlaggestaltung: www.buerosued.de
Umschlagmotiv: Corbis/Heide Benser; www.buerosued.de
Redaktion: Angela Kuepper
LH · Herstellung: sam
Satz: DTP Service Apel, Hannover
Druck und Bindung: GGP Media GmbH, Pößneck
Printed in Germany
ISBN: 978-3-7341-0213-4

www.blanvalet.de

Für Tamsin als Dank für ihre brillanten Einfälle.
Für Will, weil er immer heiter bleibt.

KAPITEL 1

Dieses Jahr, nächstes Jahr, irgendwann, niemals

Es kommt nicht jeden Tag vor, dass ich in der hellen Aprilsonne in einem Rolls-Royce über die Landstraßen Devons rolle, während mein Dad an meiner Seite mit seinem vollen Bariton »Bringt mich pünktlich zum Altar« singt. Seine Begeisterung ist ansteckend, und ich bin mir nicht sicher, wer von uns beiden aufgeregter ist, er oder ich.

An der nächsten Kreuzung hinter dem Grat des bewaldeten Steilhangs, von wo aus ich die glänzenden Windungen des Flusses durch die Bäume hindurch sehen kann und den Glockenturm der Kirche, der sich über die kleine Ortschaft im Tal erhebt, biegt der Chauffeur rechts ab. Dort, wo die einspurige Straße sich zu einer Ausweichstelle verbreitert, springt eine dunkle, vierbeinige Gestalt direkt vor uns auf die Straße.

»Was zum Teufel!« Der Chauffeur tritt mit aller Kraft auf das Bremspedal, und die Sekunden scheinen wie in Zeitlupe zu verstreichen, während der Wagen schlitternd zum Stehen kommt. Ein unheilvoller Schlag, dann herrscht Stille.

»Nicht, Tess!«, sagt mein Dad, doch ich bin bereits mit hochgerafftem Kleid aus dem Auto gesprungen. Die Absätze meiner Schuhe – meiner wunderschönen elfenbeinfarbenen Brautschuhe – versinken im Schlamm am Straßenrand, als ich um den Rolls-Royce herum nach vorn gehe, wo ein großer schwarzer Hund reglos auf dem Asphalt liegt.

»Oh mein Gott!« Ich will mich neben ihn knien, um ihm zu helfen, doch mein Dad hält mich zurück.

»Nicht, Tess«, wiederholt er. »Es ist zu spät. Ich glaube, er ist tot.«

Leer vor Sorge und Schock starre ich den Hund an, einen hübschen Kerl mit blutiger Nase und einem kleinen weißen Fleck auf der Brust. Ich wünsche mir so sehr, dass er okay ist.

»Er lebt«, seufze ich erleichtert auf, als der Hund den Kopf hebt und blind den Blick in meine Richtung dreht. Die Zunge fällt ihm seitlich aus dem Maul, und seine Ohren liegen flach an den Seiten des breiten Schädels.

»Er sieht aus, als würde er Sternchen sehen«, bemerkt mein Dad, während der Chauffeur seine Aufmerksamkeit der Beule an der Frontseite des Wagens zuwendet, der bei dem Zusammenstoß definitiv schlechter weggekommen ist. »Was sollen wir jetzt tun?«

»Er muss zum Tierarzt«, sage ich und blicke unseren Fahrer voller Hoffnung an.

»Keine Sorge wegen der Autositze«, sagt er trocken. »Schaffen wir ihn in den Wagen.«

Innerhalb kurzer Zeit liegt der Hund mit blutender Nase auf dem Beifahrersitz, und ich denke, dass das nicht gerade ein vielversprechender Anfang ist. Mein Dad sieht aus, als würde er jeden Moment in Tränen ausbrechen. Dank seines Vorschlags, wir sollten eine kleine Runde drehen, was ich ursprünglich für eine prima Idee gehalten hatte, haben wir inzwischen mehr Verspätung, als traditionell erwartet wird.

»Ich lasse Sie auf dem Weg zum Tierarzt bei der Kirche aussteigen und fahre den Rolls gleich in die Werkstatt, um den Schaden begutachten zu lassen, ehe ich Sie wieder abhole«, sagt der Chauffeur und streckt die Hand aus, um den Hund zu stützen, während wir die erste Serpentine den Hügel hinab nach Talyton St. George nehmen, woraufhin der Hund eine Wolke feinen roten Nebels ausniest.

»Nein, wir müssen zuallererst zum Tierarzt.« Ich bin Tierarzthelferin und habe bei der Behandlung von genügend Unfallopfern assistiert, um zu wissen, dass man nie vorhersehen kann, wie es ausgeht. Manchmal überleben gerade die Tiere nicht, die anfangs noch relativ unversehrt wirken.

»Sie hat recht – wir müssen direkt zum Otter House, der Kleintierpraxis«, sagt mein Dad. »Gehen Sie nicht über LOS und ziehen Sie nicht zweihundert Pfund ein. Oh, Tessa, weißt du noch, wie wir Monopoly gespielt haben, als du ein kleines Mädchen warst? Und Scrabble? Beim Scrabble hast du immer gewonnen.«

»Dad, bitte, nicht jetzt.« Die Worte bleiben mir schier im Hals stecken, als ich fortfahre: »Ich werde sonst noch ganz traurig.« Mir schießt der Gedanke durch den Kopf, es könne ein schreckliches Omen sein, dass wir den Hund angefahren haben. Nicht dass ich abergläubisch wäre. Nicht wirklich. Es ist bloß so, dass ich ziemlich erschüttert bin. Bisher verläuft mein großer Tag nicht gerade nach Plan.

Es ist Samstag, Markttag, und wir brauchen eine Weile, um durch die engen Einbahnstraßen und über den Marktplatz zu fahren, wo die lokalen Anbieter ihre Produkte verkaufen – von Eiern von freilaufenden Hühnern und Apfelkuchen bis hin zu handgestrickten Pullovern und fleischfressenden Pflanzen –, doch schließlich kommen wir vor der Tierarztpraxis an, wo der Chauffeur den Wagen im absoluten Halteverbot parkt und in die Praxis läuft, um einen Tierarzt zu holen. Ich biete meine Hilfe an, doch Dad besteht darauf, dass ich im Wagen bleibe, und angesichts der Umstände hat er wahrscheinlich recht.

Ich betrachte mich im Rückspiegel. Mein dunkles, fast schwarzes Haar ist zu einem Knoten hochgesteckt. Einzelne Strähnen kringeln sich um meine Wangen. Auf meinen Augenlidern glänzt perlmuttfarbener Lidschatten, und meine Lippen sind scharlachrot geschminkt. Insgesamt komme ich mir eher vor wie Schneewittchen als wie ich selbst. Eigentlich bin ich eher der Typ für den natürlichen Look, mein Haar fällt mir normalerweise in weichen Wellen auf die Schultern, und ich benutze auch nicht viel Make-up. Aber mir gefällt der Effekt. Ich könnte eine Hollywoodschauspielerin sein – mit ein bisschen Fantasie vielleicht Gemma Arterton.

Ich lehne mich zurück und warte, wobei ich durch das Fenster die kleine Menschenansammlung betrachte, die sich auf dem Bürgersteig versammelt hat, um den alten Rolls zu bewundern und einen Blick auf die Braut zu erhaschen. Ich senke den Blick auf den Brautstrauß auf meinem Schoß und erlaube mir zu lächeln. Das bin ich, Tessa Wilde, und wenn jetzt bald jemand kommt, um den Hund zu holen, werde ich Nathaniel Cooper heiraten, meinen besten Freund, Geliebten und Mann meiner Träume. Okay, ich bin achtundzwanzig, und meine Träume haben ziemlich lange gebraucht, um Realität zu werden, doch jetzt endlich ist es so weit.

Der Fahrer ist zurück und öffnet mit gekonntem Schwung die Beifahrertür für Maz, eine der Tierärztinnen vom Otter House. Sie trägt einen lila OP-Kittel, und ein Ehering baumelt an einer Kette um ihren Hals, als sie sich ins Auto beugt und dem Hund ein Halsband mit Leine über den Kopf streift. Als sich das Halsband um seinen Hals zusammenzieht, knurrt der Hund, springt aus dem Wagen und taumelt dann blind über den Bürgersteig. Maz führt ihn in die Praxis, die Leine fest in der Hand, während der Chauffeur sich hinters Steuer schiebt und – vielleicht aus Sorge um die Befindlichkeit der Braut – sein Jackett auf den Blutfleck legt, den der Hund hinterlassen hat.

»Wir brauchen nicht länger als ein paar Minuten, um von hier zur Kirche zu gelangen«, sagt er und lässt den Motor an, der wie eine große Katze schnurrt. »Bisher habe ich noch jede Braut rechtzeitig zu ihrer Hochzeit gebracht«, fügt er hinzu, woraufhin mein Dad wieder so aussieht, als wolle er jeden Moment losweinen.

»Bitte, nicht.« Ich nehme seine Hand in meine und drücke sie. »Für den Hund wird bestens gesorgt.«

»Ich rege mich nicht wegen des Hundes auf.« Sein Gesicht ist gerötet, was auf den Champagner zurückzuführen ist, den wir gemeinsam vor unserem Aufbruch in meinem Elternhaus getrunken haben, wo ich meine letzte Nacht als ledige Frau verbracht habe. »Oh, es tut mir so leid, mein Schatz. Ich bereite dir Kummer.« Er zieht ein gemustertes Taschentuch aus der Brusttasche seiner Anzugjacke und putzt sich lautstark die Nase.

»Dad, das Taschentuch ist ein Teil deines Outfits.« Ich fange an zu kichern, denn ich kann ihm nicht böse sein. »Passend zu dem von Nathan und Mike.« Mike ist Nathans Trauzeuge.

Wieder entschuldigt sich mein Dad. »Ich kann nichts dagegen machen. Du magst ja groß und erwachsen sein, Tessa, aber für mich bleibst du immer meine kleine Prinzessin.« Er dreht sich zu mir und legt mir den Arm um die Schulter, ohne auf meinen Schleier und den Brautstrauß zu achten, und umarmt mich ungestüm. Tränen schießen mir in die Augen, als ich die Hände in seinem Nacken falte. »Ich weiß, dass deine Mum mir ständig sagt, ich solle es so betrachten, dass ich einen Schwiegersohn bekomme und keine Tochter verliere, aber es gefällt mir überhaupt nicht, dass ich dich ziehen lassen muss.«

»Ich dachte, du willst, dass ich glücklich bin«, sage ich sanft.

»Natürlich will ich das«, meint Dad und rückt ein wenig von mir ab. »Achte nicht weiter auf mich. Ich bin ein bisschen überreizt.« Er grinst mich an. »Ich hätte besser nichts trinken sollen.« Nach einer kurzen Pause fährt er fort. »Bist du nicht nervös? Ich war wie gelähmt, als ich deine Mutter heiratete.«

»Irgendwie bin ich gleichzeitig nervös und aufgeregt. Alles wird gut sein, wenn es vorbei ist.« Rasch korrigiere ich mich. »Ich meine, wenn der Tag heute vorbei ist.«

»Man heiratet nur einmal. Na ja, zumindest gilt das für deine Mum und mich.«

»Hattest du jemals Zweifel?«, frage ich ihn.

»Ob ich das Richtige tat?« Er schüttelt den Kopf. »Überhaupt keine, denn genau wie du bei Nathan wusste ich von dem Tag an, als ich ihr das erste Mal begegnete, dass ich den Rest meines Lebens mit ihr verbringen wollte, in guten wie in schlechten Zeiten …« Er hält inne, um seinen Bauch zu tätscheln, ehe er fortfährt: »… in fetten und noch fetteren Jahren.«

Ich lächle ihn zärtlich an. Vielleicht würde er sich in Frauenkleidung wohler fühlen. Er war Schauspieler, und mehr als einmal ist er in Frauenrollen geschlüpft, ehe die Regionaltheater wegen fehlender öffentlicher Gelder schließen mussten. Jetzt im Ruhestand schreibt er Theaterstücke und leitet die Laienschauspielgruppe von Talyton St. George.

Getröstet von den Worten meines Dads, der über alles einen Witz machen kann, und von seiner Überzeugung, dass am Ende immer alles gut ausgehen wird, richte ich meine Aufmerksamkeit auf die Aufgabe, mich und das Kleid aus dem Rolls zu bekommen, wobei mir Katie, meine erste Brautjungfer und beste Freundin, und zwei viel jüngere Nichten von Nathan helfen.

»Hi, Tessa.« Katie ist ungefähr eins fünfundsechzig groß, so wie ich. Sie hat grüne Augen und rotblondes Haar und sieht in ihrem figurbetonten, im Rücken geknöpften blassrosa Seidenkleid absolut umwerfend aus. »Wo hast du gesteckt?«

Tief atme ich die frische, mit einem Hauch Gülle versetzte Luft Devons ein und fange an, ihr die Geschichte mit dem Hund zu erzählen.

»Tessa, ich weiß, dass du verrückt nach Tieren bist, aber jetzt ist nicht der richtige Zeitpunkt für eine Geschichte über einen zotteligen Hund«, unterbricht sie mich. »Mal abgesehen von dem Dreck an deinen Schuhen siehst du fantastisch aus. Die perfekte, leicht errötende Braut.«

»Ich komme mir wirklich ein bisschen erhitzt vor«, sage ich. »Hast du Gesichtspuder griffbereit?«

»Glaub mir, den brauchst du nicht.« Katie schiebt sich näher an mich heran und fügt flüsternd hinzu: »Ums Pudern kann sich Nathan nachher kümmern. Der Mann ist ja dermaßen geil.«

»Bitte?«

»Geil – also, ich meine toll. Geh weiter!« Sie schubst

mich sanft vorwärts. »Du Glückliche. Ich bin so neidisch. Du musst ja so aufgeregt sein.«

Ich lege die Hand an die Brust, während wir den Weg zwischen den Gräbern und Gedenksteinen hindurchgehen, die den verstorbenen Bewohnern Talyton St. Georges gewidmet sind, und spüre, wie mein Herz unter meinen Fingern rast. Der holpernde Rhythmus hat jedoch mehr mit aufkommender Panik zu tun als mit Aufregung.

»Bist du bereit, Tessa?«, mischt Dad sich ein und bietet mir seinen Arm an.

Ich nicke und hänge mich verzweifelt bei ihm ein, als wir in die Kirche treten und uns zu den Klängen des Hochzeitsmarsches auf den langen Weg zum Altar begeben. Die Musik klingt disharmonisch und verschwommen, als wäre Nobby Warwick, der Organist, vorher noch im *Dog and Duck* gewesen, um seine Orgelpfeifen zu befeuchten. Auch das hatte ich nicht erwartet.

Dad marschiert steif an Freunden, Familienangehörigen und auch an völlig Fremden von Nathans Seite vorbei. Er trägt einen Cut und eine Fliege, und die Knöpfe seiner Jacke sehen aus, als wollten sie jeden Moment abspringen. Ein roter Striemen zieht sich um seinen Hals, wo er nervös an seinem Hemdkragen herumgenestelt hat. Als wir schließlich vor dem Altar ankommen, wo Nathan und sein Trauzeuge mit dem Vikar auf uns warten, klammert sich mein Vater an meinen Arm. Eine Träne glitzert auf seiner Wange. Ich bleibe stehen und wische sie mit zitternden Fingerspitzen fort. Bei dieser kleinen Geste muss ich lächeln, erinnert sie mich doch daran, wie ich ihm vor jeder Vorstellung während der Weihnachtsspielzeit seinen Schönheitsfleck an genau diese Stelle gemalt habe.

Widerwillig lässt Dad mich los. Katie nimmt mir den Blumenstrauß ab und macht ein paar Schritte zurück, während Nathan sich mir nähert.

»Tessa, Liebling, du hast dich verspätet.« Aus kühlen grauen Augen schaut er mich an, nimmt meine Hand und drückt mir einen kurzen, feuchten Kuss auf die Lippen. »Aber es hat sich gelohnt, auf dich zu warten. Du siehst schön aus.«

»Du auch«, sage ich sanft. Er kommt mir ein wenig blass unter der Bräune vor, an der er in Vorbereitung für unsere Flitterwochen gearbeitet hat, so als hätte er eine Woche lang weder gegessen und noch geschlafen. Aber Katie hat recht. Von seinen regelmäßigen, fast zwanghaften Einheiten im Fitnessstudio ist Nathan muskulös und gedrungen und auf mehr als eine Art enorm fit. Jede Frau wäre stolz darauf, ihn zu heiraten.

»Ich kann es kaum glauben, wie viele Leute nur unseretwegen gekommen sind«, sage ich mit Blick auf die Gemeinde und entdecke Nathans Eltern, die den weiten Weg aus Spanien gemacht haben, sowie meine Großtante Marion, die von ihrer Farm in North Wales hergekommen ist, obwohl sie eigentlich im Krankenhaus liegen sollte.

»Es wird eine große Party«, sagt Nathan. »Ich frage mich, ob deine unverheiratete Tante die Nacht übersteht oder ob sie vor lauter Aufregung schlappmacht.«

»Nathan, willst du wohl still sein?«, sage ich mit gespielter Entrüstung, aber ich weiß ja, dass er es bloß witzig meint. Meine Großtante mag nicht bei bester Gesundheit sein, aber es wird noch lange dauern, bis ich mein Erbe antreten kann, sollte sie beschließen, mir einen Teil oder auch ihre ganzen Ländereien zu vermachen. Mir ist es egal, was sie damit vorhat, denn ich habe schon etwas von ihr geerbt, was viel wertvoller ist als Geld, nämlich ihre Tierliebe. »Kannst du nicht dieses eine Mal ernst sein?«

»Ich will es versuchen.« Er hält inne, und mein Herz schmilzt, als er fortfährt: »Heute tue ich alles, worum du mich bittest. Es ist dein Tag, und ich möchte ihn zu etwas ganz Besonderem für dich machen.«

Ich weiß, dass er es nicht mag, wenn ich es sage, aber es kommt mir richtig vor, wenn man bedenkt, dass wir uns geloben wollen, den Rest unseres Lebens miteinander zu verbringen. Die Wörter sprudeln mir über die Lippen. »Nathan, ich liebe dich …« Und jetzt müsste er mir eigentlich seine Liebe gestehen, nachdem er sich bisher standhaft geweigert hat, die drei magischen Worte auszusprechen. Doch alles, was er fertigbringt, ist, zu Boden zu starren und in seinen quietschenden neuen Hochzeitsschuhen von einem Fuß auf den anderen zu treten. »Nathan, sag mir, dass du mich liebst«, flüstere ich drängend. »Ich muss es wissen. Ich muss mir sicher sein.«

Er blickt auf und zieht eine Augenbraue hoch. »Natürlich tue ich das, und du solltest nicht danach fragen müssen. Es ist selbstverständlich.«

Also wird er es nicht einmal jetzt aussprechen, nicht einmal an unserem Hochzeitstag, denke ich, als die Orgel mit einem letzten furzenden Geräusch verstummt.

»Gott sei Dank.« Nathan verdreht die Augen. »Das war eine verdammt peinliche Darbietung.«

»Nathan!« Ich schaue ihn streng an. »In der Kirche flucht man nicht.«

Er lächelt, und ich erwidere sein Lächeln, teils beruhigt, dass ich das Richtige tue. »Tessa, bist du bereit?«, fragt der Vikar neben mir.

»Ich bin bereit«, antworte ich laut, obwohl ich beim Blick auf den Altar vor mir unweigerlich an Opferlämmer denken muss.

Nach dem Beginn des Traugottesdienstes führt der Vikar, ein Freund der Familie, die Gemeinde durch ein Gebet und eine Hymne, die der Organist ohrenbetäubend begleitet. Ich singe mit, doch Nathan nicht. Er zappelt die ganzen vier Strophen lang herum, manchmal lächelnd und manchmal die Augen verdrehend, und macht sich über den Vikar lustig, der voller Inbrunst singt. Seine Fähigkeit, Spaß zu haben, ist eine Sache an Nathan, die ich liebe, aber ich wünschte, er würde es nicht auf Kosten anderer Leute tun – und nicht während unserer Hochzeit.

Wir sind noch nicht lange zusammen. Manchmal habe ich das Gefühl, als würde ich ihn schon immer kennen, und manchmal kommt es mir so vor, als wäre er ein vollkommen Fremder. Vor sechs Monaten wurden wir einander von gemeinsamen Freunden vorgestellt und trafen uns in einer der Kneipen im Ort, wo wir uns sofort gut verstanden. Ein paar Wochen später machte er mir während eines romantischen Kurzurlaubs in Paris einen Antrag, und ich nahm an. Nathan, mein dritter ernst zu nehmender Freund – aller guten Dinge sind drei –, ist anders. Ich wurde in dieser ruhigen Kleinstadt geboren, bin hier aufgewachsen und habe nie woanders als in Devon gelebt, während Nathan oft umgezogen und weit gereist ist und ein erfolgreiches Unternehmen aufgebaut hat, indem er alles importiert und verkauft, was ihm einen Gewinn verspricht und ihn zu seiner ersten Million bringt.

Wenn wir zusammen sind, gibt er mir das Gefühl, etwas Besonderes zu sein, obwohl wir für meinen Geschmack längst nicht oft genug zusammen sind. Es gab ein paar unangenehme Tage zu Beginn unserer Beziehung, als wir uns stritten, weil ich dachte, er solle mehr Zeit mit mir verbringen, während er meinte, ich müsse verstehen, dass er ein viel beschäftigter Mann ist. Ich lernte loszulassen, während er weitermachte wie zuvor, jedoch unter der Bedingung, dass er mir regelmäßig SMS schickte. Das ist eine Mädchensache, und ich bin nun mal ein Mädchen, machte ich ihm klar, woraufhin er mich in die Arme nahm und meinte, diese Tatsache könne er voll und ganz bestätigen. Was er daraufhin auch gleich mehrere Male tat.

Am Anfang hatte Nathan bloß Augen für mich, doch inzwischen habe ich so meine Zweifel. Bilde ich mir das bloß ein, oder wandert sein Blick tatsächlich immer wieder zu Katies kurviger Kehrseite? Ich hatte eine weniger aufreizende Version des Kleides bevorzugt, für das sie sich letztendlich entschied, doch schließlich willigte ich gnädig ein, denn ich wollte, dass sie glücklich ist. Und das ist sie jetzt ganz offensichtlich. Ihr Blick trifft sich immer wieder mit Nathans, als teilten sie einen Insiderwitz. Ich wollte ja, dass die beiden sich gut verstehen, doch nicht so gut, wie es jetzt den Anschein hat, sinniere ich, während die letzten Töne des Kirchenliedes verklingen und der Vikar zu reden beginnt. Lächelnd schaut er von mir zu Nathan und wieder zurück.

»Zunächst bin ich verpflichtet, die Anwesenden zu fragen, ob irgendjemand einen Grund kennt, warum diese beiden nicht rechtmäßig miteinander vermählt werden sollten. Sollte dem so sein, so spreche er jetzt.«

Einen kurzen Moment lang kann ich meinen Herzschlag hören, was lächerlich ist, denn es gibt absolut keinen Grund, weshalb Nathan und ich nicht rechtmäßig heiraten sollten, doch ehe der Vikar mit dem Ehegelöbnis fortfahren kann, ertönt ein Ruf von ganz hinten in der Kirche. »Halt! Stoppt die Hochzeit!«

Zuerst begreife ich nicht, was da gerade passiert.

»Jack! Nicht, Jack!« Direkt vor dem Kirchentor werden Stimmen laut, und Füße scharren, gefolgt von eiligen Schritten, die sich uns auf dem Mittelgang nähern.

Ich wirbele herum, ein wenig schwankend wegen meiner Absätze, und sehe, wie ein großer, wütender, blonder junger Mann in beigefarbenen Chinos und dunkelblauem Poloshirt zwei Trauzeugen – einen meiner Cousins und Nathans Bruder – abschüttelt, während er sich uns nähert.

»Ts-ts-ts, wenn das mal nicht Jack Miller ist, dein Verflossener«, sagt Nathan zu mir. »Ich verstehe das nicht. Sagtest du nicht, er würde nicht kommen?«

»Stimmt.« Ich runzele die Stirn. Ich habe Jack eine Einladung geschickt, weil wir miteinander befreundet sind, solange ich mich erinnern kann. Natürlich mit Nathans Zustimmung und unter dem Eindruck, dass Jack sie niemals annehmen würde. Schließlich war er mit Nathan im Pub aneinandergeraten, kurz nachdem Nathan und ich uns kennengelernt hatten.

Es gibt Augenblicke, da ist Offenheit nicht die beste Strategie, und ich wünschte, ich hätte Nathan nie erzählt, dass Jack und ich als Teenager zusammen waren – eine intensive und alles verzehrende Liebesbeziehung, die erst endete, als Jack aufs College ging –, denn das gab Nathan einen guten Grund, ihn nicht zu mögen. Leider stellte sich heraus, dass das Gefühl auf Gegenseitigkeit beruhte, und als Nathan eine witzig gemeinte, dumme Bemerkung über mein Hüftgold machte, nahm Jack es sich für mich zu Herzen. Ich schämte mich dafür, wie die beiden Männer öffentlich miteinander stritten, und bat Jack zu gehen, was er auch tat, doch erst nachdem er mich warnte, ich solle mir gut überlegen, was ich tue – und diese Warnung wiederholte er, als ich ihn kontaktierte, um ihm zu sagen, dass Nathan und ich uns verlobt hätten, weil ich nicht wollte, dass Jack es von anderen erfuhr.

Warum habe ich das getan, könntet ihr fragen. Nun, weil ich annahm, dass er immer noch Gefühle für mich hegte, und ich den Schlag abmildern wollte. Oder aber um mir selbst zu beweisen, dass ich über ihn hinweg war. Oder beides?

Das Nächste, was ich von Jack hörte, war, dass er fortgegangen sei – nicht bloß aus der Stadt, sondern gleich ins Ausland, nach Asien, wo er während der letzten vier Monate mit Kragenbären arbeitete.

»He, einen Moment mal.« Mein Dad versucht Jack aufzuhalten, doch der schiebt ihn mit seinen kräftigen Schultern beiseite und stellt sich vor Nathan, der vor ihm zusammenschrumpft und zurückweicht, bis er fast von dem Blumenarrangement neben dem Altar verschluckt wird. Als die Bodenvase gefährlich schwankt, Nathan kreidebleich wird und eines der Blumenmädchen anfängt zu weinen, schiebe ich mich zwischen die beiden Männer.

»Jack, was glaubst du eigentlich, was du hier machst?« Meine Stimme schwankt vor Zorn und Verwirrtheit. »Das hier ist mein Tag, und du ruinierst ihn mir. Du machst alles kaputt!«, fahre ich fort, als die Vase krachend zu Boden geht, Scherben über die mittelalterlichen Mosaikfliesen schlittern und die Gemeinde im Chor nach Luft schnappt.

»Ich habe das Recht dazu«, knurrt Jack. »Tess, lass

mich mit dir reden.« Der Ausdruck in seinen braunen Augen wird sanfter und flehentlich. »Zwei Minuten unter vier Augen. Um mehr bitte ich dich nicht.«

Eine Pause entsteht, und die Gemeinde wird wieder still. Ich bemerke, wie ungepflegt Jack aussieht; unrasiert, die Haare wild vom Kopf abstehend und dunkle Ringe unter den Augen. Er ist schlanker, als ich ihn zuletzt gesehen habe, und mit seiner braunen Haut und den von der Sonne ausgeblichenen Strähnen sieht er weitgereist aus. Ich beiße mir auf die Lippe und schmecke Blut. Es gab eine Zeit, da hätte ich ihn umarmt, um ihn zu Hause willkommen zu heißen; in dieser Minute könnte ich ihn jedoch umbringen.

»Bitte …« Sein barscher Ton enthüllt ein Gefühl, das mir wie ein Messer ins Herz fährt, denn Jack war immer der starke, stille Typ, unfähig oder nicht willens, seine Seele offenzulegen, und für einen kurzen Moment komme ich ins Schwanken, doch das hier ist meine Hochzeit, und Nathan steht direkt neben mir – und zieht offenbar seine eigenen Schlüsse aus der Situation, denn ich kann seinen wachsenden Zorn spüren, der sich darin äußert, dass sein Gesicht dunkelrot anläuft und er die Fäuste ballt. »Ich habe versucht, dich zu erreichen«, fährt Jack fort.

»Nicht jetzt, Jack«, sage ich leise, während Katie neben mir auftaucht.

»Frag ihn.« In Jacks Augen blitzt Wut auf, als er in Nathans Richtung nickt. »Frag ihn nach dieser Sache … dass er allen anderen entsagt.«

»Sie werden sehen, dass das ein wenig später kommt«, versucht der Vikar vergeblich die Situation zu retten.

»Du bist einfach nur verdammt neidisch, Kumpel.« Nathan holt zu einem Schlag aus, der Jack mit einem dumpfen Krachen am Kinn trifft. Jack wehrt sich mit einem rechten Haken gegen Nathans Nase, woraufhin dieser zusammenbricht und sich das Gesicht hält. Blut tropft zwischen seinen Fingern hindurch auf das zerbrochene Porzellan zu unseren Füßen.

Katie berührt meine Hand.

»Jede nimmt sich einen vor«, sagt sie fröhlich. »Das reicht jetzt, Jungs.«

Als Jack Anstalten macht, Nathan noch eine zu verpassen, stelle ich mich ihm in den Weg und sage ihm, dass er erst mich schlagen muss, während Katie Nathan am Arm packt und beiseitezieht.

»Du hast mir die Nase gebrochen, du verdammtes Arsch…«, brüllt Nathan.

»Nicht weniger hast du verdient, du untreuer Bastard!«, unterbricht Jack ihn und berührt den roten Fleck, der sich an seinem Kinn bildet. »Ich verstehe nicht, was die alle an dir finden – du hast das Charisma eines toten Schafs.«

»Jack, hör jetzt endlich auf«, herrscht Katie ihn an. »Schluss jetzt! Nichts hiervon hat auch nur irgendwas mit dir zu tun. Wenn du auch nur ein bisschen Respekt hast …«

Ein Sonnenstrahl fällt durch eines der Buntglasfenster auf den Altar. Inzwischen kapiere ich es, aber es muss ein schreckliches Missverständnis sein. Wie kann Nathan mit einer anderen Frau herummachen, wenn er jetzt hier neben mir steht und mich heiraten will?

»Jack, bitte hör auf«, flehe ich ihn an. »Bitte hör auf, dich vor aller Welt zu blamieren. Es war ein Fehler, dass du hierhergekommen bist.«

»Tess, du bist es, die einen Fehler macht. Und es könnte der größte deines Lebens sein.«

»Wie kannst du das zu mir sagen? Ich dachte, du wärst mein Freund.«

»Schafft ihn jetzt mal jemand von hier weg?«, schimpft Katie. »Lasst ihn so schnell wie möglich in die Klapsmühle bringen. Er braucht einen Psychiater.«

»Es tut mir furchtbar leid, alle miteinander, das ist eine höchst ungewöhnliche Unterbrechung«, spielt der Vikar die Angelegenheit vor der Gemeinde herunter. »Wir machen in Kürze weiter. Komm jetzt, Jack, lass uns von Mann zu Mann über die Sache reden.« Er winkt dem Organisten zu. »Ein wenig aufmunternde Musik nach deiner Wahl, Nobby – leg los!«

Als der Vikar und mein Dad Jack in die Sakristei führen und die Kirche mit den bebenden Akkorden von »Jerusalem« erfüllt wird, werden meine Knie weich, und ich sinke schluchzend in Nathans einarmige Umarmung.

»Pass auf den Anzug auf«, sagt er undeutlich wegen der Handvoll Taschentücher, die er an seine blutende Nase drückt. »Wir wollen doch nicht die Fotos ruinieren.«

»Ihr könnt kleine Fehler nachträglich per Photoshop wegretuschieren lassen«, mischt Katie sich ein. »Ich mache mir mehr Sorgen, dass Blut an das Kleid kommen könnte.«

Ich rücke von Nathan ab, als meine Mum in einem eisblauen Kostüm mit passendem Hut zu uns tritt und mich umarmt. Normalerweise ist sie wie der Sonnenschein – warm, hell und fröhlich –, doch jetzt ist ihre Miene niedergeschlagen, und ihre Lippen sind voller Sorge aufeinandergepresst.

»Was für ein Chaos, Schatz«, sagt sie, während die Gäste zur schrägen Orgelmusik singen.

»Wusstest du, dass er zurück ist?«, frage ich sie, und als sie betreten nickt, hake ich nach. »Seit wann?«

»Ich weiß es nicht genau.« Sie zuckt die Achseln. »Er kam gestern Abend vorbei und wollte dich sehen.«

»Ich war doch da«, sage ich verärgert darüber, dass ich meine Chance verpasst habe, diese Situation zu verhindern. Nicht dass ich sie auch nur ansatzweise erwartet hätte. »Warum hast du ihn nicht reingelassen?«

»Es war schon sehr spät. Du warst gerade unter der Dusche, und so wie er drauf war, dachte ich, es wäre das Beste …«

»Mum, du hättest es mir sagen müssen.«

»Und was hätte das gebracht? Du heiratest Nathan, es hat also keinen Sinn, Jack bei seinem hoffnungslosen Plan zu ermutigen. Er hat dich schon immer gemocht, Tessa, und ich hatte Angst, dass so etwas wie jetzt passieren könnte, dass er hereinstürmen und versuchen würde, dir alles zu verderben.« Sie senkt die Stimme, möglicherweise weil sie sich bewusst wird, dass inzwischen alle zuhören. »Um was ging es überhaupt? Ist Jack vollkommen verrückt geworden?«

»Ich weiß es nicht«, jammere ich. Nathan hat mir erst vor ein paar Wochen ein nagelneues Auto gekauft – warum sollte er sich dermaßen in Unkosten stürzen, wenn er jemanden nebenher hätte? Andererseits, warum sollte Jack sich so etwas ausdenken? Ihm ist doch gewiss klar, dass er sich mit seinem Angriff auf Nathan bei mir nicht gerade beliebt macht.

»Mach dir deshalb keine Sorgen, Schatz. Eines Tages werden wir uns lachend daran erinnern.« Mum tätschelt mir den Rücken. »Ich muss zurück zu Großtantchen Marion – sie hat sich bereits über den Brandy hergemacht.« Sie zögert. »Soll ich sie fragen, ob …«

»Nein danke«, sage ich eilig. Ich brauche nichts zu trinken; ich muss einen klaren Kopf behalten. Ich hebe meinen Brautstrauß auf, den Katie auf den Stufen vor dem Altar abgelegt hat, und als meine Mum zurück zu den Kirchenbänken geht, kommen Katie und Nathan zu mir, um mich zu trösten.

»Jack ist eifersüchtig«, sagt Katie, während Nathan den Arm um mich legt, sodass seine Hand auf meiner Taille ruht. »Deshalb macht er das. Es ist sein letzter verzweifelter Versuch, dich davon abzuhalten, Nathan zu heiraten.«

Ich schüttele den Kopf. »Das ist zu abgefahren, zu extrem. Das sieht Jack überhaupt nicht ähnlich.« Er ist cool, besonnen und gut, wenn es eine Krise zu bewältigen gilt. Er ist Tierschutzbeauftragter und bei der freiwilligen Feuerwehr. Wenn er wirklich wüsste, dass Nathan fremdgeht, wäre er direkt zu mir gekommen, um es mir zu sagen, und hätte nicht bis zur Nacht vor meiner Hochzeit oder bis zur Hochzeit selbst damit gewartet.

»Ich habe ihn noch nie gemocht«, sagt Katie, »und das hier zeigt nur, dass ich recht hatte, meinen Instinkten zu vertrauen. Ich habe ihn immer für einen Stalker gehalten.« Ich spüre, wie sich meine Stirn anspannt, als sie fortfährt: »Er hat dich ständig verfolgt.«

»Dafür kriege ich ihn«, nuschelt Nathan. »Meine Nase – sie will gar nicht aufhören zu bluten.«

»Brauchst du noch mehr Taschentücher?«, jammert Katie besorgt. »Soll ich einen Arzt rufen lassen?«

»Dieses erbärmliche Exemplar von einem Mann wird einen brauchen, wenn ich ihn in die Finger kriege«, schäumt Nathan.

»Bitte, beruhige dich doch, Darling«, sage ich, doch er reagiert nicht darauf. Er geht von mir fort und starrt auf die Tür zur Sakristei, und seine Wangenmuskeln zucken vor kaum unterdrückter Wut. Mike, sein Trauzeuge, kommt und schiebt sich zwischen uns und die Sakristei.

»Er ist es nicht wert, Kumpel. Er ist bloß Kleinstadtnichts. Tessa, bring deinen Bräutigam zur Vernunft, ja?« Mike grinst. »Nur keine Hemmungen. Fang schon mal damit an, denn wenn du erst mal seinen Ring am Finger hast, wirst du bis zum Überdruss an ihm rumnörgeln.«

»Du hast ihn doch dabei, oder?« Nathans Stimme klingt dumpf und nasal.

Mike nimmt ihm die Taschentücher ab und legt einen Arm um Nathans Schulter. »Natürlich hab ich das. Beruhig dich – es wird alles gut.« Er blickt zur Sakristei. »Ah, da kommen sie ja.«

Der Vikar und mein Vater kehren zurück. Ich weiß nicht, wo Jack ist, wohin er gehen wird und ob er aus eigenem Antrieb verschwindet oder nicht, aber es ist mir egal. Ich will bloß mit der Hochzeit weitermachen, ehe ich es mir anders überlege.

»Bist du bereit fortzufahren?«, fragt der Vikar mich freundlich.

Ich zupfe an den Blütenblättern der Rosen in meinem Brautstrauß: dieses Jahr, nächstes Jahr, irgendwann, niemals.

»Sollen wir noch mal von vorne anfangen?«, fragt der Vikar. »Die Entscheidung liegt bei dir, Tessa.«

»Lassen Sie uns da weitermachen, wo wir unterbrochen wurden«, sage ich ein wenig zu scharf. »Es tut mir leid. Das klang jetzt nicht so, wie es sollte.«

»Schon gut. Das war ja auch ein ziemlicher Schock für dich.«

»Ich weiß.« Wenn der Vikar doch bloß wüsste, dass es nicht der Schock ist, der mir zu schaffen macht; es sind die Zweifel, von denen ich geglaubt hatte, dass ich sie begraben hätte, und die jetzt wieder auftauchen wie die Blasen in einem Schokoladenfondue. Ich erinnere mich an das erste Mal, als ich Nathan begegnete, an sein dunkles Haar, die gebräunte Haut, den Siegelring, den schwarzen Audi. »Ich bin heiß«, prahlte er.

»Tessa, hör auf damit, den Brautstrauß zu ruinieren«, sagt Katie und nimmt ihn mir ein zweites Mal ab. »Ich will, dass da später noch etwas ist, was ich fangen kann.« Ihre Augen glänzen vor Tränen.

»Ach, Katie. Sei nicht traurig.«

»Bin ich gar nicht.« Sie schluckt. »Ich freue mich für dich. Hey, hör auf zu weinen.«

»Tue ich das Richtige?«, bricht es aus mir heraus.

»Dafür ist es jetzt zu spät. Auf jetzt! Steve …«, sie wendet sich an meinen Vater, »… komm her und übergib deine Tochter. Nathan, du stellst dich da hin. Mike, sieh noch mal nach, ob du auch wirklich den Ring dabeihast. Wir wollen keine weitere Panne.«

Schließlich stehe ich direkt neben Nathan und danke meiner ersten Brautjungfer innerlich für ihr Organisationstalent – oder eher für ihre herrische Art? Nathan verblutet nicht mehr, wie er behauptet hat, und der einzige Hinweis auf Jacks Schlag sind ein paar getrocknete Blutflecken auf seiner Oberlippe. Ständig drückt er meine Hand und grinst mich dabei an, als wollte er sagen: Jetzt habe ich dich. Mit jedem Mal werden meine Sinne schwächer, der Duft der frischen Blumen wird weniger klar, das Kreuz auf dem Altar weniger hell und die Farben in den Buntglasfenstern weniger glänzend.

»Nathaniel Roderick Cooper«, sagt der Vikar ohne Gefühl, »willst du die hier anwesende Tessa Gemima Wilde zur Frau nehmen? Willst du sie lieben, trösten, ehren und beschützen, willst du allen anderen entsagen und ihr treu sein, bis dass der Tod euch scheidet?«

Ich halte während der langen Pause den Atem an. Ich bin mir nicht sicher, ob ich die Spannung ertrage.

»Bis dass der Tod euch scheidet?«, wiederholt der Vikar, um Nathan auf die Sprünge zu helfen.

»Ja, mach ich.« Nathans Stimme ist klar und kühl.

Es heißt: »Ja, ich will.« Man sagt: »Ich will«, denke ich, während ich wieder ein- und ausatme und dabei das Gefühl habe, als würde ich ertrinken. Diese Zeremonie markiert nicht den Beginn eines neuen Lebens, sondern vielmehr das Ende.

Warum heirate ich überhaupt? Sind Nathan und ich nicht auch so glücklich, in wilder Ehe zusammenlebend? Nicht wirklich. Ich hebe den Blick zu der Gewölbedecke mit ihren Malereien. Wir hatten schreckliche Auseinandersetzungen, und dann war da diese SMS, ein Entwurf, den ich neulich auf seinem Handy entdeckte, als ich es in die Hand nahm, um es ihm zu geben. Er sagte, es wäre ein Witz gewesen, um einen seiner Kumpel aufzuziehen.

Ich wende mich ihm wieder zu. Wird er mich lieben und trösten? Er wird Liebe mit mir machen. Das ist ein Unterschied, und dieser Gedanke ist nicht gerade beruhigend. Wird er mich ehren und beschützen? Er beschützt mich und sorgt dafür, dass ich im Dunkeln nie allein unterwegs bin, aber hat das nicht vielleicht mehr mit Besitz und Kontrolle zu tun als mit echter Sorge? Und was ist mit der Treue, bis dass der Tod uns scheidet?

»Tessa«, flüstert der Vikar mir zu. »Möchtest du, dass ich das noch einmal wiederhole?«

»Entschuldigung«, sage ich. »Ja, bitte. Ich war nicht ganz bei der Sache.«

»Es ist nicht das erste Mal, dass eine Braut bei ihrer Hochzeit von Nervosität überwältigt wird«, fährt der Vikar fort. Er räuspert sich. »Tessa Gemima Wilde, willst du den hier anwesenden Nathaniel Roderick Cooper zum Mann nehmen? Willst du ihn lieben, trösten, ehren und beschützen, willst du allen anderen entsagen und ihm treu sein, bis dass der Tod euch scheidet?«

Auf der Suche nach einer Antwort schaue ich Nathan tief in die Augen. Er kann meinen Blick nicht erwidern, und mir sinkt das Herz in die Hose und reißt all meine Hoffnung auf eine gemeinsame Zukunft mit sich. Wie kann ich die nächsten zehn, zwanzig, dreißig Jahre mit diesem Mann verbringen, wenn ich ihm schon jetzt nicht vertraue?

»Tessa?«, sagt der Vikar. »Tessa, Nathan wartet auf deine Antwort …«

KAPITEL 2

Die Prinzessin und der Frosch

Jetzt oder nie. Ich blicke stur geradeaus zwischen die aufragenden Steinsäulen hinter dem Altar und werde mir der kühlen Stille im Kircheninnern bewusst, dem erwartungsvollen Schweigen der Gemeinde.

»Ich will nicht«, sage ich mit schwacher Stimme und bangem Herzen.

»Wie bitte?«, fragt der Vikar.

»Ich will nicht«, wiederhole ich. »Ich kann das nicht.« Ich nehme allen Mut, den ich noch aufbringen kann, zusammen und wende mich an meinen Bräutigam. »Nathan, ich kann dich nicht heiraten.«

»Tessa?« Seine Augen werden dunkel, das Blut weicht aus seinem Gesicht und verleiht ihm das Aussehen eines halb verhungerten Vampirs, als ihm die Konsequenzen dessen, was ich gerade gesagt habe, klar werden.

»Es tut mir so leid«, fahre ich fort, als sein Schock zu blankem Entsetzen wird und sich die Kirche mit überraschten und ungläubigen Rufen füllt.

»Tessa, Liebes?« Ich bin mir nicht sicher, ob Dad neben mich tritt, um mich zu trösten, oder ob er mich davon überzeugen will, es mir noch einmal zu überlegen. Doch ich halte das alles nicht mehr aus, all diese Liebe und Fürsorge, den ganzen Druck und die überwältigende Welle der Scham, die ich spüre, als mir das

Ausmaß von Nathans Schmerz bewusst wird. Ich habe ihn enttäuscht. Ich habe alle enttäuscht, aber das ändert nichts. Ich kann meine Gefühle nicht ändern. Ich bin am Boden zerstört.

Mit heißen Tränen, die mir die Wangen hinunterlaufen, raffe ich mein Kleid und mache mich zur Flucht bereit, doch meine Brautschuhe mit ihren eleganten Absätzen und den glatten Sohlen, die jetzt matschverkrustet sind, waren nie zum Rennen gedacht, und ich muss sie ausziehen und in die Hand nehmen, ehe ich den Mittelgang hinuntersprinte, wobei ich schneller bin als Usain Bolt, während von beiden Seiten die Leute auf mich einstürmen und »Haltet sie auf!« oder »Lasst sie durch!« rufen. Ich renne weiter und taumele in den Vorraum, wo ich gegen den Chauffeur stoße, der hier heimlich eine raucht.

»Es tut mir leid. Es tut mir so leid«, keuche ich, als er versucht, mich mit einer Hand aufzuhalten.

»Das war ziemlich schnell. He, wohin wollen Sie denn?«

Ich weiß es nicht, und es ist mir auch egal. Ich schüttele ihn ab und renne weiter über den Friedhof an den dunklen Eiben und Grabsteinen vorbei und durch das Tor hinaus auf die Straße, wo ich den Weg den Berg hinab nehme, bis ein lähmender Krampfanfall mich dazu zwingt, mich auszuruhen. Ich lehne mit dem Rücken an der Wand am Ende eines schmiedeeisernen Zauns. Keuchend atme ich die sauerstoffhaltige Luft ein, fülle meine schmerzende Lunge und versuche, einen freien Kopf zu bekommen. Was habe ich getan?

»Tessa! Warte auf mich!« Nathan joggt heran. Wie er da so mit seitlich geneigtem Kopf vor mir steht, verzieht sich sein Gesicht wie das eines Wasserspeiers an der Kirche. »Was zum Teufel denkst du eigentlich, was du da machst?«

»Es tut mir leid, Nathan«, wiederhole ich.

»Du weinst ja.« Nathans Stimme wird sanfter. »Ach, komm her, mein Schatz.« Er breitet die Arme aus, um mich an sich zu ziehen, doch ich weiche vor ihm zurück, bis ich mich mit dem Rücken an die Wand presse und er mir vorne auf den Saum des Kleides tritt. »Du bist ja ganz durcheinander. Nimm dir ein wenig Zeit, und dann gehen wir wieder rein. Der Vikar hat gesagt, er gibt uns fünf Minuten.« Sein Tonfall wird weinerlich und bettelnd. »Du musst doch bloß ›Mach ich‹ sagen, und dann ist alles vorbei …«

»Es heißt: ›Ich will‹«, unterbreche ich ihn. »Wie oft muss ich dir das noch sagen?« Aber er hört mir gar nicht zu.

»Mein Schatz, ich will doch bloß, dass deine Träume in Erfüllung gehen. Komm wieder mit rein«, bedrängt er mich. »Lass mich dir diesen Ring an den Finger stecken, damit ich dich meine Frau nennen kann. Denk darüber nach. In weniger als vierundzwanzig Stunden sitzen wir im Flieger auf dem Weg weit weg von hier – uns erwarten Sonne, Strand und …«, ein ganz kurzes Zögern, doch es ist lang genug, »… Sand.«

»Und Sex. Du wolltest Sex sagen.« Mit einem Schuh in beiden Händen schubse ich ihn weg.

»Was hast du eigentlich? Um Himmels willen, ich habe dir ein Haus und ein Auto gekauft, und der Ring hat mich ein Vermögen gekostet. Was kannst du denn noch wollen?«

»Das sind alles materielle Dinge, und ich bin dir sehr dankbar, aber ich rede davon, glücklich sein zu wollen.«

»Du warst glücklich genug, als ich dir die Schlüssel für den Wagen gab.«

»Ich weiß, aber ein Auto hält nicht ewig.«

»Es wird lange Zeit halten, wenn du dich nur gut darum kümmerst«, sagt Nathan und erinnert mich daran, wie sehr er es hasst, wenn ich es einfach vor dem Haus abstelle, statt in die Garage zu fahren.

»Oh, es geht doch gar nicht um Autos«, sage ich gereizt. »Es geht darum, dass du dich über alles und jeden lustig machst: über mich, meine Großtante, diese ganzen Frotzeleien über meine Erwartungen …« Ich zögere und blicke ihm in die Augen. »Bloß ist das alles nicht als Witz gemeint, oder?«

»Natürlich ist es das«, sagt er, aber er weicht meinem Blick aus, und daran erkenne ich, dass er lügt. Es sollte mich nicht schockieren – er nimmt es oft nicht so genau mit der Wahrheit –, trotzdem kann ich einfach nicht glauben, dass er selbst in dem Augenblick lügt, in dem man doch erwarten sollte, dass er mir seine Seele offenbart, um mich zurückzugewinnen. Mir ist, als wäre ich grob aus dem Schlafwandeln über eine Felskuppe gerissen worden und stände nun am Rand eines Abgrunds und Nathan legte mir die Hand auf den unteren Rücken, um mich hinabzuschubsen.

»Ich gehe nicht zurück«, sage ich entschlossen. »Ich werde niemals Mrs. Cooper.«

Nathan zieht die Augenbrauen hoch. Seine Miene verdüstert sich, als hätte sich eine Wolke vor die Sonne geschoben.

»Ich gehe nicht zurück, und das ist mein voller Ernst, Nathan. Ich werde dich nicht heiraten.« Ich versuche, meine Entscheidung zu rechtfertigen, sodass er sie versteht. »Es liegt nicht allein an dir. Es liegt auch an mir.«

»Tessa, das ist absurd. Du hast diesen Tag seit Monaten geplant. Du hast mir, deinen Freunden, deiner Familie, dem Metzger, dem Bäcker – jedem Menschen – erzählt, du könntest es kaum erwarten, verheiratet zu sein.«

»Es ist schwer zu erklären, aber irgendwie habe ich mich von der Romantik des Ganzen mitreißen lassen. In all der Aufregung, die Hochzeit zu planen, die Kleider und die Blumen auszuwählen, habe ich irgendwie vergessen, worauf es wirklich ankommt.« Ich halte inne und bemerke, wie sich Nathans Brustkorb hebt und senkt und wie ihm der Schweiß auf die Stirn tritt. »Ich liebe dich, aber ich liebe dich nicht genug …«

»Machst du das aus purer Gehässigkeit, weil ich diesen ganzen Schmus nicht sagen will, diese drei kleinen Worte ›Ich liebe dich‹?«, fragt Nathan.

»Ich habe einen Fehler gemacht, und es tut mir leid«, fahre ich fort, ohne auf seine Frage zu antworten.

»Dann ist das dein Ernst?«

»Ja.« Ich nicke, und Nathans Miene fällt in sich zusammen, als habe er es endlich kapiert. Meine Trauer darüber, was ich ihm antue, ist grenzenlos.

»Lass uns im April heiraten, hast du gesagt. Und jetzt hast du mich ganz schön in den April geschickt. Du hast mich sauber übers Ohr gehauen. Da hättest du mich gleich umbringen können«, schluchzt er und stampft einen kleinen Kreis auf den Bürgersteig. »Du bist eine eiskalte, grausame Schlampe.«

»Nathan«, heule ich auf. »Du wirst mir am Ende dankbar sein. Du findest eine andere.« Wenn du das nicht schon hast, möchte ich hinzufügen.

Nathan strafft die Schultern und wischt sich die Augen am Ärmel ab.

»Wie konntest du mich so vor dem Altar abservieren – vor all den Leuten?«

»Ich hatte nicht vor, dich zu demütigen.« Ich wünschte, ich könnte die Zeit zurückdrehen. Ich hatte meine Zweifel, doch ich hatte nicht den Mumm, sie zu äußern, bis es dafür fast zu spät war, und ich bereue es bitterlich.

Nathan wechselt die Taktik.

»Dieser Sinneswandel liegt doch nur an diesem Trottel Jack Miller, stimmt's? Wusstest du, dass er zurück ist? Hast du ihn dazu angestiftet?«

»Nein, nein, nein«, wiederhole ich immer wieder, während Nathan fortfährt: »Was genau bedeutet er dir?«

»Gar nichts«, sage ich. »Nicht jetzt. Du weißt, dass wir vor einiger Zeit zusammen waren. Ich habe es dir doch erzählt, weshalb fragst du? Wir waren sechzehn, siebzehn, und dann ging Jack fort aufs College, und es war aus.«

»Bist du dir da sicher, Tessa? Katie meint zu glauben, dass ihr seitdem ein bisschen mehr als nur Freunde wart. Komm schon, Tessa. Gib es zu. Es ist allgemein bekannt.«

»Wir waren Freunde«, bestätige ich verärgert, »bis ich dich kennengelernt habe.« Nathan ist verzweifelt und versucht einen vernünftigen Grund für meine Entscheidung zu finden, vielleicht nicht nur für sich selbst, sondern auch für die vielen Zuschauer, die inzwischen auf der Straße zusammengelaufen sind. Er ist der betrogene Mann und ich die Frau mit dem scharlachroten Buchstaben.

»Du hast dich hinter meinem Rücken mit ihm getroffen.«

»Wie könnte ich das? Er war die letzten Monate im

Ausland.« Wie ich bereits sagte, habe ich Jack zum letzten Mal gesehen, als Nathan und ich unsere Verlobung feierten, woraufhin er einfach so verschwand, ohne auch nur eine SMS oder eine Postkarte zu schicken.

»Spiel hier nicht die Unschuldige.« Ich bemerke, wie Nathan in Richtung der Zuschauer schielt, als er diesen Satz vorträgt.

»Wenn du glaubst, ich würde so etwas tun, dann hast du eine sehr geringe Meinung von mir.« Mir wird klar, dass ich diese Tatsache schon viel früher hätte zur Sprache bringen müssen: Nathans fehlender Respekt für mich als seine Verlobte.

»Aber die richtige«, sagt Nathan und hebt die Stimme, sodass man ihn vom *Dog and Duck* am einen Ende der Stadt bis zu *Laceys Edle Tropfen* am anderen hören könnte. »Du bist eine Schlampe!«

»Das reicht jetzt«, mischt sich Katie ein, die mit Mike, Nathans Trauzeugen, gerade bei uns ankommt.

»Ganz genau«, sagt mein Dad und gesellt sich zu uns. »Du lässt meine Tochter ab sofort in Ruhe.«

»Wie kommst du auf die Idee, ich würde jetzt noch etwas von ihr wollen?« Nathan spuckt vor Zorn. »Sie hätte sowieso eine miserable Ehefrau abgegeben.«

»Wie kannst du es wagen?« Vollkommen außer mir raffe ich mein Kleid und meine Schleppe und gehe davon. Dabei stoße ich mir versehentlich die Zehen am Bürgersteig. Mein Dad trottet neben mir her.

»Lass uns im Rolls zurückfahren, Tessa.«

»Ich will laufen«, antworte ich eingeschnappt. »Lass mich allein, Dad. Ich muss jetzt für mich sein.«

»Ich kann nach Hause und unser Auto holen, wenn du lieber anonym bleiben willst.«

»Dafür ist es ein bisschen zu spät, meinst du nicht?

Ich habe meinen Bräutigam vor dem Altar stehen lassen und wurde vor meinen Freunden, meiner Familie, der ganzen Stadt …«, meine Stimme wird zu einem Schreien, »… als Schlampe bezeichnet!«

»Wo willst du hin?« Mit Mühe hält Dad mit mir Schritt. Ich weiß, dass er versucht zu helfen, aber ich kann es nicht ertragen, allein mit ihm zu sein, denn ich kann seinen Gesichtsausdruck schon vor mir sehen, diese klägliche Enttäuschung darüber, dass ich seine Erwartungen nicht erfüllt habe.

»Ich weiß es nicht, und es ist mir auch egal.« Ohne stehen zu bleiben, um den Schuh aufzuheben, der mir aus der Hand gerutscht ist, renne ich los, die Straße hinunter, an den Reihenhäusern mit ihren lächerlich kleinen Türen entlang, weiter vorbei an der Polizeistation, dem Pub und hinunter zum Fluss. Der Bürgersteig geht zu Ende, und ich laufe auf der Straße weiter, überhole Autos und Wohnwagen, die in einer fast unbeweglichen Schlange zur Küste kriechen, weil heute Wechseltag auf den Campingplätzen am Meer ist.

Ein paar Kinder rufen und winken aus einem Motorhome. »Mummy, Mummy, sieh mal da, die Frau in dem Prinzessinnenkleid!«

»Das ist eine fliehende Braut!«, brüllt ein Mann aus dem Auto davor.

»Zur Kirche geht es da entlang, Schätzchen«, ruft ein anderer, der mit seinem Hund spazieren geht. »He, alles okay mit Ihnen?«

Ich ignoriere ihn. Ich habe diese verrückte Idee, den ganzen Weg bis zur Küste zu rennen und mich in die Wellen zu werfen und in Vergessenheit gerissen zu werden, der Inbegriff der tragischen Heldin, doch als ich die Fußgängerbrücke passiere und am Flussufer entlangjogge, wird mir klar, dass meine Füße schmerzen und es bis zum Meer immer noch sehr weit ist.

Stolpernd bleibe ich stehen und lasse den Blick über die sanft geschwungenen grünen Hügel schweifen, über die mit Kätzchen bedeckten Haselnusssträucher und die uralten Eichen in ihrem Frühlingskleid. Ich richte meine Aufmerksamkeit auf den Taly, der sich, rot von der lehmhaltigen Erde Devons, durch das Tal windet. Auf der Wiese an der anderen Flussseite ist ein Pferd angepflockt, und am Ufer unter meinen Füßen quakt eine Ente voller Angst und zieht so meine Aufmerksamkeit auf sich. Ich blicke über das Geländer. Unten, wo der steile Abhang auf den Fluss trifft, hat sich eine Ente im Schilf in einer Plastiktüte verfangen, was wirklich nicht mehr passieren sollte, denn die Läden in Talyton St. George geben ihren Kunden keine Plastiktüten mehr mit.

Innerlich die Schmutzfinken verfluchend, mache ich mich auf dem Hintern rutschend den Weg die Böschung hinunter, woraufhin die Ente mit der Plastiktüte am Flügel ein Stückchen aufs Wasser hinausflattert. Ich mache einen, dann einen zweiten Schritt in den Fluss hinein. Plötzlich verliere ich den Boden unter den Füßen und stürze kopfüber ins Wasser. Keuchend und wild um mich schlagend, greife ich nach der Ente, die ein letztes Quaken von sich gibt und davonfliegt. Die Plastiktüte bleibt bei mir zurück, und ich verfluche die Umstände, gerade als das von Panik erfüllte Gesicht meines Vaters am oberen Rand der Böschung auftaucht.

»Tessa, hör auf! Bleib, wo du bist!« Seine Füße erscheinen am Rand der Böschung, und mit einer kleinen Lawine aus Schlamm und Geröll rutscht er zu mir herunter. Erst am Flussufer hält er an und streckt mir die Arme entgegen. »Raus jetzt mit dir!«

»Dad, ich muss nicht gerettet werden.« Ich versuche, meinen triefenden Kopfputz und Schleier zurechtzuschieben, während das Kleid kreisförmig um mich herum schwimmt und mir das Gefühl gibt, eine riesenhafte Qualle zu sein.

»Lass mich das mal beurteilen.« Dads Hände zittern. »Ich will mir gar nicht ausmalen, was alles hätte passieren können, wenn ich nicht gekommen wäre.«

»Was meinst du? Ich bin die Böschung runter, um eine Ente zu retten, die sich im Müll verfangen hatte.«

»Wo ist die Ente jetzt?«, fragt Dad spitz.

»Sie ist davongeflogen.«

»Gewiss.« Dad zuckt die Achseln. »Es gibt nichts, weshalb du dich schämen müsstest, Tessa. Das wird alles irgendwann hochkommen, du kannst also schon einmal anfangen, dich damit auseinanderzusetzen.«

»Dad, ich habe einer Ente geholfen«, sage ich, als mir aufgeht, dass wir aneinander vorbeireden.

»Ich rufe den Arzt an. Dr. Mackie wird dir ein paar Tabletten verschreiben und einen Therapeuten vermitteln. Du musst mit jemandem reden«, fährt Dad fort.

»Ich habe nicht versucht, mich umzubringen!«, rufe ich aus.

»Hast du nicht?«

»Natürlich habe ich das nicht.« Ich fange an, vor Kälte zu zittern. »Heute war nicht gerade der schönste Tag meines Lebens, aber ich habe nicht die Absicht, dass es der letzte ist.«

»Gott sei Dank dafür.« Dad lächelt erleichtert. »Komm, Schatz. Lass uns heimgehen.«

Ich wate durch das Wasser zurück, schleppe am Arm meines Vaters das Gewicht des Kleides die Böschung hinauf und den Pfad entlang.

»Ich will niemanden sehen«, sage ich beklommen, doch es ist zu spät, sich deshalb Gedanken zu machen, denn innerhalb von fünf Minuten haben mich zwei Gassigänger – die Frau des Metzgers mit ihrer Deutschen Dogge und die Nachbarin meiner Eltern mit ihrem Cockerspaniel – und ein Radfahrer seltsam angesehen, was nur zu verständlich ist, da ich in einem triefend nassen Hochzeitskleid und ohne Schuhe herumlaufe.

»Du kannst mit erhobenem Haupt gehen. Du hast nichts Falsches getan.«

Ich lächle schief. In den Augen meines Vaters könnte ich niemals irgendetwas falsch machen.

»Was ist mit Mum? Ich bin mir nicht sicher, ob ich ihr unter die Augen treten kann – oder den Onkeln und Tanten. Ich fühle mich so schlecht, dass ich sie vollkommen umsonst hierhergeschleift habe.«

»Mach dir um die mal keine Sorgen. Sie bekommen alle ihr freies Mittagessen.« Dad tätschelt meinen Handrücken. »Wir konnten den Empfang nicht im letzten Moment absagen, also haben deine Mum und ihre Schwester beschlossen, ihn trotzdem abzuhalten, um so allen die Gelegenheit zu geben, mal wieder miteinander zu reden und sich auszutauschen.«

Das Haus meiner Eltern, Kingshead House, liegt direkt am Market Square und verbindet die Vorteile des Landlebens mit denen des Lebens in einer Kleinstadt. Früher war es mal ein Pub, und manchmal stelle ich mir vor, dass das Wohnzimmer noch immer nach Bier und Rauch riecht. Ich zögere draußen vor der Haustür unter dem Vordach, das mit Blauregen und geriffelten Säulen geschmückt ist, die auf die Straße hinausragen und so einen von Talytons herrlichen Engpässen bilden, wo der Verkehr zwar in beide Richtungen, aber nur einspurig fließt. Beim Anblick des pfefferminzgrünen Verputzes an der Frontseite des Gebäudes wird mir ein wenig übel.

So war das alles nicht geplant, denke ich mit schmerzlichem Bedauern. Ich hatte diese Nacht mit Nathan im Barnscote in der Flitterwochensuite verbringen sollen, und morgen wären wir auf die Malediven geflogen. Ich war in Südfrankreich, auf Teneriffa und in Portugal, aber ich kann mir nicht vorstellen, dass ich je wieder die Chance bekommen werde, auf die Malediven zu fliegen.

»Rein mit dir, Tessa«, sagt Dad und öffnet die Tür.

Nach einer heißen Dusche, einem Nickerchen und einigen weiteren Tränen kuschle ich mich, in meinen Morgenmantel gewickelt, auf das Wohnzimmersofa und nippe an einem warmen Whisky mit Zitrone. Das Zimmer ist sauber und aufgeräumt, aber nicht modern. Mehrere Skulpturen meiner Mutter stehen im Raum, und an den Wänden hängen Bilder von ihr sowie gerahmte Fotos und Zeitungsausschnitte über meinen Vater als Witwe Twanky und als eine von Cinderellas hässlichen Schwestern.

Dad kommt mit dem Telefon in der Hand herein.

»Katie für dich«, sagt er.

Ich schüttle den Kopf, aber er reicht es mir trotzdem.

»Tessa, wo hast du gesteckt? Ich habe Hunderte von Nachrichten auf deinem Handy hinterlassen«, sagt Katie.

»Ich bin mir nicht sicher, wo ich es hingelegt habe«, murmele ich. In Wahrheit weiß ich genau, wo es ist: ausgeschaltet auf der Fensterbank in der Dusche. Als ich vorhin mein Handy gecheckt habe, entdeckte ich, dass Jack letzte Nacht Hunderte von SMS und Nachrichten auf dem Anrufbeantworter hinterlassen hatte, und auch seit dem Zwischenfall in der Kirche hat er ständig versucht, mich zu erreichen.

»Oh, ist ja jetzt auch egal. Wie geht es dir? Möchtest du, dass ich vorbeikomme? Ich kann Nathan wahrscheinlich in Mikes fähigen Händen lassen – er hat ziemlich tief ins Champagnerglas geguckt.«

»Er ist zu dem Empfang gegangen? Ich kann nicht glauben, dass er das getan hat.«

»Er wollte mit seinen Freunden und seiner Familie zusammen sein. Was vollkommen nachvollziehbar ist«, fügt Katie hinzu, als wolle sie mich dazu herausfordern, ihr zu widersprechen. »Und da Essen und Getränke ja bereits bezahlt waren …«

»… dachte er, er feiert die Tatsache, dass er noch mal mit knapper Not davongekommen ist«, beende ich den Satz für sie, als ich mich an seine Vorwürfe erinnere, ich sei eine Schlampe.

»Ach, mach dich nicht lächerlich. Er ist am Boden zerstört. Das hier hätte seine Hochzeitsnacht werden sollen. Er sieht furchtbar aus.« Sie zögert. »Ich hätte mich um dich kümmern sollen, aber du bist weggerannt, und Nathan war völlig neben der Spur. Also, ich konnte ihn ja nicht einfach stehen lassen, oder?«

Ich sehe nicht ein, warum nicht, aber ich sage nichts dazu.

»Katie, mach dir nicht die Mühe, jetzt noch vorbeizukommen. Mein Dad ist bei mir, und du hattest einen langen Tag.«

»Wenn du dir ganz sicher bist.«

»Ganz sicher«, bestätige ich.

»Okay. Dann gehen wir demnächst aber einen trinken. Wie wäre es mit morgen?«

»Ich bringe es nicht über mich auszugehen. Ich hätte das Gefühl, alle starren mich an.«

»Wir könnten bei dir bleiben, einen Wein trinken …«

»Ich habe kein Geld.« Mir fällt ein, dass ich per Kreditkarte den Empfang bezahlt habe, weil Nathans Ersatzkarte in der Post verloren gegangen war – das hatte er zumindest behauptet.

»Ich bringe eine Flasche mit.«

Ich spüre, dass Katie ein Nein nicht akzeptieren wird, deshalb bedanke ich mich bei ihr, und bevor ich das Gespräch beende, sage ich ihr, dass sie jederzeit vorbeikommen kann. Meine Eltern werden nichts dagegen haben – wahrscheinlich sind sie dann sowieso nicht zu Hause, denn ich kenne ihren unstillbaren Hunger nach geselligen Anlässen: Partys, Bridgeabende, Treffen des Laientheaters, das, obwohl es gerade mal April ist, bald mit den Vorbereitungen für das neue Weihnachtsstück beginnen wird.

Dad kehrt summend aus der Küche zurück – mit Rührei auf Toast und einem Geschirrtuch über dem Arm wie ein Kellner in einem billigen Hotel an der Küste.

»Oh, nein danke. Ich bekomme jetzt nichts runter«, sage ich, als er es mir anbietet.

»Möchtest du lieber ein gekochtes Ei mit Toaststreifen?«

»Dad, es tut mir leid, ich habe keinen Hunger.«

»Du musst bei Kräften bleiben. Es mag dir jetzt undenkbar erscheinen, aber eines Tages werden wir auf diesen Tag zurückblicken und darüber lachen.«

»Das kann ich mir nicht vorstellen«, stöhne ich, aber ich greife nach dem Teller, balanciere ihn auf meinem Schoß und nehme Messer und Gabel in die Hand, während mein Vater die Chintzkissen aufschüttelt und sich neben mich fallen lässt, sodass das Sofa unter seinem Gewicht ächzt. »Wird das eine deiner kleinen Reden?«

»Es tut immer gut zu reden«, meint Dad gut gelaunt. »Du fängst an.«

»Er hat dir nicht zugesagt, oder?«, frage ich nach einer Weile.

»Nathan? Nein, ich kann nicht so tun, als ob. Du warst eigentlich so vernünftig, aber er hat dir den Kopf verdreht. Oh, das überrascht mich nicht. Er konnte sehr charmant sein. Sieh dir nur an, wie er deine Mutter verführt hat – nicht körperlich, meine ich«, fügt er rasch mit funkelnden Augen hinzu.

Ich erinnere mich daran, wie Nathan mich und meine Eltern zum Mittagessen in ein ziemlich teures Fischrestaurant an der Küste eingeladen hat. Damals hat er meine Mutter für sich eingenommen und meinen Dad verärgert, indem er unsere Verlobung bekanntgab, ohne bei ihm erst um meine Hand anzuhalten. Ich erinnere mich daran, wie unser Gespräch verlief.

»Ich habe Sie nicht gefragt, weil Sie Nein gesagt hätten«, meinte Nathan. Es entstand eine kleine Pause, in der man eine Auster die Kehle hätte herunterrutschen hören können. »Steve, ich verstehe das, denn Ihre Tochter ist eine einzigartige und ganz besondere Frau, und ich bin ihrer nicht wert.« Nathan hob meine Hand, um allen den Ring zu zeigen. Er küsste meine Mutter auf beide Wangen und schüttelte meinem Dad die Hand.

»Habt ihr schon einen Termin festgelegt?«, fragte meine Mutter.

»So schnell wie möglich«, antwortete Nathan. »Ich will nicht riskieren, dass sie es sich noch einmal anders überlegt.«

Hatte er es deshalb so eilig zu heiraten? Hatte er eine

Vorahnung? Dad holt mich in die Gegenwart zurück, indem er sagt: »Ich weiß, dass Nathan in deinen Augen hell und strahlend geglänzt hat, aber ich hatte immer den Eindruck, als hätte er etwas Düsteres an sich. Jack denkt das offenbar auch.«

»Ich habe Nathan nicht vor dem Altar stehen gelassen, weil Jack es so wollte«, betone ich ein wenig verärgert wegen der Andeutung, dass ich auf Jack gehört haben könnte, einen alten Freund, der mir fremd geworden ist. Die Entscheidung lag bei mir, bei mir ganz allein.

»Aber was er gesagt hat, hat dir einen kleinen Schubs in die richtige Richtung gegeben«, beharrt Dad.

»Meine Entscheidung hatte nichts mit Jack zu tun, überhaupt nichts.« Ich werde es niemals irgendwem gegenüber zugeben, doch Jacks dramatische Geste verlieh mir ein zusätzliches Maß an Selbstbewusstsein, und Nathans Reaktion konnte mich nicht davon abhalten, was ich daraufhin tat.

»Welche Gründe du auch immer dafür hattest, Tessa – du hast das Richtige getan. Das Leben ist keine Theaterprobe, es ist echt.« Nach einer Pause wechselt mein Dad das Thema. »Ach übrigens, ich habe mich nach dem Hund erkundigt. Ich war mir sicher, dass du wissen willst, wie es ihm geht.«

»Jetzt hast du dafür gesorgt, dass ich mich richtig schlecht fühle. Ich hatte ihn total vergessen.«

»Was nicht weiter überrascht.«

»Wie geht es ihm?«

»Es ist schon wieder ganz fit. Der Kopf tut ihm noch weh, aber Maz meint, dass er sich in ein paar Tagen vollkommen erholt haben wird.«

»Hat sich der Besitzer des Hundes bereits gemeldet?«

»Noch nicht, obwohl man annehmen sollte, dass sein

Verschwinden inzwischen aufgefallen sein sollte. Er ist zu groß, um ihn zu übersehen. Maz fragt sich, ob das vielleicht der Hund sein könnte, der während der letzten Monate die anderen Hunde auf dem Dorfanger terrorisiert hat. In dem Fall ist sie dankbar, dass wir ihn erwischt haben, auch wenn wir ihn deshalb wohl nicht hätten anfahren müssen.« Dad grinst. »Er sieht aus, als hätte er es seit einer Weile ziemlich wild getrieben. Wuff, wuff, wuff!«

»Dad, du bellst ja.« Ich muss lächeln.

»So ist es besser, Tessa«, sagt er. »Das ist mein Mädchen. Du weißt ja, dass du eine ganze Menge Frösche küssen musst, ehe du einen Prinzen findest.«

»Das ist bloß ein Märchen«, sage ich zu ihm. »Ich habe eine ganze Menge Männer geküsst, von denen ich glaubte, es wären Prinzen, aber sie haben sich alle in Frösche verwandelt.«

»Doch nicht alle. Es gibt ja noch Jack.«

»Was meinst du damit: Es gibt ja noch Jack?« Vor Entrüstung werde ich rot.

»Ich kann mich daran erinnern, dass ihr beide immer auf dem Sofa herumgeknutscht habt, wenn deine Mum und ich von unseren Bridgeabenden heimgekommen sind. Und nie gab es irgendwelche Hinweise darauf, dass er sich in ein Wesen amphibischer Natur verwandelt hätte.«

»Dad, du bist so was von peinlich.«

»Ich hatte immer gehofft, ihr zwei würdet irgendwann wieder zusammenkommen, aber ich nehme an, darauf besteht jetzt keine Hoffnung mehr.« Ich muss nicht antworten, denn mein Vater fährt fort: »Es sieht Jack so gar nicht ähnlich, sich dermaßen in den Mittelpunkt zu stellen. Beim Klub …«, er meint das Laientheater, »… bleibt er auch immer hinter der Bühne.« Er hält inne. »Übrigens, er sagt, es tut ihm leid.«

»Du hast mit ihm gesprochen?« Die Vorstellung, dass mein Vater mit Jack geplaudert hat, verärgert mich. Irgendwie kommt es mir nicht loyal vor.

»Wie du weißt, habe ich in der Kirche mit ihm geredet, und dann noch einmal heute Nachmittag, als er mit einem der Schuhe hier auftauchte – du musst ihn irgendwo auf deinem Weg zum Fluss verloren haben.« Dad seufzt leise. »Er kam mir vor wie der Prinz, der Cinderella nach dem Ball ihren gläsernen Tanzschuh brachte. Horch!« Dad wackelt mit den Händen hinter den Ohren wie ein Hund im Windkanal. »Sie sind auf dem Weg hierher – deine Mum mit deinen Onkeln und Tanten.«

Ich kann Tante Fifis dröhnendes Lachen bis hierher hören.

»Oh nein, sie sind alle sturzbetrunken«, stöhne ich und drücke mir ein Kissen aufs Gesicht. »Dad, entschuldigst du mich bitte? Ich gehe rauf.«

»Geh ruhig, Schatz, aber ich kann dir nicht versprechen, dass es mir gelingen wird, sie von dir fernzuhalten. Du weißt ja, wie sie sind.«

Dad hat recht. Ich habe das Gefühl, im Bett Hof zu halten, als meine Mutter und meine Tante in meinem alten Zimmer auftauchen und sich rechts und links ans Bettende setzen, meine Mutter mit einem Weinglas in der Hand und meine Tante mit meinem Teddybären im Arm. Sie sind beide über sechzig, und es besteht eine große Familienähnlichkeit in ihren scharfen, terrierähnlichen Gesichtszügen, doch meine Mutter trägt lässige Tops, Jeans und hohe Stiefel, lässt ihr aschgraues Haar lang wachsen und bindet es zu einem Knoten zusammen, während Fifi den Alterungsprozess mit allen möglichen Maßnahmen bekämpft. Sie hat einen Kurzhaarschnitt mit blonden und kupferfarbenen Strähnchen und trägt meistens farblich aufeinander abgestimmte Zweiteiler mit passenden Schuhen und Handtaschen, die eher für offizielle Anlässe, Hochzeiten – erinnert mich jetzt bloß nicht daran – und Preisübergaben an Schulen geeignet sind als für alltägliche Aktivitäten.

»Er ist ein großer Charmeur«, sagt Mum, »und mehr als gut situiert. Tessa, es hätte dir nie an Geld gefehlt.« Sie betupft ihren Augenwinkel. »Ich dachte, nächstes Jahr um diese Zeit könnte ich schon Großmutter sein.«

»Es tut mir leid, Mum«, sage ich, und meine Finger umklammern die Bettdecke, »aber es ist mein Leben. Du wärst noch enttäuschter gewesen, wenn ich mich hätte scheiden lassen und eine alleinerziehende Mutter geworden wäre. Ich konnte das nicht durchziehen, weil mir klar geworden ist, dass wir einander nicht genug lieben, damit es hält. Ich habe ihn geliebt«, ich unterdrücke ein Schluchzen, »aber er konnte dasselbe nicht von sich behaupten.«

»Männer!«, seufzt meine Tante.

»Wir sollten sie nicht alle über einen Kamm scheren«, sagt Mum. »Sieh dir nur meinen Steve an.«

»Ich wünschte, du hättest es nicht getan … ihn damals angesehen, meine ich«, sagt Fifi mit ihrem üblichen schwesterlichen Taktgefühl (ich meine das ironisch). »Steve war seit jeher so arm wie eine Kirchenmaus.«

»Aber ich habe ihn immer geliebt«, sagt meine Mum leise. »Was mehr ist, als du von dir und deinem Mann sagen kannst.«

»Annie, lästerst du über meine Ehe?«

»Wer sagt da was über Rehe?« Dad schlendert herein und gesellt sich zu uns. »Ach so. Ein Gespräch unter

Frauen. Dann gehe ich wohl besser wieder.« Er verdreht die Augen in meine Richtung, und ich zucke zur Antwort mit den Achseln.

»Lass dich nicht von uns stören, Steve«, sagt Fifi. »Wir kommen alle in ein paar Minuten runter, einschließlich Tessa. Kein Aber«, fügt sie an mich gewandt hinzu. »Sei keine Spielverderberin.«

»Ganz richtig«, lautet die letzte Bemerkung meines Vaters, ehe er geht. »Hin und wieder mag das Leben in die Brüche gehen, aber die Party muss weitergehen.«

»Fifi, ich hatte einen extrem traumatischen Tag«, fange ich an. »Ich wäre gern ein bisschen für mich.«

»Du musst mit runterkommen. Wir treffen uns nur alle Jubeljahre mal bei Taufen, Hochzeiten und Beerdigungen. Auf, Tessa. Es könnte deine letzte Gelegenheit sein, Großtantchen Marion zu sehen, ehe sie den Löffel abgibt. Und du musst den Kuchen probieren.«

»Wir haben den Rest der Hochzeitstorte vom Empfang mit nach Hause genommen. Ich hoffe, das macht dir nichts aus«, sagt Mum. »Aber es wäre jammerschade, wenn sie verdirbt.«

»Du kannst eine Etage einfrieren und mit dem Rest ein Trifle machen«, sagt Fifi, steht auf und nimmt meinen Morgenmantel vom Haken an der Tür. »Hier, bitte.«

Fifi und meine Mum führen mich gewissermaßen im Polizeigriff die Treppe hinunter, und ich verbringe die nächsten paar Stunden damit, mich wie ein ausgestelltes Tier im Zoo zu fühlen, während ich von der ganzen Sippe getröstet und von meiner unverheirateten Großtante mit Brandy und Hochzeitstorte aufgemuntert werde, bis ich so beschwipst bin, dass ich fast glauben kann, der ganze Tag wäre nie passiert.

»So ist es richtig, meine Liebe«, sagt Großtante Marion und tätschelt mein Knie. »Du darfst dir nicht länger Sorgen machen – du kannst ganz beruhigt sein, dass wir alle einen wundervollen Tag hatten.«

»Ich werde noch als alte Jungfer sterben«, sage ich und mache eine theatralische Geste.

»Daran ist nichts verkehrt«, erwidert meine Großtante.

»Tut mir leid.« Ich wünschte, ich hätte auch nicht übers Sterben gesprochen, wenn man bedenkt, dass sie laut Fifi schon mit einem Bein im Grab steht.

»Schon in Ordnung. Ich hatte sehr viel Spaß als alte Jungfer.« Sie senkt die Stimme und fügt hinzu, nachdem sie sich kurz im Raum umgesehen hat: »Ich habe mich nie zu irgendeinem männlichen Wesen hingezogen gefühlt. Es ist so viel einfacher, sein Leben mit Frauen zu teilen. Ich habe es immer wie Sappho gehalten, wenn du verstehst, was ich meine.«

Ich bin mir nicht sicher, aber ich habe so meine Vermutungen.

»Es tut mir leid zu hören, dass es dir nicht gut geht«, wechsle ich das Thema.

»Ach, es geht mir gut genug«, versichert sie mir. »Die Doktoren halten mich am Laufen.«

Was für ein Tag! Das Hochzeitsauto hat einen Hund angefahren, die Braut hat den Bräutigam vor dem Altar stehen gelassen, die Hochzeitstorte wird zu Trifle verarbeitet, und meine Großtante hat sich geoutet.

Es war der verheerendste, aber auch bizarrste Tag meines Lebens. Ich frage mich, wie Nathan sich wohl fühlt, und hoffe, dass es ihm gut geht, und dann fange ich an, mir Gedanken darüber zu machen, was ich als Nächstes tun werde. Heute Morgen lag meine Zukunft noch klar und deutlich vor mir. Heute Abend habe ich keine Ahnung, was sie mir bringen mag.

»Tessa, dein Typ wird verlangt«, sagt mein Dad, als er mich am nächsten Morgen mit heißem Whisky mit Zitrone und Toast mit Honig weckt, um doppelt sicherzugehen, dass ich mir nach meinem ungeplanten Bad im Fluss keine Erkältung zuziehe. »Kannst du Besuch empfangen?«

»Ich bringe es nicht über mich, wieder die glückliche Familie zu spielen. Noch nicht«, seufze ich und ziehe mir die Decke bis zur Nase hoch. »Wer ist es denn?«

»Nathan wartet mit deiner Mum in der Küche, und Jack steht vor der Haustür. Sieh mich nicht so an. Ich musste Nathan hereinlassen, weil ich nicht wollte, dass sie sich prügeln, und du musst herunterkommen und mit ihm reden, denn er weigert sich, wieder zu gehen, ohne dich gesehen zu haben.«

»Ich will aber keinen von beiden sehen. Ich habe genug von den Männern – dich ausgenommen, Dad.«

»Wenn du nur mit ihnen reden würdest, würden sie dich beide vielleicht in Ruhe lassen«, sagt Dad optimistisch.

»Ich schaff das aber nicht.«

»Tess, Liebes, du musst zumindest mit Nathan sprechen.«

»Ist er okay?«

»Er wirkt sehr mitgenommen.«

»Nach dem, was er gestern vor allen Leuten zu mir gesagt hat?«

»Er will sich entschuldigen.«

»Aber, Dad, das macht keinen Unterschied. Mit uns ist es aus, und je eher er das begreift, umso besser für ihn.« Meine Stimme klingt barsch, aber es ist nur eine Tarnung meiner wirklichen Gefühle: Schmerz und Bedauern darüber, nicht früher verstanden zu haben, dass Nathan und ich einander nicht mehr liebten, falls wir das jemals getan haben, und Schuldgefühle, weil ich mir selbst vorwerfe, Mist gebaut zu haben. Ich habe Jack gebraucht, um wieder zu Verstand zu kommen.

»Gerade deshalb solltest du mit ihm reden – um ihm deine Position unmissverständlich klarzumachen. Widrigenfalls wird er alle fünf Minuten wieder hier auftauchen und dich belästigen.« Dad dreht sich um, nimmt meinen Morgenmantel vom Haken an der Schlafzimmertür und wirft ihn aufs Bett, wo er auf meinem Kopf landet. »Wirf dir das über. Ich kümmere mich um Jack, und du kommst runter zu Nathan und machst reinen Tisch.«

Ich fasse einen Entschluss. »Gib mir fünf Minuten«, sage ich und schlüpfe in Jeans und ein Sweatshirt, das ich in der Nacht vor meiner Hochzeit getragen habe, als ich mich auf den großen Tag vorbereitete. Ich gehe runter in die Küche, wo Mum mich mit Nathan allein lässt. Wir starren einander an und finden keine Worte.

»Du siehst ziemlich fertig aus«, fange ich schließlich an und unterdrücke den Drang, ihn zum Trost zu umarmen, denn ich habe immer noch Gefühle für ihn als Menschen, auch wenn er im Augenblick nicht gerade besonders menschlich wirkt. Sein Atem stinkt nach Alkohol, und er trägt dieselbe Kleidung wie gestern, aber ohne die Krawatte und das Jackett.

»Ich denke, dazu habe ich jedes Recht«, sagt er, die Arme über der Brust verschränkt, und lehnt sich an die Arbeitsplatte. Er blickt von mir zu seinen Schuhspitzen und wieder zurück. »Ich bin hier, um dich zu fragen, ob du es dir noch einmal überlegen willst, Tessa. Ich meine, sieh dir nur an, was du aufgibst.«

»Entschuldigung?« Ich kann spüren, wie sich meine Stirn in Falten legt.

»Angenommen«, sagt er und zieht wohl die falschen Schlüsse aus dem, was ich gesagt habe. »Ich habe gehört, du hättest versucht, dich im Fluss zu ertränken – die Leute haben dich mit deinem Vater zurück durch die Stadt gehen sehen. Du warst pitschnass.«

»Nathan, es war nicht so«, sage ich, doch er ignoriert mich.

»Du hattest guten Grund dazu, dich umbringen zu wollen, wenn man bedenkt, dass du davon ausgehen musstest, mich nie wiederzusehen. Aber du hast Glück, denn ich bin hier und bin bereit, dir noch eine Chance zu geben. Du und ich, wir sind gut zusammen.« Er meint im Bett, denke ich, während er fortfährt. »Ich bin bereit, alles zu tun, um es noch einmal zu probieren. Wir können immer noch in die Flitterwochen fliegen, wir können heiraten, eine stille Angelegenheit auf dem Standesamt, wenn wir zurück sind. Bloß wir beide. Was hältst du davon?«

»Ich verstehe nicht, warum du so scharf darauf bist«, sage ich verwirrt.

»Wir sind ein gutes Team. Ich brauche dich, Tessa.«

»Wofür?«, frage ich misstrauisch. »Du scheinst mich nicht wirklich zu brauchen – du verbringst nicht gerade viel Zeit mit mir. Ich bin mir nicht sicher, ob dir wirklich etwas an meiner Gesellschaft liegt.«

»Natürlich tut es das. Und ich verbringe Zeit mit dir, so viel, wie ich kann. Ich bin ein viel beschäftigter Mann und arbeite, um sicherzugehen, dass du von allem nur das Beste bekommst, Liebling.«

»Ich bin nicht dein Liebling«, schnauze ich ihn an. »Und du magst ja Tag und Nacht arbeiten, aber in letzter Zeit habe ich die Rechnungen bezahlt.«

»Ich weiß, dass ich dich darum bitten musste, deine Kreditkarte herzunehmen, aber du weißt doch, was der Grund dafür ist – meine Ersatzkarte ist in der Post verloren gegangen.«

»Ja, schon gut.« Ich hebe die Hände und mache eine Geste, damit er aufhört zu reden. »Das hast du mir schon x-mal gesagt. Wann wirst du mir das Geld zurückgeben?«

»Darüber musst du dir keine Gedanken machen, wenn wir verheiratet sind.« Nathan kommt zu mir herüber und streckt den Arm nach meiner Hand aus, aber ich mache ein paar Schritte beiseite, sodass der Küchentisch zwischen uns ist. »Die Investitionen, die ich während der letzten paar Monate getätigt habe, werfen noch keinen Gewinn ab, denn das Geschäft läuft langsam. Aber es dauert nicht mehr lange, bis wieder mehr Geld hereinkommt. Da bin ich mir sicher«, sagt er in einem viel weniger überzeugten Tonfall, als ich von ihm gewohnt bin. Sein Gesicht ist fahl und glänzt vor Schweiß, und ich bin mir nicht sicher, ob er bloß einen Kater hat oder sich wirklich Sorgen um sein Geld beziehungsweise dessen Nichtvorhandensein macht.

Plötzlich wird mir bewusst, dass ich zwar glaubte, einen klaren Schlussstrich unter die Beziehung setzen zu können, ich aber mit meinem Exverlobten noch eine ganze Weile finanziell verstrickt sein werde, bis Nathan seine Schulden bei mir beglichen hat und wir entschieden haben, ob wir das Haus verkaufen oder ob Nathan mich auszahlt und es behält. Das ist ein beklemmendes Gefühl.

»Nathan«, sage ich mit fester Stimme, »du musst mir zuhören.«

»Ich höre dir zu.«

»Ja, aber du begreifst nicht, was ich dir sage. Ich werde meine Meinung nicht ändern. Ich werde dich nicht heiraten. Niemals.«

»Und das ist dein letztes Wort?«

»Mein letztes Wort«, wiederhole ich für ihn.

»Du wirst das bereuen, wenn ich erst einmal Multimillionär bin«, knurrt Nathan.

»Nichts werde ich bereuen«, sage ich, während mir die Schuppen von den Augen fallen: Nathans ständige Fragen nach dem Gesundheitszustand von Großtante Marion und der Größe meines möglichen Erbes. (Einmal habe ich ihn sogar dabei erwischt, wie er Grundstückspreise in Wales recherchierte.) »Es würde mir niemals einfallen, jemanden aus finanziellen Gründen zu heiraten«, sage ich kalt. »Und jetzt geh, und komm nicht wieder her.« Ich nehme das Heft in die Hand und führe ihn zur Hintertür hinaus, sodass keine Gefahr besteht, dass er mit Jack zusammenstoßen könnte, falls der noch an der Haustür steht, aber obwohl ich Nathan gegenüber die emotional Starke spiele, lasse ich mich hinterher in Tränen aufgelöst auf den Stuhl am Küchentisch fallen. Ich vergrabe den Kopf in den Händen, weil ich ihn so falsch eingeschätzt habe. Ich habe geglaubt, er würde mich aus Liebe heiraten.

KAPITEL 3

Einen Schluck gegen den Kater

Ich bin noch einmal um Haaresbreite davongekommen. Daran muss ich mich ständig erinnern. Ich erfahre viel Unterstützung durch meine Freunde und meine Familie, vor allem durch meinen Dad, und ich bin dankbar, auch wenn ich zugeben muss, dass ich sie nicht immer würdige.

Tante Fifi hat es heute auf sich genommen, mich für einen Tapetenwechsel mitzunehmen, und sie hat den Marinelook ein wenig übertrieben. Sie trägt ein dunkelblaues Kleid mit kleinen aufgedruckten Jachten, einen Blazer mit einer Ankerbrosche, eine Kapitänsmütze, weiße Segeltuchschuhe und eine passende Handtasche.

»Wo ist das Boot?«, ziehe ich sie auf, als ich nach dem Mittagessen vor dem Haus meiner Eltern zu ihr in das Auto meines Onkels steige.

»Ach, Tessa, was bin ich froh, dass du deinen Sinn für Humor behalten hast.«

»Ich klammere mich mit den Fingerspitzen daran«, entgegne ich trocken. Die Hochzeit ist drei Wochen her, und ich fühle mich keineswegs besser, sondern schlechter und eher wütend als traurig, vor allem nachdem ich Nathan in Talyton begegnet bin. Er war braun gebrannt von seinem Urlaub mit Mike – ein Urlaub, der eigentlich unsere Hochzeitsreise hatte sein sollen. Ich betrachte meine Leggings, meine Tunika und flachen Sandalen. »Hätte ich mich fein machen sollen? Ich kann noch mal zurück und mich umziehen.«

»Es passt schon, obwohl ich euch junge Leute heutzutage nicht verstehe – die äußere Erscheinung sollte eine Sache des Stolzes sein«, seufzt Fifi bedauernd. »Allerdings nehme ich an, dass die Kleidung keine so große Rolle spielt, wenn man Jugend und Schönheit auf seiner Seite hat.«

»Du siehst jedenfalls toll aus«, sage ich, um sie aufzumuntern. Sie lächelt kurz und wechselt das Thema, während hinter uns jemand hupt.

»Liebe Nichte, ich fürchte, dein Hochzeitstag wird in die Annalen unserer Familie eingehen. Wer hätte gedacht, dass es zu einer Schlägerei in der Kirche kommen würde und Blut vor dem Altar vergossen wird?«

»So viel Blut ist gar nicht geflossen«, gebe ich zu bedenken. Ich will nicht daran erinnert werden, aber mir ist klar, dass ich Fifis Wunsch nach einer gründlichen Befragung über mich ergehen lassen muss.

»Dann hat sich also herausgestellt, dass Nathan zu schön war, um wahr zu sein.« Ehe ich sie fragen kann, woher sie das weiß, fährt sie fort: »Annie hat mir von der Sache mit dem Geld erzählt, und wer weiß, nach diesem Schwindel ist es durchaus vorstellbar, dass er auch noch fremdgegangen ist.«

»Du hast gesagt, dass du ihn mochtest.«

»Das habe ich auch, aber er hat uns alle irregeführt, einschließlich dir, du armes Ding.«

Mich hat er eindeutig betrogen, denke ich. Ich habe das ganze Ausmaß seiner Lügen am Tag nach der Hochzeit herausgefunden.

»Deine Mutter hat ihn vergöttert, und ich dachte, er

wäre der Größte. Dein Vater war der Einzige von uns, der seine Zweifel hatte.«

»Er hat aber nichts gesagt.« Rasch mache ich den Mund wieder zu, als ich mich daran erinnere, wie Dad es versuchte, ich darauf aber nicht gerade gut reagierte. »Willst du nicht losfahren?«, frage ich, die Kakophonie aus hupenden Autos, die sich hinter uns gestaut haben, und dem uns entgegenkommenden Co-op-Lieferwagen übertönend. »Die Leute warten schon.«

»Es ist besser, dass du die Sache jetzt angegangen bist, als eine schmutzige Scheidung durchzumachen. Wie ich hörte, hat er dich ein wenig in die Bredouille gebracht«, sagt Fifi geradeheraus. »Tessa, jetzt starr mich nicht so an.« Sie legt den Gang ein und fährt ruckartig los. »Geteiltes Leid ist halbes Leid. Deine Mum ist nicht der einzige Mensch auf dieser Welt, der darüber spricht. Ich hatte ein Treffen mit dem Frauenverein und dem Gemeinderat, und du stehst zurzeit auf der Tagesordnung ganz oben – ich meine nicht offiziell. Ich beziehe mich auf den neuesten Tratsch.«

»Ich hasse das«, sage ich und halte mich am Sitz fest, als meine Tante scharf bremst, um einer älteren Frau auszuweichen, die sich mit einem schwer beladenen Einkaufstrolley müht, die Straße zu überqueren.

»Es wird keiner mehr darüber reden, wenn der nächste Skandal passiert.«

Dann gilt es also inzwischen als Skandal, denke ich.

»Du müsstest dein Gesicht sehen können. Ich nehme dich auf den Arm – im übertragenen Sinne.«

»Es wäre mir lieber, du würdest dich aufs Fahren konzentrieren«, sage ich mit fester Stimme.

»Ich versuche, dich ein wenig aufzumuntern, deshalb auch das heutige große Abenteuer.«

»Wir brauchen aber nicht zu lang, oder?«, frage ich besorgt. »Es ist nur … ich habe so viel zu tun.« Ich habe eine To-do-Liste, die damit anfängt, einen Termin bei der Bank in Talyton St. George zu machen, um einen Überziehungskredit auszuhandeln, und damit aufhört, meinen Lebenslauf zu überarbeiten. Dank Nathan brauche ich Geld. Ich brauche einen Job, und zwar schnell.

»Vertrau mir. Das ist alles zu deinem Vorteil.«

»Wohin geht denn nun unsere Magical-Mystery-Tour?«

»Ein wenig Geduld. Du wirst schon sehen.« Meine Tante fährt am Gartenzentrum in der Stoney Lane vorbei.

»Ich dachte, du wolltest mich vielleicht wegen der neuesten Mode um Rat fragen«, sage ich.

»Tja, letztes Mal warst du da nicht gerade zu viel nutze. Du hast absolut keinen Stil, Tessa.«

Ich beiße mir auf die Lippe und unterdrücke ein Kichern, als ich mich daran erinnere, wie wir in der Landhausmodeabteilung des Gartenzentrums standen, das Fifi und meinem Onkel gehört, während Fifi Faltenröcke und khakifarbene Fleecepullover an mich hielt. Clogs mit Marienkäfern drauf, Chintzblusen und Steppjacken sind nicht mein Ding, aber den Kunden muss es gefallen – der Laden ist eine Goldmine.

»Oh, ich hoffe, du bist wegen dieser Sache so aufgeregt wie ich«, fährt meine Tante fort.

»Das könnte ich schon sein, wenn du mir nur verraten würdest, wohin wir fahren.« Inzwischen lächle ich und fühle mich so unbeschwert wie nie, seit ich das Ausmaß meiner Schulden entdeckt habe. Nathan und ich haben ein Haus mit einer Hypothek in Höhe des EU-Schuldenbergs gekauft, denn obwohl Nathan behauptete, die Mittel zu haben, es bar zu bezahlen, wollte er sie doch lieber flüssig halten, um in sein Geschäft investieren zu können. Nathan bestand darauf, dass unser beider Namen auf den Papieren standen, eine rührende Geste, die mir versichern sollte, dass ich ein gesichertes Recht auf unser Heim hätte. Wie sich jetzt herausstellt, hat er innerhalb eines Monats nach unserem Einzug die Lastschrifteinzugsermächtigung der Bausparkasse widerrufen, und weil er von Anfang an keine Mittel hatte, ratet mal, wer jetzt für die Schulden aufkommen muss? Ich. Und wer hat nicht nur den Hochzeitsempfang und den ganzen Schampus bezahlt, den unsere Gäste in meiner Abwesenheit getrunken haben, sondern auch die Hochzeitsreise? Ja, wieder ich.

Als ich nach der Trauung ins Haus zurückkehrte, um ein paar Kleider zu holen, entdeckte ich noch mehr unbezahlte Rechnungen neben einigen Mahnungen, und wieder einen Tag später kam der Gerichtsvollzieher und pfändete mein hübsches Auto, weil Nathan mit den Ratenzahlungen in Verzug war.

Wir wollten uns einen Hund anschaffen und ein Baby bekommen. Ich frage mich jetzt, ob es ihm damit ernst war oder ob auch das alles nur Lügen waren.

»Wie läuft es denn so, wieder bei Mum und Dad zu wohnen?«, fragt Fifi, während sie auf der Landstraße aus Talyton St. George hinausfährt. Sie biegt in ein langes, schmales Sträßchen mit Ausweichstellen ab und muss anhalten, um einer Herde von etwa sechzig schwarzweißen Milchkühen auf dem Weg vom Melken auf die Weide einer nahe gelegenen Farm Platz zu machen. Als sie an uns vorbeiziehen, bleibt eine stehen, untersucht die Motorhaube vom neuen Volvo meines Onkels und hinterlässt dabei den feuchten Abdruck ihrer Nase. Zwei weitere bleiben stehen, um den Schwanz zu heben und einen platschenden Kuhfladen neben dem Kotflügel abzusetzen.

Ich bin ein Bumerang-Kind, das im Alter von achtundzwanzig Jahren zurück ins Haus seiner Eltern fliegt. Vor einer Woche hatte ich mein eigenes Haus. Jetzt habe ich eine riesige Schuldenlast abzutragen und keinen anderen Ort, an den ich gehen könnte.

»Ich bin ihnen dankbar, dass sie mir ein Dach über dem Kopf geben, aber sie machen mich wahnsinnig«, sage ich.

»Ich dachte, das sollte eigentlich andersrum sein.«

»Ich bin nicht in der Stimmung für Geselligkeit. Sie gehen jeden Abend aus – was bedeutet, dass ich den Fernseher für mich habe –, und dann liege ich wach und warte darauf, dass sie nach Hause kommen. Zwangsläufig stürzen sie genau dann zur Haustür herein, wenn ich gerade eingeschlafen bin, und am nächsten Morgen, wenn ich auf die Schlummertaste des Weckers drücke, sind sie schon auf und lachen und jammern und streiten sich um die letzte Kopfschmerztablette und darüber, wer den Kaffee aufsetzen soll.«

»Kannst du nicht wieder in dein Haus ziehen – für eine gewisse Zeit, meine ich? Ich verstehe nicht, warum Nathan das Monopol darauf haben sollte.«

»Bis es verkauft ist?« Ich beiße mir auf die Lippe. Es ist ein hübsches Haus, ein Einfamilienhaus mit fünf Schlafzimmern, einem Studio und angelegtem Garten im Neubaugebiet von Talyton St. George.

»Du hast genauso viel Recht, darin zu wohnen, wie er.«

»Es weckt zu viele Erinnerungen.« Ich war dreimal dort, um meine Sachen zu holen, und jedes Mal habe ich mich schwach und krank gefühlt. Das Haus ist ein Symbol für Nathans Betrug.

»Ich glaube, wir können einander helfen, Tessa«, sagt Fifi.

»Das ist sehr nett von dir, aber ich habe einen Plan.«

»Und der wäre?«

»Auf jede Stellenanzeige als Tierarzthelferin zu antworten und zu hoffen, dass mir jemand möglichst bald einen Job anbietet.«

»Aber wir wollen nicht, dass du wieder von hier fortziehst«, sagt Fifi ziemlich geknickt.

»Ich bin nicht mehr an Talyton St. George gebunden. Das Haus wird verkauft, und das war es dann.«

»Was ist mit deinem Dad? Er war so froh, als du zurückgekommen bist, um hier zu wohnen.«

»So wie Dad sich aufgeführt hat, könnte man glauben, ich hätte auf der anderen Seite des Erdballs gelebt. Es war nicht weit weg, höchstens zwanzig Meilen. Manchmal übertreibt er ein bisschen.«

»Meistens.« Fifi lächelt.

»Wenn ich von hier wegziehe, kann ich trotzdem an Weihnachten, zur Landwirtschaftsausstellung, zum Teerfässer-Fest und zum Früchtepunsch-Wettbewerb kommen.« Talyton St. George hat sich so viele kuriose – manche würden auch sagen: bizarre – Traditionen erhalten.

»Keine der Praxen hier hat irgendwelche freien Stellen. Ich habe mich erkundigt«, sagt meine Tante. »Es ist immer nützlich, Kontakte zu haben. Maz und Emma sind so nett – Maz engagiert sich sehr für den Tierschutz, sie ist eine große Unterstützerin unseres Tierheims.«

Tante Fifi ist Vorsitzende des örtlichen Tierschutzverbandes und macht das, solange ich denken kann. Als ich jünger war, habe ich oft im Tierheim ausgeholfen, und das hat mich wirklich dazu inspiriert, Tierarzthelferin zu werden.

»Otter House hat bereits zwei Tierarzthelferinnen, und die Großtierpraxis in Talyton Manor scheint überhaupt keine zu brauchen. Ich habe versucht, Alex Fox-Gifford, den hauptverantwortlichen Tierarzt dort, davon zu überzeugen, dass er jemanden braucht, aber er wollte nichts davon wissen«, sagt Fifi, setzt den linken Blinker und biegt dann rechts in einen schmalen Weg ein, den ich aus meiner Zeit als ehrenamtlich tätiger Teenager kenne. Der Weg ist besonders schmal und kurvenreich und wird langsam zu nicht mehr als einem Feldweg, der zu beiden Seiten eng von Hecken bewachsen ist. Überhängende Zweige zerkratzen den Autolack.

»Ich dachte, ich zeige dir unsere neue Rettungsstation«, sagt Fifi. »Ich wollte dich eigentlich schon früher mal hierherbringen, aber …«

Ich zucke innerlich zusammen, als ich höre, wie der Wagenboden aufsetzt und über den grasbewachsenen Hubbel zwischen den tief ausgefahrenen Spurrillen schrammt.

»Wir werden wegen der Zufahrt etwas unternehmen müssen«, bemerkt Tante Fifi, während ich mich an meinen Sicherheitsgurt klammere und mir auf die Lippe beiße, um sie nicht wegen ihrer Fahrgeschwindigkeit zu kritisieren. »Das Baufahrzeug macht das Ganze noch schlimmer, vor allem wenn es regnet, aber es ist doch jammerschade, Geld für Asphalt auszugeben, wenn wir es dafür verwenden können, die restlichen Zwinger instand zu setzen.« Meine Tante bremst abrupt, als ein Kaninchen vor uns den Weg überquert, und fährt ein wenig umsichtiger weiter, bis der Feldweg endet und eine hohe Hecke aus Hundsrosen, Haselnusssträuchern und Brombeeren vor uns aufragt, die mich an die undurchdringliche Mauer aus Dornen erinnert, die rund um das Dornröschenschloss aus dem Märchen wuchs.

Fifi parkt neben einem weißen Laster, der mit Holzteilen und Farbeimern beladen ist und auf dessen Seite das Logo *DJ Appleyard: Qualitative Bauarbeiten jeder Art* prangt. Beim Aussteigen aus dem Wagen nimmt meine Tante den Anruf eines Bekannten aus dem Gemeinderat entgegen, verspricht zurückzurufen und zeigt mir eine Lücke in der Hecke. Als ich mich zur anderen Seite durchgezwängt habe, muss ich reichlich schockiert feststellen, dass ich den Ort nicht wiedererkenne, obwohl ich vor vielen Jahren schon einmal hier war.

Linker Hand liegt der Wald, Longdogs Copse, und rechts eine kleine Koppel, die vollkommen mit Unkraut zugewuchert ist: Ampfer, Rosetten von Jakobskraut und Brennnesseln. Dahinter stehen ein paar Wirtschaftsgebäude: eine zu einer Seite hin offene Scheune, ein Stall, eine Reihe von Katzengehegen und was wir den neuen Zwingerblock genannt haben. In der Mitte der Freifläche befindet sich das Hauptgebäude der Anlage. Buttercross Cottage, ein idyllisches Lehmziegelhaus mit Strohdach und rautenförmigen Bleiglasfenstern und Blumen drumherum, ist verschwunden, nachdem es in einem Feuer vor drei oder vier Jahren zerstört wurde. An seiner Stelle steht nun ein reizloser moderner Bungalowkasten mit großen Fenstern, schiefergrauem Verputz und einer braunen Haustür.

»Das ist ein rechter Schandfleck«, bemerke ich.

Tante Fifi besitzt genug Anstand, um ein wenig beschämt auszusehen. Ich nehme an, sie hatte etwas damit zu tun. Sie hat Einfluss, muss man wissen. Sie weiß genau, wie man das System, das eine gerechte und demokratische Gesellschaft garantieren soll, am Laufen hält und manipuliert. Wenn sie nicht selbst Mitglied in irgendeinem der vielen Komitees von Talyton St. George ist, dann hat sie dort zumindest einen Spezi.

»Das ist so eine Sache. Manchmal frage ich mich, ob dieser Ort vielleicht verflucht ist.« Fifi hält inne. »Gloria ist in dem Feuer ums Leben gekommen und hat einige der Tiere mit sich genommen. Alex Fox-Gifford, der Tierarzt, landete im Krankenhaus. Es war eine schreckliche Katastrophe.«

Ich erinnere mich an Gloria Brambles, eine seltsame alte Frau mit blasser Haut, weißen Haaren, fingerlosen Handschuhen und einem Stück Bernstein mit einem eingeschlossenen Insekt, das an einer Kette um ihren Hals baumelte. Beide, Insekt und Besitzerin, waren durch die Umstände gefangen. Als Teenager habe ich immer wieder ausgeholfen, als sie die Schutzstation betrieb, die von Freiwilligen und Geldern des örtlichen Tierschutzbundes unterstützt wurde. Meine Eltern weigerten sich wegen ihres umtriebigen Lebensstils und der Kosten, dass ich ein Haustier bekam, und Gloria hatte Mitleid mit mir. Sie hat mir viel beigebracht.

Nach dem Tod ihres Ehemannes zog sich Gloria immer mehr aus der menschlichen Gesellschaft zurück und wandte sich ganz den Tieren zu. Sie sammelte sie geradezu zwanghaft. Da sie es nicht über sich brachte, sie in ein neues Zuhause abzugeben, behauptete sie, sie seien zu krank für eine neue Familie, gerade so, als leide sie an dem Münchhausen-Stellvertreter-Syndrom. Oder aber sie stellte Kriterien für die neuen Besitzer auf, die diese niemals erfüllen konnten. Sie zerstritt sich mit den Freiwilligen, indem sie behauptete, sie wüssten nicht, wovon sie redeten, wenn es darum ging, die Zwinger richtig zu reinigen oder mit den Hunden spazieren zu gehen, und meine Tante Fifi stellte ihre Besuche irgendwann ganz ein.

Am Ende liebte Gloria die Tiere zu sehr. Die Schutzstation kam immer mehr herunter, und die Tiere saßen da und litten, bis Maz sie wegen des Wohlergehens der Tiere in ihrer Obhut ziemlich heftig anging. In der Nacht, ehe Fifi und eine Gruppe von Freiwilligen helfen sollten, ein paar Tiere von ihrem Grundstück zu entfernen, steckte Gloria das Cottage in Brand. Sie soll gesagt haben, wenn sie die Tiere nicht haben konnte, dann sollte auch sonst niemand sie haben.

Ich erschaudere bei der plötzlichen Kühle der Luft.

Fifi meint, sie hätte bemerken müssen, dass Gloria zu gebrechlich und zu schwach war, um sich allein um die Tiere zu kümmern. Sie hätte darauf bestehen sollen, dass die Freiwilligen ihr weiterhin halfen, hätte einen Tierschutzbeauftragten wie Jack oder Andrea von der RSPCA, der landesweiten Tierschutzvereinigung, um Hilfe bitten müssen, oder sie hätte dafür sorgen müssen, dass ein Tierarzt regelmäßig nach dem Rechten sah. Aber es war Glorias Grundstück, was also konnte sie schon tun?

»Gloria hat kein Testament hinterlassen, was merkwürdig ist, wenn man bedenkt, dass ihr Mann Anwalt war und sie eine gebildete und intelligente Frau. Alles fiel an den Staat, dabei hätte es auch an uns fallen können.« Mit »uns« meint meine Tante den örtlichen Tierschutzverein.

»Ich glaube, sie hatte die Orientierung verloren«, sage ich.

»Den Leuten, die das Grundstück nach dem Brand gekauft haben, wurde eine Baugenehmigung für ein avantgardistisches Stahlträgerhaus erteilt. Im Gemeinderat gab es Vorbehalte, doch da das Grundstück so weit von Talyton selbst entfernt liegt, wer sollte da schon Bedenken haben? Es ist gut, mit der Zeit zu gehen, und niemand konnte wissen, ob dieses Gebäude in vielen Jahren nicht als wertvoller Bestandteil von Talytons Erbe betrachtet werden würde.«

»Und wo ist es dann?«, frage ich trocken. »Wo ist dieses erstaunliche Gebäude?«

»Leider hat die Familie das Bauvorhaben nie fertiggestellt. Es gab Probleme – eine Scheidung, glaube ich –, und das Geld ging ihnen aus.« Fifi lächelt. »Und an dieser Stelle konnte Talyton Animal Rescue einspringen. Erinnerst du dich an die Autorin Chastity Stubbs?«

»Die mit den Liebesromanen?«

»Talytons Antwort auf Barbara Cartland«, sagt Tante Fifi.

»Ich erinnere mich daran, dass ich einmal versucht habe, eins ihrer Bücher zu lesen. Dad hat sie immer im Bad liegen gelassen, als Lesestoff. Sie war ziemlich produktiv, nicht wahr?«

»Mit achtundzwanzig, so alt, wie du jetzt bist, hat sie angefangen, vier Bücher pro Jahr zu veröffentlichen, und an ihrem siebenundachtzigsten Geburtstag hat sie den Stift zur Seite gelegt und sich zur Ruhe gesetzt.«

Ich ziehe kurz in Erwägung, ihrem Beispiel zu folgen, aber ich bin zu desillusioniert von der Liebe und dem Glücklich-bis-an-ihr-Lebensende, als dass ich mich noch einmal damit befassen möchte. Für mich wird es keine törichten Romanzen mehr geben. Ich erinnere mich daran, dass die Heldin des Buches dumm wie Bohnenstroh war und der Held eines dieser unfassbar attraktiven, aber arroganten Alphamännchen, denen man gern eine reinhauen will.

»Was hat Chastity Stubbs mit der Rettungsstation zu tun?«, frage ich.

»Auch wenn du nicht viel von ihren Büchern hältst, so gibt es doch eine Menge Leute, die sie lieben. Sie hat ein Vermögen mit ihrer Schriftstellerei gemacht. Leider ist sie vor Kurzem in einem Pflegeheim in Talymouth gestorben. Sie hat nie geheiratet, vielleicht wegen der ganzen Romantik in ihrem Leben. Sie hatte auch keine Kinder, trotz der heißen Sexszenen …«

»Tante Fifi!«, rüge ich sie grinsend.

»Sie war ihrer Zeit voraus. Einige ihrer Liebesszenen waren ziemlich heiß. Sie hörte nicht an der Schlafzimmertür auf, was sie wahrscheinlich so erfolgreich gemacht hat. Wie auch immer, Chastity hat ihr Vermögen der Talyton Animal Rescue vermacht mit dem ausdrücklichen Wunsch, dass hier wieder eine Schutzstation für alle Kreaturen, ob groß oder klein, aufgebaut wird. Obwohl …« Wieder lächelt Fifi. »Wir werden wahrscheinlich die Grenze ziehen müssen, falls jemand mit einer Giraffe oder einem Elefanten aufkreuzt.«

»Ich wusste nichts von der Erbschaft.«

»Tessa, ich bin mir sicher, dass ich es dir gegenüber erwähnt habe, auch wenn du es sehr wahrscheinlich vergessen hast. Du warst in den letzten Monaten mit anderen Dingen beschäftigt.«

»Bitte erinnere mich nicht daran, was für eine Idiotin ich war.«

»Wir haben uns schon alle einmal zum Idioten gemacht. Und da wir gerade über Dummköpfe reden: Wo steckt DJ?« Sie blickt sich zögernd um. »Wir haben ihm damals den Auftrag als Bauunternehmer erteilt, weil er mir hoch und heilig versprochen hat, das ganze Projekt – also den Endausbau des Hauses, die Renovierung der Zwinger und den Bau von zwei Ställen am Ende der bestehenden Scheune – bis Ende April fertigzustellen. Und sieh es dir jetzt an. Es ist Anfang Mai, und es ist … eine Baustelle.«

Wir gehen zwischen einem Zementmischer und einem Stapel Säcke mit Bausand hindurch, von denen zwei aufgerissen sind. Ihr Inhalt ergießt sich auf das Ödland, das den Bungalow umgibt. Fifi bleibt stehen, stößt die Haustür auf und bittet mich hinein.

»Ich hätte es natürlich besser wissen müssen – ich hatte noch nie von jemandem gehört, dass DJ einen Auftrag termingerecht fertigbekommen hätte.«

»Lastminute.com«, sage ich lächelnd. Ich habe DJ schon mehrmals in Talyton gesehen, wo er an Anbauten und Dacherneuerungen gearbeitet hat.

»Aber er war billig und verfügbar, das sagte er damals zumindest.«

»Sind Sie hier, um mich wieder mal zu kontrollieren?« Ein kleiner, dunkelhäutiger, schwarzhaariger Mann Mitte fünfzig in einem mit Farbe bespritzten Overall tritt durch einen der Türbogen am Ende des engen Flurs – es gibt keine Türen. Er blinzelt ein paarmal, während er näher kommt, einen Malerpinsel in der einen und einen Kaffeebecher in der anderen Hand, aber ich denke mir nichts weiter dabei – es ist ein nervöses Zucken.

»Ich dachte, Ihr Sohn wollte Ihnen heute helfen«, sagt Fifi.

»Ach, er kommt morgen. Es ist was dazwischengekommen. Er macht ein Gebot für einen anderen Auftrag.« DJ grinst. Ich glaube, er hat Spaß daran, meine Tante aufzuregen.

»Wann werden Sie mit dem Bungalow fertig sein und mit den Zwingern anfangen können? Wir haben Tiere, die darauf warten. Unsere Pflegestellen sind bis an den Rand voll. Wir lange wird das noch dauern?«, fragt Fifi und klingt merkwürdig verunsichert. Sie ist es gewohnt, dass die Leute ihre Befehle ohne Widerworte entgegennehmen.

»Wie ich schon gesagt habe, Fifi, es dauert so lange, wie es dauert. Nicht länger und nicht kürzer.«

»Das reicht mir nicht. Wie ich sehe, sind die Heizkörper noch nicht angebracht.«

»Das passiert morgen.«

»Morgen«, wiederholt Fifi.

»Morgen.« DJ klingt, als glaube er wirklich daran, dass es wahr wird, wenn er es nur oft genug wiederholt.

»Ich führe meine Nichte ein wenig herum.«

»Passen Sie auf die Farbe auf«, warnt DJ sie. »Stellenweise ist sie noch feucht.« Und dann blinzelt er wieder, dieses Mal absichtlich, glaube ich, als wir an ihm vorbei in das Zimmer hinter ihm gehen.

»Was hältst du davon, Tessa?«, fragt meine Tante und begutachtet die Wände, die in einem gedämpften Cappuccino-Ton gestrichen sind. Ohne meine Meinung abzuwarten, fährt sie fort: »Man könnte es entweder als Wohnzimmer oder als Hauptschlafzimmer nutzen. Wir meinten, dass das vordere Zimmer gut als Büro und Empfangsbereich genutzt werden könnte. Es gibt noch ein weiteres Zimmer, das ein wenig kleiner ist als das hier, dazu eine kleine Küche und ein Bad. Es ist einfach, aber es hat alles, was man braucht.«

»Ich nehme an, ihr braucht jemanden, der vor Ort lebt.«

»So hatten wir uns das gedacht.« Fifi greift nach

meinem Arm. »Also, wenn du es schaffst, dir irgendwo ein Bett und eine Mikrowelle zu erbetteln, zu stehlen oder auszuleihen, kannst du morgen einziehen.«

»Ich?«

»Ja, du. Ach, Schatz, warum habe ich dich sonst wohl hergebracht? Ich kann keinen Job als Tierarzthelferin für dich finden, deshalb biete ich dir die Stelle als Managerin der Schutzstation an – gegen mietfreies Wohnen, die Nutzung eines Autos und einen Lohn in Höhe von …« Sie nennt eine Summe, die viel geringer ist als das, was ich verdienen könnte, wenn ich in eine Praxis zurückkehre. »Mehr kann ich dir nicht anbieten. Chastity war eine großzügige Wohltäterin, aber wir müssen die Gelder strecken.«

»Es ist ein ziemlicher Schock.«

»Ich kann nicht behaupten, dass es die Antwort auf all deine Gebete ist. Es wird dir nicht viel helfen in Hinblick auf deine finanzielle Situation, aber es löst das drängende Problem, einen anderen Platz zum Wohnen für dich zu finden.«

»Bist du dir sicher?« Ich blicke mich im Haus um. Es macht nicht viel her, das stimmt, aber es ist nicht weit weg von zu Hause, und – wie mein Vater sagen würde – in der Not schmeckt jedes Brot. Ein neues Heim für streunende und unerwünschte Tiere zu leiten wäre eine echte Herausforderung, es wäre mal etwas anderes und hätte das Potenzial zu einer dankbaren Aufgabe – und es würde mir die Zeit und den Raum geben, mir darüber klar zu werden, was ich auf längere Sicht machen soll. Aber ich hoffe, es ist keine Vorzugsbehandlung. »Ich möchte nicht, dass du mir diese Möglichkeit anbietest, weil ich dir leidtue«, sage ich schließlich.

»Tessa, du würdest mir und Talyton Animal Rescue

damit eine große Freude machen. Du bist eine qualifizierte Tierarzthelferin, die Tiere und ihr Wohlergehen liegen dir am Herzen, und du kannst gut mit Menschen umgehen.«

»Ich bin nicht so gut darin, jemanden zu durchschauen«, sage ich voller Reue.

»Einige Menschen sind undurchsichtiger als andere«, erwidert Fifi, und ich frage mich, ob sie dabei an Nathan oder sich selbst denkt. »Wenn du eine Tierarztpraxis betreiben kannst, dann kannst du auch die Schutzstation organisieren.«

»Ich habe vorher noch nie eine Praxis alleine geführt.« Ich habe mich um schwierige Patienten gekümmert, mich mit rauchenden Autoklaven herumgeschlagen und Auszubildende bei der Stange gehalten. Ich habe auch den Babysitter für Tierärzte abgegeben, die direkt von der Uni kamen und von denen einige den Eindruck machten, als könnten sie das eine Ende einer Spritze nicht vom anderen unterscheiden.

»Du musst die Freiwilligen bei Laune halten und Mittel auftreiben, um die Station am Laufen zu halten.«

»Ich dachte, das Komitee würde sich um das Fundraising kümmern?«

»Oh, das machen wir, aber wir brauchen ganz viel Input von dir. In diesem Sommer soll es einen Tag der offenen Tür und einen Ball geben. Das ist bereits beschlossene Sache.«

»Klingt nach Spaß.« Es würde mich von Nathan und meinen Geldsorgen ablenken. Es würde mir etwas geben, worauf ich mich konzentrieren kann.

»Ich habe eine ganze Armee von Freiwilligen, die gewillt sind, dir zu helfen, und der Vertrag läuft über ein Jahr, sodass du für eine Weile Sicherheit hast.«

»Ein Jahr?«, sage ich langsam. »Ich bin mir nicht sicher.« Ich fange an zurückzurudern, während die Zweifel wie Ratten in meinen Kopf wuseln. »Ich habe überhaupt keine Erfahrung damit, eine Schutzstation zu leiten. Ich will euch nicht enttäuschen.«

»Ich bin mir sicher, dass du das nicht tun wirst, Tessa. Denk darüber nach. Du musst mir nicht gleich antworten. Morgen früh reicht auch.«

»Das ist nicht lange hin.«

»Wir haben Tiere, die darauf warten, einziehen zu können. Unsere Pflegestellen sind voll, wie ich DJ bereits sagte. Die anderen örtlichen Tierasyle sind auch rappelvoll. Wir sind verzweifelt. Wir denken sogar zum ersten Mal über das Undenkbare nach.« Fifi sieht mich an. Ihre Augen glänzen vor Tränen. »Wir werden uns zwischen ihnen entscheiden müssen. Stell dir das mal vor.«

»So weit wird es nicht kommen.« Ich lege den Arm um die schmalen Schultern meiner Tante. »Kein Tierarzt, den ich kenne, lässt sich darauf ein, ein gesundes Tier einzuschläfern, es sei denn, es ist eine Gefahr für Menschen oder andere Tiere.«

»Es könnte passieren«, beharrt meine Tante. »In all den Jahren, die ich jetzt bereits im Komitee bin, war es noch nie so schlimm. Sieh dir nur den Hund an, den ihr zum Otter House gebracht habt.«

»Was ist mit ihm?« Ich verspüre einen Anflug von Panik. »Ich dachte, er wäre völlig genesen und bereit, nach Hause zu gehen.«

»Er hat kein Zuhause, er ist gesund und munter, aber er sitzt im Otter House fest.«

»Es ist drei Wochen her.« Mit einem schlechten Gewissen, dass ich über meinen eigenen Problemen den Hund vergessen habe, erinnere ich mich an den sanften

Ausdruck in seinen Augen und das Schlagen seiner Rute gegen die Vorderseite des Käfigs, als ich ein paar Tage nach der Hochzeit in der Tierarztpraxis vorbeisah, um mich nach seinem Befinden zu erkundigen.

»Unsere Pflegerin Wendy hat angeboten, ihn aufzunehmen, obwohl sie schon eine ganze Meute bei sich und eigentlich keinen Platz mehr frei hat, aber er hat versucht, alle anderen totzubeißen, sodass Maz ihn zurückholen musste. Sie hat bei allen Tierheimen in der Gegend angerufen und ihn überall auf die Warteliste setzen lassen, aber einstweilen …« Fifi hält kurz inne. »Tja, ich denke, man könnte es so sagen: Er blockiert einen Zwinger und belegt einen Platz, der für einen kranken Patienten gebraucht werden könnte. Wegen dieser Tatsache und seiner Geschichte als Gefahr für andere Tiere befürchte ich, dass er wohl in der Todeszelle landen wird. Er ist etwa zwei oder drei Jahre alt, und weil er ein Staffordshire-Bullterrier-Mix ist, wird es wegen deren Nähe zu Pitbulls und anderen Kampfhunden schwer sein, einen neuen Platz für ihn zu finden. Siehst du, Tessa, und hier kommst du ins Spiel. Dieser arme Hund braucht deine Hilfe – und er ist nicht der Einzige.«

»Hör mal, das kommt alles ein bisschen plötzlich«, sage ich hin- und hergerissen. »Ich brauche Zeit zum Nachdenken, Fifi. Ich kann dir morgen noch keine Entscheidung mitteilen – bitte gib mir ein paar Tage.«

»Ich weiß, dass du mit anderen Leuten darüber reden möchtest, aber ich könnte wirklich so rasch wie möglich eine Antwort vertragen.«

»Ich will mit Mum und Dad darüber reden«, erkläre ich, aber als Fifi mich nach einem Abendessen mit meinem Onkel in ihrem Haus daheim absetzt, sind meine Eltern mit ein paar Freunden zum Essen ausgegangen.

Eine Weile warte ich auf sie, schreibe Pro-und-Kontra-Listen zu Fifis Angebot und brenne darauf, ihnen die Neuigkeiten mitzuteilen, aber sie kehren erst nach Mitternacht zurück, als ich gerade eingeschlafen bin. Meine Mutter beschließt, dass sie Pfannkuchen mit Ahornsirup machen will, und mein Vater klopft an meine Tür, um mir diese Nachricht zu verkünden.

»Komm und setz dich zu uns, Tessa«, ruft er. »Versteck dich nicht länger in deinem Zimmer wie eine Prinzessin in ihrem Turm.«

»Dad, du hast mich geweckt«, sage ich und ziehe mir die Decke über den Kopf. Mit einem Mal finde ich großen Gefallen an der Schutzstation – ein ländlicher, isolierter Flecken Erde, wo ich mich zurückziehen und Zeit zum Nachdenken finden kann, wo ich morgens einen Grund habe aufzustehen, wo ich etwas bewirken kann –, doch ich geselle mich zu meinen Eltern in die Küche zu Pfannkuchen und einem Schlummertrunk und bespreche mit ihnen meine Möglichkeiten.

»Ich weiß sowieso nicht, wie du darauf gekommen bist, einfach so deine letzte Stelle aufzugeben.« Mum gießt sich einen zweiten kleinen Brandy ein. Sie hat einen weißen Bademantel angezogen, den sie bei einem Aufenthalt in einem Hotel hat mitgehen lassen, und pinkfarbene flauschige Hausschuhe.

»Ich habe sie nicht aufgegeben – sie hat mich aufgegeben.« Es war eine Mutterschutzvertretung, deshalb wusste ich also, dass es nicht für immer sein würde, obwohl ich mir in meinem Optimismus ausgemalt hatte, dass sich irgendwie eine Möglichkeit finden würde, dort zu bleiben.

»Ich meine den Job davor, Tessa«, sagt Mum streng, während Dad den letzten Pfannkuchen in die Luft wirbelt und es nicht schafft, ihn aufzufangen, was dazu führt, dass er laut und bellend lacht und mit einer Schüssel voller Seifenlauge und einem Mopp herumkaspert. Sein Lachen ist ansteckend, und bald lache auch ich, was mir eine willkommene Abwechslung zu meiner Beschäftigung mit Geld beziehungsweise dem Mangel daran und der Unsicherheit meiner Zukunft bietet.

Ich brauche ein Dach über dem Kopf und Arbeit, aber sollte ich bei dem bleiben, was ich kenne, der Arbeit als Tierarzthelferin, oder sollte ich ein Risiko eingehen und die Stelle bei der Schutzstation annehmen?

KAPITEL 4

Für jeden Topf den passenden Deckel

Am nächsten Tag, am Samstag, rufe ich Katie an und verabrede mich mit ihr auf einen Drink am Nachmittag.

»Wohin soll es denn gehen, Tess?«, fragt Dad und blickt von der Zeitung auf, als ich mir meine Schuhe und eine Tasche schnappe. Als ich es ihm erkläre, sagt er wie immer: »Viel Spaß, Prinzessin. Pass auf, dass du bis Mitternacht zurück bist …«

»… oder du verwandelst dich in einen Kürbis«, beende ich den Satz für ihn. Lächelnd gebe ich ihm einen Kuss, und weg bin ich. Ich treffe Katie vor dem Haus. Auf dem Weg zum Pub schlendern wir durch die Stadt hinunter zum Fluss, Katie mit komplettem Make-up, einem knappen Top und Leggings, während ich ein zu großes T-Shirt und Jeans trage. Nachdem Katie mich ausgeschimpft hat, weil ich mich nicht aufgedonnert habe, erzähle ich ihr von Fifis Angebot.

»Du wirst es doch wohl nicht annehmen?«, sagt Katie. »Du wärst verrückt, wenn du es tätest. Du wirst als bessere Hundehüterin und Mädchen für alles enden. Eine Vollzeitstelle mit Teilzeitbezahlung: Das klingt mir ganz danach, als wollte dich jemand ausnutzen.«

»Talyton Animal Rescue ist eine Wohltätigkeitsorganisation.«

»Das ist kein Grund dafür, einen Lohn zu zahlen, von dem man nicht leben kann.«

»Es gibt eine mietfreie Wohnung und freie Nutzung eines Vans.«

»Eines Vans! Nach dem fantastischen Mini, den Nathan dir geschenkt hat.« Katie kichert. »Wie cool ist das denn? Gar nicht.«

»Und ich würde mit Tieren arbeiten, was ich liebe«, fahre ich fort, während wir die Brücke überqueren, die den Verkehr von Talyton St. George zur Küste leitet. Sie wurde in Centurion Crossing umgetauft und ist ein Nachbau der alten Steinbrücke, die während Talytons großer Überschwemmung vor drei Jahren weggespült wurde. Wir gehen den Abhang auf der anderen Seite hinab und nehmen den Pfad am Flussufer entlang.

»Ich nehme an, es schadet nicht, wenn du es eine Zeit lang machst, bis du etwas Besseres findest«, sagt Katie schließlich.

»Hm, es gibt einen Haken. Fifi möchte, dass ich mindestens für ein Jahr unterschreibe, damit ich die neue Station zum Laufen bringen kann. Es geht nicht nur um die Tiere. Wir wollen auch Kampagnen organisieren, um Mittel aufzutreiben und Freiwillige zu werben.«

»Du sagst ›wir‹, als hättest du dich bereits entschieden«, meint Katie und zieht eine Augenbraue hoch.

»Ich habe ihr für morgen meine Antwort versprochen.«

Wir setzen unseren Weg über das freie Feld zur alten Bahnstrecke fort und klettern über den Zaunübertritt in das nächste Feld, wo wir auf eine Stute stoßen, die neben dem Fußweg grast. Sie ist in der prallen Sonne mit einem Seil und einer Kette an einem Pfosten angebunden – ohne Unterstand oder anderen Schatten – und hat einen kreisrunden Grasflecken bis zur blanken Erde abgemäht. Als wir näher kommen, bemerke ich, dass sie eher ein Pony als ein Pferd ist, ein schwarz-weiß gescheckter Cob mit langer Mähne und einem unglaublich dichten Schweif, der den Boden berührt. Als sie mich und Katie bemerkt, hebt sie den Kopf und blickt uns unter ihrem dichten Schopf hindurch an.

»Sie könnte ein paar Stufen in ihrem Pony gebrauchen«, bemerkt Katie trocken.

»Und eine ordentliche Pediküre«, fahre ich fort, als ich bemerke, dass ihre schwarz-weiß gestreiften Hufe lang und ungepflegt sind wie die Fingernägel eines alten Mannes. Ihre Beine sind geschwollen, ein Teil ihres Fesselbehangs ist ausgefallen, und ich kann ihre Rippen und ihre knochigen Hüften sehen. Die fehlenden Muskeln und der Mangel an Körperfett haben ihr einen Hirschhals beschert, der aussieht, als wäre er verkehrt herum aufgesetzt worden. Ich mache einen Schritt näher, doch sie weicht zurück und dreht uns die Kruppe zu.

»Ich kann nirgendwo Wasser sehen«, sage ich.

Katie zuckt die Achseln. »Ich nehme mal an, ihr Besitzer kommt hin und wieder und gibt ihr was zu saufen.«

»Sie ist ein Pferd. Sie sollte jederzeit Zugang zu frischem Wasser haben.«

»Tja, das weißt du am besten, Tessa. Ich kann kaum das eine Ende eines Pferdes vom anderen unterscheiden.«

»Das eine Ende beißt, das andere schlägt aus«, sage ich lächelnd. Dann werde ich wieder ernst. »Ich werde das anzeigen müssen.«

»Bist du dir sicher? Eigentlich geht es dich doch nichts an.«

»Ich kann es doch nicht auf sich beruhen lassen! Sie

sieht aus, als würde sie vernachlässigt.« Ich ziehe das Handy aus der Tasche, suche im Internet nach der Nummer des Tierschutzbeauftragten und warte darauf, dass jemand abnimmt, als Katie mich plötzlich heftig anstößt. Ich blicke zum Zauntritt hinüber, wo gerade ein großer Mann, einen Stock schwingend, und ein männlicher Teenager mit einer Kappe hinüberklettern und wilde Flüche in unsere Richtung ausstoßen.

»Mir gefällt das ganz und gar nicht«, sagt Katie. »Lass uns abhauen.«

»Das sind die Maddocks.« Ich unterbreche den Anruf. Frank Maddocks, seine Freundin und sein Sohn leben in einem Trailer auf ein paar Hektar Land hinter *Overdown Farmers,* der Großhandlung in Talyton St. Georges bescheidenem Gewerbegebiet. Er ist ein gerissener Typ, ein Wilderer und Kleinbauer, und ich würde ihm nicht gern allein im Dunkeln begegnen.

»Sofort weg von meinem Besitz!«, brüllt Mr. Maddocks. Er ist ungefähr vierzig, dunkelhaarig und mindestens eins neunzig groß. Er bleibt direkt vor mir stehen, sodass ich die Pockennarben in seinem unrasierten Gesicht sehen kann, und schlägt mit dem Stock auf den Boden. »Was zum Teufel glauben Sie eigentlich, was Sie hier tun?« Sein Bauch schwabbelt unter dem karierten Hemd, und seine Jeans hängen ihm in den Kniekehlen und schlagen über seinen braunen Arbeitsstiefeln Falten. »Ein Stückchen näher, und sie schickt Sie mit einem Tritt mit beiden Hufen zum Teufel!«

»Wir sind bloß hier vorbeigekommen, stimmt's, Tessa?« Katie zieht an meinem Ärmel. »Komm jetzt.«

Ich weiche nicht von der Stelle. »Sie hat kein Wasser«, halte ich ihm entgegen. »Wie würden Sie sich fühlen, wenn Sie nichts zu trinken bekämen?«

»Letzte Nacht hatte sie noch einen Eimer. Irgendein Lausbub muss ihn mitgenommen haben.« Als Mr. Maddocks sich der Stute nähert, legt sie die Ohren an und weicht vor ihm zurück, so weit die Kette es zulässt.

»Sie ist außerdem in ziemlich schlechter Verfassung«, beharre ich, obwohl Katie ihren Griff um meinen Arm verstärkt hat und versucht, mich fortzuziehen. »Man kann ihre Knochen sehen.«

»Das liegt daran, dass Sie es gewohnt sind, fette Ponys zu sehen. Das hier …«, er hebt den Stock, und die Stute schreckt zurück, »… ist ein Arbeitspony, kein Schmuckstück für die Weide, und erzählen Sie mir nicht, sie hätte nichts zu fressen. Hier ist doch überall Gras.« Er lacht und macht sich über mich lustig.

»Sie kommt nicht dran«, entgegne ich und schüttele Katie ab.

»Das liegt am Haltestrick«, sagt er sarkastisch.

Ich bin am Ende meiner Geduld, denke ich, während ich versuche, einen Weg zu finden, wie ich mit ihm umgehen kann.

»Und ich bin jetzt gekommen, um sie auf ein frisches Stück Weide umzustellen«, fährt er fort.

»Was ist mit ihren Beinen?«

»Das ist bloß ein Anflug von Mauke, und sie wird deshalb behandelt – ich benutze meine eigene Mixtur, Rizinusöl mit Zink, ziemlich regelmäßig.« Mr. Maddocks starrt mich aus zusammengekniffenen Augen an, die mich an einen Dobermann erinnern, und mein Herz pocht schneller. Ich mag ihn nicht. Er ist ein brutaler Kerl.

»Ich kann Sie anzeigen, das wissen Sie ja wohl«, sage ich und bin mir bewusst, dass Katie mir warnende Blicke zuwirft, als wolle sie sagen: Jetzt halt endlich die Klappe, um Himmels willen.

»Aber das werden Sie nicht tun, stimmt's.« Er kommt mir so nah, dass ich seine Spucke im Gesicht spüren kann. »Denn erstens wissen Sie genau, dass Sie mir nichts nachweisen können, und zweitens …«, er senkt die Stimme zu einem Flüstern, »… weiß ich, wo Sie wohnen, Schätzchen. Ihr Vater ist diese Tunte, der komische Typ, der sein Geld damit verdient, sich als Frau zu verkleiden.« Er gluckst und entblößt dabei seine fleckigen, kaputten Zähne. »Tja, nicht wirklich ein Hammel, der sich als Lamm verkleidet, was? Eher ein Bock, der sich als Hammel tarnt. Wie auch immer. Passen Sie mal schön auf sich auf.«

»Katie, hast du das gehört?« Ich blicke mich fieberhaft um und sehe, wie Katie auf dem Weg zurückweicht. »Er bedroht mich.«

»Ich mache nichts dergleichen. Ich bin ein friedliebender Mann, ein sanfter Riese.« Mr. Maddocks stupst seinen Sohn mit dem Ende des Stocks an. »Ich würde keiner Fliege was zuleide tun. Stimmt doch, Lewis?«

»Ja, genau«, murmelt der Junge, die Hände in den Taschen seiner Shorts und den Blick abgewandt.

»Bitte, Tessa«, bettelt Katie. »Lass uns einfach gehen.« Als wir davongehen, sagt sie: »Du wirst doch jetzt nicht den Tierschutzbund anrufen, oder? Wenn du das tust, weiß er genau, wer ihn angeschwärzt hat.«

»Ich kann das aber nicht auf sich beruhen lassen. Was ist, wenn das Pony stirbt, bloß weil ich weggeschaut habe? Das könnte ich mir nie verzeihen.«

»Dann warte wenigstens damit, bis wir im Pub sind. Ich weiß ja nicht, wie du das siehst, aber ich könnte jetzt einen Drink vertragen.«

Im Pub geht Katie direkt an die Bar, um zwei Weißwein zu kaufen, während ich draußen im Biergarten an einem der Tische sitze und den örtlichen Tierschutzbeauftragten anrufe. Es gibt eine Notrufnummer, weil es Samstagnachmittag ist, und als ich eine Nachricht hinterlasse, damit man mich später zurückrufen kann, meldet sich eine vertraute Stimme. Es ist Jack Miller.

Instinktiv will ich den Anruf abbrechen, denn er ist der letzte Mensch, mit dem ich reden möchte, doch das Wohl des Ponys steht auf dem Spiel, deshalb habe ich keine andere Wahl, als weiterzusprechen, meine Gefühle im Griff zu behalten und meinen anschwellenden Zorn zu unterdrücken, als die Erinnerungen an meinen Hochzeitstag mein Gehirn überfluten. Jack mag mich davor bewahrt haben, einen schrecklichen Fehler zu machen, doch deshalb fühle ich mich kein bisschen besser bei dem, was er getan hat. Er hatte kein Recht dazu.

»Tess«, sagt er, »schön, von dir zu hören.«

»Das ist kein privater Anruf.« Meine Stimme klingt scharf. »Ich melde mich wegen eines Ponys, das unten am Fluss angepflockt ist.« Ich mache eine kurze Pause. »Ich wusste nicht, dass du noch für den Tierschutzbund arbeitest. Ich dachte, du hättest gekündigt.«

»Ich hatte Glück – als ich aus dem Ausland zurückkam, habe ich direkt einen Job bei Talyton Animal Rescue bekommen.«

»Weiß meine Tante etwas davon?«, frage ich und habe den Verdacht, dass Fifi ihre üblichen Tricks anwendet und sich in das Leben anderer Leute einmischt.

»Das ist nicht dein Ernst«, sagt Jack. »Können Fische schwimmen? Sie ist Vorsitzende des Ausschusses, der mich ernannt hat. Nicht nur das. Deine Tante weiß über alles Bescheid, was hier in der Gegend passiert.«

Warum hat sie es mir gegenüber dann nicht erwähnt? Nicht zum ersten Mal wundere ich mich über Fifi. Sie muss gewusst haben, dass ich ihr rundheraus abgesagt hätte, wenn ich geahnt hätte, dass Jack für Talyton Animal Rescue arbeitet.

»Es ist ein eher seitlicher Schritt auf der Karriereleiter, aber ich wollte in der Gegend bleiben.« Jack zögert. »Geht es um die Rappscheckstute, die schwarzweiße?«

»Ich weiß, was ein Rappschecke ist«, entgegne ich ein wenig beleidigt.

»Natürlich. Ich meinte das nicht so …« Jacks Stimme, vertraut und doch fremd, glatt und doch bittersüß wie geschmolzene Zartbitterschokolade, verstummt allmählich. »Frank Maddocks pflockt sie immer wieder woanders an. Der Kricketklub ist wegen der Hufspuren auf dem ganzen Platz total in Aufruhr. Ich bin auf dem Heimweg, deshalb komme ich gleich hin und sehe es mir an. Bist du jetzt bei dem Pony?«

»Ich bin nicht dort geblieben.« Trotz meiner Gefühle Jack gegenüber warne ich ihn, vorsichtig zu sein. »Mr. Maddocks war ziemlich einschüchternd. Ich bin im Pub, dem *Talymill Inn*.«

»Ich bin so schnell wie möglich bei dir, Tess.«

Tess? Er hat mich immer Tess genannt, doch die Abkürzung meines Namens kommt mir wie eine zu intime Geste von einem alten Freund vor, von dem ich mich entfremdet habe.

»Ich heiße Tessa«, sage ich, und die Haut in meinem Nacken kribbelt vor Verärgerung.

»Okay, tut mir leid«, sagt Jack leise. »Ich wäre dir sehr dankbar, wenn du mir zeigen könntest, wo das Pony steht beziehungsweise stand. Frank treibt sie sehr wahrscheinlich gerade um, während wir gerade sprechen.«

Mist!, denke ich und starre blind auf das Display, als

es schwarz wird. Die Umstände haben sich gegen mich verschworen.

»Alles okay mit dir?« Katie schiebt ein Glas Weißwein über den Tisch und setzt sich mir gegenüber hin.

»Das war Jack. Tante Fifi hat praktischerweise vergessen, mir gegenüber zu erwähnen, dass er für Talyton Animal Rescue arbeitet.« Ich nippe an meinem Wein. »Sie hat mir die Entscheidung abgenommen. Ich kann jetzt unmöglich in die Schutzstation ziehen.«

»Mach dich nicht lächerlich. Du kannst wegen eines Mannes doch keinen Job ablehnen. Schon gar nicht wegen Jack. Noch wichtiger ist aber, dass du nicht länger wie eine Kandidatin für *Mach mich schön!* rumläufst. Du musst dich wirklich ein bisschen zusammenreißen«, sagt Katie und verstummt abrupt.

»Katie, was meinst du damit?« Meine Finger umklammern den Stiel meines Weinglases.

»Oh, es tut mir leid. Das sollte nicht wie Kritik klingen. Ich meine bloß, du solltest dein Leben wieder auf die Reihe kriegen.«

»Die Hochzeit ist gerade mal drei Wochen her«, sage ich. Ich bin enttäuscht über ihren offensichtlichen Mangel an Mitgefühl. »Verstehst du das nicht? Seit drei Wochen gehe ich durch die Hölle.«

»Schon gut, schon gut«, beruhigt mich Katie und berührt meine Hand. »Ich verstehe schon.«

Ich sehe sie an und frage mich, ob sie eine Ahnung hat.

»Du brauchst ein bisschen Aufmunterung, Tessa. Lass mich dir noch einen Drink besorgen«, fährt sie fort.

Ich blicke auf mein Weinglas. Es ist leer.

»Danke.« Ich lächle schwach.

»So ist es besser. Lass dich von den Kerlen nicht fertigmachen! Komm schon, du kannst dich entspannen.«

»Nicht wirklich. Jack kommt hierher, damit ich ihm zeigen kann, wo das Pony angepflockt ist«, platzt es aus mir heraus.

Katie nimmt mein Glas. »Ich hole dir deinen Drink.«

Als Jack im Pub auftaucht, beschließt Katie, dort zu bleiben, während ich Jack zeige, wo wir das Pony gesehen haben. Wir gehen schweigend nebeneinander her, und das leichte Zucken seiner Wangenmuskeln verrät sein Unbehagen in meiner Gegenwart. Seit ich ihn das letzte Mal in der Kirche gesehen habe, hat er sich die Haare schneiden lassen und ist zu seinem glatt rasierten Look zurückgekehrt, und obwohl ich versuche, ihn nicht anzusehen, bemerke ich, dass er ein grünes Poloshirt mit dem Logo der Talyton Animal Rescue, eine khakifarbene Cargohose und Stiefel mit unterschiedlich farbigen Schnürsenkeln trägt – einem schwarzen und einem braunen.

Zu meiner Erleichterung sind Mr. Maddocks und sein Sohn nirgendwo zu sehen, doch als wolle man mich Lügen strafen, hat jemand den Pflock versetzt, sodass das Pony jetzt auf einem frischen Weidestück grast, und einen Wassereimer in Reichweite abgestellt.

»Sie war da drüben angebunden.« Ich deute auf den kahlen Flecken. »Ich nehme an, du wirst sagen, dass du nichts tun kannst.«

»Lass uns nichts überstürzen«, sagt Jack. »Es bringt nichts, vorschnell zu handeln.«

Während ich ihm dabei zusehe, wie er aus einigem Abstand ein paar Fotos von der Stute und ihrer Umgebung macht, überlege ich, ob er mit seiner Bemerkung vielleicht mich meinen könnte und wie ich mich Hals über Kopf in meine Beziehung zu Nathan gestürzt habe. Ich war hingerissen von seinem Antrag, und sobald ich ihn angenommen hatte, ließ ich mich wie eine Steppenhexe in der Wüste mitzerren, unfähig, innezuhalten oder die Sache in den Griff zu bekommen. Das Kleid kaufen, die Blumen auswählen, die Kirche und den Vikar buchen: Es war unaufhaltsam. Mir wird klar, dass es wie eine erbärmliche Ausrede klingt, aber ich hatte nicht mal die Zeit, Atem zu holen, geschweige denn, mir der Konsequenzen bewusst zu werden.

»Komm her, Pony«, ruft Jack mit sanfter Stimme und steckt das Handy in die Tasche. Sie schlägt warnend nach ihm aus, damit er auf Abstand bleibt. Er zögert und lässt sie sich beruhigen, ehe er näher an sie herangeht, den Blick abgewendet und den Körper seitlich zu ihr, um das Maß an Bedrohung zu minimieren, was mir trotz allem ein Lächeln entlockt, denn niemand würde Jack jemals als bedrohlich beschreiben. Er ist warmherzig wie auch immens maskulin, eine unwiderstehliche Kombination, doch obwohl er viele Verehrerinnen hat, hatte er nach mir keine ernsthafte Beziehung mehr, soweit ich weiß. Nicht dass er wie ein Mönch gelebt hätte. Freundinnen gab es gewiss.

Ich blicke wieder zu der Stute, ein weibliches Wesen, das sich nicht von Jacks Gebaren und seinen körperlichen Merkmalen beeindrucken lässt. Sie hat beschlossen, dass er ihr jetzt nah genug gekommen ist, wirbelt herum und greift ihn mit gesenktem Kopf an, als wäre sie ein Nashorn. Mit blitzschnellen Reflexen dreht sich Jack um und rennt. Die Stute erreicht das Ende ihrer Kette und bleibt abrupt stehen, als wisse sie genau, wie weit sie gehen kann, steigt auf die Hinterhufe und stampft zweimal mit den Vorderhufen auf, ehe sie stehen bleibt, den Kopf schüttelt, die Ohren anlegt und die Zähne bleckt.

»Das ist aber eine wütende kleine Stute«, bemerkt Jack.

Wie ich, denke ich amüsiert darüber, wie sie sich ihm gegenüber verhalten hat. Ich bewundere ihren Kampfeswillen und frage mich, was mit ihr passiert ist, dass sie so streitlustig ist.

»Ich werde nicht an sie rankommen, oder?«, sagt Jack bedauernd. »Ich nehme mir Frank vor und rede mit ihm, um zu sehen, ob wir diese Angelegenheit klären können, ohne weitere Schritte einzuleiten.«

»Reicht das denn?«, frage ich rasch.

»Ich sehe nicht, warum nicht, wenn er einwilligt, einen Tierarzt kommen zu lassen, um einen Blick auf die Wunden an ihren Beinen zu werfen. Es ist eine dieser Grauzonen, an die ich ständig gerate«, erklärt Jack. »Der Zustand des Ponys ist nicht toll, aber es geht ihm bei Weitem nicht so schlecht wie anderen, mit denen ich schon zu tun hatte. Es ist kein eindeutiger Fall von Vernachlässigung. Es gibt nicht genügend Indizien, um in einem Gerichtsverfahren nachzuweisen, dass Frank Maddocks gegen das Tierschutzgesetz verstoßen hat. Aber mach dir keine Sorgen: Ich werde mehr als ein Auge auf ihn haben.«

Aber ich mache mir Sorgen, denke ich. Ich hasse es, wenn ein Tier leidet.

Als könne er meine Gedanken lesen, fährt Jack fort: »Ich werde ihn offiziell verwarnen.«

»Kannst du ihm nicht das Pony wegnehmen?«

Jack schüttelt den Kopf. »So gerne ich Frank auch alle seine Tiere wegnehmen würde – ich kann es nicht.«

»Bestimmt kannst du irgendwas unternehmen.«

»Ich habe die Gesetze nicht gemacht.«

»Das klingt mir sehr nach fauler Ausrede.«

»Mir sind die Hände gebunden«, sagt Jack schlicht. »Ich tue, was ich kann. Mehr kann ich nicht machen.«

»Was ist mit dir passiert? Wo ist dein Mitgefühl?« Am liebsten würde ich im Namen des Ponys verärgert mit dem Fuß aufstampfen. »Willst du wissen, was ich glaube?«

Jack steht mit verschränkten Armen da und neigt den Kopf. »Nein, aber ich bin mir sicher, du wirst es mir gleich sagen …«

»Du bist schon zu lange dabei. Du bist hart geworden, gleichgültig und zynisch.«

»Wie kannst du das sagen?« Ein Schatten legt sich auf sein Gesicht. »Ich nehme meinen Job sehr ernst. Ich bin nicht gleichgültig, Tess. Ich mache mir mehr Sorgen, als du je wissen wirst.« Er dreht sich um, und wir gehen zurück zum Pub, Jack ein paar Schritte vor mir, bis wir am Zauntritt ankommen, wo er stehen bleibt und wartet, bis ich hinübergeklettert bin. Mir wäre es lieber, wenn er mir nicht dabei zusehen würde, denn ich gehöre nicht zu den Glücklichen, die Zauntritte elegant überwinden.

»Tess, ich muss dir etwas sagen«, sagt er, als ich auf der anderen Seite von der hölzernen Stufe stolpere. »Es tut mir leid.«

»Es tut dir leid? Oh, wenn es hier um Persönliches geht, Jack, dann will ich es nicht hören.«

»Bitte, ich muss es mir von der Seele reden.«

»Das ist mir egal, denn es ist nicht wichtig genug und außerdem zu spät«, sage ich verbittert. »Außerdem sollte es dir leidtun, was du mir angetan hast und wie du Nathan und mich auseinandergebracht hast.«

»Dafür entschuldige ich mich nicht«, sagt er. »Was mir leidtut, ist die Art und Weise, wie ich die Hochzeit vor all deinen Familienangehörigen und Freunden gesprengt habe. Hör zu …«

»Was soll ich?«, unterbreche ich ihn.

»Ich habe versucht, dich vorher zu kontaktieren. Allein. Ich habe dich in der Nacht davor angerufen und unzählige SMS geschickt. Als du nicht reagiert hast, bin ich zum Haus deiner Eltern gefahren, aber deine Mum hat mich nicht reingelassen.«

»Jack, du hattest kein Recht dazu, eine Szene zu machen.«

»Ich wollte dich retten.«

»Um Gottes willen, du bist so was von melodramatisch! Ich bin achtundzwanzig Jahre alt – mich muss man nicht retten!«

»Du hast mich gerettet. Du hast mir mal das Leben gerettet.«

»Wenn ich nicht da gewesen wäre, wäre ein anderer eingesprungen«, erinnere ich mich.

»Das hat aber keiner getan. Du warst es.« Jack streckt seinen rechten Arm aus. »Hier ist der Beweis.«

»Jack, ich möchte es mir wirklich nicht ansehen.« Aber ich sehe trotzdem hin – natürlich nur wegen meines Interesses an Wundheilung und nicht etwa weil der Anblick seines festen, sich wölbenden Bizeps unwiderstehlich faszinierend ist. Bis zu seiner Ellenbogenbeuge hinab und darüber hinaus verläuft eine lange purpurfarbene Narbe als Beweis dafür, was bei dieser Party passierte, die Jack für seine Freunde anlässlich seines sechzehnten Geburtstags veranstaltet hatte, als seine Eltern in einem Hotel in Talymouth ihren Hochzeitstag feierten und nichts davon wussten.

Es war in der Dämmerung eines warmen Sommerabends, und wir tanzten, tranken und tobten im Garten herum. Die Jungs alberten herum, und ich tröstete Katie darüber hinweg, dass einer von ihnen, den sie besonders gern mochte, sie nicht angerufen hatte, obwohl er gesagt hatte, er würde es tun (heute klingt es nach nichts, aber mit sechzehn ist so etwas das Ende der Welt), als plötzlich jemand aufschrie und ein Krachen ertönte, gefolgt vom Geräusch zersplitternden Glases.

»Jack! Jack!«, brüllte jemand. »Du blutest!«

Innerhalb einer Millisekunde war ich an seiner Seite. Er saß auf dem Boden, umgeben von glitzernden Scherben, presste die Hand auf seine Armbeuge, und Blut spritzte zwischen seinen Fingern heraus.

»Ruft den Notarzt!«, rief ich, als ich mich neben ihn hockte. »Jack, ich bin da«, sagte ich und blickte mich fieberhaft nach etwas um, womit ich die Blutung stoppen könnte.

»Mir ist … komisch«, murmelte er.

»Es ist alles okay«, sagte ich und zog mein Top aus.

»Was machst du …«

»Ich mache einen Druckverband. Sieh nicht hin«, fügte ich hinzu, als mir heftig bewusst wurde, dass sein Blick in Richtung meines BHs wanderte. »So, lass mich dir das um den Arm binden.«

Als ich mein Top um seinen Ellenbogen band, spritzte mir eine Blutfontäne an die Brust, und eine Welle der Übelkeit stieg aus meinem Magen auf. Jack wimmerte, als ich das Material mit so viel Druck, wie ich aufbrachte, festzog und dabei achtgab, nicht irgendwelche Splitter, die in der Wunde stecken mochten, tiefer hineinzudrücken oder zu verschieben und noch mehr Schaden anzurichten. Das war der einzig nützliche Hinweis, den ich je bei den Pfadfindern aufgeschnappt hatte.

»Ein Rettungswagen ist unterwegs«, sagte Katie und

drängte sich durch die Menschenmenge. »Er wird in zehn Minuten hier sein, und es ist schon mindestens zwei Minuten her, dass ich angerufen habe«, fuhr sie fort, als sie meinen panischen Gesichtsausdruck sah, »also dauert es nur noch acht Minuten, sieben wahrscheinlich nur noch …«

Der Druckverband war dunkel und blutdurchtränkt, und ich brauchte eine weitere Lage Stoff, um ihn zu verstärken.

»Katie, gib mir deine Bluse«, sagte ich, »und deinen Gürtel. Sofort! Das ist jetzt nicht der richtige Moment, um so zu tun, als wärst du schüchtern.«

Katie spendete ihre Bluse, und einer der Jungs reichte mir seinen Gürtel. Ich wickelte beides über den behelfsmäßigen Druckverband und zog den Gürtel oberhalb von Jacks Ellenbogen fest. Sein Gesicht wurde aschfahl, seine Haut klamm und kalt. Zitternd kippte er gegen mich und verlor das Bewusstsein, und ich konnte nichts weiter tun, als ihn in den Armen zu halten und die widerlichen, sich vermischenden Gerüche nach Moschus, zerdrückten Tomaten und unerlaubtem Alkohol von ein paar Flaschen Holunderwein einzuatmen, den ich aus dem Keller meines Dads stibitzt hatte.

»Bleib bei mir, Jack«, bettelte ich. »Nicht einschlafen!«

»Lass mich nicht allein, Tess«, lallte er.

»Ich verlasse dich nicht.« Die Worte blieben mir in der Kehle stecken. »Das verspreche ich.«

Ich konnte spüren, wie er sich an meinem Körper entspannte. Ich überprüfte seine Atmung, die kaum spürbar war, wie der Kuss eines Schmetterlings an meiner Wange, und ein überwältigendes Gefühl der Trauer überkam mich, als mir klar war, dass ich ihn verlor.

»Jacks Eltern«, rief ich Katie zu. »Hat jemand seiner Mum und seinem Dad Bescheid gegeben?«

»Er ist da! Der Rettungswagen!«, rief jemand. »Lasst sie durch!«

Die Sanitäter übernahmen. Die Polizei traf ein, und auch mein Dad tauchte auf, der von Jacks Eltern herbeigerufen worden war, die sich auf direktem Weg ins Krankenhaus begaben. Dad sah mich an, reichte mir seinen Pulli und sagte: »Okay, Leute. Die Party ist aus.«

Die Party war aus, doch bald danach begann unsere Romanze. Ich erinnere mich daran, dass ich ihn zu Hause besuchte, nachdem er aus dem Krankenhaus entlassen worden war, und ihm Weintrauben mitbrachte. Wir saßen auf der Bank in der Nähe des Gewächshauses, von dem seine Eltern ein wenig zu spät aus Sicherheitsgründen alles Glas hatten entfernen lassen. Ich erinnere mich an seinen Minzgeruch und an sein kürzlich aufgetragenes Aftershave und daran, wie sein Arm, der gesunde, auf der Rückenlehne der Bank entlangkroch und sich auf meine Schulter legte und wie ich mich umdrehte und ihm in die Augen sah und mein Puls sich überschlug, als ich die Intensität seiner Gefühle in seinem Gesichtsausdruck las – dieses Mal nicht brüderliche Zuneigung, sondern Verlangen.

Er kam näher, bis unsere Lippen sich berührten und das Feuer jugendlicher Leidenschaft entflammten, und von da an war alles klar. Wir sahen uns praktisch jeden Tag, küssten uns viel und gaben einander kleine Notizen, Geschenke und Beweise unserer Liebe, bis Jack aufs College ging und wir gemeinsam beschlossen, Schluss zu machen. Es kam uns vernünftig vor, aber es fühlte sich an wie das Ende der Welt, und bis ich Nathan begegnete, war ich mir nicht sicher, über Jack hinweggekommen zu sein.

»Du hast mir das Leben gerettet«, wiederholt Jack, als wir uns dem Pub nähern. Hat Jack deshalb das Gefühl, mir etwas schuldig zu sein? Hat er deshalb meine Hochzeit platzen lassen? Ist er deshalb immer noch hier?

»Ich möchte mich nicht daran erinnern«, sage ich mit fester Stimme. Ich sehe ihn an, seine Miene ist sanft, offen und unermesslich traurig, und mein Herz zieht sich vor Bedauern zusammen. »Jack, ich verstehe das nicht. Ich habe keinen selbst ernannten Ritter in glänzender Rüstung gebraucht, der hereinstolpert und mich rettet. Und wenn mein Verlobter mit einer anderen geschlafen hat? Es ging dich nichts an! Und wenn du es aus Eifersucht getan hast« – wer stolpert jetzt herein, denke ich verärgert darüber, dass ich diesen Gedanken ausgeplaudert habe – »dann tut es mir leid. Seit wir Schluss gemacht haben und getrennte Wege gegangen sind, habe ich nie mehr auf romantische Art an dich gedacht. Kein einziges Mal«, fahre ich fort, und meine Worte gehen in dem heftigen Rauschen des Wassers im Mühlbach neben uns unter.

»Ich habe dich klar und deutlich gehört«, sagt Jack spitz, und weder triumphierend noch zufrieden blicke ich ihm nach, wie er im Pub verschwindet. Wenn Jack wegen Nathan gelogen hat, dann bin ich so schlecht wie er, denn ich habe auch gelogen.

Eine andere Erinnerung kommt mir in den Sinn. Meine Eltern gaben eine Einweihungsparty. Sie hatten sich nicht besonders viel dafür einfallen lassen, außer die Gläser aus der Bar im alten Pub zu holen und die Fässer im Keller leer zu trinken. Wie auch immer, es gab jedenfalls neun Kinder, einschließlich Jack, seiner Schwester und mir. Die Jüngeren nervten uns ständig und wollten Saft und Kekse – ich hielt mich für unglaublich reif, weil ich schon zwölf und somit eine der Ältesten war –, deshalb schlug Jack vor, wir könnten Verstecken spielen.

»Was meint ihr?«, sagte er an seine Schwester Libby und mich gewandt. »Wir könnten uns vor der ganzen Horde verstecken«, fügte er hinzu und grinste mich frech an. Jack erklärte die Regeln des Spiels und bestimmte Libby zum Sucher. Als sie anfing, bis hundert zu zählen, verteilten wir uns. Ich versteckte mich im Schrank im Gästezimmer im ersten Stock, saß im Dunkeln und lauschte auf Schritte und die Rufe in den anderen Teilen des Hauses. Jemand kam näher, die Tür öffnete sich und ließ einen schmalen Spalt Tageslicht herein.

»Tess, ist da noch Platz für mich?«, flüsterte Jack.

»Klar«, antwortete ich. »Mach schnell«, fügte ich hinzu, als er hereinkrabbelte. »Woher wusstest du, dass ich hier bin?«

»Ich hab dich beobachtet.« Er zog die Tür zu und setzte sich neben mich, fast auf mich drauf, mit seinem ganzen Gewicht auf meinem Bein. Ich erinnere mich daran, dass es am ganzen Körper kribbelte, während ich dasaß und mir nicht sicher war, welches sein Bein war und welches meins. Ich wünschte mir, für immer in diesem Schrank zu bleiben.

An den Weidenbäumen im Biergarten vorbei kehre ich zu Katie zurück, die gerade eine SMS schreibt. »Irgendwas Interessantes?«, frage ich sie, als ich mich setze und sie die Nachricht abschickt.

»Ich führe ein sehr langweiliges Leben«, antwortet sie und steckt das Handy in die Tasche zurück. »Wie ist es mit Jack gelaufen?«

»Es war leider ziemlich hoffnungslos. Er wird nichts für das Pony tun, außer mit Mr. Maddocks zu reden, und darin sehe ich nun wirklich keinen Sinn.«

Katie runzelt die Stirn. »Ich meinte nicht die Sache mit dem Pony. Ich habe nach ihm gefragt und danach, ob er irgendwas darüber gesagt hat, was bei der Hochzeit passiert ist.«

»Er hat versucht, sich zu entschuldigen, aber das spielt jetzt keine Rolle mehr.«

»Ich nehme an, er hat sich die Sache mit Nathans Untreue ausgedacht, weil er nicht wollte, dass irgendein anderer dich bekommt. Ich glaube nicht, dass er je über dich hinweggekommen ist.« Katie blickt mich von der Seite an. »Ehe Nathan aufgetaucht ist, habe ich mir deinetwegen so ähnliche Gedanken gemacht. Du hast Jack mal irrsinnig gemocht.« Ich will es abstreiten, doch Katie fährt fort: »Wir haben früher immer unsere Witze darüber gemacht. Erinnerst du dich nicht? Ehe du mit Jack zusammenkamst, hast du im Ort herumgehangen und dir gewünscht, du würdest dich spontan selbst entzünden, damit er herbeieilen und dich retten könnte. Es überrascht mich, dass du nicht wirklich in Flammen ausgebrochen bist – du warst ziemlich heiß auf ihn. Und als ihr euch getrennt habt, warst du am Boden zerstört.«

»Okay, vielleicht war ich das.« Ich hebe die Hände. »Aber jetzt empfinde ich nichts mehr für ihn«, füge ich hastig hinzu. »Können wir bitte das Thema wechseln?«

Wir reden über die Fortschritte beim Verkauf des Hauses – dem von Nathan und mir –, über Katies Arbeit im Beauty-Salon und die Pläne des Salons, jetzt auch Haarentfernungen für Männer anzubieten. Es ist fast wie in alten Zeiten, und ich bin viel aufgeräumter, als ich später am Abend ins Haus meiner Eltern zurückkehre, wo sie mit Freunden Bridge spielen.

»Möchtest du ein Glas Rosé?«, fragt Dad und wirft sich Erdnüsse in den Mund.

»Nein danke.«

»Spielverderberin«, ruft er mir hinterher, als ich in die Küche gehe, eine Tasse aus dem Berg schmutzigen Geschirrs bei der Spüle ziehe, sie auswasche und mir einen Tee mache, ehe ich nach oben in mein Zimmer gehe, um ein Wörtchen mit meiner Tante zu reden.

»Du hast mir nicht gesagt, dass ihr Jack Miller als Tierschutzbeauftragten eingestellt habt«, sage ich.

»Habe ich das nicht?« Es entsteht eine lange Pause, eine zu lange, und ich lächle vor mich hin, als sie fortfährt: »Ich muss es vergessen haben.«

»Klar doch«, sage ich ironisch.

»Es sollte dir wirklich egal sein, Tessa. Du wirst deine Basis in der Schutzstation haben, während Jack unterwegs ist. Er wird die meiste Zeit fort sein.«

»Ich werde ihn trotzdem sehen.«

»Er wird Tiere zu dir bringen und abholen, aber ich kann mir nicht vorstellen, dass das jeden Tag passieren wird.« Fifi seufzt. »Du darfst dir deine persönlichen Angelegenheiten wirklich nicht in die Quere kommen lassen, wenn dir diese wundervolle Gelegenheit geboten wird, wieder auf die Füße zu kommen. Natürlich wirst du irgendwann deine Differenzen mit Jack beilegen müssen.«

»Niemals.«

»Denk an die Tiere.«

»Ich kann nicht. Ich kann das einfach nicht. Ich will ihn nicht in meiner Nähe haben.« Ich habe das Gefühl, als hätte man mich hintergangen. »Warum hast du es mir nicht gesagt?«

»Weil ich wusste, wie du reagieren würdest. Du hättest abgelehnt.«

»Das hätte ich.« Ich zögere. »Ich lehne ab.«

»Du darfst dich niemals von einem Mann von irgendetwas abhalten lassen. Was ist aus der Mädchenpower geworden?«

»Ich glaube, du wirst feststellen, dass es damit seit den *Spice Girls* vorbei ist«, sage ich amüsiert. Meine Tante möchte glauben, sie wäre auf der Höhe der Zeit, aber tatsächlich hinkt sie mehrere Jahrzehnte hinterher.

»Hör zu. Maz vom Otter House war wirklich wunderbar, aber sie kann den schwarzen Hund nicht länger in der Praxis behalten. Er muss morgen da weg. Und Mrs. Dyer bringt drei verwaiste Entenküken vorbei, die ihre Deutsche Dogge am Fluss aufgebracht hat. Sie weiß nicht, wohin mit ihnen. Wie auch immer du dich entscheidest, es werden also Tiere in der Schutzstation ankommen.« Ich höre die Verzweiflung in der Stimme meiner Tante, und ich denke an den schwarzen Hund, der verwirrt und verlassen im Zwinger beim Tierarzt saß. »Tessa, sie brauchen dich«, fährt Fifi fort. »Wir brauchen dich. Zum Wohle der Tiere, wenn schon aus sonst keinem Grund, bitte ich dich aus ganzem Herzen: Schlag diese Möglichkeit nicht aus.«

KAPITEL 5

Entenmarsch

Ein paar Tage später hole ich meine restlichen Sachen aus dem Haus, das mir und Nathan gehört hat. Ich sehe noch einmal nach, ob ich auch wirklich alles aus der riesigen offenen Küche eingesammelt habe, die der Makler als perfekt für die wachsende Familie beschrieb, als wir das Haus kauften, und ich erinnere mich daran, wie ich Arm in Arm mit Nathan dastand und mein Herz vor Freude überquoll, als ich mir den Hochstuhl am Frühstückstresen vorstellte, die Babyflasche auf dem Tablett und das Spielzeug und Kuscheltiere über dem Laminatboden verteilt. In diesem Zimmer gibt es jetzt nichts mehr, was mir gehört, nicht einmal eine einzige glückliche Erinnerung an meine Zeit hier mit meinem Exverlobten.

Mit der allerletzten Kiste voller Make-up, Taschenbücher und Schuhe unterm Arm drehe ich mich noch einmal zur Fassade des Hauses um, zu den Fenstern, die in der Sonne glänzen, und mir wird schlecht, als mir klar wird, dass unsere Beziehung genau das war – eine Fassade.

»Beeil dich, Tessa«, ruft Katie vom Wagen herüber, der in der Auffahrt steht. »Du sagtest doch, du wolltest Nathan nicht begegnen.«

»Das will ich auch nicht«, sage ich rasch. »Danke,

Katie.« Ich mache den Kofferraum auf und stelle meine Kiste hinein.

»Wofür?«, fragt sie.

»Dafür, dass du so eine tolle Freundin bist, mir mehr hilfst, als du müsstest, und als Mittelsfrau fungierst. Das kann auch für dich nicht leicht sein.«

»Es ist kein Problem. Nathan und ich haben eine Abmachung getroffen.«

»Katie, du bist doch wohl nicht in ihn verliebt, oder?«, frage ich leichthin, als ich mich neben sie gleiten lasse und die Tür zuziehe. Ich muss mich schon wundern. »Es kommt mir so vor, als kämt ihr gut miteinander aus.«

»Natürlich bin ich nicht in ihn verliebt«, sagt sie und schimpft mich dafür, einen solchen Gedanken überhaupt auszusprechen. »Wir haben absolut nichts gemeinsam – von dir mal abgesehen.«

Je mehr ich darüber nachdenke, umso ähnlicher kommen sie mir vor mit ihrem Interesse an Gesundheit und einem schönen Körper.

»Oh, und einer Schwäche für die Formel Eins«, fügt Katie hinzu, während sie anfährt.

»Ich wusste nicht, dass Nathan Motorsport mag.« Ich blicke mich nicht um, denn ich würde weinen, wenn ich es täte.

»Es ist eine seiner Leidenschaften. Hat er mir erzählt.« Katie zieht eine perfekt gezogene Augenbraue hoch. »Ich hoffe, es macht dir nichts aus, dass ich immer noch in Kontakt mit ihm bin, Tessa. Wenn es zwischen dir und mir stehen sollte, mache ich Schluss damit und lösche seine Nummer aus meinen Kontakten.«

»Das musst du nicht«, sage ich ihr. »Danke für das Angebot, aber ich will nicht, dass Leute das Gefühl haben, sie müssten sich auf meine Seite stellen. Außerdem würde Nathan dann nur glauben, dass mir noch etwas an ihm liegt, was nicht der Fall ist.«

»So ist's richtig!« Katie tippt mit den Fingernägeln – diese Woche sind sie leuchtend pink – im Takt mit Beyoncé auf das Lenkrad.

Als wir an der Schutzstation ankommen, markiert eine dürre schwarz-weiße Katze einen der Blumenkübel neben der Haustür, verzieht sich um die Hausecke und verschwindet.

»Ist die ausgebüxt?«, fragt Katie, während wir anfangen, den Wagen auszuladen.

»Es sind noch keine Tiere hier. Ich nehme an, es ist eine Katze von einem der umliegenden Bauernhöfe. Ich frage meine Tante. Sie wird es wissen.« Ich seufze schwer. »Sie weiß alles.« Ich schließe die Haustür auf und lasse uns in den Bungalow hinein, stelle meine Sachen ab und hebe die Post auf, die sich vom Vortag auf der Fußmatte stapelt. »Stell die Kisten einfach irgendwo hin«, sage ich. »Ich räume sie später aus.«

»Lass es uns gleich erledigen«, sagt Katie. »Ich helfe dir.«

»Du musst nicht bleiben.«

»Ich will aber. Ich dachte, du könntest ein bisschen moralische Unterstützung gebrauchen, wenn Jack gleich mit dem Hund auftaucht.« Sie hält inne. »Wann ist die Einweihungsparty?«

»Du wirst es als Erste erfahren«, sage ich lächelnd.

»Weißt du, das Haus hier ist gar nicht so schlecht. Es hat Potenzial.«

»Es entspricht nicht ganz meinem Geschmack, aber ich habe großes Glück. Es liegt weit ab vom Schuss und ist ruhig, und ich freue mich auf einen ungestörten Schlaf, ohne mitten in der Nacht von meinen Eltern aufgeweckt zu werden. Obwohl ich sie beide schrecklich vermissen werde, vor allem Dad.«

»Ich glaube nicht, dass es allzu ruhig sein wird«, bemerkt Katie, als die Türklingel die Melodie »Der einsame Ziegenhirte« aus *The Sound of Music* spielt. »Hat deine Tante die Klingel spendiert?«

»Das nehme ich an. Sie stammt offensichtlich aus einer Produktserie, die sich unten im Gartenzentrum nicht ordentlich verkauft hat.« Ich kichere, als ich zur Tür gehe, wo ich zwei Damen fortgeschrittenen Alters (höflich ausgedrückt) vorfinde. Sie tragen saloppe Sweatshirts und Jogginghosen und rangeln vor der Tür um den besseren Platz.

»Hallo, Tessa. Was machen Sie hier?«, sagt die Größere der beiden, die kurzes graues Haar und einen rötlichen Teint mit geplatzten Äderchen hat, eine Hornbrille trägt und strahlend weiße Turnschuhe.

»Ich ziehe heute ein. Meine Freundin Katie ist hier und hilft mir dabei.«

»Oh?«, sagen die beiden Damen wie aus einem Mund. Sie sehen einander an und tauschen unausgesprochene Botschaften aus. »Ist Ihre Tante in der Nähe?«, fragt die Größere.

»Sie sollte eigentlich hier sein, aber bisher hat sie sich noch nicht blicken lassen. Ich erinnere mich von früher an Sie, als Gloria das Tierasyl betrieb«, sage ich und freue mich, vertraute Gesichter zu sehen. »Sie sind Wendy«, füge ich an die Größere gerichtet hinzu, »und Sie Diane.«

»Ich bin dafür zuständig, ein neues Zuhause für die Tiere zu finden, und habe außerdem ein paar Hunde für Talyton Animal Rescue in Pflege«, sagt Wendy, »und Diane ist zurzeit Kassenwartin des Komitees.«

»Wir sind die Dienstagsgang«, sagt Diane, deren blondes Haar bis knapp auf die Schultern fällt und die flache Mokassins mit Ledertroddeln trägt.

»Wir sind Ihre Freiwilligen des Tages«, führt Wendy fort, als sie mein Stirnrunzeln bemerkt.

»Gibt es noch mehr von Ihnen?« Ich frage mich, was aus der Freiwilligenarmee meiner Tante geworden ist.

»Nein, bloß uns zwei«, bestätigt Wendy meine Befürchtungen, dass der Rest der Truppe entweder desertiert oder noch nicht ausgehoben ist. »Sind Sie sich sicher, dass Ihre Tante nicht da ist?«

»Ich kann Ihnen versichern, dass sie es nicht ist«, sage ich, als Diane ihren Fuß nach vorn schiebt, als wolle sie ins Haus treten. »Ich habe sie heute noch nicht gesehen.«

»Es sieht Fifi gar nicht ähnlich, sich so rarzumachen«, bemerkt Wendy. »Normalerweise liebt sie es, im Mittelpunkt zu stehen.«

»Na ja, es ist ziemlich offensichtlich, warum«, sagt Diane. Obwohl sie eine Figur hat, die man mit einer fröhlichen, gemütlichen Person in Verbindung bringen würde – gut gerundet und gepolstert –, ist sie doch eher kratzbürstig, und ich bin mir nicht sicher, ob wir miteinander auskommen werden. Sie unterwirft mich einem intensiven Anstarren.

»Ich kann ihr ausrichten, dass Sie sie sprechen wollen«, biete ich meine Hilfe an.

»Ich glaube nicht, dass das nötig sein wird. Wissen Sie, ich bin mir sicher, dass sie das bereits weiß und uns aus dem Weg geht.«

»Gibt es ein Problem? Irgendetwas, bei dem ich behilflich sein könnte?«

»Nein, nein. Wir müssen das mit Fifi klären«, sagt Diane mit hochrotem Kopf.

Wendy schaut mich entschuldigend an. »Diane, lass uns nicht unhöflich Tessa gegenüber sein. Sie kann nichts dafür. Was können wir tun? Wir sind bis Mittag hier«, meint Wendy. »Dann muss ich nach Hause und die Hunde rauslassen.«

»Und ich habe einen Termin bei Dr. Mackie wegen meines Asthmas«, sagt Diane, und ich fange an, mich zu fragen, ob sie mit ihrem Übergewicht und ihrer Atemnot überhaupt als Freiwillige helfen sollte.

»Ich kann mit Hunden spazieren gehen, aber wegen meiner Arthritis kann ich nichts Schweres heben«, sagt Wendy, als lege sie Wert darauf, sich nicht ausstechen zu lassen.

»Na ja, ich kann jede Hilfe gebrauchen«, sage ich fröhlich. »Es gibt genug zu tun.«

»Ich würde mich gern um die Katzen kümmern, die kleinen Schätzchen«, sagt Diane, woraufhin ich darauf hinweisen muss, dass es noch keine Tiere in der Schutzstation gibt, Jack jedoch einen Hund vom Otter House herüberbringt.

»Sie könnten in einem der Zwinger eine Schlafstelle für ihn herrichten«, schlage ich vor.

»Für den Hund oder für Jack?«, kichert Diane. »Ich hätte nichts dagegen, ein Bett für Jack Miller herzurichten. Er ist ein Traummann.«

»Ach, du unartiges Ding«, sagt Wendy. »Kümmern Sie sich nicht um Diane«, wendet sie sich an mich. »Sie ist der schwärmerische Typ von uns beiden.«

»Von ihm lasse ich mich jederzeit umschwärmen.« Diane fächert sich Luft zu. »Ich habe Hitzewallungen. Muss an meiner Hormonersatztherapie liegen.«

»Was können wir sonst noch tun?«, fragt Wendy.

»Meine Tante hat einen Zettel am Empfang hinterlassen. Der Baumeister ist mit der Küche im Zwingertrakt fertig, hat sie aber ziemlich chaotisch hinterlassen. Ein paar Farbeimer müssen rausgetragen und die Fliesen müssen noch ausgefugt werden, und das hintere Ende der Scheune muss leer geräumt werden, damit DJ dort die Ställe bauen kann.«

»Ich habe Lust auf ein bisschen Fugenkitt«, sagt Wendy.

»Ich bin bereits völlig erschöpft.« Diane wischt sich die Stirn. »Ich könnte einen Kaffee vertragen, ehe wir anfangen. Haben Sie welchen da?«

»Es sollte welchen in der Küche hier geben. DJ hat die Fronten noch nicht an die Schränke montiert, passen Sie also auf, dass Sie nicht darüber stolpern. Ich packe weiter aus, damit ich wenigstens meine Kisten loswerde.«

»Sie sollten sich mit dem Auspacken vielleicht noch ein bisschen Zeit lassen, Tessa«, sagt Diane.

»Gibt es ein Problem? Wenn ja, dann denke ich wirklich, dass Sie es mir sagen sollten.«

»Tja, ich nehme an, Sie werden es ohnehin früh genug herausfinden«, sagt Wendy. »Sag es ihr, Diane.«

»Sosehr ich es auch hasse, schlecht über solche Wichtigtuer wie Ihre Tante zu reden …«, fängt Diane an.

»Wir wollen nicht vergessen, dass es Leute wie Fifi sind, die die Welt am Laufen halten«, unterbricht Wendy sie. »Ohne ihre Bemühungen hätten wir niemals die Schutzstation in die Hände bekommen. Ihr liegen die Tiere am Herzen.«

»Es ist sehr schade, dass sie nicht dieselbe Rücksichtnahme den am Projekt beteiligten Personen gegenüber an den Tag legt«, fährt Diane ruhig fort. »Tessa, Ihre Tante hat das Komitee mit Füßen getreten, indem sie ihre

Entscheidungen ohne vorherige Absprachen getroffen und auch die angemessenen Verfahrensabläufe nicht eingehalten hat.«

»Sie hat uns nicht einmal erzählt, dass sie Sie hier hat einziehen lassen, geschweige denn, dass sie Sie als Managerin eingesetzt hat«, sagt Wendy.

»Es gab keine Ermächtigung, keine Erörterung, keine Abstimmung.« Diane schüttelt den Kopf. Ihre Wangen färben sich dunkelrot.

»Es ist falsch«, bestätigt Wendy.

»Es ist mehr als das. Es ist eine absolute Schweinerei.« Diane mustert mich aus kleinen Knopfaugen, die mich an einen missgünstigen Hamster erinnern, einen von der Art, die unten in ihrer Kiste sitzen und dich beißen, ehe du es schaffst, sie am Nackenfell zu packen. »Sie wären nicht meine erste Wahl gewesen. Sondern Jack.«

Schon wieder Jack, denke ich mutlos. Alle lieben ihn. Bloß ich nicht.

»Wo genau stehe ich also?«, frage ich. »Ich meine, habe ich den Job nun oder nicht?«

Da ich nun einmal so weit gekommen bin, stelle ich fest, dass ich mich mehr auf die Herausforderung, eine Rettungsstation zu betreiben, freue, als ich es für möglich gehalten hatte, darauf, mit tierverrückten Freiwilligen zu arbeiten und mit den Tieren selbst, mit kranken, verstörten und unerwünschten Tieren, die gerettet werden müssen, wie der schwarze Hund, der genau in diesem Moment mit Jack auf dem Weg zur Station sein sollte. Ich ertrage den Gedanken nicht, dass mir diese Gelegenheit in letzter Minute wegen eines dämlichen Streits zwischen der Vorsitzenden und dem Rest des Komitees genommen wird.

»Es tut mir leid, aber diese Frage können wir im Augenblick nicht beantworten«, meint Wendy. »Sie werden abwarten müssen, was passiert.«

»Wir werden es Ihnen sagen, wenn wir mit Ihrer Tante gesprochen haben«, sagt Diane direkter. »Und jetzt wollen wir weitermachen. Haben Sie koffeinfreien Kaffee da? Nein? In dem Fall werde ich Tee trinken müssen. Haben Sie Tee?«

»Ich glaube schon.« Ich hoffe es, denke ich. Ich hatte angenommen, dass die Freiwilligen sich vor Entgegenkommen überschlagen würden, aber ich spüre, dass insbesondere Diane eine sehr fordernde Frau sein wird, und ich bin tatsächlich erleichtert, als ich den weißen Minivan von Talyton Animal Rescue – dessen Benutzung mir als Teil meiner Abmachung angeblich zusteht – auf den Parkplatz fahren sehe.

»Das ist Jack, dein erstes Tier, das keiner mehr will«, sagt Katie, die mit mir nach draußen geht. »Tessa, das muss ja so was von unangenehm für dich sein.«

»Es geht schon. Wenn ich mir das nur oft genug vorsage, werde ich irgendwann schon selbst daran glauben«, fahre ich müde fort. Die Tatsache, dass ich Jack wieder begegnen werde und herausgefunden habe, dass ich möglicherweise von hier fortmuss, ehe ich mich richtig eingerichtet habe, macht es nicht gerade zu einem leichten Tag für mich.

Katie und ich schieben uns an Wendy und Diane vorbei, die auf der Türschwelle stehen bleiben, sich aber zu dem Minivan umdrehen, Diane mit halb geöffnetem Mund, wie ich feststelle, als Jack herausspringt und zur Hecktür des Wagens geht. Er macht sie auf, woraufhin der schwarze Hund an einer Leine herausspringt. Jack bekommt das Ende zu fassen und zieht die Leine ein, bevor er sich aus dem Staub machen und sein vorheriges Dasein als Streuner wieder aufnehmen kann und die braven Hunde von Talyton St. George terrorisiert.

Jack, der ein Sweatshirt und Cargohosen trägt, bringt ihn zu Katie und mir herüber.

»Hi«, sagt er und schaut mich direkt an.

»Hi«, antworte ich, denn mir fällt nichts Besseres ein. Er macht den Eindruck, als fände er die Situation mindestens so schwierig wie ich, doch er hat es nicht anders verdient, sage ich mir, obwohl es mir schwerfällt, nicht Mitleid mit diesen schönen braunen Augen zu haben, die tief in meine blicken (und ich rede hier nicht von denen des Hundes).

»Ich übernehme ihn.« Ich strecke die Hand aus und ergreife das Ende der Leine. Der schwarze Hund steht mit gesenktem Kopf und zwischen die Hinterbeine geklemmter Rute da.

»Hier ist sein Entlassungsschreiben vom Tierarzt«, sagt Jack und gibt mir einen Umschlag. Ich fasse ihn an der Ecke an, als wäre er mit Anthrax vollgestopft, und schiebe ihn in meine Hosentasche.

»Müsstest du ihn nicht offiziell aufnehmen oder so was?«, sagt Katie hilfreich.

»Äh, ja, irgendwann schon, nehme ich an.«

»Fifi hat ein paar Formulare im Büro deponiert. Sie sagte, wir sollten die verwenden.« Jack hebt die Hände. »Nicht dass du glaubst, ich wolle dir sagen, wie du deinen Job hier erledigen sollst.«

»Ich muss los. Wir sehen uns später, Tessa«, sagt Katie.

»Danke für deine Hilfe.« Ich verabschiede mich von ihr, ehe ich den Hund an meinem Arm schnüffeln lasse und sein kurzes, samtenes Fell streichle, woraufhin er vor mir zurückweicht. Er ist ein sehr unglücklicher Hund.

»Wie heißt er?«, frage ich und blicke zu Jack auf.

»Er hat keinen Namen«, antwortet er ernst.

»Haben ihm die Mitarbeiter vom Otter House denn keinen gegeben?« Ich bin überrascht, denn das ist normalerweise das Erste, was in einer Tierarztpraxis geschieht.

»Sie haben ihn den schwarzen Hund genannt. Ich habe ein paar Namen auf dem Weg hierher ausprobiert, aber er reagiert auf keinen: Dillon, Danny, Derek.«

»Du bist nur bis zum D gekommen«, sage ich amüsiert. »Was, wenn sein Name mit einem R anfängt? Wie wäre es mit Buster? Hast du den ausprobiert?« Warum ist mir gerade dieser Name eingefallen? Der schwarze Hund blickt zu mir auf und wedelt halbherzig mit dem Schwanz. »Buster ist nicht gerade ein cooler Name, nehme ich an.«

»Er ist auch nicht gerade ein cooler Hund. Er kommt mir ziemlich nervös vor, wie dieser Cartoon *Eric im Stress*. Wie wäre es mit Eric?«

»Mir gefällt Buster besser.«

»Die Entscheidung liegt bei der Managerin«, gibt Jack nach. »Wie Buster weiß ich, wo mein Platz ist«, fährt er trocken fort. »Sollte er nicht irgendein Schild haben, das wir an seinem Zwinger anbringen?«

»Bisher ist er der einzige Hund hier«, stelle ich fest. Es nervt mich, dass Jack so sehr darauf aus ist, mir sagen zu wollen, wie ich meinen Job hier zu tun habe.

»Ich denke dabei an die freiwilligen Helfer. Sie müssen es irgendwie protokollieren können, wenn sie ihn gefüttert haben und mit ihm spazieren gegangen sind.«

»Alle beide.« Trotz allem lächele ich. »Fifis Armee. Ich bringe später etwas an. Lass ihn uns erst einmal unterbringen.« Ich nehme die Leine auf. »Komm mit, Buster.«

Er ist von seiner neuen Unterkunft nicht gerade beeindruckt, und nur gemeinsam schaffen Jack und ich es, ihn in den einzigen Zwinger zu schieben, der inzwischen fertig ist. Es sollten eigentlich zehn sein, doch DJ hat es erst bis zum zweiten geschafft, bei dem er gerade die Gittertür anbringt.

»Es freut mich zu sehen, dass Sie Fortschritte machen«, sage ich leichthin.

»Gut Ding will Weile haben, mein Schatz«, erwidert DJ und bückt sich nach einem Schraubenzieher in seinem Werkzeugkasten.

»Hm, dann schaffen Sie es heute wahrscheinlich noch nicht, die Schranktüren in der Küche anzubringen?«

»Die sind das Nächste auf meiner Liste, aber heute wohl noch nicht«, sagt DJ ernsthaft.

»Ich hatte gehofft, mir morgen mein Frühstück machen zu können, ohne über das ganze Holz zu stolpern.«

»Ihre Tante will, dass ich zuerst den Stall fertig mache. Das wird schon ein paar Tage dauern, denn ich muss einen Minibagger besorgen, um den Boden in der Scheune auszuheben, und dann will sie noch eine Trennwand gegen die Zugluft, und die muss doppelwandig sein.« Er geht in die Defensive. »Und sie hat gut reden, mir vorzuwerfen, dass ich mit der Arbeit hinterher bin, während sie mit den Zahlungen nicht ganz auf dem Laufenden ist. Sie schuldet mir einiges an Materialkosten.« DJ ist jemand, der nicht lange böse bleiben kann. Er lächelt. »Sie sollten mich besser weitermachen lassen, falls Sie heute noch mehr Hunde reinbekommen.«

Ich blicke zu Buster hinüber, der unruhig auf und ab läuft.

»Schon gut, mein Schatz. Ich habe ein Auge auf ihn.«

»Danke.« Ich verschränke die Arme vor der Brust, während ich mit Jack zum Bungalow zurückgehe und dabei betont Abstand zu ihm halte.

»Du brauchst dir keine Sorgen zu machen, Tess«, nimmt Jack das Gespräch auf. »Ich werde dir nicht die ganze Zeit in die Quere kommen. Ganz im Gegenteil, ich habe vor, mich hier so selten wie möglich blicken zu lassen.«

»Ob du hier bist oder nicht, ist mir egal. Ich wurde eingestellt, um die Schutzstation zu leiten, und ich werde mich nicht von persönlichen Differenzen davon abhalten lassen, meinen Job zu erledigen.« Okay, denke ich, vielleicht bin ich nicht lange hier, aber das werde ich Jack nicht wissen lassen, damit es seine Meinung über meine Zuständigkeit nicht beeinflusst.

»Botschaft angekommen«, sagt er leise. Obwohl ich nichts mehr mit ihm zu tun haben will, kann ich es nicht verhindern, mit ihm zusammenzuarbeiten. Zum Beispiel habe ich am Morgen eine Katze entdeckt. Da er einige Jahre im örtlichen Tierschutzverband gearbeitet hat, ehe er ein Sabbatjahr nahm, kennt Jack die Gegend und die Tiere, die hier leben.

»Das wird eine der verwilderten Katzen sein«, erklärt er. »Nachdem das Cottage in Flammen aufgegangen war, sind einige von Glorias Schützlingen ausgebüxt und haben sich mit den bereits hier in der Gegend wild lebenden Katzen gepaart. Deren Nachkommen haben sich vermehrt und deren Nachkommen wieder, und inzwischen wimmelt es hier nur so von Katzen, aber ich bin an der Sache dran. Ich habe es so eingefädelt, dass ich ein paar Fallen von einem Freund leihe. Das Komitee konnte sich wenigstens auf eine Sache einigen: die Katzen zu fangen, zu kastrieren und dann wieder auszusetzen.« Er zögert, blickt mir in die Augen, und ein leises Lächeln umspielt seine Lippen. »Ich nehme an, ich sollte diesen Plan zunächst mit der neuen Managerin besprechen.«

»Das solltest du, wenn du dich mit ihr gut stellen willst«, sage ich heiter.

»Ich bringe die Fallen heute Nachmittag vorbei. Ich sollte das gute Wetter ausnutzen und sie aufstellen.«

Als Jack wegfährt, bringt mir Mrs. Dyer, die Frau des Metzgers, in einem Karton die Entenküken.

»Die Mutter kümmert sich nicht um sie«, erzählt Mrs. Dyer Diane, Wendy und mir bei einer Tasse Tee und Keksen. »Ich habe sie über Nacht mit in den Laden genommen, aber ich habe Angst, dass mein Hund sie sich schnappt, wenn er nur in ihre Nähe kommt. Was meinen Sie, wie alt sie sind?«

»Tessa, was meinen Sie? Sie sind hier die Tierarzthelferin«, wendet sich Wendy an mich.

»Ihre Schätzung ist vermutlich genauso gut wie meine.« Ich linse in den Karton. Sie sind weder besonders klein noch besonders groß für Entenküken. »Vielleicht drei Wochen alt.«

»Jack wird es wissen«, sagt Diane voller Überzeugung. »Ich frage ihn, wenn ich ihn sehe.«

Langsam bekomme ich das Gefühl, dass ich mich mit Jack in der Nähe erst noch beweisen muss.

»Wohin sollen wir sie bringen, Tessa?«, fragt Wendy.

Ich denke einen Augenblick lang nach.

»Wir sind nicht auf Entenküken vorbereitet, deshalb werden wir improvisieren müssen. Wir können in der Scheune ein kleines Gehege mit Stroh und einem Wassernapf einrichten. Den müssen wir mit Steinen füllen, denn wir wollen ja nicht, dass die Entlein ertrinken – möglicherweise sind sie noch nicht wasserdicht.«

»Gloria hat ihnen frisch geschnittenen Löwenzahn gegeben und Salatblätter aufgehängt, an denen sie picken konnten«, sagt Wendy.

»Wie lange werden sie hierbleiben müssen?«, fragt Mrs. Dyer.

»Wir können sie freilassen, wenn sie acht Wochen alt sind und ihr vollständiges Federkleid haben«, sage ich. »Wir werden einen passenden Teich für sie suchen müssen.«

Aus Maschendraht und einigen Stangen baue ich nach Wendys und Dianes Anweisungen ein provisorisches Gehege an dem einen Ende der Scheune, deren anderes Ende DJ in zwei Ställe umbauen soll, und wir lassen die drei braun-beigen daunenweichen Entlein hinein. Sie rennen darin herum – ich wollte schon sagen, wie kopflose Hühner, dabei sind sie natürlich Enten – und erkunden fieberhaft ihre neue Umgebung.

Ich biete an, Stroh von einem der örtlichen Bauern zu kaufen und einen Sack Futterpellets zu besorgen. Als Diane sagt, der Verein werde mir meine Auslagen erstatten, ist es mir zu peinlich, darauf zu bestehen, das Geld im Voraus zu bekommen, doch ich habe kein Geld außer den zwanzig Pfund, die mir mein Vater geliehen hat, damit ich mir Lebensmittel kaufen kann, um meinen Haushalt hier in der Schutzstation zu starten. Ich gehe hinaus, um Jack anzurufen, und mache mir dabei Sorgen, dass es so aussehen könnte, als würde ich ihn ausnutzen, doch er sagt, er werde das Entenfutter und einen Strohballen mitbringen, wenn er mit den Fallen vorbeikommt. Als ich in die Scheune zurückkehre, stelle ich fest, dass die Entenküken sich beruhigt haben und eingeschlafen sind. Wärme und Sicherheit suchend, liegen sie aufeinander, und mein Herz schmilzt bei ihrem Anblick.

»Sie sind reizend, nicht wahr, Tessa?«, sagt Wendy von ihrem Aussichtsplatz auf einem umgedrehten Eimer. »Diane und ich haben uns gedacht, wir behalten sie für eine Weile im Auge.«

»Ich musste mal die Füße hochlegen«, sagt Diane, der es gelungen ist, einen alten, aber funktionstüchtigen Liegestuhl aufzutreiben.

Mir wird klar, dass ich mir nicht sicher bin, wie ich mit den Freiwilligen umgehen soll. Ich will nicht an ihnen herummeckern, wenn sie doch aus reiner Herzensgüte hier sind, doch ich kann mir vorstellen, dass es den Verein ein kleines Vermögen an Tee und Keksen kosten wird, wenn sie den ganzen Tag nur herumsitzen und nichts tun. Es ist ganz offensichtlich noch nicht viel verfugt worden, und ich werfe das Wendy ganz und gar nicht vor, denn auch ich verbringe lieber Zeit mit den Tieren, als dass ich die abschließenden Arbeiten bei den Küchenfliesen vornehme.

Ich habe noch viel zu lernen, denke ich, und ich bin mir nicht sicher, ob ich das Richtige getan habe, als ich die Stelle in der Schutzstation angenommen habe. Da ist nicht bloß die Herausforderung, mit Diane und Wendy zurechtzukommen, sondern auch der Kontakt zu Jack, der sich bisher als sehr viel intensiver herausgestellt hat, als ich vorher vermutet habe. Wie es aussieht, hat sich das Schicksal dazu entschlossen, mir Jack so oft wie möglich über den Weg laufen zu lassen, denn gegen vier Uhr am Nachmittag ist er wieder da und bringt die Sachen für die Entenküken und drei Fallen: Es sind Maschendrahtkäfige, deren Klappe sich schließt, sobald die Katze auf einen in den Boden eingelassenen Auslöser tritt, nachdem sie von einem leckeren Happen angelockt wurde.

Als Jack ankommt, ist DJ gerade am Gehen. Die Türen der Küchenschränke liegen noch auf dem Boden, die Zwinger sind noch nicht fertig, und Buster bellt unglücklich, weil er allein gelassen wird.

»Er wird sich daran gewöhnen, Tess«, sagt Jack, als ich vorschlage, nach ihm zu sehen. »Glaub mir, je mehr Trara du um ihn machst, umso mehr regt er sich auf.« Er hält inne und fährt selbstironisch fort: »Noch ein Beweis dafür, dass ich mein Mitgefühl verloren habe.«

»Ich hätte neulich nicht über dich urteilen sollen«, fange ich an.

»Ich tue mein Möglichstes innerhalb der rechtlichen Grenzen. Manchmal muss man sich an die Regeln halten. Man kann nicht immer mit dem Herzen entscheiden.«

»Es tut mir leid.«

»Vergiss es. Ich habe es längst«, sagt Jack achselzuckend. »Ich bringe die Fallen hinter die Zwinger.«

»Lass mich dir helfen«, sage ich als Wiedergutmachung für meine jüngsten Kommentare über sein Engagement für den Tierschutz. Ich trage eine und Jack zwei, und wir stellen sie auf die Bank unterhalb des Küchenfensters. Ich lasse die Tür offen stehen, denn solange Buster uns sehen kann, bellt er nicht.

»Du musst mir nicht helfen«, sagt Jack, als ich mit einem Stapel alter Zeitungen zurückkehre, die Mrs. Dyer als Dankeschön für die Aufnahme der Entenküken gespendet hat, und den Boden der Fallen damit auslege.

»Ich bin jetzt für die Streuner verantwortlich.« Ich blinzle zum Fenster hinaus in die Nachmittagssonne und halte nach Katzen Ausschau, doch meine Gedanken kehren zu Jack zurück und dazu, wie sein Haar sich lockt, wo es auf den Kragen seines Poloshirts stößt. Ich bemerke sein entschlossenes Kinn, das auf einen starken Charakter schließen lässt und so anders ist als das von Nathan. »Womit sollen wir sie anlocken? Mit Katzenfutter oder Thunfisch? Ich habe ein paar Dosen irgendwo im Bungalow.«

»Ein paar Dosen Katzenfutter?« Jack zieht eine Augenbraue hoch. »Die Zeiten müssen hart sein.«

»Thunfisch«, entgegne ich. Ich entspanne mich, als mir bewusst wird, dass es witzig gemeint war. Er hat immer gern Witze oder Wortspiele gemacht oder einen ein wenig aufgezogen. »Ich gehe was holen.« Ich kehre mit einer Dose und einer Gabel aus dem Bungalow zurück. »Das fühlt sich wirklich seltsam an«, fange ich an. »Ich habe geschworen, nie wieder ein Wort mit dir zu wechseln, aber jetzt sind wir hier und …« Meine Stimme verstummt allmählich. Ich bin mir nicht sicher, ob ich es hätte ansprechen sollen.

»Es wäre unmöglich, nicht miteinander zu sprechen, wenn man bedenkt, dass wir zusammenarbeiten.« Jacks Stimme wird hart. »Fühl dich bloß nicht dazu verpflichtet, wenn du nicht reden willst. Es wäre schlimm für mich zu glauben, dass ich dir zur Last falle.«

»Das tust du nicht«, sage ich rasch. »Ich meine, ich plaudere bloß mit dir, weil … na ja, es wäre irgendwie noch seltsamer, wenn ich es nicht täte.« Ich stecke die Finger durch die Maschen der Falle, die mir am nächsten steht, und berühre den Auslöser. Die Tür schnappt zu, und ich zucke zurück, obwohl ich es erwartet hatte. Es ist Jacks Anwesenheit, die mich nervös macht.

Jack gluckst. »Pass auf deine Finger auf.«

»So blöd bin ich nicht«, sage ich heiter.

»Das weiß ich«, sagt er ernsthafter. »Du warst schon immer die Schlaue.«

»Was meinst du damit?« Das Telefon fängt an zu klingeln. Als ich gehe, um den Hörer abzunehmen, fährt Jack fort: »In der Schule hast du alle Prüfungen bestanden und warst der Liebling der Lehrer, obwohl du so viel Zeit in meinem Zimmer verbracht und mir beim Lernen geholfen hast.«

Ich versuche, Jacks Erinnerung an unsere gemeinsame Vergangenheit zu ignorieren und mich stattdessen auf den Anrufer zu konzentrieren.

»Worum ging's?«, fragt Jack, als ich das Telefonat beende.

»Zwei Blaumeisenjunge sind auf dem Weg hierher.« Ich vermag kaum meine Aufregung zu verbergen. Die Schutzstation ist in Betrieb, und die Tiere kommen bereits scharenweise zu uns.

»Wie kommen sie her? Fliegen sie?«, fragt Jack. »Sorry, das war nicht gerade witzig, stimmt's?«

»Es war mäßig amüsant. Mit ein bisschen Übung haben wir hier bald unseren eigenen Stand-up-Comedian.«

»Meinst du wirklich?«, sagt Jack bierernst.

»Vielleicht mit sehr viel Übung …«

»Ich habe mir gedacht, wir stellen die Fallen im Garten hinter dem Bungalow auf«, wechselt Jack das Thema. »Die Katzen kommen auf der Suche nach Futter aus dem Wäldchen hierher, riechen den unwiderstehlichen Duft nach Thunfisch, und – Bingo! – schon haben wir sie.«

»Es ist wirklich so leicht?«, frage ich und nehme eine der mit Köder versehenen Fallen.

»Das hoffe ich«, sagt er und bringt die anderen beiden mit. »Als ich das letzte Mal Fallen unten im Gewerbegebiet aufgestellt habe, hat es drei Wochen gedauert, bis ich eine einzige Katze gefangen habe.«

Sobald wir den Zwingertrakt verlassen, fängt Buster wieder an zu bellen. Dann wird sein Gebell zu einem jämmerlichen Heulen, das mir schier das Herz bricht.

»Wie soll ich es über mich bringen, ihn die ganze Nacht in diesem Zustand zu lassen?«, sage ich laut.

»Manchmal musst du grausam sein, zum Wohl des anderen. Gib ihm ein, zwei Nächte, dann geht es ihm gut.« Als ich darauf nichts erwidere, fügt Jack hinzu: »Ich kaufe dir Ohropax.«

Wir stellen die Fallen in die Blumenbeete im Garten hinter dem Bungalow und bedecken sie mit Handtüchern, damit die Katzen sich nicht so ungeschützt fühlen, wenn sie in die Falle gegangen sind. Dann warten wir eine Weile in einiger Entfernung, um zu sehen, ob sich irgendetwas tut. Doch Busters Gebell reicht aus, um jede Katze davon abzuhalten, sich der Schutzstation auch nur auf eine Meile zu nähern, geschweige denn dem Garten.

»Ich muss los«, sagt Jack mit Blick auf seine Armbanduhr. »Morgen früh komme ich als Allererstes, um nach den Fallen zu sehen. Ich habe mit Maz vom Otter House gesprochen, und sie ist bereit, jede Katze, die wir in der Nacht fangen, zu kastrieren.«

»Wenn wir denn welche fangen.« Ich lächle wehmütig. »Ich muss mir etwas einfallen lassen, damit Buster die Schnauze hält.«

»Eric«, beharrt Jack.

»Netter Versuch«, sage ich. »Aber er heißt Buster.«

Jack erwidert mein Lächeln. »Ich hoffe, es macht dir nichts aus, wenn ich den Wagen für ein paar Tage mit nach Hause nehme – mein Land Rover ist in der Werkstatt. Sag Bescheid, wenn du ihn brauchst.«

»Okay«, antworte ich und werde mir plötzlich bewusst, wie abgeschieden ich hier in der Schutzstation bin.

»Wir sehen uns morgen«, sagt Jack. »Mach's gut.«

»Tschüss.« Ich gehe mit ihm zur Vorderseite des Bungalows und sehe ihm nach, wie er davonfährt. Eine Weile bleibe ich dort stehen und atme den beißenden Geruch nach Kater aus dem Kübel mit Begonien neben mir ein und lausche Busters bettelndem Heulen, das klingt, als breche sein Herz. Bald halte ich es nicht mehr aus und hole ihn aus seinem Zwinger.

»Hey, Buster.« Er springt hoch und stützt die Vorderpfoten auf meine Oberschenkel. Mit seinem weit geöffneten Mund und der heraushängenden Zunge sieht er aus, als würde er grinsen. »Du kannst mit rein und den Abend mit mir verbringen, aber du musst hier draußen schlafen.« Ich weiß nicht, wie es kommt, aber kurz frage ich mich, mit wem Jack wohl den Abend verbringt und mit wem er vielleicht schläft. Denk nicht daran, Tessa, ermahne ich mich streng. Es geht mich nichts an, und es interessiert mich auch nicht …

Wieder im Bungalow bemerke ich, dass Buster an einer Vorderpfote blutet, mit der er an der Zwingertür herumgescharrt hat. Ich sorge dafür, dass er sich in Salzwasser stellt, trockne seine Pfote ab und verbinde sie locker, ehe ich eine meiner eigenen Socken opfere und über den Verband ziehe, damit er sauber bleibt, und sie mit einem Stück Leukoplast festklebe. Dann kuschle ich mich mit Buster, ein paar Hundekuchen, einem Mikrowellenmenü für eine Person und einem Glas Wein aufs Sofa, wo wir von der Ankunft der Blaumeisenbabys unterbrochen werden.

Wie bei den Entenküken weiß ich nicht so recht, wo ich sie unterbringen soll, deshalb nehme ich sie mit in den Bungalow und bereite ihnen ein Nest aus Toilettenpapier in dem Inkubator, den jemand vom Komitee entweder erbetteln, ausleihen oder stehlen konnte. Sie sind beide winzig und von Daunenfedern bedeckt. Eins sieht ganz gut aus, wach und mit hellem Blick, während das andere sich kühl anfühlt und sehr niedergeschlagen wirkt. Ich bereite ihre erste Fütterung vor, suche in der Scheune herum, wo Talyton Animal Rescue verschiedene Gegenstände, Käfige und Schüsseln aufbewahrt, und finde drei winzige Pinzetten, die zu sehr verrostet sind, um noch für irgendetwas gut zu sein, und ein nicht funktionierendes Heizkissen. Wenigstens hat der Inkubator eine akzeptable Temperatur erreicht, als ich ins Haus zurückkehre und die Pinzette hole, die ich benutze, um meine Augenbrauen einigermaßen in Form zu bringen. Das muss reichen.

Ich mische eine Notfallrehydrationslösung aus Zucker, Salz und Wasser zusammen und benutze eine Wimpernbürste, um sie auf die Schnabelkanten der Vögelchen zu tupfen. Obwohl ich nicht erwartet habe, dass das schwächere Tier Interesse zeigen würde, trinken beide, und ich freue mich, sie mit winzigen Stückchen Katzennassfutter zu füttern. Das stärkere Vögelchen sperrt den Schnabel auf, nimmt das Futter voller Begeisterung entgegen und sperrt immer wieder den Schnabel auf, während das schwächere sich weigert, den Schnabel zu öffnen, bis ich ihm schließlich das Futter der Länge nach über den Schnabel streiche, es Geschmack an dem Saft findet und schließlich ein paar winzige Stückchen frisst.

Nachdem sie gefüttert sind, verhänge ich den Inkubator, um ihn abzudunkeln, und lasse ihn über Nacht im Empfangsbereich. Ich gehe mit Buster zurück zu den Zwingern, doch er bleibt mit eingeklemmtem Schwanz vor der Tür stehen und weigert sich, auch nur einen Schritt weiterzugehen. Mit seinen großen braunen Augen schaut er zu mir auf. Wie kann ich ihm da widerstehen?

»Okay«, sage ich und blicke zu dem Zwingertrakt auf der anderen Seite des Parkplatzes hinüber, der im Dunkeln liegt, »du hast mich überzeugt. Du kannst bei mir bleiben, aber verrate es niemandem. Es würde meiner Glaubwürdigkeit als Managerin überhaupt nicht guttun, wenn jemand dahinterkommt.« Ich denke, wenn ich ihn morgen vor dem Frühstück in den Zwinger zurückbringe, wird es nie jemand erfahren. Schwanzwedelnd kehrt Buster mit mir in den Bungalow zurück, und ich muss lächeln. Wenn ich ehrlich bin, tue ich das genauso sehr mir zuliebe wie ihm.

Meine erste Nacht in der Schutzstation ist sehr ruhig und ziemlich lang und einsam, ohne dass meine Eltern in den frühen Morgenstunden zur Tür hereinfallen oder mein Dad bei mir auftaucht, um bei einem Schlummertrunk ein Schwätzchen zu halten. Ich stelle fest, dass die ungewohnten Geräusche wie das knarzende Gatter und der Wind in den Baumwipfeln mich beunruhigen, doch in Busters Nähe fühle ich mich wenigstens ein wenig sicherer. Ich denke, er würde bestimmt bellen, wenn jemand oder etwas da draußen wäre – nicht etwa, dass ich an böse Geister glauben würde. Dass ich eine sehr lebhafte Fantasie hinsichtlich bösen Hexen, Wölfen und Stiefmüttern habe, liegt daran, dass ich von meinem Vater und meiner Mutter in der Tradition der Märchenspiele großgezogen wurde.

Die kleinen Vögel wecken mich am nächsten Morgen bei Tagesanbruch mit fröhlichem Gezwitscher. Ich schiebe

Busters warmes Gewicht von meinen Füßen, drehe mich auf die andere Seite und ziehe mir die Bettdecke über die Ohren, doch ich kann sie nicht überhören und gerate leicht in Panik, dass sie verhungern könnten, wenn ich nicht bald ihren Wünschen nachkomme und sie füttere. Es scheint mir ziemlich viel Zeit verstrichen zu sein, seit ich sie zu Bett gebracht habe.

Buster schlägt mit dem Schwanz gegen die Bettdecke, und ich muss über meinen Sinn für Rebellion lächeln. Meine Eltern haben mir nie einen Hund erlaubt, ganz zu schweigen von einem, der in meinem Bett schlafen würde. Nicht dass Buster mir gehört, ermahne ich mich. Er ist unter meiner Obhut, bis wir das perfekte Zuhause für ihn finden.

Die Vögelchen machen weiterhin Radau, deshalb wälze ich mich aus dem Bett. Ich blicke aus dem Fenster auf den Parkplatz und stehe unversehens DJ gegenüber, der neben seinem Truck wartet. Er winkt mir zu, und ich winke zurück, ehe ich mich rasch zurückziehe, um mir meinen Morgenrock über meinen Schlafanzug zu werfen. Ich notiere mir in Gedanken, zukünftig die Vorhänge zuzuziehen – ich hatte mich nicht darum gekümmert, denn ich habe keine direkten Nachbarn und dachte, ich wäre längst angezogen, ehe jemand hier auftaucht.

»Willst du raus, Buster?«, frage ich, doch er bleibt, wo er ist – zusammengerollt am Fußende des Bettes. »Du bist vielleicht ein fauler Hund«, sage ich zu ihm. Ich ziehe mich an, füttere die Blaumeisen, schnappe mir eine Scheibe Toast, miste bei den Entenküken aus und füttere noch einmal die Blaumeisen. Unsicher, wie ich diesen Zeitplan zehn Stunden lang aufrechterhalten soll, rufe ich Fifi an, um sie zu fragen, ob es heute irgendwelche

Freiwilligen gibt, denn bisher hat sich noch keiner bei mir gemeldet. »Ich bin ganz allein und muss Vogelküken füttern«, erzähle ich ihr.

»Niemand hat gesagt, der Job wäre leicht«, antwortet sie.

»Ich beklage mich nicht – sie sind sehr süß. Ich stelle bloß fest, dass ich kaum Zeit für irgendetwas anderes haben werde, wenn ich alle dreißig Minuten Blaumeisen füttern muss. Ich würde mich über ein wenig Hilfe sehr freuen.«

»Oh, Liebes, es tut mir leid, aber da wirst du heute kein Glück haben. Diane hat mich gestern Abend besucht und sich darüber beschwert, dass du in der Schutzstation arbeitest. Ich weiß nicht, wie in aller Welt sie es geschafft hat, sich den Job als Kassenwart zu erschleichen, wenn sie nicht mal zwei und zwei zusammenzählen kann«, grummelt Fifi.

»Sie und Wendy haben mir gesagt, dass du mir die Stelle angeboten hast, ohne dich vorher mit irgendwem aus dem Komitee abzustimmen«, sage ich, denn ich will die Wahrheit wissen. »Ich kann verstehen, warum sie verärgert sind, wenn das tatsächlich wahr ist.«

»Tessa, ich hoffe doch sehr, dass du dich nicht auf ihre Seite schlägst. Ja, ich gebe zu, dass ich nicht darüber habe abstimmen lassen, aber ich musste schnell entscheiden, weil ich nicht wollte, dass du verschwindest, um woanders zu arbeiten, und du bist die perfekte Kandidatin.«

»Aber nicht die einzige«, unterbreche ich sie. »Diane hat die Möglichkeit erwähnt, Jack den Job anzubieten.«

»Diese dämliche Frau! Als Teenager ist sie mal vom Pferd gestürzt und auf den Kopf gefallen. Ich glaube, seither ist sie nicht mehr ganz richtig im Kopf«, sagt Fifi.

»Jack kann nicht gleichzeitig Manager der Schutzstation und draußen unterwegs sein. Du siehst ja selbst, dass es für einen allein zu viel zu tun gibt, und du kannst auch nicht seinen Job übernehmen, weil du darin keine Erfahrung hast. Und überhaupt – er hat einen Platz zum Leben. Er besitzt ein eigenes Haus in Talyton. Du bist es, die ein Dach über dem Kopf braucht.«

»Das sollte nicht wirklich zählen, um mir den Job zu geben«, führe ich an. »Hast du keine Angst, dass nach dieser ganzen Angelegenheit Diane Schritte unternehmen könnte, um dich als Vorsitzende des Komitees abzusägen?«

»Ich bin eins der Gründungsmitglieder. Das würde sie nicht wagen. Hör zu, liebe Nichte, ich habe getan, was ich tun musste. Wenn ich diese Angelegenheit vor das Komitee gebracht hätte, hätten sie Monate für eine Entscheidung gebraucht.« Fifi räuspert sich. »Eines Tages wird Diane mir dafür dankbar sein.«

Das bezweifle ich. Wenn ich nicht selbst bis über beide Ohren in dieser Sache drinstecken würde, fände ich es recht amüsant zu sehen, wie die wohltätigen Damen von Talyton St. George so ganz und gar nicht wohltätig miteinander umgehen.

»Ach, Liebes, ich komme wohl besser vorbei und schaue nach dem Rechten, nachdem ich einen Rundruf gemacht und ein paar Leuten Beine gemacht habe.« Sie hält inne. »Warum redest du nicht mal mit Jack, wenn er vorbeikommt, um nach den Fallen zu sehen? Er hat mich angerufen, um mich wissen zu lassen, dass er auf dem Weg ist.«

»Ich verstehe …«

»Es ist ja nicht für immer, Tessa. Diese Vögelchen sind bald groß und flügge.«

Als Jack ankommt, füttere ich die Blaumeisen schon wieder.

»Hallo«, begrüße ich ihn, nachdem er angeklopft und den Bungalow betreten hat – ich habe die Haustür absichtlich offen stehen gelassen, damit ich die Fütterung nicht unterbrechen muss, um jemanden hereinzulassen. »Wie geht's?«

»Gut.« Er kommt zu mir in den Büroraum hinter dem Empfangstresen, auf den ich den Inkubator gestellt habe.

»Ich habe die Fallen überprüft. Sie sind leer«, fahre ich fort. »Die Katzen hier in der Gegend mögen anscheinend keinen Thunfisch. Ich denke, wir werden etwas anderes auf die Speisekarte setzen müssen.«

»Auf die Speisekarte?« Jack runzelt die Stirn.

»Genau«, sage ich halb im Spaß und halb im Ernst. »Ich komme mir schon vor wie ein Hotelmanager, wenn ich diese ganzen Mahlzeiten organisieren muss.«

Jack schlägt Sardinen für die Streuner vor, während ich die Pinzette mit Katzenfutter über das zweite Blaumeisenjunge halte.

»Ich glaube, das hier hat jetzt genug«, bemerkt Jack, als das Vögelchen schließlich mit fest geschlossenem Schnabel dasitzt. Er steht hinter mir und schaut über meine Schulter in den Inkubator, so nah, dass ich seine Körperwärme und seinen heißen Atem in meinem Nacken spüren kann. Ein Kribbeln irrationaler, unerwünschter und unerwarteter Erregung läuft mir den Rücken herab und breitet sich in meiner Nierengegend aus. Ich blende es aus. Es ist nichts.

»In einer halben Stunde muss ich wieder von vorne anfangen«, sage ich. »Ich habe meine Tante angerufen, damit sie ein paar Helfer zusammentrommelt, aber bisher hat sie sich noch nicht wieder bei mir gemeldet. Sie sagte, du hättest sie angerufen.«

»Es war genau andersrum. Sie hat mich überprüft«, sagt Jack lächelnd. »Ich frage Libby, ob sie später kommen und dir helfen kann.«

»Wie geht es ihr?« Libby ist Jacks Schwester und muss inzwischen vier- oder fünfundzwanzig sein. Sie ist seit fünfzehn Jahren Epileptikerin, weshalb ihre Familie sie sehr behütet und sie noch immer bei den Eltern wohnt.

»Im Moment geht es ihr gut«, sagt Jack. »Sie hat schon seit ein paar Jahren keinen Anfall mehr gehabt, aber sie darf wegen ihrer Medikamente immer noch nicht Auto fahren. Sie hat eine Teilzeitstelle – vielleicht hast du sie an der Kasse im Co-op gesehen.«

»Ja, habe ich. Aber außer ›Hallo‹ habe ich kaum etwas zu ihr gesagt.«

»Manchmal ist ihr langweilig. In der Schule hat sie viel versäumt und sich ziemlich durchs College gequält. Sie ist kein Tiernarr. Sie mag zwar Tiere, hat aber nicht besonders viel Erfahrung mit ihnen, außer natürlich mit unseren Haustieren. Ich glaube, es würde ihr gefallen, dir hier ein bisschen unter die Arme zu greifen.«

»Komm, Kleiner.« Ich hebe eine der Blaumeisen hoch, um das Nest aus Toilettenpapier zu säubern. Das Küken ist so zart, dass ich Angst habe, ich könnte ihm ein Bein brechen oder die Brust zerdrücken. Der geringste Lufthauch zerzaust die blauen und gelben Flaumfedern an seinem Körper. »Ich mach es dir hübsch.«

»Wie geht es ihnen?«, fragt Jack.

»Als ich sie aufgenommen habe, dachte ich, eines würde nicht überleben, aber es ist immer noch da – und wie du sehen kannst, quicklebendig.« Ich setze das Küken wieder neben seinem Geschwisterchen im Nest ab. »So, bitte. Und jetzt schlaft schön. In einer halben Stunde bin ich zurück. Wenn ihr so weiter futtert, werdet ihr bald groß und stark.«

»Du bist eine gute Mama – ich meine, Vogelmama«, sagt Jack ungelenk. »Zu welcher Flugschule willst du sie schicken?«, zieht er mich auf.

»Jack!«

»Nein, es ist prima. Es zeigt, dass sie dir nicht egal sind.« Jack zögert. »Du weißt schon, dass du dich verändert hast, Tessa, oder? Du bist irgendwie stiller, nicht mehr so fröhlich …«

»Und das wundert dich? Vor nicht allzu langer Zeit war ich noch im Begriff, einen tollen Mann zu heiraten« – okay, ein bisschen sehr durch die rosa Brille betrachtet – »und dann ist mein Leben total aus den Fugen geraten.«

»So schlimm ist es doch bestimmt nicht, oder?«

»Ich habe einen guten Job als erste Kraft in einer Praxis in Exeter aufgegeben, weil ich dachte, dass ich bald Kinder bekommen würde. Die letzten vier Monate vor der Hochzeit habe ich eine Mutterschutzvertretung gemacht – Nathan hat es nicht gefallen. Er sagte, es wäre ihm lieber, wenn ich den Innenausbau unseres Hauses überwache, aber ich wusste, dass mir die Arbeit fehlen würde, wenn ich sie ganz aufgegeben hätte.«

»Er muss ziemlich gut verdienen«, sagt Jack neidisch.

»Dann hast du es noch nicht gehört? Es war alles Fassade. Es gibt kein Geld. Nathan hatte sein eigenes Unternehmen aufgebaut, ist damit aber gescheitert. Er hat Insolvenz angemeldet, sodass er mehr oder weniger ungeschoren davonkommt.«

»Wirklich?« Jack runzelt die Stirn. »Dieser Schuft!«

»Und ich muss meine Kreditkartenrechnung für den Empfang und die Flitterwochen bezahlen, die ich nicht angetreten habe, Nathan aber sehr wohl, und wenn das Haus verkauft ist – es ist inzwischen auf dem Markt –, bleiben von meinem Anteil des Finanzierungskredits immer noch ein paar Tausend übrig, die ich abbezahlen muss. Dank Nathan stecke ich bis zum Hals in Schulden.« Ich halte inne und frage mich, warum ich Jack das alles erzähle, wenn es ihn doch gar nichts angeht.

»Das tut mir leid, Tess. Du musst nicht darüber reden, wenn du es nicht willst, aber ich bin immer für dich da, wenn du dich mal ausweinen willst.«

»Als Kollege«, sage ich rasch.

»Natürlich«, sagt er mit leichtem Spott, und ich könnte mir in den Hintern treten, dass ich so überkorrekt bin.

»Zum Glück habe ich den Job hier«, wechsle ich das Thema, »auch wenn ich nicht weiß, wie lange ich hier bleiben werde.«

»Was meinst du damit? Ich dachte, du hättest einen Einjahresvertrag unterschrieben.«

»Bisher habe ich noch nichts schwarz auf weiß, und überhaupt … wenn meine Tante sich jetzt mit dem Komitee überwirft, könnte es sein, dass mein Vertrag jederzeit gekündigt wird«, sprudelt es aus mir heraus.

»Kann ich dir irgendwie helfen?«, fragt Jack.

»Vielleicht, indem du die Gewinnzahlen der Lotterie für mich auswählst. Etwas anderes fällt mir nicht ein.« Seufzend lehne ich mich zurück. Wenn ich die Augen schließe, verschwindet vielleicht alles. Einschließlich Jack. Ich blinzele mit einem Auge. Jack vielleicht doch nicht. Es ist gut, Gesellschaft zu haben – und er ist gute Gesellschaft, oder meine ich das bloß, weil er die einzige Gesellschaft ist, die ich im Augenblick habe – die einzige Person in meinem Leben, die nicht ständig von der Hochzeit anfängt und davon, wie schade das doch alles ist?

Im Radio, das ich für die Vögelchen angelassen habe, spielen sie »How to Save a Life« von The Fray.

»Wie ich merke, hat der Hund aufgehört zu bellen«, sagt Jack. »Siehst du, ich hatte recht, als ich dir sagte, du solltest ihn allein lassen.«

Soll ich ihn aufklären? »Oh, ja«, antworte ich. »Er war die ganze Nacht ruhig.«

»Gut. Also, ich fahre dann jetzt mal Libby holen«, sagt er.

»Ich freue mich, sie wiederzusehen«, sage ich erleichtert darüber, wieder etwas mehr Platz zu haben. Es ist ziemlich warm hier drin, und das hat nichts damit zu tun, dass meine Hände in einem Brutkasten stecken.

KAPITEL 6

Frühe Vögel

Es ist Mitte Mai, und ich bin immer noch da. Die Vogelbabys lärmen mehr denn je und fressen sich kiloweise durch Mehlwürmer, und DJ hat endlich die Ställe fertig, obwohl ich immer noch über Küchenschranktüren und Farbeimer stolpere. Die Apfelblüte hat begonnen, und ich habe eine kleine Eule, ein paar Kleiber und einen Grünspecht auf dem Gelände der Schutzstation beobachtet. Nachdem ein paar Wochen seit meinem Einzug vergangen sind, fange ich jetzt an, mich etwas heimischer zu fühlen, und bin überzeugter davon, dass ich weiß, was ich hier tue.

Gestern hat Jack die ersten verwilderten Katzen – es waren drei –, die der Versuchung von in Tomatensoße eingelegten Sardinen nicht widerstehen konnten, zu den Tierärzten ins Otter House gebracht, damit sie kastriert werden, und heute hilft mir Libby, die letzte Woche täglich als Freiwillige gekommen ist, bei den Routinearbeiten.

Wir machen eine kurze Pause im Empfangsbereich, aber eigentlich arbeite ich weiter, denn ich denke darüber nach, wie ich mit verschiedenen Veranstaltungen Spenden für die Schutzstation auftreiben kann. Ich habe bereits mehrere Möglichkeiten mit Diane und Wendy besprochen, die am Anfang der Woche für ein paar Stunden vorbeigekommen sind – angeblich um zu helfen, obwohl ich vermute, dass es ihnen mehr darum ging, ein Auge auf die Station zu haben, da es anscheinend immer noch Spannungen zwischen ihnen und meiner Tante gibt.

Ich habe Dianes Wunsch nach einem Wohltätigkeitsbasar abgelehnt, weil er zu aufwendig ist und dabei zu wenig einbringt. Während sie darauf beharrte, der Frauenverein habe immer sehr viel Geld mit seinen Basaren gemacht, erinnerte Wendy sie daran, dass es bei dem letzten fast zu einer Schlägerei gekommen war, sich jemand den Arm gebrochen hatte, nachdem er in der Menge vor dem Kirchenportal gestürzt war, und zwei Personen beim Klauen erwischt worden waren. Ein Familientag und ein Tanz klingen unterhaltsamer – und viel sicherer.

Ich blicke vom Laptop auf, einer weiteren Spende aus zweiter Hand für die Schutzstation, und sehe zu Libby hinüber, die sehr ruhig auf einem der Bürostühle sitzt, die eine Freundin von Wendy uns vermacht hat. Man sieht an der unglaublichen Familienähnlichkeit, dass Libby Jacks Schwester ist; das gleiche hellblonde Haar, das sie in einem jungenhaften Kurzhaarschnitt trägt, die gleichen braunen Augen und der gleiche ausdrucksstarke Mund. Sie trägt ein pinkfarbenes T-Shirt und eine ausgefranste Jeans mit einer weißen Plastikschürze darüber und streichelt eine wohlgenährte karamellfarbene Ratte, die auf ihrer Schulter hockt und den langen nackten Schwanz um ihren Hals geschlungen hat. Sie ist vor ein paar Tagen unterhalb der Fußgängerbrücke über den Fluss gefunden worden. Ausgesetzt.

»Wenn man bedenkt, dass sie verhungert wäre, wenn diese Leute sie nicht gefunden hätten«, sagt sie. »Sie hätten wenigstens die Tür von ihrem Käfig aufmachen können, damit sie rausgehen und sich Futter suchen konnte. Sie ist so süß.«

Ich muss zugeben, dass ich sie nicht so sehr ins Herz schließe wie die Hunde und Katzen. Irgendwas an ihren zuckenden Schnurrhaaren und roten Augen stößt mich ab. Ich frage mich, ob ich Ratten mehr mögen würde, wenn ihr Schwanz behaart wäre. Sie schnuppert an Libbys Haar. Irgendjemand muss sie mal geliebt haben, bloß nicht genug.

»Warum holen sich Leute eine Ratte ins Haus, wenn sie sie dann wieder loswerden wollen?«, denke ich laut nach. »Es ist ja nicht so, als würden sie ewig leben. Man sollte doch meinen, dass sie es dann auch durchziehen.«

»Hm, ich glaube, dass Filme wie *Ratatouille* nicht ganz unschuldig an der Sache sind«, sagt Libby. »Wenn ich ein kleines Kind wäre, wäre ich wirklich enttäuscht, wenn ich eine Ratte bekäme und dann herausfände, dass sie im Gegensatz zu Remy nicht kochen kann«, fügt sie kichernd hinzu. »Ich rede mal mit unserer Nachbarin, wenn es dir recht ist, Tessa. Ally hat drei Söhne und einen Hund. Ich kümmere mich hin und wieder um die Kinder, und ich weiß, dass die Jungs sich sehr über ein weiteres Haustier freuen würden. Wie sollen wir sie nennen? Sie braucht einen Namen.«

»Wie wäre es mit Nathan?«, platze ich heraus.

Libby zieht eine Augenbraue hoch. »Ist das nicht dein Ex?« Als ich nicke, fährt sie fort: »Ist das nicht ein bisschen unfair?«

»Nathan ist eine Ratte«, sage ich.

»Ich meine, es wäre unfair der Ratte gegenüber«, gluckst sie, »aber der Name passt zu ihr.« Sie zieht die frisch getaufte Ratte aus ihrem Haar und trägt sie zurück in den Käfig. »Er kann doch vorerst hier drinnen bleiben, oder?«

»Wahrscheinlich«, seufze ich. Bald werden mehr Tiere mit mir hier im Bungalow leben als im Rest der Schutzstation, denn ich schmuggle immer noch jede Nacht Buster herein, damit er mir Gesellschaft leistet. Ständig nehme ich neue Tiere auf, und es kommen mehr an als gehen. Tatsächlich trägt Jack in diesem Augenblick eine leuchtend rote Katzenbox mit dem nächsten Ankömmling über den Parkplatz.

»Darf ich euch Teddy vorstellen?«, sagt er lächelnd, als er die Box auf den Tisch stellt. »Er ist ein Europäisch Kurzhaar, Tiger mit Weiß, ungefähr zwei Jahre alt. Bei seinen letzten Besitzern war er nur ein paar Monate. Sie hatten ihn auf einer Online-Tiervermittlungsplattform entdeckt und konnten nicht widerstehen, doch bedauernswerterweise für alle Beteiligten hat Teddy ihrer älteren Katze das Leben zur Hölle gemacht, indem er ihr auf dem Katzenklo aufgelauert und die Katzenklappe bewacht hat, sodass die Familie entschied, dass er gehen muss. Und hier ist er nun. Er gehört dir, Tess.«

»Und erst mal mir«, sagt Libby. »Ich nehme ihn.«

»Danke. Ich drucke eine Karte für ihn aus und bin gleich bei dir im Katzentrakt.« Ich wende mich wieder an Jack. »Holst du später die Katzen im Otter House, oder soll ich das übernehmen?«

»Ich hole sie.« Er runzelt die Stirn, und ich bedaure es, so schnippisch ihm gegenüber gewesen zu sein. Es muss ein Versuch gewesen sein, meine Reaktion auf seine Anwesenheit zu verbergen, denn ich bin immer noch verwirrt von dem Unterschied zwischen dem Mann, der den Mittelgang in der Kirche hinaufgelaufen ist, fest entschlossen, meine Hochzeit zu sprengen, und dem Mann, der er jetzt ist, dem Retter streunender und unerwünschter Katzen. »Brauchst du Hilfe mit Teddy?«, fragt Jack.

»Ich denke, Libby und ich kommen schon mit einer kleinen Katze zurecht.«

»Okay«, sagt Jack leise. »Bis später dann.«

Sobald er weg ist, gehe ich zu Libby in den Katzentrakt. Teddy ist bereits frei und versteckt sich unter einer Tierdecke auf dem Regal. Nur sein Schwanz schaut heraus und zuckt gefährlich.

»Tut mir leid, Tessa«, sagt Libby. »Ich hätte ihn in der Box lassen sollen, damit du ihn dir zuerst hättest ansehen können. Irgendwas stimmt mit einer seiner Pfoten nicht – er ist vollkommen durchgedreht und hat mich angefaucht, als ich ihn herausgelassen habe.«

Ich nehme Teddy zusammen mit der Decke auf den Arm und untersuche ihn. Hätte ich Jack doch bloß nicht so schnell weggeschickt – ich könnte seine Hilfe jetzt gut gebrauchen. Libby hat noch nicht so viel Selbstvertrauen, dass sie eine übellaunige Katze festhalten könnte, die knurrt und in alle Richtungen austeilt, aber ich kann genug erkennen, um zu bestätigen, dass Teddy einen Abszess hat – eine seiner Pfoten ist angeschwollen und doppelt so dick wie seine anderen. Ich rufe im Otter House an, um mir einen Termin für ihn geben zu lassen, und wundere mich ein wenig über die Geschichte, die seine Besitzer sich für Jack haben einfallen lassen. Vermutlich geht es eher darum, dass sie sich die Tierarztkosten nicht leisten können oder wollen, als um Teddys angeblich einschüchterndes Verhalten ihrer anderen Katze gegenüber.

»Ich muss Jack anrufen, um ihn zu fragen, ob ich den

Van ausleihen kann«, bemerke ich, als Teddy auf direktem Weg in die relative Sicherheit seines Regals verschwindet. Obwohl ich zweifellos das Recht auf den Wagen habe, gefällt es mir nicht, dass ich Jack deshalb fragen muss. Aber so ist es nun mal.

»Weißt du, Jack tut es wirklich leid, was er getan hat«, fängt Libby an, als sie Teddys Karteikarte an die Tür seines Geheges klemmt. »Ich wünschte, du könntest ihm verzeihen, damit wir alle wieder Freunde sind.«

»Das ist ein bisschen naiv, findest du nicht?« Mir wird klar, dass ich barsch klinge, aber das liegt nur daran, dass ich mir nicht sicher bin, ob ich darüber reden möchte. Libby ist jedoch fest entschlossen, für ihren Bruder einzustehen.

»Er hat die besten Absichten« – sie sieht mich an, und ihre Lippen verziehen sich zu einem leisen Lächeln – »vor allem wenn es um dich geht. Er mag dich, Tessa, und er hat dich schon immer gemocht.«

»Er hat eine seltsame Art, es mir zu zeigen«, sage ich mürrisch.

»Er war völlig fertig, als er erfuhr, dass du dich verlobt hast«, fährt Libby fort.

Dann war er also eifersüchtig, denke ich, verwirrt und verlegen bei dem Gedanken, dass Jack etwas für mich empfindet, dass er möglicherweise immer noch die Hoffnung hegt, mehr als nur mein Freund sein zu können.

»Ich wünschte, du würdest mir das alles nicht erzählen, Libby«, sage ich. Es ist mir sowieso schon unangenehm, Jack zu begegnen, und diese Offenbarung wird mir in dieser Hinsicht gewiss nicht helfen. Mag er mich wirklich? Nach Nathan weiß ich nicht, ob ich es herausfinden möchte. Ich werde nie verstehen, wie das männliche Gehirn funktioniert. »Hast du einen Freund, Libby?«

»Nein«, sagt sie und blickt bedauernd. »Ich glaube nicht, dass jemand mich will.«

»Wie kommst du darauf?«

»Wegen meiner Epilepsie.« Sie hebt die Hand an die Stirn. »Im Moment scheint sie wegen der Medikamente unter Kontrolle zu sein, aber ich könnte jederzeit einen Anfall bekommen. Wer sich mit mir einlässt, müsste sehr, sehr besonders sein. Ich kann nicht Auto fahren, ich kann nicht Vollzeit arbeiten, weil ich so schnell müde werde, und ich bin mir nicht sicher, ob ich mit einem Baby oder Kleinkind allein sein könnte, wenn ich Kinder hätte …« Zu meiner Bestürzung rinnt ihr eine Träne über die Wange.

»Jack sagte, du wärst okay, du hättest seit Jahren keinen Anfall mehr gehabt.« Ich sehe, wie ihre Miene sich verändert. »Hast du doch?«

»Bei der Arbeit. Es war nichts Besonderes. Meine Hand fing an zu zittern, und ich konnte die Kasse nicht bedienen – so geht das los, wenn …«

»Ich verstehe.« Libby muss es nicht aussprechen.

»Ich habe mich mit meinem Arzt in Verbindung gesetzt, und er hat meine Medikation angepasst. Ich hoffe, ich werde bald wieder weniger nehmen können. Die Krämpfe werden durch elektrische Entladungen in meinem Gehirn ausgelöst – irgendwas ist bei der Verkabelung schiefgegangen.« Sie hält inne. »Ich habe vergessen, dass du dich damit ja auskennst. Ich nehme an, Hunde und Katzen können auch Krampfanfälle haben.«

»Ja«, sage ich, »aber du bereitest mir mehr Sorgen.«

»Ich habe Jack nichts davon erzählt, weil ich es nicht ertragen kann, dass er meinetwegen immer solche Umstände macht. Ich weiß, dass er es nur gut meint, aber er macht mich damit wahnsinnig. Und ich hätte es dir sagen müssen.« Sie starrt mich an und beißt sich auf die Lippe. »Das passiert mir immer wieder. Jetzt wirst du mich nicht hierbehalten wollen.« Sie reißt sich die Schürze ab und drückt sie mir in die Hand. »Ich gehe.«

»Libby! Stopp!« Ich renne ihr nach, als sie nach draußen verschwindet, und hole sie auf halbem Weg zur Straße hinunter ein. »Bitte! Lass uns darüber reden. Ich bin mir sicher, wir können …«

Ich sehe, wie sie taumelnd anhält und sich neben der Hecke auf den Boden fallen lässt. Sie zieht die Beine an, stützt das Kinn auf die Knie und starrt in die Ferne.

»Hast du etwas dagegen, wenn ich mich zu dir setze?«, frage ich und lasse mich neben ihr nieder. »Geht es dir gut?«, will ich nach einer Weile wissen.

»So gut, wie es mir nur gehen kann.« Sie dreht sich zu mir. »Tessa, das ist es. Das ist mein Leben.«

»Erzähl mir davon.« Ich ziehe einen Grashalm aus dem Boden und wickle ihn gedankenverloren um meinen Ringfinger, während wir reden.

»Sie meinte, ich dürfte es dir erzählen«, sage ich zu Jack, als er zurückkehrt, nachdem er Libby nach Hause gebracht, Teddy im Otter House abgeliefert und die verwilderten Katzen abgeholt hat. (Teddy verbringt die Nacht im Otter House, da sein Abszess unter Narkose geöffnet und gründlich gespült worden ist.) Ich bin im Zwinger, als Jack ankommt, wo ich Buster füttere. »Sie dachte, ich würde sie nicht hier arbeiten lassen, wenn ich es wüsste, aber dem ist nicht so. Es ist besser, wenn wir vorbereitet sind, für den Fall, dass irgendwas passiert, wenn sie hier ist. Jack, bitte sei ihr nicht böse.«

»Ich kann nicht fassen, dass sie es mir verschwiegen

hat«, sagt er schroff. »Was, wenn sie alleine hier gewesen wäre?«

»Sie war aber nicht allein«, halte ich ihm entgegen, »und sie hatte keinen wirklichen Anfall. Vielleicht hat sie nie wieder einen.«

»Aber wenn sie einen gehabt hätte, könnte sie jetzt verletzt hier liegen – oder noch schlimmer«, sagt Jack. »Wenn sie einen Anfall hat, der länger als zwei oder drei Minuten dauert, könnte sie weitere Hirnschäden erleiden. Tess, ich glaube, du weißt nicht, wie ernst das alles ist. Libby könnte sterben.«

»Das ist mir klar«, sage ich nach einer Weile, »und es muss schrecklich sein, wenn man sich dessen immer bewusst sein muss – für Libby, für dich und für eure Eltern –, aber du kannst ihr nicht verbieten hierherzukommen.« Ich öffne Busters Zwingertür und befehle ihm, sich hinzusetzen, ehe ich den Napf mit Futter vor ihm abstelle – Hühnchenauflauf mit Soße und Hundekeksen. Er stürzt sich darauf und schlingt ihn herunter. »Libby liebt die Tiere«, fahre ich fort, während Buster den Napf im verzweifelten Versuch, ihn leer zu lecken, über den Boden jagt.

»Ich bin mir nicht sicher.« Jack schüttelt den Kopf.

»Bitte, Jack. Du musst ihr vertrauen.«

»Wie kann ich das, nachdem sie mich angelogen hat? Und unsere Eltern?«

»Sie sagt, sie kommt damit zurecht. Sie nimmt ihre Medikamente wie verschrieben, und sie merkt es einige Stunden vorher, wenn sich ein Anfall ankündigt, sodass sie genügend Zeit hat, irgendwohin zu gehen, wo sie in Sicherheit ist. Jack, ich stelle eine vollständige Risikoanalyse zusammen, und solange wir sichergehen, dass immer noch eine zweite Person auf dem Gelände ist und alle wissen, was im Falle eines Falles zu tun ist, gibt es keinen Grund, weshalb sie nicht als Freiwillige hier arbeiten sollte.« Ich entspanne mich ein wenig, um die Stimmung etwas zu lockern. »Wir brauchen alle Freiwilligen, die wir kriegen können.«

»Ich weiß.« Jack fährt sich mit der Hand durchs Haar. »Ich kann bloß den Gedanken nicht ertragen, dass ihr irgendetwas passieren könnte. Sie ist meine kleine Schwester, und ich passe seit ihrer Geburt auf sie auf.«

»Sie ist vierundzwanzig«, sage ich. »Ich verstehe ja die Hintergründe, aber du kannst nicht immer auf sie aufpassen. Sie muss frei sein, um das Leben zu führen, das sie sich aussucht. Wenn du ihr verbietest hierherzukommen, wird sie dich hassen.« Ich halte inne und erinnere mich an Libbys Wunsch, dass ich Jack freundlicher behandeln soll. »Vortrag beendet. Lass uns jetzt diese Katzen dahin zurückbringen, wo sie hingehören.«

»Maz sagt, sie könnten wieder freigelassen werden«, sagt Jack, und ich atme erleichtert aus, dass er noch immer mit mir redet. »Sie hat ihnen Namen gegeben, aber es ist ziemlich offensichtlich, wer wer ist.«

Ich folge ihm hinaus zu dem Van, bei dem er die Hecktüren offen gelassen hat, damit die Luft zirkulieren kann, sodass es den Katzen nicht zu heiß wird. Er reicht mir eine der Fallen und trägt die beiden anderen selbst herüber. »Die dürre Schwarz-Weiße heißt Model, die Rote mit dem fehlenden Schwanz Ohneschwanz, und die graue Langhaarkatze, die jetzt fast kahl ist, weil sie sie rasiert haben, heißt Knötchen.«

Ich habe Knötchen. Er liegt geduckt in seiner Falle, lässt mich, den Feind, nicht aus den Augen und stößt ein ersticktes Jaulen aus, als ich beruhigend auf ihn einrede.

Als wir die Fallen um den Bungalow herum nach hinten tragen, verschwindet die Abendsonne vollkommen hinter den Wolken, und der Regen setzt ein. Das Wetter ist nicht ideal, aber es ist warm, und die Katzen werden sich draußen in ihrer gewohnten Umgebung wohler fühlen. Deshalb öffnen Jack und ich die Fallen und ziehen uns ein paar Schritte zurück, beobachten sie und warten ab. Es dauert nicht lange, bis zwei der Katzen heraussprinten und im Gebüsch verschwinden, während Knötchen, der ein wenig schwer von Begriff zu sein scheint, ein paar Minuten braucht, ehe er kapiert, dass ihn bloß ein paar Schritte von der Freiheit trennen. Als er schließlich aus der Falle kommt, stolziert er über die Wiese und zieht bei jedem Schritt die Pfoten hoch, als habe er eine Abneigung gegen nasses Gras.

»Er ist ein ziemliches Weichei«, bemerkt Jack, als der Regen beginnt, sein Sweatshirt dunkelblau zu färben. »Ich nehme an, er war mal eine Hauskatze, der sich den Streunern angeschlossen hat.«

»Und ich nehme an, wir sollten reingehen«, sage ich, während das Wasser mir den Rücken hinabrinnt. »Möchtest du einen Tee?«

»Bist du dir sicher?«

»Ich hätte dich nicht gefragt, wenn ich es nicht wäre«, halte ich ihm leichthin entgegen. »Komm schon, ich könnte eine Tasse gebrauchen, ehe ich den Babys die letzte Mahlzeit des Tages gebe.«

Nachdem ich im Flur die Schuhe ausgezogen habe, suche ich in der Küche nach Bechern. Ich finde zwei auf der Fensterbank, während Jack die Milch aus dem Kühlschrank holt und dabei so nah an mir vorübergeht, dass ich die Härchen an seinem Arm spüren kann. Ich versuche, die Beschleunigung meines Pulsschlags und das vage Ziehen in meiner Brust zu ignorieren, und gieße das kochende Wasser in die Tassen. Als Jack mir den Milchkarton reicht, streichen seine Finger leicht über meine. Ich schaue hoch, und er wendet den Blick ab.

Eine solche Berührung, ob nun absichtlich oder nicht, ist das Letzte, was ich möchte oder wünsche, dennoch sendet sie einen Schauer der Sehnsucht durch meinen Körper. Trotz Nathan vermisse ich es, einem Mann nahe zu sein – irgendeinem Mann und nicht Jack, ermahne ich mich streng, während ich die Teebeutel aus den Bechern fische und fest ausdrücke.

»Du musst nicht im Büro bleiben. Komm ruhig mit.« Ich führe ihn ins Wohnzimmer. »Mach's dir bequem.« Ich wünschte, ich hätte mich anders ausgedrückt. Schließlich soll er es sich nicht zu bequem machen. Ich sitze auf dem Sofa, während Jack sich mit rotem Kopf im Lehnstuhl niederlässt, und ich frage mich, ob es ein Fehler war, ihn in mein Haus einzuladen. Wenn er, wie Libby meint, Gefühle für mich hegt, ermutige ich ihn dann damit nicht nur?

In einem anderen Leben könnte ich sehr wohl versucht sein, ihn zu ermutigen, sinniere ich, während ich sein zerwuscheltes blondes Haar betrachte, seine ruhige Miene und das sanfte Schimmern in seinen Augen. Jetzt, da ich zwangsweise mit ihm verkehre, werde ich daran erinnert, dass er ein sehr attraktiver Mann ist: gut aussehend, aber kein Blender; männlich, aber nicht arrogant. Außerdem hat er ein gutes Herz. Es gibt nicht viele Männer, die daran interessiert sind, Hunde, Katzen und Ponys zu retten – und da ich gerade an Ponys denke, frage ich ihn, ob er noch etwas mit den Maddocks zu tun hat.

»Ich bin an dem Fall dran«, berichtet er. »Mehr kann ich im Moment nicht sagen.«

»Aber dem Pony geht es gut?«

»Ich beobachte die Situation.«

»Ist das ein Euphemismus fürs Nichtstun?« Ich weiß, dass Jack die Hände gebunden sind, aber ich kann dem Drang nicht widerstehen, das Thema weiter zu verfolgen, denn ich will sichergehen, dass er genug tut. Die Stute braucht Hilfe, selbst wenn sie eine eigentümliche Art hat, das zu zeigen.

Stirnrunzelnd schüttelt Jack den Kopf. »Ich weiß, wo sie ist, und ich sehe täglich nach ihr. Ich ignoriere die Situation nicht, wenn du darauf hinauswillst.«

»Es tut mir leid. Es ist bloß so, dass ich den Gedanken nicht ertrage, dass sie bis zu den Knien im Schlamm auf irgendeinem Acker im Regen steht, durstig und hungrig, weil Mr. Maddocks sie vergessen hat oder sie ihm egal ist, was auch immer seine Gründe sein mögen.«

»Na ja, es liegt nicht an Unwissenheit«, sagt Jack. »Er hält seit Jahren alle möglichen Tiere. Ich glaube, es hat mehr mit seinem chaotischen Lebensstil und mangelndem Einkommen zu tun.«

»Ich finde echt, du solltest die Stute an erste Stelle rücken. Sie führt sich auf, als würde sie geschlagen«, erwidere ich. »Sie hat Angst vor Menschen, aber schließlich hast du ja gesehen, wie sie so ist«, fahre ich kleinlaut fort. Wer bin ich schon, dass ich Jack vorschreiben kann, wie er seinen Job zu erledigen hat?

»Wenn du es unbedingt wissen willst: Frank hat sie auf den Kleinbauernhof zurückgeholt, den er neben dem Gewerbegebiet gepachtet hat – er hält sie in einem briefmarkengroßen Paddock, also ist sie im Augenblick nicht angekettet. Sie hat Zugang zu Heu und Wasser, und ich habe sichergestellt, dass Frank einen Termin mit Alex, dem Tierarzt, für einen Besuch vereinbart hat. Ich bin mir sicher, dass Alex ihm klarmachen wird, wie wichtig es ist, dem Pony eine trockene und hygienisch einwandfreie Umgebung zu bieten.«

»Wird Mr. Maddocks auf ihn hören?«

»Jeder hört auf Alex Fox-Gifford. Er besitzt eine natürliche Autorität, und er ist hartnäckig. Ich denke, mit seiner Hilfe werde ich es schaffen, Frank Maddocks zur Vernunft zu bringen.«

Ich schüttele den Kopf. »Aber es ist so frustrierend. Warum muss das so lange dauern?«

»So ist es nun mal. Hey, warum nehme ich dich nicht einfach mit, wenn ich das nächste Mal nach dem Pony sehe?«

»Und was ist mit Mr. Maddocks?« Ich bin mir nicht sicher, ob ich ihn wiedersehen möchte. »Machst du dir eigentlich nie Gedanken um deine Sicherheit? Ich weiß von meiner Arbeit in der Praxis, dass die Leute oft sehr irrational reagieren, wenn es um ihre Tiere geht.«

»Frank ist ein Großmaul. Ich habe keine Angst vor ihm. Es gibt andere, denen ich nicht allein im Dunkeln begegnen möchte, ein Paar, gegen die ich vor Gericht ausgesagt habe, was dazu geführt hat, dass ihnen ihre Hunde weggenommen wurden und sie ihr Leben lang keine Tiere mehr halten dürfen.« Jack führt seinen Becher zum Mund und nippt am Tee. »Ich lasse dich wissen, wenn ich Dolly das nächste Mal einen Besuch abstatte – so nennt Frank das Pony. Dolly, nach seiner Großmutter, die er als kleiner Junge für seine Mutter gehalten hat. Nach allem, was man so hört, war sie ziemlich grob.«

»Warum nimmst du ihn in Schutz, Jack?«

»Ich nehme ihn nicht in Schutz. Seine Grundeinstellung ist widerlich, aber ich habe ihn über die Jahre ein wenig kennengelernt. Als Tierschutzbeauftragter habe ich es nicht nur mit Tieren zu tun, sondern auch mit Menschen, die Tiere halten. Viele von ihnen haben Probleme mit gescheiterten Beziehungen, Drogenmissbrauch und Krankheiten.« Er schweigt eine Weile. »Tess«, hebt er schließlich wieder an. »Ich meine, Tessa …«

»Oh, du musst nicht …«, unterbreche ich ihn.

»Ich will dich nicht verärgern – das habe ich ja schon genug getan.« Jack schenkt mir ein kleines, schiefes Lächeln, das mein Herz Purzelbäume schlagen lässt.

»Tessa klingt nicht richtig, wenn du es sagst«, erkläre ich unbeholfen. »Um ehrlich zu sein, habe ich dann das Gefühl, als würdest du mit jemand anderem sprechen.«

»Ich kann dir beim Füttern der Vögel helfen.« Er schaut auf seine Uhr. »Ich kann noch ungefähr eine Stunde bleiben.«

Ich möchte ihn fragen, wohin er danach geht, aber das kommt mir zu persönlich vor. Wir sind keine verliebten Teenies mehr. Wir sind Arbeitskollegen. Unsere Beziehung ist rein professionell, daran muss ich mich ständig erinnern.

»Danke«, sage ich. »Es gibt so viel zu tun.«

»Zu viel«, stimmt Jack mir zu. »Fifi muss noch ein paar Freiwillige zusammentrommeln. Gibt es ein Problem? Laut Frances, der Sprechstundenhilfe im Otter House, gibt es Gerüchte über Streitereien bei Talyton Animal Rescue.« Jack räuspert sich. »Fifi wird Vetternwirtschaft vorgeworfen, weil sie dir den Job hier gegeben hat, ohne vorher mit den anderen Mitgliedern des Komitees zu sprechen. Einige der alten Freiwilligen aus Glorias Zeit, die eigentlich wieder anfangen wollten, haben ihre Meinung geändert, und es existieren wohl Pläne, Fifi den

Vorsitz des Komitees zu entziehen. Ich weiß nichts Genaues, aber ich dachte, ich erzähle es dir, falls du deine Tante vorwarnen möchtest … Es sind aber bloß Gerüchte«, fährt er fort, als er mein Stirnrunzeln bemerkt. »Oje, ich grabe mir selbst blindwütig eine Falle wie ein Kaninchen auf Red Bull.«

Ich lächle bei dem Gedanken, doch ich ärgere mich darüber, dass die Leute hinter unserem Rücken über meine Tante und mich reden. Niemand mag es, wenn schlecht über einen gedacht wird, und es beeinträchtigt auch andere – Libby, Jack und die geretteten Tiere. Je weniger Freiwillige wir hier auf der Schutzstation haben, umso weniger Zeit können wir mit jedem einzelnen Tier verbringen und umso schlechter stehen seine Chancen auf ein neues Heim oder eine Entlassung.

»Ich rede mit meiner Tante«, beschließe ich. »Ich muss herausfinden, was los ist. Vielleicht gelingt es mir ja auch, sie dazu zu überreden, selbst ein paar Stunden auszuhelfen.«

»Du meinst, Fifi hat nichts dagegen, sich die Hände schmutzig zu machen?«

»Sie ist immer bereit, mit anzupacken.«

»Aber nicht auszumisten.« Wieder lächelt Jack und hebt so meine Stimmung.

Es ist fast wie früher, als wir Freunde waren und einfach miteinander rumgehangen sind. Ich lasse mich ins Sofa sinken. »Erzähl mir von den Kragenbären. Was ist überhaupt ein Kragenbär?«

»Das ist ein schwarzer Bär mit einem weißen Fleck auf der Brust, der wie ein Halbmond aussieht. Es sind wunderschöne Tiere, wild und dabei doch zärtlich und sehr intelligent. Ich hatte eine unglaublich tolle Reise«, sagt er, »und ich bin verdammt froh, dass ich mir die

Zeit dafür genommen habe, aber das Leid der gefangenen Kragenbären ist unglaublich.« Er erklärt, wie sie gefangen und in winzigen Käfigen gehalten werden, sodass ihnen mit Metallröhren, die in ihre Bäuche implantiert werden, die Gallenflüssigkeit abgezapft werden kann. Es beeinträchtigt ihr Leben ganz enorm, und oft werden sie wegen des Stresses und dauerhafter Infektionen nicht sehr alt.

»Warum? Warum macht man das?« Es schüttelt mich bei dem Gedanken.

»Bärengalle ist eine wertvolle Handelsware – angeblich hat sie medizinische Eigenschaften, und obwohl es synthetisch hergestellte Versionen gibt, wollen die Leute das Original. Es gibt verschiedene Tierschutzorganisationen, die mit Tierrettung und Aufklärungskampagnen versuchen, daran etwas zu ändern, doch es wird ziemlich lange dauern, bis diese Praktiken ganz abgeschafft werden.«

»Du scheinst mit voller Leidenschaft bei der Sache zu sein«, sage ich schließlich. »Meinst du, du wirst eines Tages wieder dorthin zurückkehren?«

»Ich würde gern für immer zurück«, gibt er zu. »Ich würde sofort eine Schutzstation einrichten, aber hier ist mein Zuhause, und ich muss auch an Libby denken. Meine Eltern werden nicht jünger, und trotz allem, was sie behauptet – und was auch du dazu denkst –, braucht sie jemanden, der sich um sie kümmert.«

Dieses Mal halte ich den Mund.

»Jetzt werde ich mal die Küken füttern«, sagt Jack und steht auf, um sich um die kleinen Blaumeisen zu kümmern. Ich gehe mit ihm ins Büro, und gerade als sie ihren letzten Mehlwurm verspeisen, fällt das Scheinwerferlicht eines Autos durchs Fenster.

»Erwartest du jemanden?«, fragt er.

»Das ist Katie.« Ich erkenne ihren Wagen, einen alten Ford Fiesta. Ich eile in die Küche und wasche mir die Hände, ehe ich die Tür öffne und sie begrüße.

»Hey, Fremde, wo hast du mein ganzes Leben lang gesteckt?«, sage ich.

»Ist es wirklich schon so lange her, Tessa?«, erwidert sie grinsend. »Ich bin in letzter Minute versetzt worden, deshalb dachte ich, ich sehe mal bei dir vorbei und gucke, wie es dir so geht. Ich habe Wein, Schokolade und Robert Downey Jr. dabei – na ja, nicht ihn persönlich, aber eine DVD mit ihm. Ich dachte, du brauchst vielleicht ein bisschen was zum Aufheitern.«

»Was ist denn aus dem neuen Mann geworden?«, muss ich sie fragen.

»Was für ein neuer Mann?«

»Es muss einen geben: Ich habe dich kaum zu Gesicht bekommen, du siehst toll aus, und du hast abgenommen.«

»Oh, ich hatte viel um die Ohren.« Katie verstummt abrupt und senkt die Stimme zu einem Flüstern. »Hey, was macht Jack denn hier? Du und er … ihr …?«

»Natürlich nicht.«

»Ich meinte, ob ihr miteinander redet«, sagt sie schelmisch. »Was hast du denn geglaubt, was ich sagen würde?«

»Hallo, Katie«, sagt Jack und tritt hinter mich.

»Hallo«, sagt sie eisig.

»Bis bald, Tess«, fährt Jack fort. »Ich muss weiter.«

Ich wünsche ihm eine gute Nacht und danke ihm für seine Hilfe, während er beiseitetritt und Katie vorbeilässt, ehe er in den Regen hinausgeht.

»Was um alles in der Welt ist hier los?«, fragt Katie, als

der Van den Feldweg hinunter verschwindet. »Warum lässt du ihn hier bei dir rumhängen?«

»Weil er hier arbeitet, aus keinem anderen Grund.«

»Es ist nach acht.«

»Soll ich den Wein aufmachen?« Im Versuch, sie von ihren Fragen abzubringen, greife ich nach der Flasche, die sie dabeihat.

»Weißt du, manchmal vergesse ich, wie gut Jack aussieht«, sagt Katie, während sie mir in die Küche folgt.

»Das tut er wirklich«, stimme ich zu und wünsche im selben Moment, ich hätte den Mund gehalten.

»Was hast du gerade gesagt?«

»Ach, nichts.«

»Doch, hast du. Ich glaube, du hast gerade zugegeben, dass du Jack Miller attraktiv findest.«

»Katie, ich kann anerkennen, dass er gut aussieht, und ihn gleichzeitig hassen«, sage ich amüsiert. Wenigstens macht Jack kein großes Trara um sein Aussehen – anders als Nathan, der eine wandelnde Enzyklopädie männlicher Kosmetika ist oder war.

Katie wechselt das Thema. »Wie kommst du damit zurecht, hier am Arsch der Welt zu leben?«

»Es ist toll.« Ich hatte heute Spaß mit Libby und Jack und mit den Tieren. Ich habe es genossen, mit Buster durch das Wäldchen zu spazieren, vorbei an dem wuchernden Farn, den Buchen und der uralten Eiche. »Katie, ich weiß, dass du das nicht verstehst, aber ich tue hier etwas Sinnvolles. Ich habe nicht mehr an Nathan oder die Hochzeit gedacht, und ich hatte auch keine Zeit, mir wegen des Geldes Sorgen zu machen oder wegen der Schulden.«

»Das ist gut, Tessa«, sagt Katie und runzelt die Stirn, »aber mir musst du nichts vorspielen.«

»Ich spiele dir nichts vor«, entgegne ich. »Es ist mein Ernst. Ich hatte einen tollen Tag.«

Sie sieht mich an, den Kopf leicht zur Seite geneigt, als denke sie, ich sei ein wenig unterbelichtet.

»Ich glaube wirklich nicht, dass ich so lange brauchen werde, wie ich gedacht hatte, um darüber hinwegzukommen«, sage ich optimistisch.

»Du bist so tapfer. Ich weiß, dass ich immer noch am Boden zerstört wäre, wenn ich mich von Nathan getrennt hätte. Und dann auch noch so in aller Öffentlichkeit.«

»Er ist es nicht wert. Er ist wirklich völlig daneben, und ich kann mich mit der Tatsache trösten, dass jetzt jeder hier in der Gegend weiß, wie er ist.«

»Das stimmt«, sagt Katie fröhlich. »Keine Frau, die auch nur ein bisschen was auf sich hält, wird jetzt noch mit ihm ausgehen.«

KAPITEL 7

Die Natur der Dinge

Ich hatte vor, Buster am nächsten Morgen in seinen Zwinger zurückzuschmuggeln, ehe irgendjemand hier auftaucht, aber ich habe verschlafen, nachdem ich gestern Abend zu viel Wein mit Katie getrunken und allein die Flasche geleert habe, weil Katie mit dem Auto da war. Libby steht in der Tür und fragt sich, wo Buster steckt.

»Ich dachte, er wäre in die Freiheit entwischt.« Sie lächelt, als er bellend hochspringt, doch als sie versucht, ihn zu streicheln, steht er stocksteif da, mit entblößtem Gebiss und eingeklemmtem Schwanz, und knurrt.

»Buster! Nein!«, sage ich bestimmt. »Das ist nicht akzeptabel.«

»Du klingst wie die Supernanny«, sagt Libby und weicht zurück. »Ich glaube nicht, dass er mich sehr mag.«

»Ich weiß nicht, warum er das getan hat«, sage ich besorgt. Versucht er mich zu beschützen? Ist das ein Zeichen für fortdauerndes aggressives Verhalten? Hat er geglaubt, Libby wolle ihm etwas antun? Wäre es zu mehr als einem Knurren gekommen, wenn ich ihn nicht gestoppt hätte? »Letzte Nacht hat er mir leidgetan, Libby, aber um ehrlich zu sein, tut er das jetzt nicht mehr.« Ich habe seine Pfote frisch verbunden, weil er den Verband abgerissen hat, als ich ihn einmal für ein paar Minuten nicht beaufsichtigt habe, und ich habe das Ganze in eine Plastiktüte verpackt, damit es nicht nass wird. »Hat Jack dich gebracht?«

»Ja, er will nach dem Pony sehen, dem Schecken von Frank Maddocks.«

»Ah, verstehe. Das ist gut zu hören.« Warum ist er nicht reingekommen, um mich mitzunehmen, so wie er es gestern Abend angekündigt hat?, frage ich mich. Ich schüttle das irrationale Gefühl ab, er habe mich im Stich gelassen. Jack weiß, dass Libby und ich genug zu tun haben, sodass wir uns kaum die Zeit nehmen können, in der Gegend herumzulaufen – so schön sie auch an diesem sonnigen Maimorgen ist –, um ein Pony anzusehen.

»Soll ich Buster zurück in den Zwinger bringen?«, fragt Libby nicht gerade begeistert – was nicht überrascht, wenn man bedenkt, wie er sie begrüßt hat.

»Schon gut, Libby. Kein Grund, dein Leben aufs Spiel zu setzen. Wenn du ihm sein Frühstück fertig machen könntest – ich bringe ihn in ein paar Minuten rüber. Ich habe eine neue Karteikarte geschrieben, die wir an seinem Zwinger anbringen können, falls uns heute noch mehr Leute besuchen, die ein Tier aufnehmen wollen.«

»Ach, übrigens ... danke, dass du gestern mit Jack gesprochen hast, Tessa. Er hört auf dich.«

Als ich im Zwingertrakt wieder auf Libby treffe, bringt sie gerade Busters Wasserschüssel aus der Küche. Weil ich weitere Konfrontationen vermeiden will, nehme ich ihr die Schüssel ab und trage sie zu Buster in den Zwinger.

»Kann Buster bereits zur Adoption freigegeben werden?«, fragt Libby.

»Was denkst du?«, antworte ich.

»Tessa, ich muss nicht denken. Ich bin nur angestellt. Ich tue, was man mir sagt – meistens jedenfalls.« Sie blickt mir über die Schulter, als ich Busters neue Karteikarte inklusive einer Aufstellung seines Tagesprogramms an der Zwingertür anbringe. »Das ist besser als in einem Hotel: zweimal täglich spazieren gehen und Frühstück – Englisch oder Kontinental?« Sie lacht über mein Zögern. »Du nimmst alles so ernst.«

»Jemand muss sich darum kümmern, dass wir es richtig machen«, sage ich ein wenig verletzt. Bin ich wirklich so ernst, so langweilig? »Also, wegen des Wassers – es sollte abgefüllt sein, nicht aus der Leitung, und vorzugsweise mit Kohlensäure«, fahre ich mit ernster Miene fort.

»Echt?« Libby starrt mich an. Ihr Gesichtsausdruck lässt mich glucksen.

»Okay, sehr witzig. Hab's kapiert«, seufzt sie.

»Aber zurück zum Thema, eine Familie für Buster zu finden«, fange ich an. »Ich glaube nicht, dass es einfach werden wird. Zunächst wissen wir ja, dass er dazu neigt, jeden anderen Hund in Sichtweite töten zu wollen, was sich in seinem Verhalten auf dem Dorfanger gezeigt hat, als er noch ein Streuner war. Deshalb kann er nicht als Zweithund aufgenommen werden. Und ich bin mir auch nicht sicher, ob er irgendwohin sollte, wo es Menschen egal welchen Alters gibt, wenn man bedenkt, wie er dich heute Morgen angeknurrt hat«, füge ich hinzu. »Ich kann so viele Gründe für sein Verhalten finden, wie ich will, aber das ändert nichts an der Tatsache, dass er ein Problem hat.«

»Ich bin mir nicht sicher, ob ich ihm vertraue«, sagt Libby und schüttelt ein Paar Latexhandschuhe aus. »Er macht sich nicht gerade bei aller Welt beliebt, wenn er jeden anknurrt.«

Ich erinnere mich daran, wie Buster den Chauffeur angeknurrt hat, als dieser ihn nach dem Unfall auf dem Weg zur Hochzeit zum Tierarzt gebracht hat. Damals habe ich es auf seine Schmerzen und seine Verwirrung wegen des Stoßes gegen seinen Kopf geschoben, doch ich befürchte, dass diese Haltung, zuerst zu knurren und sich erst später zu besinnen, tiefer in Busters Wesen verankert ist, als ich zunächst gedacht habe.

Ich sehe zu, wie er den Zwinger erneut untersucht. Er schnüffelt an dem Kunststoffkörbchen herum und hebt das Bein an der plüschigen Decke.

»Halb so wild. Im Zwinger sind viele Hunde nicht stubenrein«, sage ich, doch eine Woge des Zweifels durchfährt mich. Habe ich früher davon geträumt, Tiere mit ihren perfekten Menschen zusammenzubringen, so holt mich jetzt gerade die Realität der Tierrettung ein. Buster hat Probleme, deretwegen er ein ganz besonderes Heim braucht. Gibt es das? Warum sollte sich irgendjemand melden und einen Hund wie Buster einem süßen Welpen vorziehen?

Am späten Vormittag aber können wir dank Libby unseren ersten Erfolg verbuchen. Ich darf unser erstes Vermittlungstier an seinen neuen Besitzer übergeben.

»Bitte schön.« Ich gebe die Ratte in einer Pappschachtel mit Lüftungslöchern und einem fest verklebten Deckel an einen von Ally Jacksons Söhnen. »Ich hoffe, ihr werdet sehr glücklich miteinander«, sage ich. Es kam mir neulich wie eine gute Idee vor, aber jetzt tut es mir leid, dass ich meinen Ex in einem Atemzug mit diesem höchst intelligenten und verspielten Wesen genannt habe.

»Oh, das werden sie«, sagt die stolze und vorurteilsfreie Mutter, die neben ihrem zehnjährigen Sohn steht. Ally ist Mitte dreißig und trägt einen taubenblauen Hosenanzug. »Kann ich die Schutzstation sonst noch irgendwie unterstützen? Ich kann nicht ehrenamtlich arbeiten, weil ich keine Zeit habe, aber ich bin die rasende Reporterin des *Talyton Chronicle*, und ich könnte einen Bericht über einige der Tiere schreiben.«

»Das wäre toll. Wir brauchen jede Form von Öffentlichkeitsarbeit, die wir kriegen können«, sage ich. »Vielen Dank.«

»Danken Sie mir nicht. Ich bin Ihnen dankbar, denn ich muss Woche für Woche die Seiten jeder Ausgabe füllen, und dabei passiert in Talyton wirklich nicht viel, wie Sie ja wissen.« Lächelnd fährt sie fort: »Manchmal bete ich um ein Feuer oder eine Überschwemmung, irgendetwas Dramatisches, worüber ich berichten könnte, anstelle der entlaufenen Katzen, Schulaufführungen und edlen Großmütter, die sich in Wohltätigkeit gegenseitig überbieten.«

»Umso besser«, sage ich, als Ally eine kleine Spende in die Kiste auf dem Tisch am Empfang wirft. »Lassen Sie von sich hören! Wir würden uns freuen zu hören, wie Nathan sich so macht.«

Ich blicke ihnen nach, ehe ich zu den Zwingern zurückkehre. Auf dem Weg checke ich mein Handy, um zu sehen, ob Jack sich gemeldet hat – nicht etwa weil ich ihn heute vermisst habe, sondern weil ich dachte, er würde mich über das Pony auf dem Laufenden halten. Okay, wem versuche ich hier etwas vorzumachen? Ich mag seine Gesellschaft. Jack ist absolut direkt und ehrlich. Außerdem ist er nett und aufgeschlossen. Bei Jack bekommt man wirklich, was man sieht – und ich hasse zwar, es zuzugeben, aber was ich sehe, gefällt mir ziemlich gut.

Ich habe keine SMS bekommen oder einen Anruf verpasst, aber ich kann ein schweres Fahrzeug den Feldweg zur Schutzstation herbeirattern hören. Ich bleibe auf dem Parkplatz stehen und frage mich, ob es vielleicht DJ ist, der kommt, um den Minibagger zu holen, den er vor der Scheune stehen gelassen hat, aber es ist Jack mit einem lilafarbenen Pferdehänger.

»Was machst du da?«, brülle ich über das Motorengeräusch hinweg, das sich anhört wie ein fehlzündendes Maschinengewehr.

»Spring rein«, ruft er mir zu. »Wir müssen los und ein Pony abholen.«

»Wie aufregend!«, rufe ich zurück, ehe mir einfällt, dass Libby ganz allein ist, wenn ich gehe. »Ich sollte aber hierbleiben, Jack. Libby und ich haben zu viel zu tun.«

»Ehrlich gesagt brauche ich so viel Hilfe wie möglich. Ein Pony ist ausgebrochen.«

»Frank Maddocks' kleine Stute?«, frage ich und beschatte meine Augen mit der Hand, während ich zu ihm aufblicke.

»Ich bin heute früh hingefahren, um nach ihr zu sehen. Es war niemand zu Hause, und das Gatter zum Paddock stand offen. Ich glaube, Dolly hat sich auf die Suche nach einer guten Weide gemacht.«

»Hast du irgendeine Idee, wo sie sein könnte?«

»In der Zwischenzeit ist sie ein paarmal gesehen worden, zuletzt, als sie die Straße in der Nähe des Dorfangers entlanggetrabt ist. Ich glaube, sie hat ein paar Autofahrern einen ganz schönen Schock versetzt.«

»Solange niemand verletzt wurde«, sage ich. »Ich hole Libby.«

Als ich mit ihr aus dem Zwingertrakt zurückkehre, quält sich Jack gerade damit, den Pferdehänger zu drehen. Mehrmals würgt er ihn ab bei dem Versuch, in drei Zügen zu wenden.

»Willst du, dass ich es mal versuche?«, rufe ich zu ihm hinauf. »Du kannst viel weiter zurückfahren. Da ist noch eine Menge Platz zwischen dem Wagen und dem Zaun.«

Jacks Kopf erscheint im Fenster. Er sieht nervös aus. Sein Haar ist zerzaust und sein Gesicht gerötet.

»Ich kann es nicht, wenn ihr beide mir dabei zuseht«, beschwert er sich, doch Libby und ich bleiben, wo wir sind, glucksen und machen Kommentare über Männer als Autofahrer. »Ich bin besonders vorsichtig«, fährt Jack fort. »Alex Fox-Gifford hat mir den Wagen geliehen, und ich muss ihn heil zurückgeben.«

»Viel Glück dabei!«, rufe ich ihm zu. »Er sieht aus, als würde er jede Minute auseinanderbrechen.«

Irgendwann steht der Wagen schließlich mit der Nase zum Feldweg. Libby und ich gehen auf die Beifahrerseite und klettern hinein, wobei Libby mir den Vortritt lässt, sodass ich neben Jack sitze.

»Alter vor Schönheit, Tessa«, bemerkt sie frech.

»Vielen Dank auch«, antworte ich lächelnd und schnalle mich an. »Fahren wir los?«, frage ich Jack, der sich müht, den ersten Gang einzulegen.

»Geduld, Tess«, ermahnt er mich und blickt mich schüchtern an. Der Wagen rumpelt vorwärts und poltert den Feldweg hinunter zur Landstraße, wobei das Armaturenbrett so stark vibriert, dass der Papierkram, den Jack darauf hat liegen lassen, ins Rutschen kommt.

»Ich hoffe, wir treffen auf keinen Gegenverkehr«, bemerkt Libby, während sie die Blätter aufhebt und versucht, sie wieder in Ordnung zu bringen.

»Das hoffe ich auch«, sagt Jack.

Unten am Fluss herrscht eine starke Polizeipräsenz, jedenfalls für Talyton: Ein Polizeiauto parkt mit blinkendem Blaulicht auf dem Dorfanger, und dahinter jagt ein einzelner Polizist ein geschecktes Pony über die Wiese. Jack biegt ab und parkt den Pferdehänger ebenfalls auf der Grünfläche.

»Das wird meiner Tante nicht gefallen«, bemerke ich mit Blick auf die Wagenspuren im feuchten Gras. »Das Komitee wird dagegen Sturm laufen.«

»Sieh es als unseren Beitrag für die Gemeinschaft: Wenn der Stadtrat sich über das bisschen Matsch aufregt, stecken die Mitglieder ihre Nasen nicht in etwas anderes«, sagt Jack. »Ich habe bei meinem Haus eine neue Eingangstür einbauen lassen, ehe ich fortgegangen bin, und jetzt wollen sie, dass ich nachträglich eine Baugenehmigung dafür beantrage. Kannst du dir das vorstellen?« Er hält inne und schaut zur Brücke zurück, wo Fifi gerade aus ihrem Volvo steigt. »Ich weiß, dass ich nicht unhöflich zu deiner Tante sein sollte, aber da kommt die Gestapo, um mir zu sagen, ich solle den Wagen woanders hinstellen.« Er springt hinaus und steuert auf den Zaunübertritt zu. »Kümmere du dich um sie, Tess. Libby, du kommst mit mir.«

Fifi stolpert mit ihren Stöckelschuhen über die Wiese.

»Tessa-Schatz, ich habe von einem Drama hier auf dem Anger gehört und musste einfach kommen«, sagt sie und fasst sich an den Hals, als wäre sie außer Atem. »Was ist los?«

Ich deute in die Ferne, wo das Pony davongaloppiert und der Polizist – ich glaube, es ist PC Phillips – ihm immer noch hinterherjagt und langsam zurückfällt. Offenbar wird Jack und Libby klar, dass es eine erfolglose Jagd sein wird, und sie kehren zum Wagen zurück.

»Ich dachte, wir versuchen es mit einem Eimer mit Futter«, sagt Jack. »Libby, hinten im Wagen steht einer.

Außerdem sind da noch ein paar Longen, ein Halfter und eine Trense.«

»Sie wissen, dass Sie nicht auf der Wiese hätten parken dürfen«, sagt Fifi, während Libby die Sachen holt. »Das Bierfestival und der Blumenwettbewerb stehen an. Da muss der Anger tadellos aussehen.«

»Tut mir leid, Fifi«, sagt Jack höflich. »Ich wollte den Verkehr nicht behindern, indem ich auf der Brücke parke, und es ist unabdingbar, dass wir das Pony fangen, ehe es einen Unfall verursacht … Das verstehen Sie doch«, fügt er hinzu, als fordere er sie heraus, ihm zu widersprechen.

»Oh, natürlich, Jack«, lenkt meine Tante ein, doch ihre Augen funkeln schelmisch, als sie fortfährt: »Als Mitglied des Stadtrates ist die Wiese natürlich meine erste Priorität, doch für die Vorsitzende von Talyton Animal Rescue muss die Rettung des Ponys natürlich an erster Stelle stehen. Was kann ich tun?«

»Wenn Sie Ihre Laufschuhe anhätten, würde ich Sie PC Phillips hinterherschicken.« Jack wirft einen Blick auf ihre Füße. »In denen werden Sie nicht weit kommen.«

»Es muss etwas geben, was ich tun kann. Ich gehöre nicht zu den Leuten, die danebenstehen und zusehen.«

»Also, es gibt tatsächlich etwas«, sagt er mit Blick auf den Zauntritt, wo PC Phillips gerade mit großer Anstrengung seine müden Beine hinüberschwingt. »Sie können Kevin beschäftigen. Reden Sie mit ihm und bitten Sie ihn, den Verkehr umzuleiten oder irgend so etwas. Er hatte keine Ahnung, was Pferde betrifft. Er hat Dolly fast in die nächste Grafschaft gejagt, und wenn wir nicht aufpassen, landet sie noch auf der Hauptstraße nach Talymouth.«

»Warum ist er überhaupt hier?«, fragt Fifi.

»Aus zwei Gründen: erstens, um das Pony im Namen der Polizei zu beschlagnahmen.« Jack wirft mir einen raschen Blick zu. »Die Tatsache, dass es ausgebrochen ist, ist wie ein Geschenk für uns. Auf diese Weise können wir sie aus Frank Maddocks' Händen bekommen, obwohl es gerade noch so aussah, als hätten wir nicht genug Beweise gegen ihn in der Hand. Zweitens ist es gut, die Polizei auf unserer Seite zu haben, falls Frank auftauchen sollte, nicht dass das in naher Zukunft sehr wahrscheinlich wäre. Er geht nicht an das Handy, dessen Nummer er mir gegeben hat, und als ich ihn im Trailer angerufen habe, erzählte mir sein Sohn, er wäre mit seiner Freundin in Urlaub gefahren – nach Spanien, meinte er, oder in die Türkei.« Jack grinst kurz. »Erdkunde scheint nicht gerade seine Stärke zu sein.«

»Macht er sich keine Sorgen wegen Dolly?«, frage ich.

»Er sagte, er habe mit ihr nichts zu tun. Sie gehöre seinem Vater.« Jack grüßt PC Phillips, als dieser auf uns zuschwankt. Er hält seinen Helm in der Hand und rubbelt sein schweißnasses Haar.

»Ich bin nicht mehr so gut in Form wie früher«, keucht er und blickt an seiner schlammverspritzten Uniform hinab. »Ich werde wieder mit dem Laufen anfangen müssen. Sie sind der Experte, Jack. Wie sollen wir das kleine Mist…« Als er meine Tante bemerkt, bricht er mitten im Wort ab. »Ah, guten Morgen, Fifi.«

»Hallo, Kevin«, sagt sie. »So etwas sagt man doch nicht, mein lieber Junge. Denk immer daran, dass du es hier nicht mit einem einfachen Kriminellen zu tun hast!«

»Entschuldigung.« Er wird rot. »Es liegt an diesem Pony. Es hat mich ganz schön fertiggemacht.«

»Schon gut, Kevin«, sagt Jack. »Ich habe einen Plan.

Es gibt eine Lücke in der Hecke, wo die Stute sich einen Weg durch gebahnt hat. Wenn Sie in der Nähe des Zaunübertritts warten, können Sie sie wegscheuchen, falls sie in diese Richtung zurückkommt, aber passen Sie auf, dass Sie ihr nicht im Weg stehen – sie hat eine Statur wie ein Panzer. Suchen Sie sich einen Stock, mit dem Sie in der Luft herumfuchteln können, oder machen Sie viel Lärm, um ihr Angst zu machen. In der Zwischenzeit nehmen Libby, Tess und ich die Ausrüstung und sehen zu, ob wir sie nicht zu uns locken können.«

»Ich kann nicht erkennen, wie das funktionieren soll«, sagt PC Phillips.

»Ich zähle darauf, dass sie Hunger hat«, erwidert Jack. »Kommt jetzt. Lasst uns gehen!«

Wir teilen die Ausrüstung unter uns auf. Jack trägt ein Halfter, einen Strick und einen Eimer, der zur Hälfte mit Pellets gefüllt ist. Der Eimer ist leuchtend lila, wie der Pferdehänger. Libby und ich tragen den Rest. Wir gehen eine Weile den Pfad am Flussufer entlang, ehe wir Dolly entdecken, die mit hängendem Kopf, halb geschlossenen Augen und eingeknicktem Hinterhuf im Schatten einer Eiche steht.

»Wir halten hier an«, beschließt Jack leise. »Okay, denkt daran, sie nicht zu jagen. Falls sie davongaloppiert, dreht euch einfach um und geht in die andere Richtung davon. Wenn wir sie erschrecken, bricht sie im Nu durch die nächste Hecke und steht im Hintergarten des Pubs. Von dort ist es nur noch ein Katzensprung bis zur Hauptstraße, und ihr wisst ja selbst, wie schnell der Verkehr dort ist.«

Das stimmt, denke ich. Die Touristen sind daran schuld, die die Straße nicht kennen, auf den langen, geraden Passagen Tempo aufnehmen und sich dann vor

Angst fast in die Hosen machen, wenn sie die Serpentinen erreichen, die den Hügel hinab nach Talymouth führen.

»Warum stellen Libby und ich uns nicht an die Hecke und wedeln mit den Longen in der Luft herum, falls die Stute versucht durchzubrechen?«, schlage ich vor.

»Ihr könnt es versuchen«, sagt Jack. »Ich gehe mit dem Eimer zu ihr. Aber habt Geduld – es kann eine Weile dauern.«

Dann stellt Jack den Eimer ein paar Meter von der Stute entfernt ab. Er steht seitlich von ihr, mit gesenkten Schultern und abgewendetem Blick, um für sie nicht bedrohlich auszusehen. Er mag sich selbst überzeugt haben, aber Dolly hat er nicht überzeugt, denn sie öffnet die Augen und hebt den Kopf, bläht die Nüstern und schnaubt alarmiert. Das Geräusch lässt eine Schar Tauben, die in den Ästen über ihr geruht haben, auffliegen, woraufhin sie erschrocken vorwärtsspringt und so näher an den Eimer herankommt. Sie weiß, was es ist, und sie ist interessiert, aber sie braucht zehn Minuten, um zu beschließen, dass es okay ist, die Nase hineinzustecken und die Pellets zu fressen.

»Gutes Mädchen! Das machst du so gut, Dolly!«, sagt Jack mit einer Stimme, die jedes weibliche Wesen verführen würde. Also, jedenfalls würde sie bei mir funktionieren, wenn ich auf der Suche nach einem Mann wäre, was ich nicht bin, obwohl ich feststellen muss, dass ich geradezu gelähmt zusehe, wie er sich langsam und ruhig der Schulter der Stute nähert, die Hand ausstreckt und ihr den Widerrist krault, ehe er den Führstrick über ihren Hals legt. Er wartet einen Moment, dass sie den Kopf aus dem Eimer hebt, und lässt das Halfter über ihre Nase gleiten. Dann nutzt er Dollys Entscheidung aus, den Kopf wieder in den Eimer zu stecken und mehr Pellets zu fressen, streift ihr das Nackenstück über die Ohren und verschließt das Halfter seitlich an ihrem Kopf.

Ich recke den Daumen nach oben, denn ich will das Pony nicht durch Rufen oder Beifall erschrecken, und wir machen uns auf den Rückweg über das Feld zum Anger, wobei wir den kürzeren Weg entlang der alten Bahnlinie nehmen. Jack führt Dolly vor mir und Libby. Zumindest war das Jacks Plan, doch ehe er noch dort ankommt, erblickt das Pony eine kleine Herde Schafe, die auf dem Hügel rechts von uns grast. Entweder das, oder sie hat plötzlich beschlossen, dass es ihr nicht in den Kram passt, eingefangen zu werden. Sie reißt den Kopf hoch und trabt an, reißt Jack dabei den Strick aus den Händen, kehrt ihm beim Vorbeitraben die Kruppe zu und schlägt mit beiden Hinterhufen nach Jack aus. Sie trifft ihn am Hintern.

»Sie hat mich erwischt!«, ruft Jack, als Dolly mit hängendem Führstrick auf Libby und mich zudonnert und keinen Zentimeter von ihrem gewählten Pfad abweicht. Wir springen beiseite, um sie durchzulassen, ehe wir zu Jack hinüberrennen, der sich mit schmerzverzerrtem Gesicht den Hintern hält. »Sie hat mich erwischt«, wiederholt er.

»Wie stark bist du verletzt?«, fragt Libby halb ernst und halb lachend. »Zeig mal!«

»Niemals, Schwesterchen.« Jack schüttelt den Kopf.

»Musst du das nicht als Arbeitsunfall melden?«, zieht sie ihn auf.

»Es ist nichts weiter«, beharrt er. »So, wo steckt das verdammte Vieh?« Sie ist nicht weit gelaufen, sondern ist unter die Eiche zurückgekehrt, ein Ort, an dem sie sich relativ sicher zu fühlen scheint. »Ich hätte mich nicht auf ein Halfter verlassen sollen. Ich hätte ihr die Trense anlegen sollen.« Jack sieht mich an. »Die hast du doch dabei, oder?«

Ich reiche sie ihm, wünsche ihm viel Glück und frage mich, ob wir sie jemals einfangen werden.

Es dauert noch weitere zwei Stunden, bis Jack Dolly wieder auf dem Dorfanger hat, und noch einmal dreißig Minuten, bis sie in den Hänger verladen ist. Inzwischen frage ich mich, wer mehr schwitzt – das Pony oder wir Menschen. Es ist eine Erleichterung, als wir zur Schutzstation zurückkehren. Jack parkt den Hänger, und Libby geht hinein, um uns etwas Kaltes zu trinken zu machen, die Vogelküken zu füttern und die Hunde rauszulassen, während ich das Gatter zum Weg schließe und ganz besonders darauf achte, dass der Riegel vorgeschoben ist, um nicht zu riskieren, dass Dolly noch einmal ausbüxt. Gemeinsam klappen Jack und ich die Rampe auf. Dolly steht hinter der Trennwand, verdreht die Augen, schlägt mit dem Kopf und stampft wütend auf den Boden. Ihr Fell tropft vor Schweiß, und die Luft ist erfüllt vom Geruch nach Dung, süßem Wiesenheu und verschwitztem Pferd.

Leise klettert Jack hinein.

»Hallo, Dolly. Jetzt beruhig dich doch mal. Es wird dir hier gefallen.« Mit einem Seitenblick auf mich fügt er hinzu: »Hoffe ich zumindest.« Er löst den Panikknoten, ehe ich den Riegel der Abtrennung zurückschiebe und sie aufziehe, damit er die Stute die Rampe hinunterführen kann – oder, wie sich herausstellt, sie ihn. Sie zögert kurz, dann springt sie hinab und reißt ihm erneut den Führstrick aus der Hand.

»Du bist ein verdammt undankbares Pony!«, brüllt Jack, der letztendlich nun doch die Geduld verliert. Ich mache ihm deswegen keine Vorwürfe. Dolly kann einen ganz schön wütend machen, und als wüsste sie es nicht, trabt sie mit hocherhobenem Kopf und Schweif über den Parkplatz und bläht die Nüstern so sehr, dass man ihre rote Innenseite sehen kann. Sie hat ein blaues und ein braunes Auge, und sie sieht im Augenblick kein bisschen wie ein schwerfälliger Cob aus. Sie ist leichtfüßig und erstaunlich flink, als sie sich ein Maul voll Begonien aus den Kübeln genehmigt, die Fifi aus dem Gartenzentrum gespendet hat, ehe sie herumwirbelt und zum Paddock galoppiert, wo sie stehen bleibt und mit den Lippen an dem Gatter herumnestelt.

»Ihren Beinen scheint immerhin nichts zu fehlen«, bemerke ich. »Sie verhält sich wie ein Vollblut-Galopper.«

»Ich glaube, wir brauchen noch mal den Eimer«, sagt Jack und begibt sich an die Rückseite des Hängers. Er braucht eine Weile, und da ich annehme, dass er ihn nicht finden kann, beschließe ich, ihm zur Hand zu gehen.

»Jack!«, rufe ich, als ich die Rampe hochlaufe. »Ich glaube, ich habe ihn unter den Sattelhalterungen gesehen.« Oben bleibe ich stehen. Jack steht mit dem Rücken zu mir halb hinter der Trennwand, den Eimer über dem Handgelenk, Hose und Unterhose halb heruntergezogen, und verdreht den Oberkörper, während er versucht, sein Hinterteil zu begutachten. Ich weiß nicht, wohin ich blicken soll, aber es ist zu spät, als dass ich so tun könnte, als hätte ich es nicht bemerkt.

»Oh, tut mir leid«, sage ich zur selben Zeit, wie Jack aufsieht, weil er meine Anwesenheit gespürt hat. Seine Miene ist die eines schockierten Schafes. Er zieht eilig die Hose hoch, um seine Blöße zu bedecken, und errötet heftig bis in die Wurzeln seiner blonden Haare.

»Ich habe bloß den Schaden begutachtet«, sagt er eilig. »Ich dachte, es könnte bluten.«

»Möchtest du, dass ich es mir mal ansehe?«, sage ich frech. »Ich kann dir eine professionelle Einschätzung geben.«

»Nein danke, Tess. Ich bin okay. Dolly hat meinen Stolz mehr verletzt als meinen ...« Er sucht ziemlich süß nach einer angemessenen Benennung der betroffenen Körperregion. »... Hintern.«

»Ich wette, du wirst die nächsten Tage ziemlich empfindlich sein.«

»Hm-hm.« Er zieht den Reißverschluss zu und schließt die Schnalle seines Gürtels, ehe er den Hänger mit mir verlässt. »Ich danke meinem Schutzengel, dass die Stute keine Hufeisen trägt.«

Dolly steht immer noch am Gatter des Paddocks, und es gelingt uns, sie durch das Gatter zu locken, indem wir ein paar Pellets auf dem Boden des Eimers herumkugeln lassen. Jack löst den Führstrick, lässt sie aber aufgetrenst, damit wir sie leichter einfangen können, wenn der Tierarzt kommt.

»Vielleicht hätten wir sie in eine der neuen Boxen bringen sollen«, sage ich, als Libby sich mit drei Gläsern Orangensaft zu uns gesellt. »Dafür haben wir sie schließlich.«

»Sie ist es gewöhnt, draußen zu sein«, sagt Jack. »Wir wollen nicht zu viele Veränderungen auf einmal vollziehen, damit sie keine Kolik bekommt.«

»Was kommt als Nächstes?«, fragt Libby. »Können wir sie direkt neu vermitteln?«

»Ich fürchte, die Sache ist ein wenig komplizierter«, antwortet Jack. »Mr. Maddocks hat eine Woche Zeit, um zu kommen und das Pony gegen eine Abgabegebühr zu beanspruchen. Wenn er das nicht kann oder nicht will, wird sie von der Polizei bei der nächsten Auktion zum Verkauf angeboten und geht an den Meistbietenden. So halten sie ihre Kosten gering.«

»Ich verstehe nicht, wie um alles in der Welt du Dolly an diesen Mann zurückgeben kannst.« Libby starrt ihren Bruder an, und ich teile ihre Gefühle in diesem Punkt voll und ganz.

»Glaub mir, ich gebe mein Bestes«, sagt Jack barsch. »Konzentrieren wir uns lieber darauf, sie hier in Sicherheit zu halten, ehe wir uns Sorgen darüber machen, was die Zukunft so bringt. Hast du die Zäune überprüft, Tess?«

»Das mache ich jetzt. Und ich fülle den Trog auf.«

»Lass mich das machen«, sagt Libby. »Ich möchte mich um Dolly kümmern. Ich habe immer ein Pony haben wollen, aber Mum und Dad haben es nicht erlaubt.«

»Das kannst du gerne tun, wenn sie hierbleibt«, bemerke ich, während ich Dolly dabei beobachte, wie sie wiehernd mit wehender Mähne und Schweif herumgaloppiert. »Ich glaube nicht, dass es ihr hier gefällt.«

»Sie braucht Gesellschaft«, sagt Jack an mich gewandt.

Tun wir das nicht alle, denke ich voller Sorge, dass ich anfangen könnte, mich etwas zu sehr nach Jacks Gesellschaft zu sehnen. Ich blicke ihn freundlicher an, als ich es für möglich gehalten hatte, nach dem, was er an meinem Hochzeitstag getan hat. Die Aufregung beim Einfangen des Ponys ist nicht das Einzige, was mein Herz heute schneller schlagen ließ.

KAPITEL 8

Sonderlieferung

Vor drei Tagen haben wir Dolly eingefangen und zur Schutzstation gebracht. Seither haben wir es nicht geschafft, uns ihr zu nähern. Der Trick mit dem Eimer funktioniert nicht mehr, denn bei dem ganzen Gras im Paddock ist sie nicht mehr hungrig. Libby versucht sie mit einer Karotte anzulocken, aber Dolly ist nicht dumm.

»Das hat nicht funktioniert«, sagt Libby und kommt zu mir herüber. Ich bin gerade dabei, einen Teil des Bausandes aufzukehren, was DJ aus irgendeinem Grund noch nicht erledigt hat. »Soll ich dir helfen, die Werkzeuge da wegzuräumen?«, fährt sie fort.

»Da sage ich nicht Nein. DJ hat sich noch nicht blicken lassen.« Es ist schon nach elf, und ich bin mir nicht sicher, ob er heute überhaupt noch kommt.

»Er hat mit der Arbeit an einer anderen Baustelle angefangen«, sagt Libby. »Ich sah seinen Truck heute Morgen vor einem der Häuser in der Silver Street.«

»Na, toll. Das hat mir gerade noch gefehlt, und es erklärt, warum er nicht ans Telefon geht.« Ich halte inne. »Wir haben Anfang Juni den Tag der offenen Tür – in weniger als vierzehn Tagen. Es wird nicht viel Spaß machen, wenn es hier noch aussieht wie im Schweinestall.«

»Das wird es nicht. Wir packen alle mit an«, sagt Libby und greift sich eine Schaufel, die in zwei Teile zerfällt. »Wo soll ich die hintun?«

»Ans hintere Ende der Scheune oder in den Schuppen. Irgendwohin, solange ich den ganzen Kram nicht sehen muss.«

Wir sind halb mit unserer Arbeit fertig, als der Postbote mit seinem roten Van auftaucht. Es ist nicht unser üblicher Postbote, fällt mir auf, als er mit einem Stapel Briefe herausspringt. Er ist viel jünger, Mitte zwanzig und gut aussehend, mit kurzem braunem Haar, haselnussbraunen Augen und leicht gebräunter Haut.

»Hi!«, sagt er lächelnd. »Ich bin Ash. Ich hätte schon vor Stunden hier sein sollen – ich habe eine Sonderlieferung für Sie.«

Ich merke, wie er sich automatisch an Libby wendet und nicht an mich, und ich habe das Gefühl, als würde ich dazwischenfunken, als ich mich vorstelle.

»Ich bin Tessa, die Leiterin hier … und das ist Libby, eine unserer freiwilligen Helferinnen«, fahre ich fort, als Libby bloß dasteht und ihn in seinem marineblauen T-Shirt und den Shorts mit einer der üblichen Royal-Mail-Reflektorwesten darüber anstarrt. Vielleicht sollte ich klarstellen, dass sie unsere einzige Freiwillige ist, denn wie DJ haben sich auch Diane und Wendy nicht mehr blicken lassen. Vielleicht sollte ich ihr außerdem einen Schubs geben: Ihr Verhalten ist so was von offensichtlich, wie sie da mit einer Haarsträhne spielt und ihn mit großen Augen anschaut, aber offenbar ist Ash von ihr ebenfalls ziemlich beeindruckt.

»Ich habe das Gefühl, als hätten wir uns schon irgendwo mal gesehen«, sagt er schließlich. »Ich wohne unten in Farley's End.«

»Ich komme aus Talyton St. George«, sagt Libby und runzelt leicht die Stirn.

»Dann habe ich dich wahrscheinlich mal in der Stadt gesehen. Es gibt keinen Grund, dass irgendjemand nach Farley's End kommt – da gibt es nichts außer einer Farm, fünf Cottages und einer baufälligen Kirche.«

»Warst du jemals bei den Young Farmers?«, fragt Libby.

»Die Post«, unterbreche ich sie.

»Ah, ja.« Ash reicht mir einen dicken Stapel Briefe, die vom Haus meiner Eltern hierher nachgesendet wurden und mit der Handschrift meines Vaters verunstaltet sind. (Ich war nicht dazu gekommen, eine Mitteilung über meine Adressänderung abzugeben, als ich mit Nathan zusammenzog.) Ich glaube, Dad will mich so wissen lassen, dass ich ihn vernachlässige, und ich merke mir, dass ich ihn und Mum bald einmal einladen muss – vielleicht zum Tag der offenen Tür mit einem Abendessen im Anschluss. Ich habe viel Übung darin, die Mahlzeiten für die Tiere herzurichten, aber um meine Kochkünste ist es eher mau bestellt, und ich tendiere dazu, selbst aus den einfachsten Rezepten Hundefutter zu machen.

Ash wendet sich wieder an Libby. »Bist du früher nicht öfter im Talymouth im Schwimmbad gewesen? Ich war da mal Bademeister.«

Libby wird rot. »Das stimmt. Jetzt erinnere ich mich. Ich habe da oft mit meinen Freunden abgehangen.«

»Äh, muss ich irgendwas unterschreiben? Es ist nämlich so, ich würde gern weitermachen«, sage ich. »Ash, sagten Sie nicht, Sie hätten eine Sonderlieferung für uns?«

»Oh, das habe ich fast vergessen«, sagt er und dreht sich zu seinem Wagen um. »Es ist in einer Kiste im

Auto. Ach nein, ist es nicht.« Ich folge seinem Blick, gewarnt von dem Anflug von Panik in seiner Stimme. Eine schwarz-weiße Katze steht auf dem Fahrersitz und stützt die Vorderpfoten auf das halb geöffnete Fenster. »Sie muss den Deckel aufgestoßen haben. Ich dachte, ich hätte ihn fest genug zugedrückt.«

»Machen Sie nicht die Tür auf«, sage ich, als er sich auf den Weg zum Wagen macht.

»Ich habe den Postboten Pat aus der Kinderserie immer für eine erfundene Figur gehalten, aber nun sehe man sich dich an mit deiner schwarz-weißen Katze. Du bist genau wie er.« Libby grinst.

»Aber ich trage nicht Pats dämlichen Hut und habe auch mehr als drei Finger an jeder Hand«, entgegnet Ash. »Schon okay – ich habe heute gleich mehrere Witze darüber gehört. Meine Kumpel ziehen mich damit auf, seit sie erfahren haben, dass ich auf meiner Runde eine Katze aufgegabelt habe. Ich habe sie hinten im Wagen entdeckt – sie muss irgendwo unterwegs reingesprungen sein. Das Problem ist, dass ich nicht weiß, wohin sie gehört, deshalb dachte ich mir, ich bringe sie hier vorbei. Können Sie sie nehmen?«, wendet er sich an mich.

»Ja, natürlich. Libby, würdest du bitte eine der Transportboxen unter dem Tisch an der Rezeption holen?« Sie eilt davon und kehrt mit einem weißen Drahtkorb zurück, und wir verbringen die nächsten fünf Minuten damit, die Katze hineinzulocken, ehe wir sie dann im Katzentrakt in das Gehege gegenüber dem von Teddy bringen. Ich sehe sie mir rasch an – es ist eine Kätzin. Hoffentlich bemerkt jemand, dass sie weg ist, und ruft bei uns oder einem der örtlichen Tierärzte an. Wenn sie Glück hat, ist sie gechippt, und wir können auf diese Weise ihren Besitzer ausfindig machen. Sie sieht nicht aus, als wäre sie eine Streunerin – dafür steht sie zu gut im Futter.

Nachdem Ash weggefahren ist, steckt Libby eine Karteikarte an ihr Gehege.

»Ich habe ihr einen vorläufigen Namen gegeben«, sagt sie.

»Und der wäre?«, frage ich.

»Im Gedenken an den Postboten Pat kann es nur Jess sein.« Libby sieht mich an. »Wenigstens hat dich das ein wenig aufgeheitert, Tessa.« Sie macht sich wieder daran, hinter DJ herzuräumen, während ich im Katzentrakt bleibe und die nächste halbe Stunde mit Teddy verbringe. Ich erzähle allen, dass es mir dabei um seine Resozialisierung geht, dass ich ihm dabei helfen will, das beste Haustier zu werden, das er sein kann, aber eigentlich geht es dabei viel mehr um mich, die ich mir eine Auszeit für eine heimliche Kuscheleinheit gönne.

Als das Telefon klingelt, klemme ich es umständlich zwischen Kinn und Schulter, damit ich Teddy weiter im Arm halten kann, während ich telefoniere.

»Talyton Animal Rescue.« Teddy stößt mir sein Köpfchen ins Gesicht – er ist sehr viel glücklicher, seit er vom Tierarzt zurück ist. »Womit kann ich helfen?«

»Ich kann Sie kaum verstehen.« Die Frau am anderen Ende der Leitung klingt reif und sprachgewandt. »Es rauscht so.«

»Schon in Ordnung.« Ich versuche, Teddy davon zu überzeugen, in sein Gehege zurückzugehen. »Das ist bloß eine schnurrende Katze.«

»Eine Katze?«, sagt sie abwertend, als Teddy sich umdreht und beschließt abzuhauen, ehe ich die Tür schließen kann.

»Hey, komm her!« Ich nehme das Telefon mit einer

Hand und stürze mich auf Teddy, packe ihn um die Mitte und stopfe ihn in sein Gehege zurück. Dann schließe ich die Tür und schiebe den Riegel vor. »Tut mir leid – Teddy liebt seine Kuschelstunden.«

»Kuschelstunden?« Ich kann den Ekel in der Stimme der Anruferin hören. »Egal, ich wollte fragen, ob Sie Hunde aufnehmen.«

»Ja, machen wir, obwohl wir im Moment nur wenige Zwinger zur Verfügung haben.« DJ hat die Arbeiten im Zwingerblock immer noch nicht abgeschlossen. »Möchten Sie gern vorbeikommen und sich die Tiere ansehen, die wir zur Vermittlung dahaben? Es sind noch nicht so viele: Buster, Teddy und ein paar verrückte Spaniels.«

»Oh nein, ich will keinen Hund retten. Ich möchte einen bei Ihnen abgeben.«

»Darf ich fragen, warum?« Ich gebe mir große Mühe, mitfühlend zu klingen, aber ich werde es wahrscheinlich immer nur schwer verstehen können, wie irgendjemand sein Tier – außer unter allerschwierigsten Umständen – abgeben kann.

»Sie gehört nicht mir. Sie gehört meiner Mutter. Sie muss für eine Operation ins Krankenhaus, und es ist unwahrscheinlich, dass sie jemals in ihr Haus zurückkehren wird. Die Pflegeheime, die ich mir angesehen habe, nehmen alle keine Tiere auf.«

»Und es gibt keine Möglichkeit, dass Sie sich um den Hund Ihrer Mutter kümmern können?«, frage ich. Eine dumme Frage …

»Ich arbeite Vollzeit, und ich kann wirklich keinen Hund aufnehmen, irgendeinen Hund – und außerdem ist es Tia gewohnt, dass immer jemand zu Hause ist. Es wäre nicht fair.«

»Vielleicht können Sie den Hund irgendwo vorübergehend unterbringen, bis sie absolut sicher sind, dass Ihre Mutter nicht in ihre Wohnung zurückkehren wird«, schlage ich vor. »So gäbe es eine Chance, dass die beiden zusammenbleiben können.«

»Nein. Meine Entscheidung steht fest. Der Hund muss weg.«

Ich beiße mir auf die Zunge. Es kommt mir sehr hart vor, und ich frage mich, warum sie sich nicht mehr darum bemüht, sich um den Hund ihrer Mutter zu kümmern. Ich an ihrer Stelle würde es.

»Sie könnten einmal am Tag einen Gassigeher kommen lassen, während Sie bei der Arbeit sind.«

»Tia geht nicht mehr Gassi, und um ganz offen zu sein: Sie ist nicht die Art von Hund, die mir gefällt. Wenn ich mir je einen anschaffen sollte, dann würde ich mich nicht für Tia entscheiden. Ich hätte lieber einen Hund – wie soll ich es sagen – mit mehr Persönlichkeit.«

Jetzt mache ich mir Sorgen. Der Hund muss vor dieser schrecklichen Frau gerettet werden, aber wie soll ich je ein neues Zuhause für Tia finden?

»Dann bringen Sie sie besser hierher«, sage ich zögerlich. »Ich bin den ganzen Tag da.«

»Können Sie sie nicht holen?«

»Haben Sie ein Auto?«, frage ich ungeduldig.

»Das Risiko will ich nicht eingehen – Tia leidet unter Reiseübelkeit, selbst auf den kürzesten Fahrten. Und ich kann sie nicht dazu zwingen, zu Ihnen zu laufen. Wie ich bereits sagte – sie geht nicht mehr Gassi.«

»Wie alt ist sie?«, frage ich.

»Elf oder zwölf, vielleicht auch dreizehn. Ich weiß nicht – sie ist ja bloß ein Hund.«

Mir kommt in den Sinn, dass es vielleicht besser für Tia wäre, wenn sie eingeschläfert würde. Es ist schrecklich, das in Erwägung zu ziehen, aber manchmal ist es die fairste Option. Ich will jedoch diese Frau nicht dazu zwingen, eine solche Entscheidung treffen zu müssen. Sie klingt, als habe sie absolut kein Mitgefühl – weder für den Hund noch für ihre alte Mutter.

»Sie ist blind und hört nicht besonders gut, und ich habe keine Ahnung, ob es daran liegt, dass sie taub ist oder völlig senil wie meine Mutter. Stimmt nicht! Meine Mutter ist nicht völlig senil – manchmal glaube ich, dass sie nur so tut, damit sie nicht mit mir reden muss.«

Herr, gib mir Kraft, denke ich, während sie ein Problem nach dem anderen loswird. Ich wiederhole meine Bitte, dass sie den Hund herbringt, doch letztendlich willige ich ein, so schnell wie möglich Jack mit dem Wagen bei ihr vorbeizuschicken. Die Anruferin ist es definitiv nicht gewohnt, dass man ihr einen Wunsch abschlägt.

Nachdem ich den Zwinger neben den verrückten Spaniels sauber gemacht habe, nehme ich mir fünf Minuten frei, suche mir einen trockenen Flecken auf dem Rasen hinter dem Haus und blinzle hinauf in die Blätter des Kirschbaums. Die Sonne scheint durch sie hindurch und wärmt meine Haut. Es ist ein schöner Tag.

Ich strecke die Arme aus und bewundere meine Muskeln, von deren Existenz ich keine Ahnung hatte, ehe ich in der Schutzstation gearbeitet habe. Ich trage ein Top mit Spitzensaum, Jeans, die ich bis zur halben Wade hochgekrempelt habe, und ein Paar wenig sexy wirkender Wanderstiefel mit Stahlkappen. Die Stelle als Leiterin der Schutzstation stählt sowohl den Körper als auch den Charakter.

Als ich einen Wagen den Weg herauffahren höre, setzt mein Herzschlag kurz aus, kehrt jedoch zu seinem normalen Rhythmus zurück, als ich an der Seite des Bungalows vorbei auf den Parkplatz blicke und mir klar wird, dass es meine Tante ist und nicht Jack.

»Gut gemacht, Tessa!«, sagt sie und schwenkt ein Exemplar der Zeitung durch die Luft, als ich sie vor dem Haus treffe. »Du hättest in die PR gehen sollen. Sieh dir das an.« Sie schlägt den *Chronicle* auf Seite 2 auf und zeigt mir das Ergebnis meines Interviews mit Ally, die wie versprochen vor ein paar Tagen mit einem Fotografen hier herausgekommen ist, um ein paar Aufnahmen von den Tieren zu machen. Teddy, der Kater, war das geborene Fotomodell und blickte in die Kamera, während ich ihn auf dem Arm hielt, wohingegen Buster das Ganze hasste und den Blick abwandte, ehe er beschloss, dass er genug hatte, sich auf den Boden fallen ließ und die Schnauze unter den Pfoten versteckte. »Die Entenküken sind herrlich«, fährt Fifi fort, und ich muss ihr zustimmen. Sie sind wirklich süß. »Wenn sie es nicht schaffen, die Leute davon zu überzeugen, am Tag der offenen Tür hier vorbeizukommen und sich umzusehen, dann schafft das niemand.«

Ich hatte gehofft, dass Busters Foto jemanden dazu bringen würde, sich in ihn zu verlieben, aber ich habe jetzt meine Zweifel. Er sieht aus wie ein mürrischer alter Mann.

»Und, wie läuft es so?«, fragt Fifi, als wir beide schließlich allein sind, nachdem wir Libby am Co-op abgesetzt haben, wo sie eine Sonderschicht leisten muss. Fifi ist mit mir weiter ins Gartenzentrum gefahren, wo wir uns nun Scones mit Erdbeermarmelade und Schlagsahne genehmigen. Es ist eines ihrer vielen Vorhaben im Leben, mir wieder ein bisschen Fleisch auf die Rippen zu schaffen, mich – wie sie es ausdrückt – von einem dürren Huhn in einen fetten Vogel zu verwandeln.

»Ich dachte, du würdest ein wenig früher vorbeikommen, um das herauszufinden«, antworte ich und hoffe, dass ich ihr so mitteilen kann, wie sehr ich ihre Hilfe vermisst habe, ohne dabei zu klingen, als wollte ich sie für ihren fehlenden Einsatz kritisieren. Wir sitzen an einem der Tische im Coffeeshop, umgeben von Palmen und neben einem Stand mit Sonderangeboten – lauter praktische Dinge, von denen niemand glaubt, dass er sie braucht, wie zum Beispiel Spikes, die man an den Schuhen anbringen kann, um sicher übers Eis zu gehen, und Wohnmäntel aus Fleece, in die man sich an langen Winterabenden auf dem Sofa kuscheln kann, Einkaufstrolleys und Stoppersocken.

»Oh, ich stecke wie üblich über beide Ohren in Arbeit. Ich komme nächste Woche vorbei, um dich bei der Büroarbeit zu unterstützen.« Sie hält inne und starrt mich an. Ihre Wimpern sind lang und dicht dank Wimperntusche und ihre Lippen von einem unnatürlich matten Pink. »Waren Diane und Wendy in letzter Zeit da, um zu helfen?«

»Sie kommen hin und wieder vorbei. Sie wirkten am Anfang sehr eifrig, doch ihre Begeisterung scheint nachzulassen. Aber Libby ist oft da.« Ich lächle vor mich hin. Ich nehme an, dass sie der Schutzstation noch lange erhalten bleiben wird, und zwar nicht nur wegen des Ponys.

»Und Jack? Kommt ihr zwei miteinander klar?«

»Ohne ihn würde ich es nicht schaffen«, sage ich großzügig.

»Ich verstehe. Dann kriegst du es also doch hin, mit ihm zusammenzuarbeiten?« Ein Lächeln umspielt die

Lippen meiner Tante. »Ich wusste, dass ihr beide euch vertragen würdet.«

»Wir vertragen uns zum Wohl der Tiere. Wir sind sehr … professionell.« Ich ertappe mich dabei, wie ich in meinem Eifer zu beweisen, dass nichts zwischen Jack und mir ist und auch nie etwas sein wird, blind weiterplappere – trotz der offensichtlichen Entschlossenheit meiner Tante, dass alles auf Herzen und Blumen hinauslaufen wird.

»Jack ist ein netter Junge«, fährt sie fort. »Er denkt immer mehr an andere als an sich selbst. Neulich Nacht ist er zur alten Schmiede oben in Talyford gerufen worden. Es hat gebrannt, und Penny – du kennst doch Penny? Mit dem Blindenhund? – war in ihrem Studio eingeschlossen. Den Gerüchten nach hat Jack das hintere Fenster aufgebrochen und sie auf seiner Schulter hinausgetragen, stell dir vor!«

Glaube ich das? Ich weiß aus Erfahrung, dass man einen Teil der deftigeren Gerüchte in Talyton mit Vorsicht genießen muss, aber dieses hier kommt mir glaubwürdig vor.

»Wann ist das passiert?«, frage ich.

»Montagnacht.«

»Jack hat nichts erwähnt.«

»Tja, das würde er auch nicht, nicht wahr? Als Feuerwehrmann würde er sagen, dass er dafür bezahlt wird, das für die Mitglieder unserer dörflichen Gemeinschaft zu tun.« Meine Tante lächelt wieder und fügt mit einem Anflug von Ironie hinzu: »Warum sollte er es dir gegenüber überhaupt erwähnen, Tessa? Ich würde nicht erwarten, dass Jack Small Talk mit mir betreibt, wenn unsere Beziehung rein professionell ist.« Sie wechselt das Thema. »Wie kommt DJ voran?«

»Als ich ihn mal erwischt habe, erwähnte er, dass er noch nicht bezahlt wurde«, sage ich so taktvoll, wie es mir möglich ist.

»Das ist Dianes Schuld!«, gibt Fifi zurück. »Sie ist die Kassenwartin. Sie hält die Mittel zurück.«

»Kann sie das denn?«

»Sie denkt, sie könne es.«

»Aber DJ macht seine Arbeit, also erfüllt er seine Seite des Vertrags. Ihr könnt ihn nicht *nicht* bezahlen!«

»Ich gebe mein Bestes angesichts aller Widrigkeiten.« Fifi schlägt mit ihrem Teelöffel an ihre Tasse. »Diane war schon immer eine subversive Kraft innerhalb des Komitees, und sie hat schon lange den Posten als Vorsitzende im Blick, nicht weil sie es besser machen könnte, sondern einfach aus Neid.«

»Lass uns Diane für einen Augenblick vergessen. Ich befürchte, dass DJ abschiebt, ohne alles zu Ende zu bringen. Die Stallungen sehen toll aus, aber im Bungalow hat er die Küchenfronten noch nicht angebracht, und die letzten fünf Zwinger hat er auch nicht fertiggestellt (es sollten ja insgesamt zehn sein), geschweige denn den Schuppen gedämmt, damit er benutzt werden kann. Ich möchte, dass das vor dem Tag der offenen Tür alles fertig ist. Bis dahin dauert es nicht mehr lange, und wir sind noch weit davon entfernt, die Station der Öffentlichkeit zu präsentieren. Ich habe keine Zeit, es selbst zu machen, wenn ich mich um die Tiere kümmern muss.« Langsam gerate ich in Panik. »Mach Diane Ärger mit dem Geld. Sie will dir eins dafür auswischen, dass du mich hier eingestellt hast. Laut Jack geht dieses Gerücht um.«

»Ich bin immer noch die Vorsitzende von Talyton Animal Rescue. Niemand kann irgendetwas ohne mein Okay tun.«

»Fifi, findest du, ich sollte gehen? Das würde das Problem lösen.«

»Denk nicht einmal daran! Wir würden nie jemand anderen von deinem Kaliber finden, und wir brauchen dich jetzt dort. Einige Tiere in der Schutzstation sind auf Pflege rund um die Uhr angewiesen. Ich kann nicht zulassen, dass du sie im Stich lässt.«

»Ich könnte bleiben, bis das Komitee einen Ersatz gefunden hat.« Es würde mir das Herz brechen, aber ich würde alles tun, um die Schutzstation zu retten, und ich habe das Gefühl, dass alles anfängt, in die Binsen zu gehen, wenn die Mitglieder des Komitees sich mit meiner Tante entzweien.

»Du gehst nirgendwohin, liebe Nichte. Zwangsläufig gibt es ein wenig Unruhe unter den Freiwilligen – die Leute mögen keine Veränderungen. Eines Tages werden sie vernünftig werden, und in der Zwischenzeit müssen wir mit den Fundraising-Aktivitäten für diesen Sommer weitermachen, sonst wird aus dem Sommerfest ein Winterfest, und das würde sich mit dem gesellschaftlichen Höhepunkt des Jagdvereins überschneiden, dem Jagdball. Ich dachte, wir fassen den September ins Auge.«

»Wie können wir mit den Vorbereitungen für ein Fest beginnen, wenn der Rest des Komitees nicht mitzieht?« Ich streiche reichlich Schlagsahne auf meinen Scone, ehe ich Erdbeermarmelade aus dem Schüsselchen vor mir löffele. Ich wollte eigentlich ein Stück Möhrenkuchen nehmen, weil es annähernd gesund klingt, aber wie Fifi bemerkte, müsste der Möhrenkuchen im Gartenzentrum mit einem Warnhinweis versehen sein: Kann Spuren von Möhren enthalten.

»Darüber machen wir uns später Gedanken«, sagt Fifi. »Wenn wir noch warten, ist alles ausgebucht.«

»Wir brauchen einen halbwegs anständigen Veranstaltungsort, der nicht allzu teuer ist«, erkläre ich. »Du kennst doch alle und jeden, deshalb dachte ich, du könntest mir vielleicht zu einem guten Deal verhelfen. Ich dachte an den *Talymill Inn* oder das *Dog and Duck* oder den Kricketklub, oder wir könnten es simpel halten mit einem Spießbraten im Gemeindesaal der Kirche.«

»Oh nein, du kannst nicht erwarten, dass irgendwer uns ernst nimmt, wenn wir nicht einen viel exklusiveren Ort wählen«, sagt Fifi missbilligend. »Und ein Spießbraten? Das reicht nicht. Das reicht ganz und gar nicht. Als Nächstes erzählst du mir noch, du willst eine Scheunendisko veranstalten wie die Young Farmers. Tessa, ich wate nicht mit meinen besten Schuhen durch den Schlamm und setze mich mit einem Pappteller mit fettigem Schweinefleisch und schleimigem Krautsalat auf einen Strohballen. Bäh!«

»Wie wäre es dann hier, im Gartenzentrum? Du könntest die Gebühr an Talyton Animal Rescue spenden.« Ich erwärme mich für die Idee. »Du kennst dich damit aus. Du hast schon früher Tanztees hier abgehalten.«

»Ja, Teegesellschaften für über Achtzigjährige.« Fifi schüttelt bedächtig den Kopf. »Dein Onkel käme nicht mit der Vorstellung zurecht, dass die Gäste irgendwelche betrunkenen Spielchen zwischen den Gartenzwergen treiben, und ich könnte die Belastung nicht ertragen zu sehen, wie er sich immer mehr aufregt.«

»Auf was für Feste gehst du, Fifi?«, frage ich mit gespieltem Entsetzen. »Das klingt ja total wild.«

»Irgendjemand tanzt am Ende immer auf den Tischen«, fängt sie an und legt den Kopf schief. »Du bist so bieder, Tessa. Amüsierst du dich nie?« Sie zögert. »Bitte entschuldige. Du hast in letzter Zeit so viel durchgemacht. Das war taktlos von mir.« Sie lacht über sich selbst. »Wie immer.«

Das Amüsier-Gen muss eine Generation übersprungen haben, denke ich, während ich an die Eskapaden meiner Eltern denke, an ihre Pyjamapartys, ihre Krimi-Dinners und ihre Feiern nach Dads Aufführungen.

»Ich werde dafür sorgen, dass du mal aus dir herausgehst. Wir finden ein Kleid für dich, ein Paar ordentliche Schuhe und einen attraktiven Mann als Begleiter. Aschenputtel, du wirst auf deinen Ball gehen.«

»Danke, aber …«

»Kein Aber. Ich bezahle das Kleid und leihe dir ein Paar Schuhe.« Fifi fährt sich mit der Fingerspitze über die Oberlippe, als suche sie nach widerspenstigen Barthaaren. »Das mit dem attraktiven Mann muss ich wahrscheinlich dir überlassen. Ich bin mir sicher, Jack wäre überaus gerne dazu bereit …«

»Jack«, wiederhole ich. »Ich werde zu viel damit zu tun haben, das Ganze zu organisieren, als dass ich daran teilnehmen kann«, sage ich, aber ich verspüre einen Schauer der Erregung bei dem Gedanken, unter all diesen Menschen zu sein, glamourös gekleidet, Champagner trinkend und tanzend. Ich stelle mir vor, wie ich an Jacks Arm die Gäste im Namen von Talyton Animal Rescue begrüße, ehe er mich auf die Tanzfläche führt, mich zu sich herumwirbelt und den Arm um meine Taille legt … Okay, ich kann mir nicht vorstellen, was als Nächstes passiert, denn ich kann nicht tanzen, selbst wenn mein Leben davon abhinge, aber es beinhaltet Körperkontakt – keuschen Körperkontakt, aber dennoch eben Körperkontakt.

»Tessa?« Fifi holt mich auf die Erde zurück. »Du hast nichts von dem gehört, was ich gesagt habe. Du kommst mir schrecklich abgelenkt vor.«

»Tut mir leid«, sage ich rasch. »Ich bin wieder da …«

Fifi schaut mich amüsiert an, als wolle sie sagen: Aber du warst doch gar nicht weg.

»Wo hält der Jagdverein seinen Ball ab?«, frage ich. »Könnten wir es nicht dort versuchen?«

»Alex Fox-Gifford veranstaltet ihn im Herrenhaus, und – um ganz offen zu sein – es ist ein wenig heruntergekommen; schön und gut für die Pferdeleute, aber nicht gerade das, was mir vorschwebt.« Meine Tante beugt sich zu mir. »Ich denke, du solltest das Hotel in Talymouth anrufen, das direkt an der Küste. Es hat einen Ballsaal.«

»Wird das nicht viel zu teuer?«

»Das versuche ich ja die ganze Zeit zu sagen«, sagt Fifi. Verzweiflung steht ihr ins Gesicht geschrieben. »Du solltest dort anrufen, um herauszufinden, wie viel es pro Kopf kostet und ob sie im September noch etwas frei haben. Es wäre ein solcher Coup, wenn wir unseren Ball dort abhalten könnten. Mach schon, Tessa. Ruf jetzt gleich an.«

Ich kann mich jedoch erst darum kümmern, wenn ich zur Schutzstation zurückgekehrt bin, denn Jack ruft mich an, um mich wissen zu lassen, dass er auf dem Weg dorthin ist, nachdem er die Hündin Tia aufgelesen hat, und ich alle Schlüssel habe. Meine Tante fährt mich hin, sodass ich noch Zeit habe, den Vögelchen ihren Nachmittagstee zu servieren, ehe Jack etwa zwanzig Minuten später eintrifft.

»Tessa, ich bringe dir hier eine neue Mitbewohnerin, aber so wie sie aussieht, glaube ich nicht, dass sie es sehr lange macht. Sie ist ziemlich alt«, sagt Jack fröhlich, blickt aus dem heruntergelassenen Fenster des Vans und klopft im Takt der Musik aus dem Radio mit der Handfläche auf die Außenseite der Tür.

»So, das ist also Tia«, sage ich, als Jack mir die Papiere reicht. Ich überfliege das Formular, das die Tochter von Tias Besitzerin für sie ausgefüllt hat.

»Die alte Dame hat nicht mehr alle Tassen im Schrank, deshalb hat ihre Tochter eine Vollmacht. Es hat alles seine Richtigkeit …« Jack hält inne. »Ich habe keine Hoffnung, dass du ein neues Zuhause für das arme alte Ding findest. Ich hätte unterwegs fast am Otter House gehalten, um Maz oder Emma hinzuzuziehen, aber dann dachte ich, du solltest dir sie besser vorher ansehen.«

Das ist einer der Gründe, warum Fifi mich eingestellt hat. Da ich Tierarzthelferin bin, kann ich über jedes Tier, das wir aufnehmen, ein Eingangsgutachten erstellen und dem Verein so einiges an Tierarztkosten ersparen. Aber nicht in Tias Fall.

Jack öffnet die Tür und schwingt seine langen Beine aus dem Van, ehe er in einem marineblauen Poloshirt und einer Cargohose, die seinen muskulösen Hintern zur Geltung bringt, zur Hecktür geht. Vergeblich versuche ich, nicht zu starren. Er öffnet die Hecktüren, lässt eine Leine über den Kopf der Hündin gleiten und hebt sie heraus.

»Darf ich vorstellen: die reizende Tia«, sagt er.

Ich nähere mich dem massiv übergewichtigen rehfarbenen Cockerspaniel, der vor fettigen Kanten und Kurven, die nicht da sein sollten, nur so strotzt, und strecke ihm eine Hand hin. Die Hündin schnüffelt flüchtig daran, dann steht sie mit gesenktem Kopf und zwischen die Hinterbeine gekniffener Rute da – ziemlich ähnlich wie Buster, als er in der Schutzstation ankam.

»Du armes altes Ding«, sage ich sanft. »Jack, lass sie

uns in den Zwinger bringen, damit ich sie mir schnell ansehen kann.«

»Ich wünschte, du könntest das auch für mich machen«, sagt Jack und greift sich ins Kreuz. »Ich könnte einen kurzen Check-up gut gebrauchen. Sie wiegt eine Tonne.«

»Sei vorsichtig mit deinen Wünschen«, sage ich gespielt ernst. »Es könnte sich herausstellen, dass ich grausam sein muss, um freundlich zu sein.«

»Ja. Um ehrlich zu sein, würde ich auf den Teil mit dem Thermometer gerne verzichten«, witzelt er.

Tia watschelt keuchend und schnaufend hinter uns her, und ihre überlangen Krallen klackern auf dem Boden auf dem Weg zur Küche im Zwingerblock. Ich unterdrücke das Verlangen, Jack für eine vollständige Untersuchung und vielleicht noch eine Rückenmassage auf den Tisch einzuladen, und bitte ihn stattdessen, die Hündin für mich hochzuheben. Sie steht wie eine Statue auf dem Tisch.

»Na dann mal los, Schwester«, sagt Jack lächelnd. »Möchtest du, dass ich sie für dich festhalte?«

»Ich glaube nicht, dass sie allzu schnell irgendwohin gehen wird.« Ich mache einen Check-up und überprüfe Tias Maul, Nase, Augen und Ohren. Sie hat fürchterlichen Mundgeruch und stinkt so sehr nach fettiger Haut und infizierten Ohren, dass ich würgen muss. »Ich werde einen Termin für sie bei einem der Tierärzte machen müssen. Sie ist in einer schrecklichen Verfassung.«

»Meinst du, irgendjemand würde sie aufnehmen – einen Hund ihres Alters und in diesem Zustand?«, fragt Jack behutsam. »Sie hält vielleicht nicht mehr lange durch.«

»Sie ist ein netter Hund.« Sanft, womit ich meine,

dass sie über eine fast nicht existente Persönlichkeit verfügt. »Es muss jemanden da draußen geben, der sie lieben wird.«

»Das ist etwas, was ich an dir mag, Tess. Du bist immer so verdammt optimistisch.« Jack grinst.

»Nicht immer«, sage ich. »Bring sie in den Zwinger neben den Spaniels. Ich rufe im Otter House an, um für morgen einen Termin zu vereinbaren. Kann ich den Van haben?«

»Ich kann sie fahren.«

»Nein, schon gut. Ich mache das gern.« Um ehrlich zu sein, könnte ich ein wenig Abwechslung von der Schutzstation gebrauchen. Es ist eher eine Art zu leben als ein Job. Ich kraule Tias Ohr durch die dichten Haarbüschel. Sie scheint jahrelang nicht gebürstet worden zu sein.

»Dann fahre ich dich hin«, sagt Jack.

»Jack, wirklich, das ist nicht nötig. Außerdem könnte ich unterwegs einkaufen. Ich habe eine Liste von Dingen, die ich für den Tag der offenen Tür brauche, die so lang ist wie mein Arm: Getränke, ein Banner und Luftballons, wobei mir einfällt: Ich muss Jennie fragen, ob sie uns ein paar Cupcakes spendet.«

»Wir könnten außerdem Hunde- und Katzenfutter bei *Overdown Farmers* besorgen«, sagt Jack.

Gnädig gebe ich nach. »Das wäre hilfreich. Danke.«

»Ich bin um acht hier.« Mit einer einzigen fließenden Bewegung schlingt Jack die Arme um die Hündin und hebt sie wieder auf den Boden. Er reicht mir das Ende der Leine, und Tia folgt mir in den Zwinger, wo ich neben ihr in die Knie gehe und ihr das Halsband abnehme.

»Gutes Mädchen. Ich hol dir was zum Fressen.« Ich wende mich zu Jack um, der neben mir aufragt, seine Hosen mit getrocknetem Schlamm bespritzt und voller Grasflecken. »Weißt du, was sie normalerweise kriegt? Trockenfutter oder Dosenfutter – oder eine Mischung?«

»Ich habe gefragt, aber die Lady hatte keine Ahnung.« Jack verschränkt die Arme vor der Brust. »Wenn man sie so ansieht, könnte man meinen, als würde Tia so ziemlich alles fressen. Sie wäre ein prima Couchtisch.«

»Jack, das ist gemein«, sage ich leichthin.

»Manchmal muss man lachen, um nicht zu heulen. Außerdem ist der Hund nicht beleidigt – ich glaube nicht, dass sie hören kann. Oder sehen«, fügt er hinzu, als Tia einen taumelnden Schritt nach links macht und sich die Nase an der Wand anstößt.

»Sie braucht einen Blindenhund«, sage ich. Ich führe sie hinaus und achte darauf, dass sie den Wassernapf und auch das Hundebett findet, das ich für sie bereitgestellt habe, ein erhöhtes aus Kunststoff, damit Tia vor Zugluft geschützt ist. Sie klettert steif auf das Kissen, dreht sich ein paarmal um die eigene Achse und legt sich zitternd und winselnd hin, die Nase unter den Schwanz gesteckt. »Es ist eine Schande, dass ihr so etwas passieren musste. Sie hat Todesangst.«

Jack reicht mir ein zerknülltes Taschentuch.

»Danke«, sage ich und putze mir die Nase. »Ich habe ein bisschen Heuschnupfen. Muss mit dem Stroh zusammenhängen, das ich für die Entenküken eingefüllt habe.« Ich weiß nicht, warum ich meine Gefühle vor Jack verheimlichen muss, wenn er um Tias willen fast so bestürzt ist wie ich selbst. »Meinst du, es ist okay, sie im Zwinger zu lassen?«, frage ich ihn. »Ich bezweifle, dass sie jemals von zu Hause fort war.«

»Ich füttere sie und sehe nach, ob sie sich beruhigt.«

Jack holt eine Schüssel mit Hundefutter, woraufhin Buster nebenan beschließt, dass er auch etwas will, und zu bellen anfängt. »Er wird immer selbstbewusster.«

»Ich arbeite viel mit ihm.«

»Ich wünschte, jemand würde sich so gut um mich kümmern.«

»Rede ich denn nicht mit dir?«, necke ich ihn.

»Ich dachte dabei nicht nur ans Reden«, sagt er, woraufhin ich erröte.

Ich versuche, einen Witz daraus zu machen, und fahre fort: »Wenn du willst, gehe ich hin und wieder mit dir spazieren. Du müsstest allerdings an die Leine.«

»Ich würde nicht weglaufen, Tess«, sagt er leise, und obwohl ich es nicht richtig verstehe, glaube ich, dass er hinzufügt: »Versprochen«, und mein Herz flattert kurz wie ein Schmetterling, der sich auf eine Blüte setzt.

»Ich glaube, Jack versucht mich zu verführen, aber das Versprechen eines Mannes bedeutet nichts, stimmt's?«, sage ich viel später zu Buster, als ich ihn auf einen letzten kurzen Spaziergang durch das Wäldchen mitnehme. Wir gehen den Hügel hinauf, an der Koniferenschonung vorbei und bleiben auf der Kuppe stehen, um zuzusehen, wie die Sonne hinter den Hügeln in der Ferne untergeht, und ich frage mich, ob Gloria Brambles jemals hier heraufgekommen ist, um dasselbe zu tun. Es ist schön. Buster erstarrt, nimmt kurz Witterung auf; ein Reh springt wenige Meter vor uns über den Pfad und verschwindet auf der anderen Seite im Gebüsch. Ich hocke mich neben Buster und lege ihm den Arm um den Hals. Trotz allem halte ich mich für eine sehr glückliche Frau.

Wie kann jemand nur so etwas tun? Mühsam halte ich Buster am nächsten Morgen am Halsband zurück, während er mit aller Kraft versucht, an die flache Holzkiste zu kommen, die jemand vor meiner Tür abgestellt hat, und zähle die Köpfe, die nervös über den Rand schauen. Es sind drei. Hinreißende Welpen mit hängenden Ohren, welligem goldfarbenem Fell, langen Schwänzen und übergroßen Pfoten.

»Bitte, Buster, lass sie in Ruhe«, sage ich und verliere die Geduld mit ihm. »Du kannst sie nicht zum Frühstück haben. Basta! Komm jetzt!« Ich zerre ihn weg und sperre ihn ins Schlafzimmer, damit ich mir die Neuankömmlinge genauer ansehen kann. Offenbar sind sie in der Nacht ausgesetzt worden, ohne dass irgendjemand – Buster eingeschlossen – etwas davon mitbekommen hat, bis er vor zehn Minuten angefangen hat, an der Eingangstür herumzuschnüffeln.

»Ihr armen kleinen Würmchen.« Ich hole die Kiste ins Haus und habe Angst, dass sie herausspringen könnten, aber sie sind zu verwirrt; froh über die Aufmerksamkeit, aber auch ein bisschen ängstlich, was bei Busters Art, sie willkommen zu heißen, nur allzu verständlich ist. Ich brülle ihm zu, damit aufzuhören, als er an der Schlafzimmertür herumkratzt, damit ich ihn herauslasse. Er mag keine anderen Hunde, und er findet auch Menschen nicht so toll, aber Einzelhaft passt ihm auch nicht.

Ich hole die Welpen einen nach dem anderen heraus, zwei Mädchen und einen Jungen, und knuddele sie kurz, atme ihren Duft ein, der mich an feuchte Erde und Hefe erinnert. Sie schnüffeln an meinen Händen und lecken mir die Nase, sodass ich lächeln muss. Obwohl ihre Kugelbäuche auf Wurmbefall schließen lassen und sie auch einige Flöhe haben, sind sie alles in allem in guter Verfassung, was es noch unverständlicher macht, dass irgendjemand so etwas tun kann. Ich sehe aus dem Fenster, wo die Wolken über einen blauen Himmel jagen. Wenigstens war es eine warme Nacht.

Ich beschließe, die Welpen in den Zwinger zu bringen und in der Tierarztpraxis anzurufen, um zu sehen, ob ich am Morgen einen längeren Termin bekommen kann, aber sie sind voll ausgebucht. Es ist jedoch kein Problem – das ist es nie für sie –, und sie versprechen, sich die Welpen anzusehen, wenn ich mit Tia komme.

»Und du nennst dich Wachhund«, sage ich zu Buster, als ich in den Bungalow zurückkehre. »Große Klappe und nichts dahinter. Du hast letzte Nacht keinen Ton von dir gegeben.« Er blickt kleinlaut zu mir auf. »Das hab ich nicht so gemeint«, entschuldige ich mich bei ihm. »Komm, lass uns spa…« Ich brauche das Wort nicht auszusprechen, denn er ist bereits los, fegt durch den Bungalow wie ein Dämon, hüpft wie ein Gummiball auf und ab und bellt, weil er raus will. Ich habe nicht mehr viel Zeit, ehe Jack mit dem Van kommt, um zum Tierarzt zu fahren, deshalb mache ich mir nicht die Mühe, mich anzuziehen, sondern mache nur rasch in Gummistiefeln und Morgenmantel einen kurzen Spaziergang über die Weide, ehe ich Buster schnell in seinen Zwinger zurückbringe – bloß um in diesem Augenblick Jack zu begegnen, der mir über den Parkplatz entgegenkommt.

»Hi, Tess.«

Mir rutscht das Herz in die Hose, denn es mag etwas Wahres an der Ansicht meiner Tante sein, dass es Zeiten gibt, da man mehr auf sein Äußeres achten sollte – diese Gelegenheit könnte sehr gut eine davon sein.

»Was meinst du, wie viel Uhr es ist?«, fragt Jack und tippt sich auf seine Armbanduhr.

»Ich bin spät dran.«

»Das kann man so sagen.« Er lächelt.

»Wir sollten aufbrechen«, sage ich. »Maz erwartet uns wahrscheinlich schon.«

»Meinst du nicht, du solltest dir vorher was anziehen?«, fragt Jack amüsiert. »Du kommst mir ziemlich aufgeregt vor.«

Ich erkläre ihm die Sache mit den Neuankömmlingen, während wir uns fertig machen, um aufzubrechen. Ich bin mir sicher, dass er den Besuch beim Tierarzt auch alleine schaffen würde, aber es ist ein guter Vorwand, um Zeit mit Tia und den Welpen zu verbringen – und, wenn ich ehrlich bin, mit Jack.

»Was haben wir denn da?«, sagt Maz, die ihren Ehering an einer Kette um den Hals und einen Stift in der Tasche ihres mit Pfoten bedruckten Tops trägt, als wir uns in das Behandlungszimmer vom Otter House quetschen. Sie schaut in die Holzkiste, die Jack auf den Tisch gestellt hat. »Ein echtes Welpengewusel? Wie süß!«

»Jemand hat sie letzte Nacht an der Türschwelle der Schutzstation ausgesetzt«, sage ich. »Ich verstehe nicht, warum Buster nicht gebellt hat.«

»Sie meinen den schwarzen Hund?«, sagt Maz und streichelt die Welpen mit beiden Händen. »Ich nehme an, er glaubt, er muss sich jetzt nicht mehr weiter aufregen, da er alle vier Pfoten fest unter Ihrem Tisch hat. Haben Sie Fortschritte damit gemacht, ein neues Zuhause für ihn zu finden?«

»Er lebt bei dir, Tess«, bemerkt Jack, als ich den Kopf schüttle. »Er kann genauso gut auch dein Hund werden.«

»Das ist Teil seiner Resozialisation«, sage ich grinsend.

»Klar doch«, meint Jack.

»Das kommt mir bekannt vor«, sagt Maz, nimmt einen der Welpen aus der Holzkiste und drückt ihn an ihre Brust. »Ihr Tierarzthelferinnen seid so was von vorhersehbar und findet immer wieder dieselben Ausreden, um unerwünschte Tiere mit nach Hause zu nehmen.« Sie küsst den Welpen auf den Kopf. »Sie werden keine Probleme damit haben, diese Kerlchen hier zu vermitteln. Die Leute werden sich um sie reißen.«

»Wir haben eine Warteliste für Welpen. Es ist eine Schande, dass nicht mehr Leute ausgewachsene Hunde suchen«, bemerke ich.

»Wissen Sie irgendetwas über ihren Hintergrund?«, fragt Maz.

»Ich habe einen Zettel in der Kiste gefunden. Sie sind die Letzten von einem neunköpfigen Wurf und übrig geblieben. Sie sind sieben Wochen alt, ihre Mutter ist ein Cockerspaniel und der Vater ein Pudel.«

»Dann sind sie also Cockapoos«, sagt Maz lächelnd.

»Ich komme bei diesen ganzen merkwürdigen Kreuzungen nicht mehr nach«, sagt Jack. »In meinen Augen ist ein Hund ein Hund.«

»Es ist im Augenblick sehr modern«, sagt Maz, »aber es wird verwirrend, wenn die Leute anfangen, eine Kreuzung mit einer anderen zu kreuzen, einen Cockapoo mit einem Labradoodle etwa. Angeblich soll so das Aufkommen von rassespezifischen genetischen Erkrankungen wie etwa grauem Star oder Hüftdysplasie reduziert werden, aber manchmal frage ich mich, ob es nicht dazu führt, sie zu verstärken und die Situation zu verschlimmern.«

Sie fährt mit der Untersuchung der drei Welpen fort und erklärt sie für gesund und munter, ehe sie ihnen ihre erste Impfung gibt, damit sie während ihres Aufenthalts im Zwinger vor ansteckenden Krankheiten geschützt sind. Jack bringt sie in den Van zurück, während ich mit Maz über Tia spreche.

»Ich würde mich schämen, wenn sie mein Hund wäre«, sage ich, als Tia ihren Hintern schwer auf meine Füße plumpsen lässt. »Die ältere Dame, der sie gehörte, war krank, und keiner in der Familie scheint die Verantwortung für den Hund übernommen zu haben.«

Maz schlägt vor, sie auf der Waage im Wartezimmer zu wiegen, und wir müssen beide mit anpacken, um sie hochzuheben.

»Das glaube ich nicht.« Maz drückt dreimal den Reset-Knopf. »Nein, es stimmt. Hör nicht zu, Tia«, fährt sie fort, dreht sich zu mir um und fügt mit leiser Stimme hinzu: »Sie ist fett.«

»Wie viel muss sie abnehmen?«, frage ich und versuche die Anzeige zu lesen.

»Mindestens ein Drittel ihres jetzigen Gewichts, und ich würde es wirklich gerne sehen, wenn sie sich halbieren würde.«

»Ich habe keine Ahnung, was ihre Geschichte betrifft, ob sie schon immer Übergewicht hatte. Jack meinte, dass sie früher Patientin von der Praxis im Herrenhaus war, aber sie kann seit Jahren nicht mehr beim Tierarzt gewesen sein.«

»Sie scheint ein süßer Hund zu sein – vom Naturell her, meine ich, nicht nach ihrem Geruch. Ich bin mir nicht sicher, ob ich es über mich bringe, sie zu küssen.« Maz kichert, als wir die watschelnde Tia zurück ins Behandlungszimmer verfrachten und auf den Tisch hieven. »Einige meiner Kunden halten mich für verrückt, dass ich meine Patienten küsse.«

Sie redet über den Befund, während sie die Hündin

untersucht. »Sie hat eine eitrige Entzündung in dem Ohr hier, und der Zustand ihrer Zähne ist eklig. Ich werde die meisten davon ziehen müssen. Die restlichen gleiche ich an und poliere sie. Dann bekommt sie Antibiotika. Während sie bewusstlos ist, verpassen wir ihr eine Pediküre und trimmen das Fell an ihren Ohren, Pfoten und der Rute. Vielleicht fühlt sie sich ein bisschen besser, wenn wir sie ein wenig verwöhnen.«

»Danke, Maz«, sage ich. Es tut mir leid, dass ich Tia bei ihr lassen muss. »Viel Glück, alter Hund!«, sage ich, als eine der Tierarzthelferinnen hereinkommt, um Tia zu den Zwingern zu führen, wo sie auf ihre Zahnbehandlung warten muss.

»Ich habe nicht vor, sie umzubringen«, sagt Maz und klingt dabei ein wenig beleidigt.

»Ich weiß, dass Sie sich gut um sie kümmern werden«, sage ich. Sie ist noch nicht lange in der Schutzstation – erst seit einem Tag –, aber ich habe bereits das Gefühl, als wäre sie ein Teil der Familie, ein Teil meiner erweiterten Familie, und sie ist alt und gesundheitlich angeschlagen.

»Schon gut, Tessa«, sagt Maz lächelnd. »Rufen Sie mich nach drei an, dann sage ich Ihnen, wann Sie sie wieder abholen können.«

Jack und ich fahren zurück zur Schutzstation, wo wir die Welpen in einem der Zwinger unterbringen, ehe wir zum Einkaufen aufbrechen. Sehr viel später, als Jack Tia zur Schutzstation zurückgebracht hat, die benommen und verwirrt wirkt, versuche ich sie mit gekochtem Hühnchen aufzumuntern, das ich in winzige Stücke geschnitten habe. Als ich sie in ihren Zwinger ziehe, sieht sie mich an, als wollte sie sich am liebsten aufhängen, so deprimiert ist sie, deshalb nehme ich sie mit mir zu Buster in den Bungalow. Die Welpen schlafen zusammengerollt und aneinandergekuschelt neben einem tickenden Wecker, der den Trost durch den mütterlichen Herzschlag ersetzen soll. Obwohl ich zunächst Angst habe, dass Buster sich auf Tia stürzen könnte, scheint es, als merke er, was sie durchgemacht hat, und erkenne in ihr eine verwandte Seele, denn er sitzt an ihrem Bett und wacht über sie, während sie die Nachwirkungen der Betäubung ausschläft.

Als ich jedoch mitten in der Nacht aufwache, liegen sie beide am Fußende meines Bettes, und die Bettdecke um meine Füße herum ist feucht. Ich mache das Licht an und stelle fest, dass Tia aus beiden Körperenden tropft. Mir wird schwer ums Herz, denn an dieser Herrenlosigkeit scheint mehr dran zu sein, als man auf den ersten Blick erkennen kann. Wer wird schon einen depressiven alten Hund nehmen, der stinkt und fett und inkontinent ist? Wie um alles in der Welt sollen wir ein neues Zuhause für Tia finden?

KAPITEL 9

Wilde Pferde

Das Pony lässt sich nicht einfangen. Libby, Jack und ich versuchen es eine weitere Woche lang – immer bloß einer, um Dolly nicht zu überfordern –, wir locken sie mit Karotten, Äpfeln, Pellets und Pferdeleckerlis, aber alles umsonst. Erst am achten Tag, als ich bereits bereue, sie nicht in einer der Boxen in der Scheune untergebracht zu haben, steckt sie den Kopf in den Eimer und lässt zu, dass Libby einen Führstrick an ihrem Halfter einklinkt, um sie hereinzubringen. Sie scheut im Eingang, doch nachdem Jack sie von hinten treibt, geht sie hinein, und ich kann, erleichtert seufzend, die Boxentür hinter ihr schließen.

»Sie ist ein Albtraum«, bemerke ich. »Kein Wunder, dass Mr. Maddocks sich nicht ordentlich um sie gekümmert hat – sie hat es wahrscheinlich gar nicht zugelassen.«

»Tja, ich schlage vor, du bestellst den Tierarzt und den Hufschmied für heute hierher, solange wir sie in der Falle haben«, sagt Jack.

»Wird erledigt, Boss«, sage ich voller Sarkasmus. »Gut gemacht, Libby! Du bist die Geheimwaffe der Schutzstation, Talyton St. Georges höchsteigene Pferdeflüsterin. Was hast du zu ihr gesagt?«

»Dass sie ein gutes Mädchen ist, und dann habe ich sie glauben lassen, dass es ihre Idee ist hereinzukommen.

Und ich habe meine Kappe abgenommen, weil sie die nicht mochte.«

»Der Sohn von Mr. Maddocks hat eine Kappe getragen«, sage ich. »Wer weiß, wie er sie behandelt hat.«

»Ich mag nicht daran denken«, sagt Libby. »Soll ich ihr ein wenig Heu und Wasser geben?«

»Gute Idee.« Das wird ihr helfen, sich zu beruhigen, falls sie noch nie zuvor in einer Box war. »Ich muss gehen und ein paar Anrufe machen. Kommst du hier allein klar?«

»Und ich muss ebenfalls los. Habe zu tun«, sagt Jack und geht.

»Ich komme zurecht«, sagt Libby. »Ich hab noch eine Weile ein Auge auf Dolly, und dann füttere ich die Vögel.«

»Ich nehme an, sie rufen bereits nach ihrem zweiten Frühstück.« Ich lächle wehmütig. »Die Vögelchen sind unsere anspruchsvollsten Bewohner, die ständig nach dem Roomservice rufen, aber sie werden nicht ewig hier sein. Wir werden gar nicht wissen, was wir mit unserer Zeit anfangen sollen, wenn sie flügge geworden sind.« Ich mache Witze. Ich bin mir sicher, dass wir im Herbst und Winter genug zu tun haben werden, wenn wir die Projekte zu Ende bringen, die DJ eingestellt hat. Er hat mir an diesem Morgen eine SMS geschickt, dass er die Nase voll hat.

»Wo geht Jack hin?«, wechselt Libby das Thema, als wir hören, wie der Van angelassen wird und vom Parkplatz fährt.

»Keine Ahnung«, sage ich ein wenig scharf. »Ich bin nicht seine Hüterin.«

»Das wollte ich damit auch nicht andeuten. Ich wollte bloß …«

»Ich weiß«, unterbreche ich sie. »Tut mir leid. Jetzt, da DJ uns aufgegeben hat und die Tierarztrechnungen hereinkommen, fühle ich mich ein wenig überfordert.« Und ich habe mir ein Herz gefasst und meine eigenen Kontoauszüge letzte Nacht angesehen, was ich besser nicht hätte tun sollen. »Pass auf, wir können uns später weiter unterhalten. Jetzt muss ich erst mal ein paar Worte mit Wendy und Diane wechseln.«

Sie sind heute aufgetaucht, um zu helfen, und ich will nicht, dass sie verschwinden, um sich die Haare machen zu lassen, oder die Hunde rauslassen, ehe ich nicht verschiedene Themen mit ihnen besprochen habe – den Tag der offenen Tür zum Beispiel oder die Kriterien für eine Vermittlung. Alle scheinen ein wenig durcheinander zu sein und erzählen potenziellen Kunden völlig unterschiedliche Geschichten. So sagt die eine, sie könnten kein Kätzchen haben, wenn Kinder unter fünf Jahren im Haushalt leben, die andere aber, dass es geht. Das ist keine gute Werbung für die Schutzstation. Es schreckt die Leute ab.

»Ihre Tante und ich waren noch nie einer Meinung, wenn es um die Kriterien für eine Vermittlung ging«, sagt Diane und taucht ihren Keks in ihre zweite oder dritte Tasse Kaffee, während wir mit Wendy vor der Scheune in der Sonne sitzen. »Ich habe immer Glorias Sicht unterstützt, dass man keine Kompromisse eingehen darf.«

»Aber es gibt nun mal nicht das perfekte Zuhause«, sage ich. »Man muss Zugeständnisse machen, andernfalls bleiben die Tiere bis an ihr Lebensende hier.«

»Das ist passiert, als Gloria hier war«, führt Wendy aus. »Viele der Hunde und Katzen sind schließlich hiergeblieben; einige, weil sie sozusagen besondere Bedürfnisse hatten, aber die meisten, weil sie es nicht ertrug, sie gehen zu lassen.«

»Sie war eine weise Frau«, sagt Diane. »Diese armen Kreaturen haben bereits eine schwere Zeit hinter sich. Welchen Sinn hat es, sie in Familien abzugeben, wo man sich nicht ordentlich um sie kümmert? Ich will ein Beispiel nennen: Wir wollten einen Hund mit einer chronischen Ohrentzündung, die Langzeitmedikation benötigte, vermitteln, und obwohl die potenziellen neuen Besitzer mir versicherten, dass sie es sich leisten könnten, hatte ich beim Zustand ihres Hauses das Gefühl, dass sie finanziell zu kämpfen hatten und dass deshalb der Hund würde leiden müssen.«

»Sie können doch nicht solche Urteile fällen«, sage ich. »Vielleicht haben sie einfach zu viel zu tun gehabt, um das Haus in Ordnung zu halten, und nicht zu wenig Geld.«

»Ah!« Diane linst hilflos in ihre Tasse, in der ihr Keks verschwunden ist. »Aber zu viel zu tun zu haben ist ein weiterer Grund, dass man kein Tier aufnehmen sollte. Wenn sie zu viel um die Ohren haben, um ihr Haus in Ordnung zu halten, dann haben sie auch zu viel um die Ohren, um mit einem Hund spazieren zu gehen. So sehe ich das.«

»Na ja, wir dürfen jedenfalls nicht zu streng sein«, sage ich. »Wenn wir unsere derzeitigen Bewohner nicht vermitteln, können wir keine neuen aufnehmen. So ist das nun mal.«

»Es gibt immer noch ein paar Nebengebäude, die umgebaut werden können«, argumentiert Diane.

»Darum geht es doch gar nicht«, sage ich frustriert über ihre Einstellung. »Wenn wir zu viele Tiere haben, können wir uns nicht richtig um sie kümmern. Und erzählen Sie mir nicht, wir könnten immer noch ein paar freiwillige Helfer zusammentrommeln – wir haben schon jetzt viel zu wenige. Außerdem – und ich will mich wirklich nicht in die Politik des Komitees einmischen – können wir keine weiteren Gebäude umbauen lassen. Wir haben keinen Bauunternehmer. DJ ist weg.«

»Dafür ist Ihre Tante verantwortlich«, wirft Diane ein. »Da müssen Sie sich an sie wenden.«

»Ich habe bereits mit ihr gesprochen.« Ich habe sie am Morgen angerufen, nachdem ich DJs SMS gelesen hatte. »Sie sagt, sie habe keine Befugnis, das Geld lockerzumachen. Es hängt am Komitee.« Ich glaube, dass Fifi nicht nur keinen Zugang zu den Mitteln des Komitees hat, sondern dass sie inzwischen selbst rausgeekelt wurde. »Diane, ich wäre Ihnen wirklich sehr dankbar, wenn Sie DJ bezahlen würden, mit Zinsen, und ihn dazu überreden könnten, zurückzukommen und die vereinbarten Projekte bis Samstag fertigzustellen. Es geht um die Gesundheit und die Sicherheit unserer Besucher. Wenn bis dahin hier nicht alles in Ordnung ist, muss ich den Tag der offenen Tür absagen.«

Diane nimmt diese Drohung sehr gefasst entgegen. Ich fürchte, sie hat nichts in ihrem Leben außer dem Bestreben, den Vorsitz von Talyton Animal Rescue zu übernehmen, während meine Tante zu viel hat und Gefahr läuft, ihren Posten zu verlieren, weil sie keine Zeit aufbringt, alles zu regeln. Ich erlaube mir selbst ein Lächeln. Es gibt keine Chance, dass Diane und Fifi sich jemals einig werden, denn sie wollen beide denselben Job.

»Ich kann nicht mit DJ reden«, sagt Diane. »Er war Fifis Wahl. Sie hat es sich angewöhnt, rücksichtslos über uns andere hinwegzugehen, und das muss aufhören.«

Ich seufze innerlich. Der Stress zermürbt mich. Wenn ich ein Vogel wäre, würde ich anfangen, mir die Federn auszurupfen.

Leider kann der Tierarzt erst am Spätnachmittag kommen, als Jack Libby bereits nach Hause gefahren hat, damit sie ihre Schicht im Co-op antreten kann. Alex Fox-Gifford, groß mit grauen Schläfen im dunklen Haar und leuchtend blauen Augen, kommt gegen vier in einem karierten Hemd und marineblauen Cordhosen, ein Stethoskop um den Hals und einen Besuchskoffer in der Hand.

»Hi«, sagt er. »Wie geht's?«

»Danke, gut. Wie läuft das Geschäft?«

»Flott. Aber wir haben zu dieser Zeit im Jahr immer viel zu tun. Maz hat mir erzählt, dass Sie in letzter Zeit so oft im Otter House aufgetaucht sind, dass Sie sich eine Dauerkarte besorgen sollten.«

Alex und Maz sind verheiratet, Talyton St. Georges goldenes Paar, laut meiner Tante.

»Ich wünschte, es gäbe wirklich etwas, womit sich die Kosten reduzieren ließen … Ich beschwere mich nicht«, füge ich hastig hinzu. »Ich weiß, was alles dranhängt. Die OPs, die Bezahlung der Mitarbeiter und die Medikamente.«

»Ich nehme an, Sie investieren in Donuts«, sagt Alex.

»Donuts habe ich keine, aber Kekse. Möchten Sie vielleicht einen Tee oder einen Kaffee?«

»Lieber nicht. Ich will rechtzeitig zurück sein, um George im Kindergarten abzuholen.« George ist Alex' Sohn. »Wo ist das Pony?«

»Hier entlang. In der Scheune. Jack hat veranlasst, dass Dolly von der Polizei beschlagnahmt wurde, nachdem sie frei umherlief. Sie kennen Mr. Maddocks, ihren Besitzer, nicht wahr?«

»Ich hatte das Vergnügen, Frank Maddocks bei vielen Gelegenheiten zu treffen. Er hört nicht auf, seine Tiere auf unserem Land grasen zu lassen. Mein Vater hat ihn früher immer so lange genervt, bis er sie entfernt hat, aber ich habe weder Zeit noch Lust dazu.«

Als Alex und ich an der Scheune ankommen, wirft Dolly einen Blick auf uns und wendet uns dann die Kruppe zu, wobei das Ende ihres Schweifs durch das Stroh wischt.

»Ich halte mich zurück, bis Sie sie eingefangen haben«, sagt Alex.

Ich nehme den Führstrick, den Libby neben der Tür hängen gelassen hat, und gehe hinein – äußerlich zuversichtlich und innerlich starr vor Schreck. Mein Herz hämmert gegen meine Rippen.

»Komm her, Dolly.« Meine Stimme dringt als hohes Quieken aus meinem Mund. Ich bin nicht besonders selbstbewusst, wenn es um Ponys geht. Ich hatte als Kind ein paar Reitstunden, aber sehr zur Erleichterung meiner Eltern wurde ich nie vom Pferdevirus gepackt.

»Dolly?« Ich stecke die Hand in die Tasche und raschele mit einem Bonbonpapier, woraufhin sie mich mit gespitzten Ohren ansieht. Ich nehme ein Minzbonbon heraus und halte es ihr auf der flachen Hand entgegen. Dolly tut einen Schritt nach vorn und macht den Hals lang, bis ich den Atem aus ihren geblähten Nüstern spüren kann, gefolgt von der zartesten Berührung ihrer Lippen, als sie den Bonbon aufnimmt und zwischen ihren Zähnen zermalmt. Ich hole einen zweiten aus der Tasche, und während sie sich danach streckt, hake ich den Strick in den Ring unter ihrem Kinn ein.

»Hab ich dich!«, sage ich leise und führe sie mit einem Gefühl des Triumphs zur Boxentür. »Alles okay, Alex. Hier ist sie.«

»Danke, Tessa.«

Als Dolly Alex auf der anderen Seite der Tür entdeckt, bleibt sie stocksteif stehen und stößt ein Schnauben aus, als wolle sie sagen: »Oje, der Tierarzt.«

»Woher weiß sie das?«, frage ich. »Hat sie Sie schon einmal gesehen?«

»Ich habe sie nie behandelt. Frank hat keinen Tierarzt – er macht alles selbst mit verschiedenen Pillen, Tinkturen, Umschlägen und Güssen, die er nach Rezepten aus irgendwelchen uralten Tiermedizinlehrbüchern erstellt … Ich frage mich, ob sie vielleicht keinen Kuhgeruch mag«, fügt Alex hinzu und schnüffelt an seinem Ärmel. »Ich habe vorhin ein paar Kälber geimpft.«

Er öffnet die Boxentür, woraufhin Dolly herumwirbelt, mich vollkommen überrascht und Alex die Hinterhufe spüren lässt.

»Tut mir leid«, sage ich und drehe sie wieder zu ihm um. »Hat sie Sie erwischt?«

»Sie hat versucht, mir die Kniescheiben rauszutreten«, sage er und verzieht schmerzhaft das Gesicht, während er ein Bein anwinkelt und ausstreckt. »Haben Sie eine Trense für sie?«

Ich schüttele den Kopf. Jack hat sie mitgenommen.

»In dem Fall ist es vielleicht eine gute Idee, den Führstrick über ihre Nase zu wickeln, damit Sie sie etwas besser kontrollieren können.«

Ungeschickt wickle ich den Strick um Dollys Nase, ziehe die Schlinge fest und hänge mich mit ganzer Kraft daran.

»Ich habe sie«, sage ich und bin ziemlich zuversichtlich, dass ich sie jetzt halten kann, aber Dolly sieht die Sache anders. Als Alex sich ihr ein zweites Mal nähert, verdreht sie ihr blaues Auge, mit dem sie mich ansieht, und schüttelt den Kopf, sodass sie mir den Strick durch die Finger reißt, ehe sie ihn angreift, abrupt stehen bleibt, auf die Hinterhufe steigt und nur Zentimeter von seinen Stiefelspitzen entfernt die Vorderhufe in den Boden stampft.

Alex weicht keinen Millimeter und knurrt sie an: »Das ist nicht lustig, Pony.« Zu meiner Überraschung macht sie einen Schritt zurück.

Ich entschuldige mich dafür, dass ich sie nicht habe festhalten können, und begutachte die brennenden Streifen, die der Strick in meinen Handflächen hinterlassen hat.

»Ich glaube, sie hat vor, mich umzubringen«, sagt Alex finster. »Ich wusste, dass ich Justin, meinen Assistenten, hätte vorbeischicken sollen. Ich gehe kurz ein Sedativum aufziehen.«

»Wie um alles in der Welt wollen Sie ihr das injizieren?«

»Ich habe einen hinterhältigen Plan.« Alex gluckst. »Keine Panik – ich habe mich noch nie von einem Pony besiegen lassen, und ich habe nicht vor, mir nach all den Jahren, in denen ich als Tierarzt arbeite, ausgerechnet von Dolly diesen Rekord brechen zu lassen. Sie ist ein fieses kleines Biest, ziemlich ähnlich wie Frank Maddocks. Eine Hexenstute.«

Als Leiterin der Schutzstation fühle ich mich verantwortlich für Dollys beschämendes Verhalten, und mir wird klar, wie die Eltern eines garstigen Kindes sich fühlen müssen: Irgendwie fällt es auf einen selbst zurück.

»Was wird aus ihr, wenn sie sich weiterhin so verhält?«

Plötzlich fühle ich mich ziemlich mies, wie damals mit Buster. Ich erwarte nicht, dass Dolly mir auch nur im Geringsten dankbar ist, aber ich habe mir nicht vorstellen können, dass sie so aggressiv und, offen gestanden, wenig liebenswürdig wäre. »Ich nehme an, sie wird letztendlich eingeschläfert werden.«

»Tessa, geben Sie ihr eine Chance«, sagt Alex. »Ich weiß von vielen Ponys, die uns Tierärzte nicht ausstehen können, das kann ich Ihnen verraten.«

»Ich gehe auch nicht gern zum Zahnarzt«, sage ich. »Trotzdem versuche ich nicht, ihn umzubringen.«

Alex kehrt von seinem Jeep mit einer Nadel und einer Spritze voller Beruhigungsmittel zurück.

»Wenn Sie das Ende des Führstricks packen würden und sich draußen vor der Boxentür dranhängen, kann ich ihr das hier in den seitlichen Halsmuskel spritzen.« Als ich zögere, fährt Alex fort: »Sie können ihr ein paar Minzbonbons geben, um sie von der Nadel abzulenken.«

Sein Plan geht auf, und er injiziert ihr das Beruhigungsmittel, auch wenn die Nadel in ihrem Hals stecken bleibt, als sie wegspringt.

»Die kann ich mir holen, wenn sie schläft«, sagt Alex. »Es spielt keine Rolle.«

»Meinen Sie denn, dass es klappt?«, frage ich beklommen. Manchmal sind Tiere so aufgedreht, dass das Beruhigungsmittel nicht den gewünschten Effekt erzielt.

»Wenn wir ruhig sind und sie nicht stören«, sagt Alex, und wir warten in absoluter Stille, bis Dolly den Kopf sinken lässt und anfängt, mit halb geschlossenen Augen zu dösen. Silbrige Schweißperlen bilden sich auf ihrem Fell – ein sicheres Zeichen, dass das Sedativum wirkt. Alex öffnet die Boxentür und führt mich hinein, damit ich an Dollys Kopf stehen bleibe.

»Ich hätte ihr ein bisschen weniger geben können«, bemerkt Alex, als er sie untersucht, ihr Herz abhört, den Schorf an ihren Beinen begutachtet und dann mit gerunzelter Stirn den Zustand ihrer Hufe prüft.

»Ich habe den Hufschmied bereits angerufen«, sage ich. »Er wird als besonderes Entgegenkommen heute Abend noch vorbeischauen.«

»Ich würde ihn darüber informieren, dass sie jetzt betäubt ist – wenn Sie zu lange warten, ist sie wieder voll da. Ich denke, die Alternative wäre, dass ich Ihnen etwas Beruhigungsmittel hierlasse, das Sie dann spritzen können, wenn er kommt, aber Sie dürfen ihr in den nächsten vierundzwanzig Stunden keine neue Dosis verabreichen.« Alex schweigt abrupt. »Entschuldigen Sie bitte. Ich rede mit Ihnen wie mit einem Klienten, nicht wie mit einer Tierarzthelferin.«

»Ich kenne mich mit Ponys nicht so gut aus, aber ich habe mich über Mauke informiert. Ich weiß natürlich, dass ich nicht qualifiziert genug bin, um eine Diagnose zu erstellen, aber ich glaube, dass das die Ursache für den Schorf an ihren Beinen ist.«

»Das stimmt. Ich werde ihre Beine scheren, damit Sie ihre Haut schön sauber halten können. Später nehme ich ihre Details auf, damit die Polizei einen Pass erstellen lassen kann, ich chippe sie und gebe ihr eine Erstimpfung. Jack sagte, soweit er es herausfinden konnte, war sie nirgendwo registriert oder geimpft. Oh, und ich muss mir ihre Zähne ansehen.«

Alex nimmt die Abzeichen der Stute auf einem Formular auf: ihre Flecken; die breite, gewundene Blesse in ihrem Gesicht; die genaue Position der Wirbel in ihrem Fell, wo sich die Wuchsrichtung ändert – etwas, das bei Pferden so einzigartig ist wie der Fingerabdruck eines

Menschen. Er nimmt auch die restlichen Informationen auf: Stute, ungefähr zehn Jahre alt; Rasse unbekannt. Er sucht sie nach einem Chip ab, aber es gibt keinen, also injiziert er einen Chip von der Größe eines Reiskorns in die Haut in ihrem Hals, während ich neben ihr stehe, die Wärme spüre, die von ihrem Körper aufsteigt, und mich frage, welchen anderen unwürdigen Behandlungen sie in ihrem Leben bereits unterworfen wurde.

Alex macht weiter, indem er ihr eine Maulsperre anlegt, eine metallene Konstruktion mit Lederbändern, mit deren Hilfe er das Maul offen halten kann, um die Zähne zu überprüfen.

»Die sind schon sehr lange nicht mehr angesehen worden, wenn überhaupt jemals«, bemerkt er. »Sie hat ein paar fiese Haken an den Backenzähnen. Es ist kein Wunder, dass sie nicht besonders scharf darauf ist, am Halfter geführt zu werden – sie ist da wirklich empfindlich, denn die Haken haben sich in ihr Zahnfleisch gebohrt und Geschwüre gebildet –, und Sie wissen wahrscheinlich selbst, wie schmerzhaft das sein kann.« Er nimmt einen Eimer, füllt ihn draußen am Wasserhahn mit Wasser und fängt an, mit einer Feile Dollys Zähne zu bearbeiten.

Das Geräusch von Metall, das über die rauen Kanten fährt, bis die Feile glatt läuft, macht mir eine Gänsehaut, und ich bin erleichtert, als Alex mit vor Anstrengung rotem Gesicht die Feile ein letztes Mal in den Eimer fallen lässt, um die Zahnsteinfragmente abzuwaschen.

»Fertig«, sagt er. »Können Sie noch etwa eine halbe Stunde bei ihr bleiben? Bis dahin sollte sie hellwach sein.«

»Kein Problem«, sage ich und bedanke mich bei ihm.

»Kann ich sonst noch irgendetwas für Sie tun, wenn ich schon mal da bin?«

»Normalerweise würde ich ja Maz fragen, aber da sie gerade hier sind, könnten Sie vielleicht überprüfen, ob eine unserer zugelaufenen Katzen gechippt ist? Sie ist im Katzentrakt. Ihr Name ist Jess.«

»Mach ich«, sagt Alex.

Ein paar Minuten später kehrt er aufgeregt zurück, weil er tatsächlich einen Mikrochip gefunden hat, was bedeutet, dass wir gute Chancen haben, Jess wieder mit ihren Besitzern zusammenzubringen. Er verspricht mir, die näheren Angaben an der Rezeption zu lassen, damit ich die Leute kontaktieren kann.

»Für die Katze berechne ich Ihnen nichts, und Sie brauchen sich auch keine Sorgen wegen der Rechnung für sie hier zu machen«, sagt Alex und nickt in Dollys Richtung. »Im Augenblick kommt die Polizei für alle Ausgaben im Zusammenhang mit dem Pony auf.«

»Alex, ich möchte wirklich nicht, dass sie zu Frank Maddocks zurückmuss oder verkauft wird. Ganz egal, wie gemein sie ist, das hat sie nicht verdient. Können Sie nicht Jack unterstützen, wenn es zu einem Verfahren gegen Frank Maddocks kommt? Sie sind Tierarzt. Könnten Sie nicht einen Bericht darüber schreiben, was Sie heute gesehen haben?«

»Ich bin bereit, Jack zu unterstützen, wenn er es versucht, aber dieses Pony ist ein Grenzfall. Die Stute zeigt deutliche Zeichen von Vernachlässigung, aber sie ist nicht in unmittelbarer Gefahr.« Alex sieht mich voller Mitgefühl und Verständnis an, als ich mich vor lauter Frust verkrampfe.

»Dann ist das Gesetz Scheiße, wenn ich das so sagen darf.«

»Wenn Sie im Tierschutz arbeiten, werden Sie andauernd auf so etwas stoßen. Reden Sie mit Jack.« Alex lässt mir einige Medikamente gegen Mauke und einen Behandlungsplan da, doch nichts kann meine Sorgen um die Zukunft des Ponys mildern.

Als der Hufschmied gegangen ist, schläft Dolly noch immer. Deshalb nehme ich eine hellrote Bürste aus der Putzkiste, die Libby vor dem Stall stehen gelassen hat, und fange an, die Knoten aus Dollys Mähne zu bürsten, die ihr in dicken schwarzen und flachsfarbenen Streifen bis weit über die Schulter fällt. Es ist sehr befriedigend und lässt mich an nichts mehr denken, nicht einmal an Jack. Dolly fängt an, aus ihrem medikamentös bedingten Schlummer zu erwachen, schüttelt den Kopf und somit auch die Mähne, und ich muss mit dem Bürsten von vorne anfangen.

Ich beschließe, sie in der Box zu lassen, und gebe ihr noch eine Gabel voll Heu, um ihr ein wenig Beschäftigung für die Nacht zu bereiten, ehe ich Buster und Tia auf einen kurzen Spaziergang zum Wäldchen mitnehme. Ich gehe nicht den ganzen Weg, denn Tia müht sich sehr, eine Pfote vor die andere zu setzen. Als ich zum Bungalow zurückkehren will, zögert Buster, legt die Ohren an und stößt ein kurzes, scharfes Bellen aus. Als ich seinem Blick zur Hecke folge, stellen sich mir vor Unbehagen die Nackenhaare auf. Irgendetwas oder irgendjemand beobachtet mich.

Ich mache ein paar Schritte auf die Hecke zu. Buster zieht an seiner Leine nach vorn, Tia an ihrer nach hinten, bis ich das Gefühl habe, gleich entzweigerissen zu werden. Plötzlich blitzt etwas orange auf, als werde die Abendsonne von einer Linse reflektiert, und ein schlurfendes Geräusch ertönt. Buster fängt an, hysterisch zu bellen.

»Buster, da ist nichts«, sage ich zu ihm. »Du hast eine

überaktive Vorstellungskraft«, füge ich hinzu, denn es fällt mir leichter, den Vorfall dem Hund in die Schuhe zu schieben, als ihn tiefer zu ergründen. War es ein Reh? Oder ein Fuchs? War da jemand, der mich beobachtet hat? Oder war es bloß ein herabfallender Ast, der Buster so sehr aufgeregt hat?

Am Morgen des Tages der offenen Tür, ein sonniger Tag Anfang Juni, hängen Jack und ich das Banner, das ich gekauft habe, über die Lücke in der Hecke, durch die die Fahrzeuge vom Weg auf den Parkplatz fahren. Unsicher auf einem Stuhl balancierend – so viel zu Gesundheit und Sicherheit, aber schwierige Zeiten erfordern ungewöhnliche Maßnahmen –, nehme ich das Banner aus seiner Verpackung und halte ein Ende fest, während Jack mit dem anderen hinüber zu der Trittleiter geht und dabei das Banner auswickelt, sodass die Worte HAPPY BIRTHDAY erscheinen.

»Oh, nein! Ich habe das falsche erwischt!«, rufe ich. Jack dreht sich um. »Was soll ich jetzt bloß machen? Es ist zu spät, um noch ein anderes zu besorgen.«

Zu meinem Entsetzen fängt Jack an zu lachen.

»Das ist nicht witzig«, sage ich, doch sein Lachen ist ansteckend, und bald lache ich auch, ebenso wie Diane, Wendy und Libby, die herbeieilen, um zu sehen, worum es bei der ganzen Aufregung geht. Meine Tante guckt missbilligend drein. Sie mag es, wenn die Dinge so sind, wie sie sein müssen.

»Es tut mir leid«, sage ich. Das ist kein toller Anfang. Vielleicht hätte ich auf einem späteren Termin beharren sollen, damit wir mehr Zeit für die Vorbereitungen gehabt hätten, wie ich es ursprünglich geplant hatte. Ich habe mich schließlich dagegen entschieden, weil ich gedacht hatte, wir müssten so früh wie möglich so viele Leute wie möglich – potenzielle neue Familien für unsere Tiere und mögliche Freiwillige – durch die Tür hereinlocken.

»Lass es uns trotzdem aufhängen«, sagt Jack und zwinkert mir zu, als wolle er sagen: Hör nicht auf sie, Tessa! »Es spielt keine Rolle – wir drehen es einfach um und machen ein paar Luftballons daran fest. Die Leute kommen her, um sich die Tiere und die Schutzstation als solche anzusehen.«

»Und um Kuchen zu essen, hoffe ich«, sage ich und blicke zu den Biertischen hinüber, die vor dem Bungalow aufgebaut und mit Brownies, Cupcakes und Haferkeksen beladen sind.

Unser Tag der offenen Tür fängt zäh an, doch gegen Mittag erscheinen unsere Gäste und wollen unbedingt an unseren geführten Touren teilnehmen. Diane hat beschlossen, dass sie zu erschöpft ist, um sich noch länger auf den Beinen zu halten, und sitzt am Kuchenbüfett, wo sie jede Köstlichkeit probiert, während sie das Geld entgegennimmt, und Wendy übernimmt die Verantwortung für Tee und Limonade. Fifi begrüßt die Besucher, was bedeutet, dass Jack die Touren leitet, Libby das Kinderschminken übernommen hat und ich mich um alles andere kümmere, unter anderem auch darum, die Katze Jess mit ihrer Besitzerin zusammenzubringen, die, wie sich herausstellt, eine Mitarbeiterin meiner Tante im Gartenzentrum ist.

»Das ist Maddy Carpenter«, stellt Fifi mir eine Frau in den Sechzigern vor. Sie ist groß mit sehnigen Armen und langen, knochigen Fingern und trägt ein grünes Sweatshirt und enge Jeans, was mich an eine Venusfliegenfalle erinnert. »Sie ist seit Jahren bei den Pflanzen.«

»Hi«, sage ich, und mir wird klar, dass meine Tante die Pflanzenabteilung im Gartenzentrum meint, der Bereich draußen, der im Sommer zu heiß und im Winter wie die Arktis ist. Maddys Haut scheint zur Konsistenz stark verkrumpelten Leders verwittert zu sein.

»Ich bin hier, um Kitty zu holen«, sagt sie lächelnd und hebt die Transportbox hoch, die sie dabeihat, um sie mir zu zeigen. »Der Postbote hat sie versehentlich mitgenommen.«

Ich brauche einen Moment, ehe mir klar wird, dass sie von der Katze spricht, die wir Jess getauft haben.

»Kommen Sie mit«, sage ich und weiche einem sich schnell bewegenden Kind aus, das auf dem Parkplatz spielt und dabei Tierlaute von sich gibt. Ich bringe sie zum Katzentrakt, wo Jack Teddy ein paar Leuten vorstellt, einschließlich meiner Mum und meinem Dad. Jack scheint sich zu freuen, mich zu sehen, und lauert uns auf unserem Weg zu Jess' Gehege auf.

»Tessa, hilf mir hier draußen«, sagt er. »Worauf würdest du achten, wenn du eine Katze aussuchen müsstest?«

»Das ist leicht«, sage ich. »Üblicherweise sind Hunde nicht wählerisch, aber Katzen sind ziemlich anspruchsvolle Wesen. Nicht du suchst sie dir aus, sondern sie sich dich.« Ich kichere, als ich an ihnen vorbeigehe. »Ich bin mir nicht sicher, ob das eine große Hilfe war.«

Ich bleibe vor Kittys Gehege stehen, um die Tür aufzuschließen – wir haben sie mit Sicherheitsschlössern versehen, die bloß von mir, Jack und einem der offiziellen Freiwilligen geöffnet werden können, um das Risiko einer Flucht zu verringern.

»Wie oft muss ich dir eigentlich noch sagen, dass du nicht einfach zu Fremden ins Auto steigen sollst?«, sagt

Maddy mit ihrem breiten Devon-Akzent. »Sie hat das vorher schon mal gemacht – sie ist in einem Argos-LKW mitgefahren. Gott sei Dank habe ich sie chippen lassen.«

Ich lasse Maddy in Kittys Gehege, wo sie die Katze hochnimmt und mit dem Kopf voran in die Transportbox schiebt. Kitty hat etwas anderes vor und geht sofort wieder rückwärts raus. Maddy versucht es noch einmal. Dieses Mal macht Kitty einen Buckel, sodass sie niemals durch die Öffnung der Transportbox passt.

»Soll ich es mal probieren?«, frage ich und trete zu ihr, doch sie versucht bereits, Kitty mit dem Schwanz voran in die Box zu stopfen, was auch nicht funktioniert. Kitty gräbt ihre Krallen in das Sweatshirt ihrer Besitzerin und benutzt es als Leiter, um auf deren Schulter zu krabbeln. Ich helfe dabei, die Krallen der Katze aus dem Stoff zu lösen, und nehme sie herunter. Ich stelle die Transportbox hochkant, und ehe Kitty noch Zeit hat, ihren nächsten Schritt zu planen, lasse ich sie mit dem Po voran hineinplumpsen und schließe rasch die Tür.

»Bingo!«, sage ich.

»Das ist ein guter Trick«, meint Maddy. »Den versuche ich das nächste Mal, denn ich bin mir sicher, es wird ein nächstes Mal geben. Ich sage ihr immer, wenn sie schon einen Szenenwechsel braucht, könnte sie doch wenigstens den Bus nehmen – so könnte sie einfach eine Rundfahrt machen und mir den Ärger ersparen, sie immer irgendwo einsammeln zu müssen.« Sie bedankt sich bei mir, dass wir uns um Kitty gekümmert haben, und entschuldigt sich, dass sie am Tag der offenen Tür gestört hat.

»Es gibt einen Kuchenverkauf, und wenn Sie sich unserer fröhlichen Gruppe von Freiwilligen anschließen wollen« – okay, ich gebe zu, dass ich in diesem Punkt übertreibe, denn so fröhlich sind sie nicht – »es gibt ein Adressbuch im Büro, in dem Sie uns Ihre Kontaktdaten hinterlassen können.«

»Die Kuchen sehe ich mir gern an«, sagt sie, »aber ich könnte hier nicht aushelfen. Ich würde sie alle mit nach Hause nehmen wollen.«

Ich lächle vor mich hin, weil ich genau dasselbe Gefühl habe.

Gegen vier kommt der Tag der offenen Tür zu einem Ende. Meine Tante verleiht die Preise an die Gewinner des Quiz »Rate, wie viele Mehlwürmer ein Amselküken auf einmal verschlingen kann« und der Schnitzeljagd »Folge den Pfotenabdrücken«. Der Gewinner der Schnitzeljagd ist ein Junge, an den ich mich erinnere, weil er am frühen Nachmittag gefragt hatte, ob wir auch Krokodile zur Vermittlung haben. Ich schlug vor, er solle es in einem auf Exoten spezialisierten Tierheim versuchen. Niemals will ich die Verantwortung für gefährliche Tiere hier auf dem Gelände übernehmen. Es ist schlimm genug, eher schwierige Charaktere wie Buster und Teddy hier zu haben, und wahrscheinlich sollte ich Diane und Wendy auch noch dazuzählen, denn insbesondere Wendy war heute sauer auf mich wegen der Verwendung des Dosenfutters für Hunde, das Libby in einer Spendenkiste, die sie im Co-op aufgestellt hat, gesammelt hat. Nach Wendys Auffassung sollten die Dosen gerecht zwischen der Schutzstation und ihren Pflegehunden verteilt werden, während Libby meint, sie sollten ausschließlich der Schutzstation zugutekommen. Ich schlage mich auf Libbys Seite, da es ihre Idee war. Das passt Wendy nicht, die früh aufbricht, um ihre Hunde rauszulassen.

Gegen fünf Uhr ist kaum noch jemand übrig, bloß

ich, Jack, Libby und meine Eltern, nachdem Katie meine Einladung zum Essen und auf ein paar Drinks in der letzten Minute ausgeschlagen hat. Dad hilft mir in der Küche des Bungalows, wo ich einen Topf Chili und Reis koche. Er nimmt sich einen Löffel aus der Schublade und probiert das Chili.

»Ist es scharf genug?«, frage ich.

Er schmatzt mit den Lippen und schüttelt den Kopf.

Ich werfe eine weitere Prise getrocknete Chilischoten hinein. Dad nimmt sich einen weiteren Löffel.

»Nein«, sagt er. »Da muss noch mehr rein.«

»Bist du dir sicher?« Ich traue seinem Urteil nicht: Er hat Geschmacksknospen aus Stahl.

Er probiert noch einmal und noch einmal.

»Was hältst du von der Schutzstation?«, frage ich ihn.

»Du hast großes Glück«, sagt er und bestätigt damit, was ich bereits weiß. Ich habe wirklich unglaubliches Glück, denn ich habe zwar das Haus und mein ganzes Geld verloren und bin tief gefallen, doch irgendwie habe ich es geschafft, wie eine Katze auf den Pfoten zu landen. »Es riecht allerdings ein bisschen komisch«, fährt er fort. »Im Wohnzimmer besonders.«

»Keine Ahnung, was das ist«, sage ich und schiebe es lieber auf den Nachbarbauern und seinen Miststreuer als auf die wahre Übeltäterin, die sich ihrer Rolle in dieser Angelegenheit nicht bewusst ist. Tia ist immer noch ein wenig undicht, trotz der Medikamente, die Maz ihr verschrieben hat, aber ich hoffe, dass ich keine Pfützen und nassen Stellen im Bungalow mehr finden werde, wenn sie erst einmal ein bisschen Gewicht verloren hat und ihre Muskeln durchs Spazierengehen gestärkt sind.

»Ich habe von Großtante Marion gehört«, wechselt Dad das Thema. »Sie wollte, dass ich dir in ihrem Namen für die Einladung zur Hochzeit danke; sie sagt, sie habe sich wunderbar amüsiert. Sie hat außerdem erzählt, dass sie sich auf Krebs untersuchen lässt. Ich dachte, du könntest sie vielleicht in nächster Zeit einmal anrufen. Sie befürchtet, dass das nächste Familientreffen anlässlich ihrer Beerdigung stattfinden wird.«

»Wie morbide«, sage ich, aber ich nehme mir vor, sie demnächst anzurufen.

»Hey, Tess, du musst kommen und dir das ansehen«, sagt Jack an der Küchentür.

»Ich kann im Moment nicht«, antworte ich.

»Es wird dir gefallen – und es dauert auch nicht lange. Zwei Minuten, mehr nicht.«

»Ich kann mich um das Chili kümmern«, bietet Dad an.

»Solange du versprichst, nicht alles aufzuessen, während ich weg bin. Kein Wunder, dass du inzwischen eher ein Fässchen hast als ein Sixpack«, sage ich und stupse ihn sanft in den Bauch.

»In Ordnung. Ich verspreche es, Schatz.«

»Dad, hör auf, die Finger zu überkreuzen – du hast die Hände auf dem Rücken!« Lachend gehe ich mit Jack hinaus zur Scheune, vor der Libby – in Jeans und einem weißen T-Shirt – Dolly an einen Ring angebunden hat.

Ich will etwas sagen, doch Jack legt sich den Zeigefinger an die Lippen und schüttelt kaum merklich den Kopf. Ich bleibe stumm und beobachte Libby dabei, wie sie anfängt, Dolly mit einer speziellen Bürste, die sie für sie gekauft hat, zu putzen. Sie beginnt hinter ihrem Ohr und fährt mit der Bürste in ausladenden Strichen, der Wuchsrichtung ihres Fells folgend, über ihren Hals und ihre Schulter und dann an ihrem Vorderhuf hinab. Als die Bürste das Knie des Ponys berührt, erstarrt Dolly, legt die Ohren an und stampft mit dem Huf auf, als wäre Libby eine lästige Fliege.

Mit angehaltenem Atem will ich einen Schritt vortreten, um sie zu warnen, denn ich erinnere mich nur zu gut daran, wie Dolly sich dem Tierarzt gegenüber verhalten hat, aber Jack hält mich mit einer Hand am Arm zurück.

Libby fängt wieder von vorn an, Hals, Schulter und den Vorderhuf hinunter. Dolly ist ruhiger. Sie fährt mit der Bürste weiter an Dollys Vorderhuf hinab bis zu ihrer Fessel, woraufhin sie den Kopf nach oben reißt und gegen den Strick ankämpft, steigt und beide Hufe in den Boden stampft, wie sie es bei Alex getan hat.

»Hey, Dolly, das reicht jetzt aber«, säuselt Libby. »Ich tue dir nicht weh.« Sie reibt sie hinter dem Ohr und bietet ihr einen Minzbonbon an, den Dolly ohne Zögern annimmt. Mit größter Geduld und ruhigen Bewegungen fängt Libby erneut an zu bürsten, wiederholt den Prozess insgesamt sieben Mal, bis Dolly beschließt, dass es keinen Sinn hat, sich aufzuregen. Sie gibt nach und erlaubt Libby, sie am ganzen Körper zu putzen, sogar am Fesselbehang. »Gutes Mädchen!« Libby gibt ihr ein weiteres Minzbonbon. »Das reicht für heute. Wir wollen mit einem positiven Erlebnis aufhören, nicht wahr? Morgen wollen wir dann mal schauen, ob du mich deine Hufe aufnehmen lässt, um für den Hufschmied zu üben.«

Der Hufschmied war da, um Dollys Hufe zu kürzen, doch er hat nur einen geschafft, ehe er verärgert aufgab und beschloss, sich bloß noch mit Dolly zu beschäftigen, wenn sie sediert wäre. Doch selbst dann sahen sowohl Libby als auch der Hufschmied aus, als könnten sie selbst eine Betäubung gebrauchen, als sie mit allen vier Hufen fertig waren.

Jack und ich gehen zu ihr hin – Jack ein paar Schritte hinter mir. Vielleicht erinnert er sich an den Tritt in den Hintern, den Dolly ihm verpasst hat, als er versuchte, sie über das Feld zur Bahnlinie zu führen.

»Wow, Libby!«, sage ich. »Was hast du ihr versprochen?«

Libby grinst. »Gar nichts weiter. Aber Flüstern ist definitiv effektiver als Brüllen, soweit es Dolly betrifft.« Sie krault Dollys Widerrist, woraufhin Dolly den Hals beugt und mit der Oberlippe an Libbys Sweatshirt knabbert, als wäre Libby ein anderes Pony und sie würden sich gegenseitig putzen. »Ich glaube, mit ihr kommt noch alles in Ordnung. Meint ihr, wir können sie eines Tages reiten?«

»Keine Ahnung«, meint Jack. »Ich bezweifle, dass Frank Maddocks sie eingeritten hat – ihre Knie würden unter seinem Gewicht nachgeben. Außerdem bezweifle ich, dass sie lange genug hier sein wird, dass du es herausfinden kannst.«

»Was meinst du damit?« Libby guckt bestürzt. »Oh, ich weiß, ihr habt ja darüber gesprochen, dass sie möglicherweise verkauft wird … Wahrscheinlich habe ich einfach gehofft, sie müsste hierbleiben. Wenn Mr. Maddocks Einspruch gegen die Beschlagnahmung einlegt, wird alles länger dauern. Sie könnte den ganzen Winter über hier sein.«

»Das hättest du wohl gern, Schwesterchen«, meint Jack. »Wie oft habe ich dich davor gewarnt, dich in unpassende oder nicht verfügbare …« Er hält inne.

»… Ponys zu verlieben«, beendet Libby den Satz für ihn. Ein leises Lächeln umspielt ihre Lippen. »Nie. Aber du hast unpassende Männer erwähnt.«

Ich wünschte, jemand hätte mich vor Nathan gewarnt, denke ich, während ich den weichen Ausdruck in Jacks Augen betrachte, als er Libby ermahnt, sie solle ihr Herz nicht zu sehr an die Tiere hier in der Schutzstation hängen.

»Du kannst dich um sie kümmern, aber du musst bereit sein, sie gehen zu lassen«, sagt Jack. »Nimm dir ruhig so viel Zeit mit ihr, wie du willst. Wenn du Dolly zähmen kannst, hat sie eine gute Chance, ein tolles Zuhause zu finden. So wie sie jetzt ist, fürchte ich, wird sie niemand haben wollen.«

»Das weiß ich.« Libby klingt gereizt. »Du bist manchmal so verdammt bevormundend. Ich bin nicht mehr zehn. Du musst mich wirklich nicht mehr wie ein Kind behandeln. Ich brauche deinen ständigen Schutz nicht, Jack. Das schnürt mir die Luft ab.« Sie stampft mit dem Fuß auf, ziemlich ähnlich wie Dolly, wenn ihr etwas nicht passt. Sie dreht sich zu mir um, als sie das Pony losmacht und davongeht, während Dolly neben ihr hertrottet, und ruft mir über die Schulter hinweg zu: »Tut mir leid, Tessa, aber er regt mich manchmal furchtbar auf.«

»Tess, hast du das gesehen?«, fragt Jack. »Wie hat sie das geschafft?«

Sie hat ein Händchen für Tiere, denke ich, so wie ihr Bruder. Ein köstlicher Schauer des Verlangens rieselt mir über den Rücken. Und Jack hat auch ein Händchen für Frauen …

KAPITEL 10

Einsame Herzen

Eines Morgens bin ich mit Tia und Teddy wieder im Otter House. Langsam habe ich das Gefühl, mehr Zeit beim Tierarzt zu verbringen als damals, als ich noch als Tierarzthelferin gearbeitet habe.

»Hi, Tessa. Können Sie nicht ohne uns?«, scherzt Maz, als sie mich in den Behandlungsraum ruft. »Wie ich hörte, war Ihr Tag der offenen Tür ein voller Erfolg. Mehrere meiner Klienten haben mir davon erzählt.«

»Wir haben ein bisschen Geld eingenommen, aber keine Tiere vermittelt. Wer würde allerdings schon Teddy und die arme alte Tia nehmen wollen?« Sie hat eine Mittelohrentzündung, zusätzlich zu allem anderen, und wenn sie den Kopf schüttelt, hinterlässt sie eine Spur von braunen Spritzern an den frisch getünchten Wänden. Zuerst dachte ich, es wäre Bratensoße. Mit ihr zu kuscheln ist, als würde man mit einem viel geliebten, aber etwas schmuddeligen Teddybären schmusen.

»Ich weiß nicht, was ich mit ihr machen soll.« Ich streichle sie, während sie zitternd auf dem Behandlungstisch steht.

»Erst mal machen wir ihr das Ohr sauber. Es wird schon jemand vorbeikommen. Geben Sie ihr Zeit.« Maz gibt Tia einen Kuss auf den Kopf. »Macht es ihr etwas aus, im Zwinger zu sein?«

»Sie hasst es. Ich habe noch nie einen so deprimierten Hund gesehen. Sie hat mir so leidgetan, dass sie jetzt mit Buster im Bungalow lebt, der nichts gegen ihre Anwesenheit hat, da sie keinerlei Bedrohung für ihn darstellt.« Ich grinse. »Ich werde mein Mitgefühl jedoch einschränken müssen, sonst leben irgendwann so viele Hunde im Haus, dass ich selbst in einen der Zwinger ziehen muss.«

»Haben Sie schon mal daran gedacht, ein ›Golden-Oldie‹-Angebot zu machen? Das hieße, dass Talyton Animal Rescue einen Teil ihrer Tierarztkosten zahlt, wenn sie jemand aufnimmt, denn diese werden mit der Zeit immer mehr werden. Vielleicht ist dann eher jemand bereit, sie zu sich zu holen«, sagt Maz, während sie in Tias Ohr schaut und es dann behutsam säubert.

»Einen Versuch wäre es wert. Ich werde eine Aufstellung über die zu erwartenden Langzeitkosten machen, wenn wir sie in der Schutzstation behalten, und diese mit dem Zuschuss zu ihren Tierarztkosten vergleichen.«

Maz gibt Ohrtropfen in Tias Ohr und massiert es einen Moment lang. Als sie damit aufhört, schüttelt Tia den Kopf und bedeckt Maz' Pfotenabdruck-Top mit gelben Spritzern.

»Na, das hätte man kommen sehen können.« Maz kichert. »Ich hätte ihren Kopf ein wenig länger festhalten sollen. Geben Sie ihr die Tropfen regelmäßig für die nächsten paar Tage, und kommen Sie am Montag wieder mit ihr her.«

Vorsichtig hebe ich Tia vom Tisch.

»Wer ist der Nächste?«, fragt Maz.

»Teddy.« Ich lasse Tia durch den Behandlungsraum wandern, wo sie an den Schränken schnüffelt – wahrscheinlich auf der Suche nach Futter – und sich den Kopf an den Tischbeinen stößt, während Maz einen Blick auf Teddy wirft, der nach Abheilen seines Abszesses eine Entzündung der Haut unter seinem Hals entwickelt hat.

»Das ist fies«, kommentiert Maz. »Ich werde ihm ein Antibiotikum verschreiben, aber ich würde ihm gern ein wenig Blut abnehmen, um ihn auf FeLV und FIV zu testen, wenn es Ihnen recht ist. Wenn wir Glück haben, ist er negativ, aber ich denke, wir sollten wissen, womit wir es hier zu tun haben. Beide Viren schwächen das Immunsystem und könnten ihn unter anderem anfälliger für bakterielle Infektionen machen. Außerdem können Sie ihn nicht in ein Heim mit anderen Katzen vermitteln, falls er in einem der Fälle positiv ist, weil beide Viren durch Beißen und nahen Kontakt – gegenseitiges Putzen zum Beispiel – übertragen werden. Ich will damit jedoch nicht sagen, dass er eingeschläfert werden muss«, sagt Maz rasch. »Ich habe bereits sehr erfolgreich positiv getestete Katzen vermittelt.« Sie hält inne. »Kann ich Sie um einen Gefallen bitten, Tessa?«

»Natürlich«, sage ich und kitzele Teddy am Kinn.

»Izzy hat im OP mit einem Notfall zu tun, und unsere andere Helferin hat heute ihren freien Tag. Könnten Sie ihn vielleicht festhalten, während ich ihm Blut abnehme?«

»Solange ich ihn in ein Handtuch wickeln kann. Er neigt zu Wutanfällen.«

»Das habe ich schon bemerkt«, sagt Maz trocken. Sie zeigt mir eine Narbe an ihrem Unterarm. »Das hat er beim letzten Mal gemacht, als er wegen seines Abszesses hier war. Ich hätte vorsichtiger sein sollen. Er ist jedoch kein schlechter Kerl.«

»Als Nächstes werden Sie mir noch erzählen, dass er das macht, weil er sich unverstanden fühlt. Keine Ausreden, Teddy.« Ich wickele ihn besonders sorgfältig in ein Handtuch und drücke ihn auf den Behandlungstisch, wobei ich eine Vorderpfote frei lasse, damit Maz ihm dort Blut abnehmen kann. Als wolle er uns beide Lügen strafen, gibt Teddy sich zahm.

»Ich lasse Sie die Ergebnisse wissen, sobald ich sie dahabe.«

»Danke, Maz.«

Ich bringe Tia und Teddy zurück zur Schutzstation und frage mich, ob es uns jemals gelingen wird, auch nur einen einzigen unserer Schützlinge zu vermitteln. Ich wäre vorher nie auf die Idee gekommen, dass es alles andere als einfach werden würde. Doch die Tiere kommen mit Problemen zu uns, die sie zu unerwünschten Haustieren haben werden lassen: Busters Aggression gegenüber anderen Hunden, Tias altersbedingter Zustand und bei Teddy wahrscheinlich eine unheilbare Infektion, die sein Leben verkürzen kann.

Ich hebe ihn aus dem Van und bringe ihn zurück in den Katzentrakt, wo er auf sein Regal springt, als würde ihm nichts fehlen, und statt sich unter seinem Bett zu verkriechen, sitzt er da und blinzelt mich an. Ich beiße mir auf die Lippe. Ich kann ihn nicht zur Vermittlung anbieten, solange wir das Ergebnis seines Bluttests nicht wissen, aber ich muss etwas unternehmen, um die anderen anzubieten.

»Wie wäre es mit ›Alleinstehend, schwarz, männlich‹?«, sage ich und mache mir Notizen auf der Rückseite eines Briefumschlags, während Libby und ich später eine Kaffeepause mit Kätzchen im Büro einlegen. Libby zieht ein Kätzchen per Hand auf, das ein Gemeindemitglied vor ein paar Tagen bei uns abgegeben hat. Es ist etwa vier Wochen alt, dreifarbig, süß, aber ziemlich wild und hoch ansteckend für unsere anderen Katzen, weil es einen fiesen Anfall von Katzenschnupfen hat und deshalb isoliert in einem Käfig im Bungalow untergebracht ist. Es ist fragwürdig, dass ich überhaupt eingewilligt habe, das Kätzchen aufzunehmen – es wird ein Vermögen an Tierarztrechnungen kosten und wahrscheinlich wieder als Streuner enden, aber die andere Möglichkeit war … Na ja, das kann sich jeder denken, und das konnte ich nun wirklich nicht in Erwägung ziehen.

Als Libby die Augen und die Nase des Kätzchens säubert, miaut und windet es sich protestierend.

»Autsch! Du bist ein streitlustiges kleines Ding!«, sagt sie und betrachtet die Kratzer an ihrer Hand. »Tut mir leid, Tessa. Was hast du gerade gesagt?«

»Ich habe mich gefragt, ob wir die Anzeige mit ›Alleinstehend, schwarz, männlich‹ anfangen lassen können.«

»Kann man das so schreiben?«, fragt Libby.

»Es entspricht der Wahrheit«, antworte ich.

»Okay, und wie weiter?« Libby legt das Kätzchen in seinen Korb zurück. »Ich fürchte, ich habe keine Erfahrung mit Bekanntschaftsanzeigen oder Internet-Dating, deshalb bin ich da keine große Hilfe.«

»Hey, einen Moment mal«, tadele ich sie. »Das habe ich auch nicht, und ich ziehe es auch nicht in Erwägung.«

»Vielleicht sollte ich es mal probieren«, sagt Libby traurig. »Meine Freundinnen sind alle in festen Beziehungen. Sie verloben sich, eine ist schwanger, und ich habe das Gefühl, als würde ich gerade den Anschluss verpassen. Es gibt nicht mehr viele begehrte Junggesellen in Talyton St. George.«

Es gibt Nathan, denke ich, aber ihn würde ich nicht einmal meiner ärgsten Feindin als potenziellen Freund vorschlagen.

»Wie wäre es mit Kevin, dem Polizisten?«, sage ich zu Libby. »Ich weiß nicht, ob er in festen Händen ist oder nicht, aber er scheint mir ganz nett zu sein.«

»Für einen Mann in Uniform ist er nicht gerade ein fesselnder Anblick«, sagt sie grinsend. »Nein, wir sind mit ihm zur Schule gegangen, falls du dich daran erinnerst.«

»Tu ich nicht«, sage ich, nachdem ich mir das Hirn zermartert habe.

»Siehst du, dann war er damals schon nicht besonders unvergesslich.«

»Libby, du hast noch viel Zeit. Überstürz es nicht.« Ich halte inne. »Wo war ich noch mal?«

»Du hast eine Anzeige für Buster, unseren Hund mit sonderpädagogischen Bedürfnissen, zusammengestellt.«

»Ich weiß gar nicht, was du meinst«, nehme ich ihn in Schutz. »Er ist erstaunlich: treu und empfindsam. Das schreibe ich. Wie wäre es mit ›Alleinstehend, schwarz, männlich, attraktiv und liebevoll, mit Sinn für Humor, sucht lebenslange Beziehung zu einer Dame (vorzugsweise), keine Kinder, keine Haustiere‹? Soll ich das Alter eingrenzen?«

»Spielt Alter eine Rolle?«

»Eine ältere Dame könnte Buster möglicherweise nicht kontrollieren, wenn sie ihn an der Leine spazieren führt.«

»Das hängt aber nicht nur von ihrem Alter, sondern auch von ihrer Statur ab«, sagt Libby lachend. »Willst du auch noch reinschreiben, dass die Dame eher vollschlank sein soll? Tessa, ich glaube, du darfst es nicht so genau halten.«

»Und wie wäre es mit Tia?«, fahre ich fort. »Wie kann ich dafür sorgen, dass sie wirklich anziehend klingt? ›Übergewichtige ältere Dame mit eigenen Zähnen (noch sieben vorhanden) sucht ihren Seelenpartner …‹«

»Ich glaube, du solltest betonen, was sie durchgemacht hat, um Mitleid für sie zu erwecken, damit die Leute gar nicht anders können, als ihr ein Heim für ihre letzten Jahre anzubieten.«

»Es ist traurig, meinst du nicht? Niemand wird sich je für Tia entscheiden, wenn sie auf der Suche nach einem Hund hierherkommen, weil sie sich immer hinten im Zwinger verkriecht. Sie hasst es da drin.«

»Deshalb nimmst du sie ja auch immer mit Buster zu dir ins Haus«, sagt Libby amüsiert. »Du solltest die beiden selbst aufnehmen, Tessa.«

»Ich kann mir keinen Hund leisten, und zwei schon gar nicht. Es passt gerade ganz schlecht. Ich habe nicht das Geld, um Futter und Tierarztrechnungen zu bezahlen. Ich werde noch lange Zeit meine Schulden abbezahlen, viele Jahre, wenn es so weitergeht, vielleicht sogar Jahrzehnte.« Ich wechsle das Thema. »Und, möchtest du nun, dass ich für dich auch eine Anzeige im *Chronicle* aufgebe? Möglicherweise gibt es Mengenrabatt; drei zum Preis von zwei.«

»Niemals, Tessa.« Libby gibt vor, entsetzt zu sein.

»Bist du nun auf der Suche nach der großen Liebe oder nicht?«

»Ich suche nicht nach der Liebe an sich.« Sie wird rot. »Ich hatte gehofft, sie würde mir begegnen.«

»Du meinst, als Sonderlieferung oder so?«

»Vielleicht.«

»Du könntest es viel schlechter treffen als mit Ash«, sage ich und denke an Nathan.

»Was ist mit Dolly?«, wechselt Libby abrupt das Thema. »Weißt du, was aus ihr wird? Offiziell, meine ich.«

»Es gibt einen Streit zwischen Jack und Mr. Maddocks, der Widerspruch gegen die Beschlagnahme eingelegt hat.«

»Wie kann das denn sein?« Libby treten die Tränen in die Augen, und ihre Unterlippe zittert. »Wie kann es sein, dass man sie rettet und sie dann in eine Situation bringt, wo jeder mit genügend Geld sie mitnehmen kann?«

»Es ist nicht meine Entscheidung, Libby. Das Gericht muss entscheiden, ob die Beschlagnahme gerechtfertigt war oder ob Jack genügend Beweise hat, um Mr. Maddocks wegen Verstoßes gegen das Tierschutzgesetz zu belangen.«

Jack hat sich nicht an das Protokoll gehalten, was zum Teil mein Fehler war, denke ich mit einem Anflug von schlechtem Gewissen. Wenn ich ihm gegenüber meine Gefühle für das Pony nicht so deutlich gezeigt hätte, hätte er sich vielleicht die Zeit genommen, den Papierkram besser vorzubereiten.

»Ich lasse nicht zu, dass sie gegen Höchstgebot verkauft wird«, sagt Libby mit dumpfer Stimme. »Niemals.«

»Vielleicht haben wir keine Wahl.« Plötzlich fühle ich mich erschöpft, denn Libby hat recht. Dolly gegen Höchstgebot zu verkaufen wäre ein Hohn. Es widerspricht allem, was wir hier in der Schutzstation tun. Wir dürfen es nicht zulassen, aber was können wir tun? »Ich werde mein Möglichstes tun, damit sie nicht verkauft wird«, fahre ich fort, »aber sie kann nicht für immer hierbleiben. Es wird andere Ponys geben.«

»Dolly ist etwas Besonderes«, sagt Libby.

»Alle unsere Schützlinge sind etwas Besonderes«, entgegne ich. »Weißt du, das Beste, was du tun kannst, ist, weiter mit ihr zu arbeiten, damit sie lernt, den Menschen wieder zu vertrauen. Das wird ihre Chancen, ein gutes Heim zu finden, deutlich erhöhen.« Ich habe gemischte Gefühle gegenüber Dolly während ihrer ganzen Zeit bei uns, aber ich würde gerne sehen, dass sie irgendwo gut untergebracht wird – nicht nur ihretwegen, sondern auch wegen Libby.

Ich setze die Anzeigen, die ich entworfen habe, in die Bekanntschaftsanzeigen-Rubrik des *Chronicle*, und Ally schreibt einen Artikel mit Fotos von Buster und Tia.

Buster entwickelt sich prächtig. Seit dem Vorfall mit Libby hat er niemanden mehr angeknurrt. Alles, was er jetzt will, ist jemand, der ihn liebt, und ich tue mein Möglichstes, um ihm eine Chance zu geben. Ich halte die Angaben auf seiner Karteikarte auf dem neuesten Stand, und wenn ich Besucher zu den Zwingern führe, bleibe ich immer stehen und verbringe ein paar Minuten bei ihm und rede über seine Tugenden: wie gerne er im Wald spazieren geht (angeleint, denn er weigert sich, auf Rufen zu hören); wie sehr er es liebt, nachts am Fußende des Bettes zu schlafen, was in kalten Winternächten von großem Vorteil sein kann (einige Besucher mögen das, andere wieder nicht); wie er das Wort »Keks« in jeder normalen Unterhaltung heraushört (und dann anfängt, auf den Teppichboden zu sabbern) und wie er seinen Napf herumschleppt, wenn er Futter haben möchte. Ich versuche, so vielen Leuten wie möglich die richtige Mischung aus hündischer Intelligenz und Klugheit zu vermitteln, doch niemand will ihn haben. Genauso wenig Tia.

Es ist ein Montagmorgen Anfang Juli. Früher, als ich noch in der Tierarztpraxis gearbeitet habe, mochte ich

Montage nicht. Entweder war ich von der Arbeit mit dem Bereitschaftsarzt erschöpft, oder ich war am Wochenende mit Katie durch die Kneipen gezogen, und unweigerlich war der Montag der stressigste Tag, da unsere Klienten auf den Wochenanfang gewartet hatten, um mit ihren Tieren vorbeizukommen, weil sie den Tierarzt am Wochenende nicht hatten stören wollen oder – in einigen Fällen – um die Gebühr für den Bereitschaftsdienst zu sparen. Sie verstanden nicht, dass diese Gebühr nicht davon abhing, wann sie einen Notfalltermin in Anspruch nahmen, sondern daran, wie sehr sie den Tierarzt damit ärgerten. Ich erinnere mich überhaupt bloß an einen Arzt, der sich besonders darüber aufregte, wenn jemand einen Termin haben wollte, wenn er gerade etwas essen wollte. Seine schlechte Laune war umgekehrt proportional zu seinem Blutzuckerspiegel.

Hier in der Schutzstation ist es anders. Ich bin allein, was an und für sich toll ist, es sei denn, ich habe wieder das Gefühl, dass mich jemand beobachtet. Es kommt inzwischen regelmäßig alle drei oder vier Nächte vor, und ich bin froh, dass ich Buster habe. Das andere, was ich an meiner Arbeit hier mag, ist die Tatsache, dass ich der Boss bin. Es gibt niemanden, der mir sagt, was ich tun soll und wann ich es tun soll, außer – ich lächle in mich hinein – die Vogelküken. Sie sind immer noch ziemlich anstrengend und zwitschern die ganze Zeit. Ein bisschen erinnern sie mich an Katie, die die Freuden von Twitter für sich entdeckt hat und Hunderten von Prominenten folgt, als kenne sie sie persönlich. Ich wünschte, ich hätte die Zeit, aber wenn ich sie hätte, würde ich sie nicht so verschwenden.

Es ist ein warmer, sonniger Tag, deshalb suche ich mir ein paar Aufgaben im Freien, die erledigt werden müssen: Ich leere Dollys Tränke aus und schrubbe sie sauber, entferne alle Algen und Schnecken und fülle sie mit frischem Wasser. Ich lasse den Schlauch an, während ich ein paar Nägel in den Zaun neben dem Gatter schlage, wo Dolly die Bretter eingedrückt hat, um an das längere Gras auf der anderen Seite zu kommen. Als ich mich zu der Tränke umdrehe, hat Dolly das Ende des Schlauchs zwischen die Zähne genommen, nickt mit dem Kopf und verspritzt das Wasser überall.

»Dolly!« Lachend gehe ich zu ihr rüber, um ihr den Schlauch abzunehmen. Sie lässt ihn fallen und schlägt nach mir aus. »Du bist ein merkwürdiges Pony«, sage ich leichthin mit Blick auf ihr glänzendes Fell und das Fleisch, das ihre Rippen und ihre Kruppe bedeckt, und auf die Größe ihres Bauchs. »Wann wirst du endlich kapieren, dass wir auf deiner Seite stehen?«

Mein Handy klingelt, als ich das Schlauchende wieder in die Tränke stecke. Es ist Maz, die wissen will, ob wir eine streunende Katze aufnehmen können. Ich sage ihr, dass Jack sie morgen abholen wird, und bringe sie über Teddy auf den neuesten Stand, der – wie sich herausstellte – FIV-positiv ist, was erklärt, warum er gegenüber anderen Infektionen so anfällig ist. Es mindert außerdem seine Vermittlungschancen, weil er nur noch als Einzelkatze ohne Freigang vergeben werden kann. Wendy schickt mir sofort nach meinem Gespräch mit Maz eine SMS, in der sie mir mitteilt, sie werde die Mittagsrunde der Vogelküken übernehmen und mit den Hunden spazieren gehen, und zur selben Zeit fährt ein Auto vor, das ein weiteres Tier bringt, welches ein Zuhause braucht.

Die Frau, die es bringt, stellt sich als Yvonne vor. Sie arbeitet mit Libby im Co-op. Ich bitte sie in unseren

Empfangsbereich, wo sie das zerknüllte Toilettenpapier auf dem Boden einer Abwaschschüssel auseinanderklaubt und ein winziges Vogelküken zum Vorschein kommt. Es hat einen gelben Schnabel, weiche Daunen und stummelige Flügel- und Schwanzfedern mit Streifen, die sich gerade erst bilden.

Obwohl mein Kopf sagt: Oh nein, nicht noch eins!, schmilzt mir das Herz.

»Es ist eine Mehlschwalbe«, erklärt Yvonne und erspart mir damit die mögliche Peinlichkeit, einen Tipp abzugeben. »Die Eltern hatten ein Nest hoch oben im Giebel unseres Hauses gebaut. Ich kam gerade vom Einkaufen nach Hause, als ich das Nest mit dem kleinen Kerl hier auf der Terrasse fand. Anfangs hielt ich ihn für tot. Er war kalt und nass, aber als ich ihn hochhob, hat er sich bewegt. Ich habe geglaubt, er würde ohnehin sterben, und ich dachte daran, meinen Sohn zu bitten, ihn … na ja … Aber dann habe ich das nicht über mich gebracht, deshalb habe ich ihn in einer Kiste auf den Heißwasserspeicher gestellt, und nach einer halben Stunde hat er nach Futter gebettelt.

Mein Sohn hat im Internet nachgesehen, womit wir ihn füttern können, und meine Tochter hat auf ihrem Heimweg vom Stall Mehlwürmer und Katzenfutter gekauft, und dann haben wir uns abgewechselt, ihn tagsüber von sechs Uhr morgens bis abends um neun alle ein, zwei Stunden zu füttern. Ich hoffe, das war richtig.«

»Es sieht aus, als hätten Sie einen tollen Job gemacht. Normalerweise hätte ich nicht erwartet, dass ein so junges Tier ein solches Trauma überlebt. Es wird eine Weile dauern, bis er stark genug ist, um zu fliegen.« Ich nehme ihn in die Hand, um ihn zu untersuchen, und er legt den Kopf in den Nacken und öffnet weit den Schnabel.

»Deshalb bringe ich ihn auch zu Ihnen«, fährt Yvonne fort. »Er hat ständig Hunger. Zuerst hielt ich ihn für süß, aber inzwischen bestimmt er mein ganzes Leben. Als ich am Freitag zur Arbeit bin, habe ich ihn mitgenommen, weil ich Angst hatte, er würde sonst verhungern. Mein Boss hat mir ein Ultimatum gesetzt, und da ist mir klar geworden, dass ich nicht länger seine Pflegemutter sein kann.«

»Ich weiß genau, wovon Sie reden«, sage ich lächelnd. »Wir haben bereits ein paar Babys hier: Blaumeisen, die bald freigelassen werden können, Amseln, Spatzen und ein Rotkehlchen, er wird also nicht allein sein. Kaum sind wir mit dem Füttern fertig, haben sie schon wieder Hunger.«

Yvonne erwidert mein Lächeln. »Ich hoffe, Sie haben genug Hilfe.«

»Wir suchen immer Freiwillige«, sage ich hoffnungsvoll.

»Ich kann leider nicht. Ich bringe mich schon bei den Pfadfindern ein – ich bin Gruppenleiterin bei den Wölflingen.«

Einen Versuch war es wert, denke ich, als ich den Vogel zurück in die Schüssel setze, wo er sofort unter das Toilettenpapier kriecht. Bisher habe ich von jedem, den ich gefragt habe, eine Absage bekommen.

»Ich habe so viel genommen, weil ich nicht wollte, dass er sich auf der Fahrt hierher noch verletzt«, sagt Yvonne.

Ich fülle, soweit es geht, ein Aufnahmeformular aus und bitte sie darum, mir offiziell die Mehlschwalbe zu übergeben.

»Sie können seinen Namen in das Feld eintragen. Er heißt Wladimir – nach Klitschko, dem Boxer. Wir haben ihn so genannt, weil er einfach nicht aufgibt, obwohl es einen Moment gegeben hat, in dem ich hoffte, er würde es tun«, fährt sie gut gelaunt fort. »Ich bin zwanzig Meilen gefahren, um ihn hierherzubringen, das macht vierzig Meilen hin und zurück, ich füttere den kleinen Scheißer seit vier Tagen, und die ganze Zeit stehe ich unter seinem Bann. Er ist das Erste, woran ich denke, wenn ich aufwache, und das Letzte, wenn ich zu Bett gehe … wenn ich überhaupt schlafe«, räumt sie ein. »Ich mache mir die ganze Nacht Sorgen um ihn und frage mich, ob er am nächsten Morgen noch lebt. Ich dachte, es wäre schlimm, ein Baby zu haben, aber ein Küken ist ja noch viel zeitaufwendiger, meinen Sie nicht auch?«

»Ich weiß nicht – ich habe keine Erfahrung mit Säuglingen.« Ich verspüre einen Anflug von Bedauern, dass ich eine alleinstehende Frau ohne Aussicht auf einen festen Freund bin, geschweige denn auf ein Baby, als Yvonne sich noch einmal bei mir bedankt und fragt, ob sie in Verbindung bleiben kann, um zu erfahren, ob Wladimir es schafft. Ich gebe ihr eine Karte mit einem Verweis auf die Aufnahmenummer des Vogels.

Während meines Morgenspaziergangs mit Buster rufe ich Katie an, um mit ihr zu plaudern. Sie hat fünf Minuten Zeit zwischen zwei Gesichtsbehandlungen.

»Ich nehme an, du kannst heute Abend nicht mal für eine Stunde oder so vorbeikommen, um mir zur Hand zu gehen? Es ist bloß so, dass ich gerade eine Runde Fütterung der Vogelküken hinter mir habe und sie schon wieder ihre nächste Mahlzeit verlangen. Bitte, Katie. Ich hole auch eine Pizza und eine Flasche Wein aus dem Co-op.«

»Es tut mir leid«, sagt sie, »aber ich gehe heute Abend aus. Und ehe du fragst: Es ist kein Date. Ich treffe mich mit einer Freundin auf einen Drink.«

»Jemand, den ich kenne?«

»Eines der Mädels hier aus dem Salon; sie hat eine schwierige Zeit mit dem Boss. Er schikaniert sie, und ich habe ihr gesagt, dass sie sich das nicht gefallen lassen muss. Sie will mit mir besprechen, was sie tun kann.«

»Oh, okay.« Ich lächle vor mich hin. »Du wirst noch zur guten Samariterin.«

»Ich könnte heute Nachmittag für ein paar Stunden vorbeikommen, wenn dir das was hilft. Heute ist mein halber freier Tag.«

»Das wäre ganz toll. Danke! Ich muss irgendwann noch ein bisschen Hundefutter besorgen, aber ich richte es so ein, dass ich vor drei Uhr zurück bin.«

Ich füttere alle Jungvögel und fahre mit einer Einkaufsliste mit dem Van los: Katzenfutter und Streu, Hundefutter, Mehlwürmer, Diätfutter für Tia, Desinfektionsmittel – Talyton Animal Rescue sollte Anteile an der Firma halten –, Pellets und einen Sack Karotten für Dolly. Ich kaufe alles, was wir brauchen, bei *Overdown Farmers*, ehe ich durch die Stadt zurückfahre, auf die Brücke über den Fluss, wo ich einen Mann in Anglerstiefeln erblicke. Er steht bis zu den Oberschenkeln im Wasser, und sein blondes Haar schimmert in der Sonne. Es ist Jack.

Spontan biege ich direkt hinter der Brücke auf den Schotter ab und parke den Van neben dem Land Rover, den Jack hier abgestellt hat. Ich springe heraus und laufe über den Dorfanger. Am Flussufer bleibe ich stehen. Mit dem Rücken zu mir stemmt sich Jack, nur mit einer blauen Weste bekleidet, gegen die Strömung. In der einen Hand hält er einen Schwanenhaken, und mit der anderen treibt er einen Schwan durch das Schilf am Flussufer. Der Schwan, ein erwachsenes Tier, ist eindeutig krank. Schwach paddelt er durch die Strömung, den

Kopf tief über seinem Rücken, bloß ein paar Meter von Jack entfernt und gerade so außerhalb seiner Reichweite, während ein paar Spaziergänger von der neuen Brücke aus zusehen, der Fußgängerbrücke ein Stückchen flussabwärts.

Jack watet tiefer in den Fluss hinein und verfolgt den Schwan. Er fängt an, langsam auf ihn zuzudriften, woraufhin Jack mit dem Haken nach ihm greift. Obwohl er geschlagen scheint, hat der Schwan noch jede Menge Widerstandskraft. Er streckt den Hals und schlägt mit den Flügeln. Das Wasser spritzt auf, als er sich wegkämpft und sich wieder knapp außerhalb von Jacks Reichweite auf dem Wasser niederlässt.

Jack wartet ab, ehe er einen zweiten und dann einen dritten Versuch unternimmt. Beim vierten Mal gelingt es ihm mit einem geübten Schwung des Hakens, den Hals des Schwans einzufangen, der zischend vor Ärger und Furcht wegzufliegen versucht. Dieses Mal zieht Jack den Schwan an sich heran, bis er mit den Händen seinen Hals packen kann, ihn auf seinen Körper drückt, um seine Flügel niederzuhalten, ehe er ihn aus dem Wasser hebt, ihn sich unter den Arm klemmt und ihn unter dem Applaus der Zuschauer ans Ufer bringt.

»Guter Fang, Jack!«, rufe ich.

Er schaut auf und lächelt, und mein Herz gerät ins Stocken, als er in seinen Anglerstiefeln das Ufer erklimmt. Ich versuche, den Blick von diesem aufwühlenden Bild abzuwenden – mir war nicht klar, dass Anglerstiefel so … unwiderstehlich sein können. Stattdessen konzentriere ich mich auf den Schwan, einen großen Vogel mit schneeweißen Federn bis auf die auf seinem Kopf, die von den Eisenablagerungen im Flussbett rötlich braun gefärbt sind.

»Hallo, Tess«, sagt Jack. Seine Armmuskeln spannen sich an, während er versucht, den Schwan im Griff zu behalten.

»Was für eine herrliche Kreatur«, sage ich.

»Meinst du mich oder den Vogel?«

Ich schaue zu Jacks Gesicht auf. Er grinst breit, deshalb glaube ich, dass er es witzig meint, aber ich werde trotzdem rot. Ich kann nicht anders. Wie der Schwan ist auch Jack herrlich – äußerlich wie innerlich.

»Du kommst gerade zur rechten Zeit«, sagt er. »Ich kann eine helfende Hand gebrauchen, um den jungen Kerl in den Sack zu befördern. Er liegt hier irgendwo – ich bin weiter durch den Fluss gewatet, als ich gedacht hatte.«

»Woher weißt du, dass es ein Kerl ist?«, frage ich, das fortwährende Zischen und Schnauben des Schwans übertönend. Es ist ein Höckerschwan, und obwohl man ihnen nachsagt, sie seien eher stumme Tiere, ist er das ganz und gar nicht. Er ist sehr wohl in der Lage, uns seine Gefühle mitzuteilen.

»Ich habe hier unten ein Schwanenpaar beobachtet. Es ist ihr erstes gemeinsames Jahr, und das Weibchen sitzt auf dem Nest ein Stückchen flussabwärts. Das hier ist der Ganter. Man erkennt das an der Größe des Höckers, dieses schwarzen Knubbels auf der Oberseite des Schnabels, der sich bis auf die Stirn hinaufzieht. Der ist bei den Männchen größer als bei den Weibchen.«

Ich gehe am Ufer entlang, um den Sack zu holen, und hebe auch Jacks Schlüssel und seine Brieftasche auf, ehe ich ihm helfe, den Schwan einzupacken.

»Das müsste reichen«, sagt Jack schließlich, als ich damit fertig bin, die Riemen an dem Sack um den Körper des Schwans festzuziehen. Ich bin abgelenkt von seiner Nähe – von Jacks, nicht der des Schwans. Sein Geruch, eine betörende Mischung aus seinem Rasierwasser und der freien Natur, versetzt mit dem erdigen Duft des Flusswassers, steigt mir in die Nase, dazu der Klang seiner Stimme dicht an meinem Ohr und die gelegentliche Berührung unserer Haut, wenn unsere Arme sich streifen, während wir den Schwan festhalten, lassen meinen Puls schneller werden.

»Was ist mit mir los?«, sage ich. »Ich meine, mit dem Schwan. Ich rede über den Schwan.«

Mir wird bewusst, dass Jack mich ansieht, eine Augenbraue fragend hochgezogen.

»Ich dachte, du wärst Tierarzthelferin?«

»Ich komme langsam aus der Übung«, sage ich, als er mir die Schwellung auf halber Höhe des Schwanenhalses zeigt. »Wofür hältst du das? Einen Angelhaken?«

»Da bin ich mir fast sicher. Ich sehe diese Art der Verletzung immer wieder, neben einer gelegentlichen Bleivergiftung und Schwänen, die in Überlandleitungen geflogen sind. Wie auch immer, ich bringe den hier direkt zu der Seevogel-Rettungsstation in Marsh. Er braucht einen Spezialisten.« Jack zögert. »Warum kommst du nicht mit und siehst dich dort einmal um?«

»Das wäre interessant, aber …«

»Es ist nicht weit, und wir könnten auf dem Rückweg kurz haltmachen und etwas essen.«

»Ich muss eigentlich zurück zur Schutzstation.«

»Tess, es ist Montag, und du hast das ganze Wochenende durchgearbeitet. Gönne dir wenigstens eine Mittagspause.«

»Willst du damit andeuten, ich solle mehr ausgehen?«, frage ich halb im Spaß.

»Äh, ja, finde ich … solange es mit mir ist.«

»Ha-ha«, sage ich gespielt überdrüssig. Er macht wieder Witze.

Jack legt den Kopf schief.

»Wie kann ich dich überreden, Tess?«

»Mit deinem natürlichen Charme?«

»Ich bin froh, dass ich in deiner Wertschätzung jetzt doch ein wenig zunehme«, gluckst er.

»Na ja, du gibst dir ja auch große Mühe, um mich mit deinen ganzen heroischen Rettungsaktionen zu beeindrucken … Das meine ich natürlich ironisch«, füge ich rasch hinzu.

»Nichts anderes würde ich erwarten.« Jack hebt den Schwan hoch, und wir machen uns im Sommersonnenschein auf den Weg zu unseren Wagen. »Und, kommst du jetzt mit?«

»Ach, ich weiß nicht.« Ich gerate wirklich in Versuchung. »Wendy macht das Mittagessen für die Jungvögel, und Katie kommt um drei, um mir zu helfen.«

»Katie?« Jacks Tonfall wird schneidend. »Dann bist du noch mit ihr befreundet?«

»Natürlich.«

»Okay.« Jack nickt nachdenklich, als ich weiterrede. »Das werden wir immer sein. Sie ist die beste Freundin, die man sich nur vorstellen kann, und was auch immer passieren wird, wir werden immer zusammenhalten. Ich weiß nicht, was ich ohne sie gemacht hätte, als …« Ich verstumme abrupt, denn ich will nicht an die Hochzeit und die Wochen danach erinnert werden, und vielleicht auch, weil ich es nicht wahrhaben will, dass ich sie in letzter Zeit nicht mehr so oft gesehen habe. Ich mache ihr deshalb keine Vorwürfe. Ich gehe voll und ganz in meiner Arbeit in der Schutzstation auf. Sie bestimmt mein Leben so sehr, dass ich mich nicht daran erinnern kann, wann ich das letzte Mal irgendwohin gefahren bin, außer nach Talyton. Wie traurig ist das denn?, denke ich und lächle still in mich hinein. Wie traurig bin ich?

»Ach, sei's drum«, sage ich. »Warum nicht? Ich komme mit dir.«

»Toll«, sagt Jack. »Nehmen wir den Land Rover oder den Van?«

Wir entscheiden uns für den Van. Jack fährt, während der Schwan auf der Rückbank vor Ärger zischt, aber er hat Glück. Als wir in der Seevögel-Rettungsstation ankommen, die sich auf einem Stück Marschland in der Nähe der Mündung des Taly River befindet, ist ein Tierarzt dort, der den Schwan umgehend betäubt und den Angelhaken und die Angelschnur aus seiner Speiseröhre entfernt. Nachdem uns versichert wurde, dass sich der Schwan mithilfe von Antibiotika und Schmerzmitteln erholen wird, ehe er in die Gesellschaft anderer Schwäne entlassen wird, bekommen Jack und ich eine Führung durch die Station, ehe wir zum Van zurückkehren und durch einen kleinen Ort namens Marsh zurückfahren, wo Jack am Pub anhält.

Das *Three Cups* ist ein typisches Landgasthaus in Devon, erbaut aus pinkfarbenem Lehm und Stroh, das zu der Farbe von Champignonlamellen verblasst ist. Eine einzelne Möwe hockt auf dem Schornstein an dem einen Ende, und ein ganzer Schwarm kreist in der Luft darüber und stößt bettelnde Schreie aus. Drinnen riecht die Luft nach kaltem Holzfeuer und echtem Bier. Es ist so düster, dass man den älteren Mann, der sich hinter dem Tresen vornüberbeugt, kaum erkennen kann. Zuerst denke ich, dass er nach etwas sucht, einem Glas oder einer Flasche vielleicht, aber er wird nicht größer, als er unsere Bestellung – einen Eimer Krabben für zwei, frisches Brot, Cola und ein Radler – entgegennimmt.

»Es ist sehr ruhig hier«, bemerke ich, als wir uns draußen hinter dem Pub an einen rustikalen Biertisch mit Blick auf den kleinen Hafen setzen. »Wo stecken alle?«

»Das hier liegt abseits der großen Touristenströme. Ich denke, es kommen hin und wieder Touristen her, die die Seevögel-Rettungsstation besuchen, aber ansonsten machen sie ihr Geschäft wohl mit den Einheimischen und den Mitgliedern des Segelklubs. Mir gefällt es.« Jack blinzelt im hellen Sonnenlicht und blickt auf das Meer hinaus. Ich folge seinem Blick und bemerke ein Paar großer, dunkler Vögel, die ins Meer tauchen und verschwinden, ehe sie in einiger Entfernung wieder an die Oberfläche kommen.

»Sind das Kormorane?«, frage ich.

Jack legt die Hand über die Augen.

»Nein, sie sind ein bisschen kleiner und schlanker als Kormorane. Das sind Krähenscharben.«

Ich nehme eine Krabbe aus der Schüssel vor uns und betrachte sie, wobei ich meine Wahl bedauere. Rosa und irgendwie unförmig mit einer harten Schale, schwarzen Augen und verschiedenen strähnigen Anhängseln sehen sie alles andere als appetitlich aus.

»Guck, so pult man sie.« Jack nimmt sie mir aus der Hand und zeigt mir, wie man das Fleisch aus der Schale pult, sodass nur noch der saftige Körper der Krabbe übrig ist, den er mir auf meinen ausgestreckten Handteller legt. »Na, los. Probier's.« Gelächter blubbert in seiner Stimme. »Es beißt dich nicht – der Kopf ist ab.«

Es schmeckt leicht salzig und süß, frisch aus dem Meer, obwohl ich immer noch denke, dass ich mich für etwas hätte entscheiden sollen, was weniger Sauerei macht, ein Sandwich mit kaltem Braten vielleicht, während mir der Saft am Kinn hinunterläuft.

Grinsend reicht Jack mir eine Papierserviette. »Und, was sagst du?«

»Sie sind köstlich«, sage ich, obwohl ich nur mit Mühe etwas essen kann. Jacks Anwesenheit nimmt mir jeden Appetit – auf die angenehmste Art –, und ich kann nicht anders, als mir vorzustellen, wie seine Lippen jetzt schmecken würden. Ich wende mich ab und blicke auf die Boote im Hafen, kleine Schlauchboote und Fischerkähne, die von der einsetzenden Flut aus ihren matschigen Ankerplätzen gehoben werden und sanft gegen den Kai schlagen. Jack hatte recht. Ich brauchte eine Pause. Und ich bin enttäuscht, als er vorschlägt, dass wir nach Talyton zurückfahren, damit er nach der Partnerin des Schwans sehen und den Land Rover abholen kann.

»Wird sie nicht sterben, wenn der Ganter ihr kein Futter bringt?«, frage ich.

»Die Schwänin sollte in der Lage sein, die Küken allein großzuziehen. Es ist schade, aber so ist es nun mal. Wir können den Ganter nicht freilassen, ehe er nicht ganz gesund ist.« Jack hält inne. »Ich behalte das Nest im Auge. Das mache ich immer, seitdem ein paar Kids vor ein paar Jahren die Eier in den Fluss geworfen haben.«

»Daran erinnere ich mich nicht.«

»Es war eine Schlagzeile im *Chronicle*«, sagt Jack leichthin. »Wir haben die kleinen Scheißer erwischt. Frank Maddocks' Sohn war einer von ihnen. Wir hätten das anzeigen können, denn Schwäne sind eine geschützte Tierart, aber sie waren Ersttäter und junge Burschen, deshalb sind sie mit einer Verwarnung davongekommen.«

»Dolly kann von Glück sagen, dass sie nicht mehr bei dieser Familie ist«, bemerke ich. »Sie hat inzwischen ein bisschen zugenommen und kommt mir sehr zufrieden vor, wenn sie so im Paddock herumstreunt, solange die Fliegen sie nicht stören. Dann holen wir sie rein.«

»Ich habe daran gedacht, sie nicht mehr den ganzen Tag grasen zu lassen«, meint Jack. »Sie wird langsam ein bisschen zu dick.«

Als wir später nach Talyton St. George zurückkehren, lasse ich Jack aus dem Van aussteigen. Er will mir noch das Schwanennest zeigen, doch obwohl ich große Lust dazu habe, lehne ich ab.

»Wir sehen uns dann später diese Woche«, sage ich zögernd und wünschte, der Tag mit Jack würde niemals aufhören. »In der Schutzstation«, füge ich rasch hinzu.

»Ich bezweifle, dass es mir gelingen wird, nicht zu kommen.« Er sieht mich lange an. Seine Augen glänzen vor … Denk nicht einmal daran, rufe ich mich selbst zur Ordnung und wende den Blick ab, um an der Einstellung des Autoradios herumzufummeln, aber es ist zu spät. Trotz meiner Entschlossenheit, es auszublenden, wusste ich es von Anfang an: Jack Miller ist mehr als nur ein bisschen in mich verliebt. Und ich in ihn.

KAPITEL 11

Hungrige Vögel

Wie fühle ich mich dabei?, frage ich mich selbst später. Aufgeregt, geschmeichelt und unfassbar glücklich, doch ich zögere, weiter vorauszublicken. Entgegen meinen Ankündigungen, für den Rest meines Lebens Single zu bleiben, genieße ich Jacks Gesellschaft, und ich kann es mir nicht vorstellen, für immer allein hier in der Schutzstation zu wohnen, die Rinden meiner Brotstreifen zwischen Buster und Tia aufzuteilen, wenn ich gekochte Eier zum Frühstück esse, und sie für zusätzliche Spaziergänge mit rauszunehmen, damit ich mich nicht jeden Abend vor dem Fernseher auf dem Sofa zusammenrolle. Ich weiß, ich sollte es nicht zulassen, dass meine Erfahrungen mit Nathan mich den Männern voll und ganz abschwören lassen, aber ich bin mir nicht sicher. Sollte ich Jack ermuntern, ihm irgendein Zeichen geben, dass ich daran interessiert bin, die Sache ein bisschen weiterzutreiben, oder wird mein Leben dadurch zu kompliziert?

Ein Teil von mir sagt: Warum sollte es beim zweiten Mal besser mit uns funktionieren? Und ein anderer Teil sagt: Warum eigentlich nicht? Aber ich zögere. Es kommt mir wie ein sehr großer Schritt vor.

»Du bist sehr still, Tessa«, sagt Katie, als wir an diesem Nachmittag die Jungvögel füttern. Ich bin mir nicht sicher, wie nützlich sie als freiwillige Helferin ist, denn als ich zurückkam, war Wendy gerade dabei, ihr zu zeigen, wie man es macht, obwohl ich mir sicher bin, dass ich es ihr schon einmal gezeigt habe. »Hat Jack dich wieder verärgert?« Sie hält einen Mehlwurm mit einer Pinzette direkt über den aufgerissenen Schnabel von Wladimir, der Mehlschwalbe. »Ich hoffe, er geht dir nicht auf die Nerven.«

»Auf die Nerven?«

Wladimir zwitschert und reckt den Hals, bis er ihn nicht mehr länger machen kann.

»Katie, konzentrier dich. Wladimir möchte sein Abendessen.«

»Oh!« Katie schaut hinab in Wladimirs Kiste. »Stimmt!« Sie lässt den Mehlwurm los und verfehlt seinen Schnabel. Stattdessen landet er auf Wladimirs Rücken, woraufhin er verärgert zwitschert.

»Versuch's mit einem neuen«, sage ich lächelnd. »Ich mache ihn nachher sauber.«

»Ich bin nicht gut mit Vögeln.« Katie zieht eine Grimasse. »Ich mag eher haarige Tiere.«

»Zum Beispiel?«, fahre ich an ihrer Stelle fort.

Sie blickt mich mit funkelnden Augen an. »Das verrate ich nicht.«

»Dann gibt es da also jemanden? Mach schon, jetzt musst du mir von ihm erzählen. Andernfalls sterbe ich vor Spannung.«

»Tessa, ich will es nicht beschreien, indem ich darüber rede.«

»Na ja, wenigstens hast du mir einen Tipp gegeben. Er hat keine Glatze.« Ich freue mich für sie. Sie hat nie ein Geheimnis daraus gemacht, dass sie sich eine feste Beziehung wünscht, und ich hatte ein schlechtes Gewissen ihr gegenüber, als ich mit Nathan zusammen war, weil ich so viel Glück hatte und sie nicht. »Er hat aber doch wohl keinen behaarten Rücken, oder? Igitt!«

Katie kichert. »Du kennst mich doch. Wenn er den hätte – und ich sage ›wenn‹, denn ich will dir keinen weiteren Tipp geben –, kann ich das schnell mit ein wenig Wachs lösen.«

»Das ist ja wohl kaum ein Tipp?« Wladimir zwitschert wieder. »Er will mehr, Katie«, sage ich und stupse sie an. »Dieser Vogel ist unersättlich.«

»Wie noch jemand, den ich kenne.«

»Der neue Mann«, kichere ich.

»Tessa, ich werde dir nichts über ihn erzählen, egal, wie sehr du versuchst, mich dazu zu überreden.«

Zu schade, denke ich. Normalerweise ist sie ebenso wild darauf, mir von ihrem Liebesleben zu berichten, wie ich es bin, etwas darüber herauszufinden.

»Er ist verheiratet. Deshalb willst du mir nicht sagen, wer es ist.« Katie streitet es nicht ab, als ich weiterrede. »Bitte, sei vorsichtig, und glaube ihm nicht, wenn er behauptet, er werde seine Frau für dich verlassen.«

»Du bist die Richtige, um über Vorsicht zu reden«, erwidert Katie. »Die ganze Zeit, die du mit Jack verbringst … Das ermutigt ihn doch bloß.«

»Vielleicht will ich das ja.« Ich nehme ihr die Pinzette ab und packe einen weiteren Mehlwurm, um Wladimir selbst zu füttern.

»Nein, das willst du nicht.« Katie zieht ihre perfekt gezupften Augenbrauen hoch. »Sieh ihn dir doch nur an.«

»Das habe ich, und er ist ganz und gar nicht übel.« Massive Untertreibung. Er ist göttlich.

Katie schaut mich an, als hätte ich nicht mehr alle Tassen im Schrank. »Du musst definitiv wieder mehr ausgehen. Heißt es nicht, dass diese ganze Arbeit Jack zu einem Langweiler macht? Jack ist von Haus aus langweilig! Er denkt immer nur daran, Tiere zu retten.«

»Und Menschen«, füge ich hinzu, als mir in den Sinn kommt, wie sehr er sich um seine Schwester kümmert und dass er als Feuerwehrmann aushilft. Ich weiß nichts über seine Fähigkeiten, ein Feuer zu löschen, denn wenn ich bei ihm bin, tut er nichts anderes, als das Feuer zu schüren. »Reicht das nicht?«

»Er geht nie irgendwohin …«

»Mit irgendwo meinst du Kneipen«, wende ich ein.

»Und er fährt diesen zerbeulten Land Rover, und er hat keine Ahnung, wie man sich kleidet und auf seine Haut achtet …« Katie hält inne. »Tut mir leid, aber als deine Freundin bin ich ganz offen mit dir, um dich davor zu bewahren, noch einen Fehler zu machen.« Ihre Miene entspannt sich zu einem freundlichen Lächeln. »Das ist dumm, nicht wahr? Wir werden uns darauf einigen müssen, dass wir unterschiedlicher Meinung sind. Geh ruhig mit Jack aus, wenn es dich glücklich macht.«

»Aber das ist es ja gerade«, sage ich. »Woher weiß ich, dass es nicht unsere Freundschaft zerstört? Die zwischen Jack und mir, meine ich.« Katie antwortet nicht, als ich fortfahre: »Ich glaube, ich würde mit ihm ausgehen – wenn er mich darum bitten würde.«

Trotz des Tags der offenen Tür und unserer kreativen Kontaktanzeigen für unsere Schützlinge füllt sich die Schutzstation über den Sommer immer mehr, wahrscheinlich weil Urlaubszeit ist und die Leute deshalb weniger bereit sind, sich ein neues Tier anzuschaffen. Wir könnten eine Erweiterung des Zwingerblocks gebrauchen oder, noch besser, einen zweiten Block, aber das alles kostet Geld – Geld, das wir einfach nicht haben, wie ich erkennen muss, als ich die laufenden Kosten zusammenzähle. Es würde natürlich helfen, wenn der Verein zustimmen würde, die nächste Tranche aus dem Fonds des Vermächtnisses auszuzahlen, aber darüber wird immer noch verhandelt. Es ist ein bisschen Geld da, aber es wird nicht ewig reichen, deshalb muss ich sichergehen, dass wir weiterhin Spenden einnehmen, um die Schutzstation am Laufen zu halten.

Es ist jedoch nicht einfach. Der Ball steht in weniger als drei Wochen an, und ich habe noch dreißig Paartickets übrig, eher wir in die Gewinnzone kommen.

»Du kommst doch mit Ash zum Ball, Libby, oder?«, frage ich sie, als wir zusammen im Büro sitzen, Papierkram erledigen und eine Liste von Tiernahrung und Medikamenten machen, die ich für die nächsten Wochen bestellen muss. Libby soll eigentlich einige Hausbesuche für mich vereinbaren.

»Ich warte noch darauf, dass er mich fragt«, sagt sie und wird rot.

»Das ist aber eine ziemlich altmodische Sicht, meinst du nicht?«, antworte ich. »Warum fragst du ihn nicht? Der Ball ist vorbei, bis Ash dazu kommt, dich zu fragen.« Er ist nett, damit mich hier niemand falsch versteht, aber obwohl er ein ziemlich fröhlicher Postbote ist, ist er auch ziemlich langsam. An manchen Tagen kommt unsere Post erst nach drei Uhr nachmittags.

»Ich kümmere mich drum«, sagt Libby, doch ich erkenne am Ton ihrer Stimme, dass sie es nicht tun wird.

Ich klicke mit der Miene meines Kugelschreibers herum und drohe, selbst mit Ash zu sprechen, falls Libby es nicht tut, obwohl mir auffällt, dass das ziemlich scheinheilig von mir ist, denn ich habe auch noch nicht den

Mut gefasst, Jack zu fragen, ob er mein Partner für den Ball sein will. Ich nehme an, er hat mich nicht gefragt, weil er Angst vor einem Korb hat.

Ich nehme meinen Block zur Hand und wechsle das Thema. »Übrigens, wir bekommen heute noch einen Hund, der einen Zwinger braucht, weil ein junges Paar beschlossen hat, nicht mit einem Hund und einem Neugeborenen zurechtzukommen. Was haben die Leute eigentlich?«

»Manchmal kannst du ganz schön voreingenommen sein«, sagt Libby gut gelaunt. »Warte nur ab, bis du selbst Kinder hast, dann werde ich dich daran erinnern.«

»Keine Chance, dass ich jetzt Kinder bekomme«, erwidere ich defensiv, weil es mich an Nathan erinnert und an sein Versprechen, dass wir eine Familie gründen würden.

»Das wirst du«, sagt Libby. Ihre Augen funkeln amüsiert. »Und, was willst du jetzt mit dem Hund machen?«

»Ich weiß nicht.« Ich vergrabe das Gesicht in den Händen. Sie riechen ein bisschen nach Hund, obwohl ich mir mehrmals die Hände gewaschen habe, nachdem ich Tia gebürstet und ihre Ohren gesäubert habe. »Möglicherweise muss ich ihn abweisen.« Ich stoße ein langes Seufzen aus. »Manchmal hasse ich diesen Job.«

»Tierrettung wird immer so sein«, sagt Libby weise. »Man muss akzeptieren, dass es eine Grenze dessen gibt, was man tun kann. Es wird immer zu viele Tiere geben, die Hilfe brauchen.«

»Aber es ist so traurig – und macht die Seele kaputt.«

»Es ist ein kleiner Hund. Vielleicht könnte er eine Katze ehrenhalber werden«, schlägt Libby vor.

»Den Katzen würde es nicht gefallen.« Ich schaue auf

die andere Seite des Büros zu dem großen Hundekäfig in der Ecke, wo das wilde Kätzchen sich allmählich vom Katzenschnupfen erholt und ziemlich zahm wird. Wir haben sie Towie getauft, und ich glaube, wir haben große Chancen, sie zu vermitteln, statt sie wieder raus zu den anderen verwilderten Katzen zu lassen, die in der Umgebung der Schutzstation leben. Das heißt, wenn wir es uns leisten können, dass der Tierarzt ihr Auge behandelt, und damit meine ich, dass er es herausnimmt.

Im Augenblick scheint es sie nicht zu stören, denn sie spielt mit einem zusammengeknüllten Blatt Papier, robbt seitlich mit hocherhobenem Klobürsten-Schwanz durch den Käfig, ehe sie sich duckt, bereit, zuzuschlagen und zu töten.

»Oder er könnte ein Pony ehrenhalber werden, wenn wir ihn zu Dolly in den Paddock tun«, fährt Libby fort, der die Idee langsam gefällt. »Was ist es für ein Hund?«

»Ein Zwergchihuahua.«

»Ah, das klingt aber süß.« Libby hält inne. »Könntest du ihn nicht mit Buster und Tia im Haus halten?«

»Daran habe ich auch schon gedacht. Aber Buster käme mit einem anderen männlichen Wesen im Haus nicht zurecht.«

»Das könnte in der Zukunft etwas unangenehm werden, um es milde auszudrücken, es sei denn, du sprichst von Rüden und nicht von männlichen Wesen generell. Busters Anwesenheit könnte böse Folgen für dein Liebesleben haben.«

»Ich habe kein Liebesleben«, sage ich rasch. »Wirklich nicht, und ich will auch keins.«

»Ich glaube, du protestierst zu sehr.« Libby legt den Kopf schief – ein bisschen wie Tia, wenn sie darauf spekuliert, dass man ihr einen Hundekeks zuwirft. »Es ist mir nicht entgangen, dass du in letzter Zeit ziemlich viele schöne Stunden mit meinem großen Bruder verbringst.«

»Sehr witzig.« Ich sollte sie nicht ermutigen. Ich kehre zu unserem Hundeproblem zurück. Er mag zwar nicht größer sein als eine Teetasse, aber er ist und bleibt ein Hund, und er braucht einen Ort, an dem er leben kann, und ich kann ihn nicht zu einem unserer anderen hündischen Gäste in den Zwinger packen, falls sie zu wild mit ihm spielen. »Ich rufe Wendy an, um herauszufinden, ob sie nicht vielleicht doch noch einen Pflegehund aufnehmen kann.«

Diesem Anruf sehe ich mit einer gewissen Beklommenheit entgegen, denn Wendy und ich haben seit unserem dummen Streit um das gespendete Hundefutter nicht mehr miteinander gesprochen. Ich habe keinen Ärger mit irgendeinem Mitglied des Komitees. Tatsächlich sehe ich nur zu deutlich, warum sie sauer sind. Es hätte eine mehrheitliche Entscheidung sein sollen, mich für diesen Job einzustellen, nicht allein Fifis.

»Tut mir leid, Tessa, aber Sie verstehen hoffentlich meine Lage«, sagt Wendy, als ich ihr meine Bitte vortrage.

»Können wir nicht im Interesse des Hundes unsere Differenzen beilegen?«, frage ich leise.

»Oh, darum geht es gar nicht. Ich bin voll. Ich habe keinen Platz mehr im Inn, und ich komme gerade mal mit denen zurecht, die bereits hier sind. Letzte Woche habe ich eine Hündin vermittelt, aber sobald sie weg war, ist ein anderer Hund nachgerückt.«

»Sie haben nicht vielleicht doch noch Platz für einen?«, bettele ich. »Es ist ein winziger Chihuahua.«

»Ein großer Hund im Körper eines kleinen«, bemerkt

Wendy. »Ich glaube nicht, Tessa.« Ich kann am Tonfall ihrer Stimme hören, dass sie wie jeder echte Hundeliebhaber bereits schwach wird. »Können Sie nicht noch ein, zwei Wochen warten, bis einer der anderen vermittelt ist?«

»Ich glaube nicht. Der Besitzer sagte uns bereits, er würde uns zur Verantwortung ziehen, wenn der Hund ihr Neugeborenes frisst, ehe ich jemanden finde, der bereit ist, ihn aufzunehmen.«

»Wie lächerlich ist das denn!«

»Ich weiß, aber ich glaube, er ist wirklich zutiefst verärgert und beschämt, dass er den Hund loswerden muss. Wahrscheinlich hat er ihn sehr gern.«

»Ich nehme an, er braucht nicht viel Futter oder Platz auf dem Sofa, und ich muss wahrscheinlich auch nicht lange mit ihm spazieren gehen – bei den kurzen Beinchen.«

»Dann nehmen Sie ihn also?«

Eine lange Pause entsteht.

»Das habe ich nicht gesagt.« Ich kann sie lächeln hören, als sie ein selbstironisches Seufzen ausstößt. »Ich bin so ein Weichei, nicht wahr? Tessa, sagen Sie den Leuten, wenn sie bis nächste Woche warten könnten, wäre das perfekt. Wenn nicht, quetsche ich ihn noch rein.«

»Ich will sehen, ob ich sie für ein paar Tage vertrösten kann«, sage ich und bedanke mich. »Was würde ich ohne Sie nur tun, Wendy?«

»Es tut mir leid, dass ich Ihnen auf die Nerven gegangen bin«, sagt sie. »Ich habe genug von den Streitigkeiten und dem Rumgezicke, das gerade abläuft. Sie machen einen tollen Job, und es ist höchste Zeit, dass wir damit aufhören, Partei zu ergreifen, und zugunsten der Tiere zusammenarbeiten.«

»Das ist nett zu hören. Danke.«

»Leider gibt es noch Mitglieder des Komitees – und ich nenne keine Namen«, obwohl ich mir denken kann, um wen es sich dabei handelt, »die sich nicht davon überzeugen lassen, ihre Meinung zu ändern.«

»Tja, ich wünschte, dem würden alle zustimmen«, sage ich. »Ich melde mich bald wieder wegen des Hundes.«

Es ist zu spät, die Besitzer zu vertrösten. Wie die junge Mutter sagt, während das Baby im Hintergrund schreit, ist ihr Mann mit dem Hund namens Mad Max bereits auf dem Weg zur Schutzstation. Ich beende das Telefonat und rufe Wendy zurück, um mit ihr zu besprechen, dass ich ihn später zu ihr bringe.

Der Hund ist mit einem T-Shirt bekleidet und hat einen eigenen Schrank mit auf Bügeln hängenden Kleidern, zwei Paar Stiefeletten und drei mit Glitzersteinen besetzten Halsbändern und Leinen. Als der Mann ihn bei mir abgibt, weint er.

»Ich will das nicht tun. Es fühlt sich wie der schlimmste Verrat an, aber meine Frau ist unnachgiebig, und sie hat eigentlich auch recht … es ist am besten so«, wiederholt er, als versuche er sich selbst davon zu überzeugen. »Das Baby schreit die ganze Nacht vor Bauchweh, und wir sind beide erschöpft.« Er küsst den Hund mehrmals, und als er sich endlich dazu durchringt, ihn bei mir zu lassen, weine auch ich.

Ich bringe Max am Nachmittag zu Wendy, nachdem ich Libby nach Hause gefahren habe. Ich fahre den Van, weil Jack auf einer Fortbildung ist, und Max winselt die ganze Zeit. Als ich an der Kirche in Talyton St. George vorbeikomme, stelle ich fest, dass ich zwar noch an die Hochzeit und Nathan denke, doch nicht mit demselben Schmerz wie früher.

Wendys Haus, ein eindrucksvolles edwardianisches Gebäude mit Kieselmosaikfassade, liegt in einer Straße im älteren Teil des Ortes, und noch ehe ich mit Max auf dem Arm die Auffahrt hinauflaufe, weiß ich, dass ich am richtigen Ort bin, denn eine Kakophonie bellender Hunde stürmt auf meine Ohren ein.

Wendy öffnet die Tür wenige Zentimeter.

»Zurück, ihr Viecher! Oh, jetzt seid doch endlich still! Wie oft muss ich euch denn noch sagen, dass es nicht der Postbote ist?«

Die Tür schließt sich und öffnet sich wieder, um mich hereinzulassen. Wendy, in sommerlicher Gassigeher-Kleidung – eine weite Bluse und eine Baumwollhose mit Blumenmuster –, bittet mich ins Wohnzimmer im vorderen Teil des Hauses. Es ist ausgesprochen schäbig, und der Geruch nach faulen Eiern hängt in der Luft. Überall sind Hunde. Sie sitzen auf den Möbeln, einschließlich einem hochnäsig aussehenden Afghanen, zwei Labradormischlingen, einem Dobermann und drei Terriern. Decken und Überwürfe liegen auf dem Sofa und den Sesseln, und verschiedene Gummispielsachen und Gummiknochen liegen auf dem fadenscheinigen Teppich verstreut.

»Nehmen Sie doch Platz, wenn Sie irgendwo ein freies Plätzchen finden. Runter, Hunde! Runter da!« Wendy schlägt mit den Armen. Der Dobermann kommt herüber, um sich den Neuankömmling genauer anzusehen, aber der Rest bleibt, wo er ist. Wendy hebt einen Terrier hoch und setzt ihn sanft auf dem Fußboden ab. Gleich will er wieder hinaufspringen.

»Nein, Gary!«, ruft sie, doch er nimmt keine Notiz von ihr und setzt zum Sprung an.

»Machen Sie sich keine Umstände. Ich kann ohnehin nicht lange bleiben. Wo wollen Sie, dass ich ihn hinsetze?«, frage ich und nicke in Richtung des Hundes, der sich, zitternd und die Augen verdrehend, auf meinem Arm verkriecht.

»Lassen Sie ihn runter – ich denke, er kann alleine stehen.«

Ich stelle ihn ab, und dort bleibt er stehen, den Körper tief auf den Boden gedrückt und den Schwanz zwischen die Hinterbeine geklemmt.

»Ich befürchte, er ist ziemlich verhätschelt«, bemerke ich. »Ich habe seine Garderobe hinten im Van.«

»Hunde sollten Hunde sein dürfen. Ich halte nichts von diesen ganzen Kleidchen und davon, Hunde so zu behandeln, als wären sie ein Kinderersatz, aber viele Hündchen haben heutzutage Mäntel.«

»Nein, ich meine eine Garderobe: eine Kiste mit Türen und einer Kleiderstange für seine Kleidung. Ich bringe sie Ihnen rein.« Ich werfe einen Blick auf die Hunde auf dem Sofa und den Sesseln und lächle stumm in mich hinein. Wendy verhätschelt ihre hündische Pflegefamilie auch, bloß auf andere Art.

»Ziehen Sie ihm dieses T-Shirt aus, Tessa«, sagt sie. »Es ist ihm peinlich.«

Ich nehme es ihm ab und werde mir bewusst, dass ich in einem Meer aus Hundehaaren auf dem Boden hocke, ehe ich einen Schritt zurück mache und zusehe, was Max tun wird. Er macht nichts, bis der Dobermann, ein riesiger schwarz-brauner Hund mit tiefliegenden Augen, zu ihm geht, um ihn zu beschnüffeln. Da stößt er ein tiefes Knurren aus. Der Dobermann nimmt sich weiter Freiheiten heraus, beschnüffelt erst das eine Ohr, dann das andere, woraufhin Max sich nicht länger zurückhalten kann, ein wütendes Kläffen ausstößt und sich mit den Zähnen an die Nasenspitze des Dobermanns hängt.

Der Dobermann schüttelt heftig den Kopf, sodass Max auf den Läufer vor dem Kamin fliegt. Unerschüttert greift Max erneut an.

»Nicht, Max!«, sage ich, denn ich sehe das Gemetzel und weitere kostspielige Besuche beim Tierarzt bereits kommen.

»Schon in Ordnung.« Wendy berührt meinen Arm. »Lassen Sie sie entscheiden, wer der Boss ist.« Sie gluckst, als der Dobermann aufjault und einen Satz zurück macht, während Max ihn mit gespreizten Beinen, hocherhobenem Kopf und Schwanz und mit gebleckten Zähnen anstarrt. »Ich nehme an, er kann auf sich selbst aufpassen. Meinen Sie nicht auch?«

Anscheinend kann er das, denn er fährt fort, durch das Zimmer zu patrouillieren und seine neue Umgebung zu erkunden, während die anderen Hunde ihn interessiert und aus respektvollem Abstand beobachten.

»Ihm wird nichts passieren«, sagt Wendy. »Die Leute werden Schlange stehen, um ihn zu bekommen. Er wird nicht lange hier sein.«

Ich denke an Buster und Tia und wünsche, ich könnte dasselbe über sie sagen, aber als ich zur Schutzstation zurückkehre, führt meine Tante, die für ein paar Stunden zum Helfen gekommen ist, ein Paar durch den Zwingertrakt. Sie stellt sie mir als Mr. und Mrs. Nelson vor. Mr. Nelson ist Ende fünfzig, während Mrs. Nelson ein paar Jahre jünger ist. Einige unserer Besucher tun sich schwer, einen Hund auszuwählen – großer Hund oder kleiner Hund? Reinrassig oder Mischling? Welpe oder ausgewachsen? –, doch die Nelsons wissen genau, was sie suchen: einen kleinen terrierähnlichen Hund, am liebsten einen Jack Russell. Doch dann ist es Buster, der ihre Aufmerksamkeit erregt.

»Können wir zu ihm rein?«, fragt Mrs. Nelson.

»Lassen Sie ihn mich für Sie rausholen«, sage ich, denn ich möchte nicht riskieren, dass Buster und Mr. Nelson sich wegen Busters Territorium ins Gehege kommen. Ich gebe ihn weiter und sehe zu, wie er ihre Hände beschnüffelt, ehe sie ihn für einen kurzen Spaziergang durch den Wald mitnehmen. Ich warte auf ihre Rückkehr und drücke die Daumen, dass das hier Busters große Chance ist.

»Wir lieben ihn«, sagt Mrs. Nelson. »Er ist nicht ganz das, wonach wir gesucht haben, aber er ist einfach entzückend.«

»Ich habe ihn sehr gern«, sage ich und verbeiße mir einen Anflug des Bedauerns bei dem Gedanken, dass ich mein Baby zur Adoption freigebe.

»Passt er hinten ins Auto?«, fragt der Ehemann. »Das ist meine einzige Bedingung.«

»Natürlich tut er das«, sagt Mrs. Nelson und wirft ihm einen Blick zu, der so viel heißt wie: Halt die Klappe! Ich will den Hund.

»Er ist wirklich nicht so groß«, wende ich ein.

»Können wir versuchen, ob er reinpasst?«, fragt der Ehemann.

»Natürlich.« Ich runzle die Stirn. Die Bitte kommt mir komisch vor, aber wenn es Buster hilft, ein gutes Zuhause zu finden …

Wie sich herausstellt, passt Buster hinten in ihr Auto, und deshalb ist Mr. Nelson damit einverstanden, dass er auch in ihr Leben passen wird. Sie gehen gern spazieren, fahren gern Rad und verbringen die Abende gern zu Hause. Sie scheinen perfekt zu sein – zu perfekt?, frage ich mich, oder suche ich bloß eine Ausrede, ihn zu behalten?

Ich vereinbare einen Hausbesuch bei ihnen in der folgenden Woche und unterdrücke meine Bedenken, während ich Buster zurück in seinen Zwinger bringe, stehen bleibe, um sein seidiges Fell zu streicheln, und er voller Hoffnung zu mir aufschaut, dass ich ihn später wieder hole, wenn ich mich ins Haus zurückziehe. Könnte ich ihn behalten?, frage ich mich kurz. Ich kann nicht einmal meinen eigenen Unterhalt bestreiten, geschweige denn den eines Hundes, und wenn ich Buster aufnehmen würde, weil ich ihn lieb gewonnen habe, was hält mich dann davon ab, auch andere aufzunehmen? Ich könnte mit einer ganzen Menagerie enden, wie einige der Tierarzthelferinnen, mit denen ich in der Praxis zusammengearbeitet habe.

»Ich glaube, du wirst es bei den Nelsons gut haben«, sage ich ihm. »Deine Zukunft hängt jetzt von dem Ergebnis des Hausbesuchs ab, aber mach dir keine Sorgen, ich werde dafür sorgen, dass du alles hast, was du brauchst, und noch mehr; ein besonderes Zuhause für einen ganz besonderen Hund.«

Ich schaue in Tias Zwinger, wo sie zusammengerollt auf ihrem Bett liegt, die Nase unter ihrem wuscheligen Schwanz versteckt. Unsere Besucher lehnen Tia fortwährend wegen ihres Alters und ihrer gesundheitlichen Probleme ab, und ich kann ihre Sorge verstehen, dass sie sie lieben lernen könnten, nur um sie kurz darauf wieder zu verlieren. Es ist, als würde man eine Großmutter adoptieren: Es hat keine langfristige Perspektive. Sie wird den Rest ihres Lebens wahrscheinlich hier verbringen, und was für ein Leben ist das? Ich versuche, optimistisch zu bleiben. Es sieht so aus, als habe Buster ein wunderbares Heim für immer gefunden. Hoffentlich gibt es da draußen auch noch eines für Tia.

KAPITEL 12

Platzhirsch

Ich stelle fest, dass das Abmisten des Paddocks immer eine gute Gelegenheit bietet, eine Bestandsaufnahme zu machen. Ich arbeite in der gleißenden Sonne, meine Haut kribbelt vor Hitze und Schweiß, obwohl ich bloß ein ärmelloses Top, Shorts und Gummistiefel trage. Ich benutze einen Schaber, eine Schaufel und eine Schubkarre mit einem eiernden Rad. Wie der Berg von Pferdeäpfeln auf der Schubkarre ist auch meine Position hier in der Schutzstation eher labil.

DJ ist weitergezogen und nicht mehr erreichbar. Diane und Wendy haben offensichtlich ihre Prinzipien aufgegeben, und ungeachtet dessen, was Wendy gesagt hat, als ich Max zu ihr gebracht habe, machen sie keinerlei Anstalten, regelmäßig als Freiwillige mitzuhelfen. Fifi und das Komitee stehen auf Kriegsfuß. Ich habe Rechnungen von beiden Tierarztpraxen in Talyton, die inzwischen inklusive Zinsen bezahlt werden müssen, und ich weiß mit absoluter Gewissheit, dass Jack den letzten Hundefutterkauf aus eigener Tasche beglichen hat, während meine Tante einen Vorrat an Kaffee, Tee und Milch aus ihrem Coffeeshop im Gartenzentrum abgezweigt hat. Towie, das Kätzchen, sitzt im Käfig im Büro, als warte es in der Todeszelle auf meine Entscheidung, ob es gerechtfertigt ist, Geld dafür auszugeben, bei einem verwilderten Kätzchen, das vielleicht ein tolles Haustier werden kann, vielleicht aber auch nicht, ein Auge herausnehmen zu lassen. Man könnte auf einer eher praktischen statt emotionalen Ebene argumentieren, dass es trotz unserer Kastrationspolitik noch viele andere halbwilde Katzen da draußen gibt und dass das Geld des Vereins – wenn es denn irgendwann kommt – besser in weitere Kastrationen investiert werden sollte.

Ich weiß nicht, was ich tun soll. Ich arbeite rund um die Uhr, denn es sind mehr Tiere hier, als Libby und ich eigentlich versorgen können, und außerdem habe ich noch einen Ball zu organisieren und den Bürokram zu erledigen.

Und dann ist da noch das Problem, was ich mit Jack machen soll. Das ist eine viel interessantere Herausforderung. Es besteht kein Zweifel, dass wir einander wieder näherkommen, aber dieses Mal ist es anders. Ich glaube nicht, dass ich guten Gewissens sagen kann, wir wären bloß Freunde.

Ich schiebe die volle Schubkarre hinüber in die Ecke des Paddocks, wo wir für ein einziges Pony einen Misthaufen erstaunlicher Größe erschaffen, schiebe die Karre über die Planke bis an die Spitze und kippe den Mist aus. Ich betrachte die Gegend von meinem Aussichtspunkt aus, beobachte den Bussard, der hoch in der Luft über dem Wäldchen seine Runden dreht, eine Katze, die zwischen dem Wiesenkerbel, dem Brombeergestrüpp und den Brennnesseln an der Hecke entlangpatrouilliert, und einen Wagen, den roten Van des Postboten, der auf dem Feldweg zu uns fährt.

Also nicht Jack, denke ich. Ich sehe auf meine Armbanduhr. Ich habe ihn seit vier Stunden nicht gesehen oder von ihm gehört. Ich muss aufhören, ständig an ihn zu denken, denn wenn das Komitee seinen Willen bekommt, könnte ich schon sehr bald hier weg- und ohne ihn wer weiß wohin gehen müssen.

»Ein Brief für Sie, Tessa.« Ash bringt einen Umschlag zu mir herüber.

»Danke«, rufe ich von der Spitze des Misthaufens.

»Ich lasse ihn hier.« Er legt den Brief auf dem Gatterpfosten ab. Mit der nächsten sommerlichen Brise flattert er hinab und landet auf dem Wasser im Trog. »Oje, das haben Sie jetzt nicht gesehen, oder?«

»Wenn es eine weitere Rechnung ist, dann nicht«, sage ich grinsend, während er das Wasser von dem Umschlag schüttelt, ihn zum Misthaufen herüberbringt und auf halbem Weg die Planke herauf stehen bleibt, um ihn mir direkt in die Hand zu drücken.

»Wie läuft es so?«, fragt er.

»Gut, danke. Möchten Sie vielleicht einen unserer Schützlinge bei sich aufnehmen? Wir haben langsam keinen Platz mehr.«

»Ich würde liebend gern eines Tages einen Hund haben.«

»Was für einen?«, will ich wissen und frage mich, ob ich ihn dazu bringen kann, eine Adoption in näherer Zukunft in Erwägung zu ziehen.

»Einen, der den Postboten nicht beißt, natürlich«, lacht er. »Es dauert aber noch ein bisschen.« Er hält inne und wird rot. »Ist Libby heute hier?«

»Nein, leider nicht. Sie wird es bedauern, dass sie Sie verpasst hat«, fahre ich fort und ergreife die Gelegenheit, ein bisschen Amor zu spielen und vielleicht noch zwei Tickets für den Ball zu verkaufen. »Kommen Sie zu unserem Ball? Sie müssen unsere Flyer gesehen haben.« Ich habe Hunderte davon verteilt, wahrscheinlich mehr als das, was Ash innerhalb einer Woche an Sendungen in die Briefkästen wirft. »Sie sollten Libby bitten, mit Ihnen zu gehen – sie redet andauernd von Ihnen«, sage ich und setze ihm die Idee in den Kopf.

Heftig errötend, erzählt er mir, er müsse jetzt wirklich weiter. Dann geht er seitwärts die Planke hinab, versucht über die Pfütze am Fuß des Misthaufens zu springen und landet knöcheltief in stinkendem schwarzem Flüssigdung. »Oh, Scheiße!«, flucht er.

»Sie haben recht. Genau das ist es«, sage ich gut gelaunt. »Sie sind ein Landpostbote – Sie sollten Gummistiefel tragen.«

»Zu spät.« Betrübt verzieht er das Gesicht. »Ich werde mir wie der größte Idiot vorkommen, wenn ich den ganzen Tag nach Mist stinkend durch die Gegend laufe.«

»Sie können es abwaschen. Da ist Seife bei dem Schlauch vor der Scheune.« Ich winke ihm zu. »Tschüss.«

Während Ash weiter in die Hügel zum Moor fährt, öffne ich den feuchten Umschlag und lese den Brief mit schwerem Herzen. Das Komitee von Talyton Animal Rescue beruft eine außerordentliche Sitzung ein und bittet ausdrücklich um meine Anwesenheit – morgen Abend um 19:30 Uhr in Wendys Haus. Das war's. Das ist das Ende. Diane und ihre Kumpane haben beschlossen, meiner Zeit als Leiterin der Schutzstation ein Ende zu setzen, weil Fifis Vertrag mit mir nicht gültig ist. Ich erwarte das Schlimmste.

Am folgenden Tag erscheine ich beklommen zu dem Treffen. Diane sitzt am Kopfende von Wendys Tisch im Esszimmer, schenkt Tee aus und verteilt Stückchen vom Kümmelkuchen, ehe das offizielle Treffen anfangen kann. Wendy ist natürlich da, außerdem vier weitere Damen aus Talyton St. George und Frances, die Rezeptionistin vom Otter House, die eine Tunika mit psychedelischem Muster trägt und eine aschblonde Markenperücke, die mich an um einen Stab gewickelte Zuckerwatte erinnert. Es sind Haare im Tee und Haare auf den Kuchenstückchen, und Max, der Zwergchihuahua, springt mir auf den Schoß, um gestreichelt zu werden, und hinterlässt noch ein paar Haare als Zugabe auf meiner schwarzen Hose.

»Ich habe jemanden, der an Max interessiert ist«, sagt Wendy, nachdem sie bemerkt hat, wie sein Kopf unter dem Tisch aufgetaucht ist. »Wenn wir Glück haben, ist er Ende der Woche weg. Die anderen werden erleichtert sein, wenn er geht – er ist definitiv der Chef. Im Grunde genommen ein ziemlicher Rüpel.«

Diane bittet um Aufmerksamkeit, indem sie mit einem Auktionshammer auf den Tisch schlägt.

»Herzlich willkommen zu der erst dritten außerordentlichen Versammlung in der Geschichte unserer illustren Organisation«, sagt sie, ehe sie die Liste der Anwesenden durchgeht und derer, die sich entschuldigt haben. »Fifi Green … Wo ist sie?«

»Äh, ich glaube, wir haben sie nicht eingeladen«, sagt Wendy, zieht einen Stift zusammen mit einigen Hundekotbeuteln und Hundekuchen aus ihrer Tasche und fängt dann an, das Protokoll zu führen. »Genau genommen hast du mir ausdrücklich befohlen, sie nicht einzuladen, Diane. Sie ist immer noch in Ungnade gefallen.«

»Ist das nicht ziemlich ungewöhnlich?«, fragt Frances. »Schließlich ist sie die Vorsitzende.«

»Es sind genügend von uns anwesend. Wir sind abstimmungsfähig«, sagt Diane. »Sieben gute, ehrliche Frauen.«

Ich streichle Max, fahre mit den Fingern durch sein Fell und erwische einen Floh, den ich zwischen den Fingernägeln zerdrücke. Soll ich das Wendy gegenüber erwähnen? Ich entscheide mich für Nein.

»Erstens«, sagt Diane. »Fifis Verhalten ist, wie wir bereits festgehalten haben, untragbar. Als Vorsitzende kann sie nicht ständig ihre Wünsche den Mitgliedern des Komitees aufdrücken, ohne sich deren Gedanken dazu anzuhören, deshalb stelle ich den Antrag, dass dieses Komitee sein Vertrauen in die Vorsitzende verloren hat und deshalb die Vorsitzende abgesetzt werden sollte.«

Einige japsen nach Luft, und ich höre ein einzelnes »Oh nein«.

»Können wir das denn tun?«, fragt Frances.

»Lasst uns abstimmen«, ignoriert Diane ihren Einwand.

Sie schreiben ihre Entscheidung auf Zettel, die sie in eine Kiste stecken, die dann feierlich an Frances weitergegeben wird. Diese nimmt sie heraus, zählt ab und macht Notizen auf einem anderen Blatt Papier, das sie anschließend Diane reicht. Sie erwecken den Eindruck einer Geheimgesellschaft mit merkwürdigen Ritualen und ihren eigenen Regeln.

»Dafür: sieben«, sagt Diane und hebt triumphierend eine pummelige Hand. »Ich werde Fifi informieren.«

»Willst du ihr vorschlagen, als gewöhnliches Mitglied im Komitee zu verbleiben?«, fragt Wendy. »Es wäre eine Schande, wenn uns ihre ganze Erfahrung verloren ginge. Sie hat all die Jahre über viel Gutes für Talyton Animal Rescue erreicht.«

»Sie ist sehr loyal«, fügt Frances ein wenig spitz hinzu, wie mir scheint.

»Das ist nicht der richtige Zeitpunkt, um sentimental

zu werden«, sagt Diane. »Ich stelle den Antrag, dass wir eine neue Vorsitzende zur Wahl stellen und heute darüber abstimmen. Keine von uns will doch, dass dieses Schiff ohne Steuermann segelt, nicht wahr?«

»Können wir das nicht beim nächsten Treffen machen?«, fragt Wendy. »Das würde uns Zeit geben, uns ein Bild zu machen.«

»Wir müssen das jetzt entscheiden«, beharrt Diane. »Es ist wirklich wichtig für die Zukunft von Talyton Animal Rescue, dass wir jemanden mit den richtigen Referenzen auf der Brücke haben, eine, die seit Jahren selbstlos diesem Komitee gedient hat, die mit Menschen umgehen kann, denn hier dreht sich schließlich nicht alles nur um die Tiere, und mit Entschlossenheit, die keine Angst davor hat, für ihre Meinung einzutreten …«

»Du meinst dich, Diane«, unterbricht Wendy sie. »Du beschreibst dich selbst.«

Diane strahlt sie an. »Dann akzeptiere ich das als deinen Vorschlag, Wendy«, sagt sie und fährt rasch fort, ehe Wendy etwas einwenden kann. »Danke für deine Einsicht. Ihr wisst, dass ich diesem wundervollen Komitee gut dienen werde, sollte ich zur Vorsitzenden gewählt werden. Gibt es noch andere Vorschläge?« Sie lässt den Blick um den Tisch schweifen und starrt jede Einzelne finster an, als wolle sie uns davon abhalten, jemand anderen ins Spiel zu bringen.

Sie tun es nicht, und Diane wird ohne Gegenkandidatin gewählt.

»Es ist Zeit für mich zu gehen.« Ich stehe auf und will fliehen, denn ich habe das Gefühl, als wäre ich allein durch meine Anwesenheit meiner Tante gegenüber illoyal. Sie war immer gut zu mir. »Ich muss zurück, um die Hunde rauszulassen.«

»Oh, natürlich müssen Sie das«, sagt Wendy. »Wie nachlässig von uns. Aber warten Sie, wir haben Ihre Situation ja noch gar nicht erörtert. Das sollte eigentlich ganz oben auf der Tagesordnung stehen. Bitte, bleiben Sie sitzen und hören Sie uns an.«

»Nun, Tessa«, wendet sich Diane an mich, als ich zu meinem Platz zurückkehre, und ich spüre, wie ich unter ihrem Blick anfange zu welken. So muss sich ein Bewerber um einen Ausbildungsplatz im Sitzungssaal von Sir Alan Sugar vorkommen. »Mir ist aus zuverlässiger Quelle zugetragen worden«, ihr Teint wechselt von Rosa zu Tiefrot, »dass Sie eine zuverlässige, engagierte und selbstlose Leiterin sind, geradezu vorbildlich.«

Ich muss unweigerlich denken, dass sie es sarkastisch meint, als sie weiterspricht. »Der reizende Jack Miller …«

»Bitte, hör auf zu schwärmen und komm voran«, unterbricht Wendy sie. »Diane, du hältst dich wohl für eine Femme fatale.«

Die anderen Damen lachen aus voller Kehle. Diane starrt sie finster an, ehe sie fortfährt: »Ihr seid ja bloß neidisch. Einige von uns haben es eben und andere nicht.«

»Also, was hat Jack denn jetzt gesagt?«, will Frances wissen.

»Er hat gesagt, er findet, dass Tessa Leiterin der Schutzstation bleiben sollte, was in der Tat eine hervorragende Empfehlung ist. Ich habe eine sehr hohe Meinung von Jack Miller.«

Mein Nacken fängt bei dem Gedanken zu brennen an, dass Jack ein gutes Wort für mich eingelegt hat.

Doch Diane fährt fort: »Man kann jedoch die Tatsache nicht außer Acht lassen, dass Fifi kein Recht dazu hatte, Ihnen die Position der Leiterin zu …«

»Ich verstehe«, sage ich. Ich kann nicht länger an mich halten. »Ich packe meine Sachen und bin morgen früh weg.« Ich halte inne. Meine Brust schnürt sich vor Enttäuschung bei dem Gedanken zusammen, dass ich die Schutzstation verlassen muss, einen Ort, wo ich meiner Meinung nach hingehöre. »Alles, worum ich das Komitee im Gegenzug bitte, ist, dass die finanzielle Unterstützung sofort wieder aufgenommen wird, neben dem Plan für die freiwilligen Helfer, denn wenn Sie das nicht tun, dann werden die Tiere, die Sie doch eigentlich retten wollen, leiden. Ich will und ich werde nicht die Verantwortung für diese ganzen Intrigen und Machtspielchen übernehmen. Ich bin guten Glaubens zur Schutzstation gekommen. Es war keine Verschwörung zwischen meiner Tante und mir. Es war ihr Vorschlag, ja, aber darin lag keine Böswilligkeit. Sie wusste, dass ich mehr als qualifiziert für den Job war und dass ich ohne Verzögerung mit der Arbeit anfangen konnte.«

Als Diane den Mund aufmacht, um etwas zu sagen, hebe ich die Hand.

»Sie hätte es zuerst mit Ihnen besprechen müssen, aber um ehrlich zu sein, kann ich jetzt verstehen, warum sie es nicht getan hat. Manche sagen, meine Tante wäre hochnäsig und anmaßend und daran gewohnt, dass alle nach ihrer Pfeife tanzen, aber ich denke, sie hat Sie nicht nach Ihrer Meinung gefragt, weil sie sich denken konnte, wie diese ausfallen würde. Ich dachte, Sie wären eine Gruppe gleichgesinnter Individuen mit dem Ziel, den Tierschutz zu fördern, aber Sie erinnern mich vielmehr an einen Kriegsrat.«

»Ist das alles?«, fragt Diane. Ihre Augen glänzen zweifellos vor Verärgerung über meinen Ausbruch.

»Nein, ist es nicht«, sage ich und fahre fort, über Buster, Tia und Dolly zu sprechen. »Ich bin froh, dass ich die Gelegenheit hatte, ihnen zu begegnen und ihnen eine Chance auf ein glücklicheres Leben zu verschaffen.« Ich wische mir eine Träne aus dem Auge und gebe mir Mühe, das Zittern meiner Stimme zu unterdrücken. »Ich werde die Schutzstation unterstützen, wo auch immer ich bin, denn sie bedeutet mir sehr viel.« Ich denke an die Tiere, an die Landschaft, an Libby und Jack. Natürlich denke ich an Jack. Ich kann kaum aufhören, an ihn zu denken.

Es entsteht eine lange Pause, in der sich Diane räuspert und sich dann zu Wendy umdreht.

»Ich denke, wir müssen darüber beraten«, sagt Wendy. »Macht es Ihnen etwas aus, Tessa?«

Ich nehme Max auf den Arm und will den Raum verlassen, damit die Mitglieder des Komitees ihre weiteren Überlegungen ohne mich anstellen können; ich habe nicht vor, noch länger zu bleiben.

»Ich werde jetzt gehen. Ich habe gesagt, was ich sagen musste.«

»Nein, bleiben Sie«, sagt Wendy und spricht mit mir in einem Tonfall, als wäre ich einer ihrer Schützlinge.

»Ich muss wirklich zurück, um die Hunde rauszulassen«, erkläre ich.

»Bitte, geben Sie uns fünf Minuten«, beharrt Wendy. »Fühlen Sie sich wie zu Hause.«

Widerwillig warte ich im Wohnzimmer, hocke mich zu Max und lese die Titel der Bücher im Regal: *Schlafende Hunde weckt man nicht*, *Hundeverstand* und *Das andere Ende der Leine*. Es gibt keinen Platz, wo ich mich hinsetzen könnte, selbst wenn ich es wollte: Wie bei meinem ersten Besuch belagern die Hunde jede horizontale Fläche im Raum. Bald kehrt Wendy zurück und bittet mich wieder hinein.

»Los, Diane«, sagt sie, als wir erneut Platz nehmen. »Du musst sprechen – du bist jetzt die Vorsitzende.«

»Ich muss mich bei Ihnen entschuldigen, Tessa«, sagt Diane und fasst sich an die Brust. »Ich habe zugelassen, dass meine Differenzen mit Ihrer Tante mich gegen Sie eingenommen haben, entgegen dem Interesse des Vereins und der Tiere, die wir retten, und das tut mir leid.« Sie lässt den Blick über die Runde schweifen. »Es tut uns allen leid«, fügt sie unter beifälligem Gemurmel der anderen Komiteemitglieder hinzu. »Wenn ich das so sagen darf, haben Sie sehr eloquent darüber gesprochen, was die Position als Leiterin der Schutzstation Ihnen bedeutet. Ihre Hingabe ist sehr berührend, und deshalb haben wir ohne Gegenstimme beschlossen, Sie zu bitten, so lange in der Schutzstation zu bleiben, wie Sie wollen.«

Ich kann bleiben. Meine Stimmung hebt sich, als Diane fortfährt: »Ich war ein bisschen arrogant und dachte, ich könnte alles alleine machen. Aber das kann keiner. Talyton Animal Rescue ist ein Team, und wir brauchen Leute wie Sie auf unserer Seite.«

»Danke«, sage ich, »aber was ist mit meiner Tante? Ist sie immer noch Teil des Teams?«

»Machen Sie sich keine Sorgen, Tessa. Ich kümmere mich darum, dass sie ihre Situation versteht«, sagt Diane. »Trinken Sie doch ein Glas Holunderblütensekt mit uns. Wir können uns über die Hausbesuche unterhalten. Ich muss Ihnen die Vorgehensweise erklären.«

»Oh, ich glaube nicht, dass das nötig ist.« Ich hatte eher gehofft, dass Jack mich auf einigen begleiten würde. »Es ist gesunder Menschenverstand, nicht wahr?«

»Haben Sie schon welche gemacht?«

»Es steht einer an – jemand möchte Buster bei sich aufnehmen. Für die Ratte habe ich keinen Besuch gemacht. Die Jungs, die sie aufgenommen haben, wussten besser über Ratten Bescheid, als ich das jemals tun werde.«

Diane runzelt die Stirn. »Sie müssen trotzdem einen Hausbesuch machen.«

»Warum? Meine Zeit und das Geld des Vereins können besser genutzt werden.«

»Wissen Sie, Sie ähneln Ihrer Tante mehr, als ich gedacht habe.« Ihre Miene entspannt sich zu einem Lächeln. »Tut mir leid, Tessa. Die Schutzstation bedeutet mir viel.« Sie sieht Wendy an und fügt hinzu: »Uns allen.« Sie hält einen Moment inne. »Wann fahren Sie?«

»Ich habe einen Termin für drei Uhr am Mittwochnachmittag vereinbart – morgen also.«

Noch einmal verzieht Diane das Gesicht. »Das hätten Sie nicht tun sollen, Tessa. Bieten Sie ihnen immer eine Zeitspanne an, etwa zwischen neun und eins oder zwischen eins und fünf. Noch besser ist es, einen unangekündigten Besuch zu machen. So können Sie sie dabei erwischen, falls sie arbeiten, obwohl sie behauptet haben, sie würden es nicht tun.«

»Sind die Leute wirklich so hinterlistig?«, frage ich. Dianes Paranoia ist ermüdend. Sie liebt Tiere, scheint aber wenig Vertrauen in die menschliche Natur zu haben.

»Oh, ich habe da schon einiges erlebt«, behauptet Diane. »Warten Sie's nur ab.«

Am nächsten Tag fahren Diane und ich mit dem Van nach Talysands, um den Hausbesuch für Buster zu machen.

Es ist reizend. Die Nelsons wollen unbedingt einen Hund, und die Frau hat bereits früher Hunde gehabt. Das Haus und der Garten sind groß und makellos. Kann ich mir vorstellen, dass Buster hier lebt? Ja, aber dabei bricht mir schier das Herz, denn ich habe etwas sehr Dummes getan – ich habe ihn zu lieb gewonnen, so wie Jack auch, fürchte ich, und diese Situation wird nicht besser dadurch, dass er ein gutes Wort für mich beim Komitee eingelegt hat.

Während Diane sie danach befragt, wie sie zu matschigen Pfoten und Hundehaaren stehen, das Für und Wider von artgerechtem Futter im Vergleich zu industriell gefertigter Tiernahrung erörtert und ihre finanziellen Möglichkeiten hinsichtlich wachsender Tierarztrechnungen abklärt, wenn Buster älter wird, hake ich die Punkte auf dem Formular ab, das ich neben einem Klemmbrett und einem Kugelschreiber auf ihr Beharren hin mitgebracht habe.

Dianes Fragen werden ziemlich persönlich, als sie über die Arbeitszeiten des Paares spricht (Mrs. Nelson ist nicht berufstätig, was perfekt ist), über ihre Freizeitgestaltung, wie oft sie in Urlaub fahren und wie viel sie trinken. Ich runzele die Stirn. Was geht uns das an?

Als wir etwa eine halbe Stunde dort sind, wird Mr. Nelson offensichtlich ungeduldig.

»Brauchen Sie mich noch länger? Ich habe mich für vier Uhr zum Tennis verabredet.«

»Wir ziehen es vor, mit der ganzen Familie zu sprechen«, sagt Diane.

»Wir haben alles gesehen, was wir sehen müssen«, mische ich mich ein. »Bitte entschuldigen Sie, wenn wir Sie aufgehalten haben.«

»Die Gespräche, als wir damals ein Baby adoptieren wollten, waren nicht so zudringlich wie das jetzt«, grummelt er. »Wir haben letztendlich aufgegeben. Es war zu viel, nicht wahr, Liebes?«

Seine Frau nickt.

»Nun, ich kann keinen Grund erkennen, warum Sie Buster nicht bekommen sollten«, sage ich und habe Mitleid mit ihnen. »Sie erfüllen alle Kriterien. Herzlichen Glückwunsch!«

Mrs. Nelson lächelt übers ganze Gesicht. »Oh, vielen Dank. Das ist so aufregend. Wann können wir ihn abholen?«

»Wie wäre es morgen?«, sage ich und denke, dass ich dann noch Gelegenheit haben werde, mich von ihm zu verabschieden. »Irgendwann im Laufe des Tages.«

»Das ist sehr gut gelaufen«, sagt Diane auf dem Rückweg zur Schutzstation. »Der Hund ist wirklich auf den Pfoten gelandet.«

»Das hoffe ich. Ich freue mich für ihn, wenn er endlich zur Ruhe kommt«, sage ich, während meine Finger das Lenkrad umklammern. Ich bin mir nicht sicher, ob mir dieser Teil meines neuen Jobs gefällt, vor allem als die Nelsons mich später anrufen, um die Abholung Busters für ein paar Tage zu verschieben, während sie jemanden da haben, der einen neuen Gartenzaun anbringt.

Wieder zurück in der Schutzstation, rufe ich meine Tante an, um ihr in der Annahme, dass ich Diane genug Zeit gegeben habe, vorher mit ihr zu sprechen, von dem Treffen zu berichten.

»Ich wüsste es, wenn es ein Treffen gegeben hätte«, sagt Fifi. Ihre Stimme klingt hohl vor Unglauben und Schock. »Ich bin die Vorsitzende, und niemand beruft ein Treffen ohne mich ein.«

»Wenn ich es dir doch sage. Ich war dort«, sage ich. »Es tut mir leid, aber ich dachte, du solltest es erfahren: Diane ist gewählt worden, um dich zu ersetzen.«

»Das können sie nicht machen«, braust meine Tante auf. »Das verstößt gegen die Regeln des Komitees.«

»Regeln, an die sich niemand hält«, führe ich aus. »Wenn du Diane beschuldigst, die Regeln zu brechen, wird sie den Spieß wohl umdrehen und dir sagen, dass du das Gleiche gemacht hast, indem du mich ohne vorherige Abstimmung oder auch nur ein Treffen als Leiterin der Schutzstation eingestellt hast.«

»Tessa, auf wessen Seite stehst du eigentlich?« Die Stimme meiner Tante überschlägt sich fast, als fange sie jeden Moment an zu weinen, und ich möchte am liebsten zu ihr gehen und sie in den Arm nehmen. Ich weiß, wie wichtig der Status für sie ist. Für Fifi ist der Verlust des Vorsitzes von Talyton Animal Rescue so schlimm, als würde sie einen Arm oder ein Bein verlieren, aber ich muss pragmatisch bleiben.

»Es tut mir wirklich leid, aber wenn ich als Leiterin effektiv arbeiten will, dann darf ich mich nicht in die Politik einmischen. Es darf nicht so aussehen, als würde ich Partei ergreifen. Verstehst du das?«

»Natürlich verstehe ich das. Ich bin ja nicht dumm, auch wenn sie ihr Bestes geben, mich wie eine Idiotin aussehen zu lassen.« Meine Tante seufzt tief. »Ich fange an zu denken, dass das Ganze zu viel Ärger mit sich bringt. Manchmal fühlt es sich an, als wären alle gegen mich.«

»Ich auf jeden Fall nicht. Ich weiß wirklich zu schätzen, was du für mich und die Schützlinge der Station tust«, sage ich. »Du kommst doch bald mal wieder raus, oder? Und du hilfst mir weiter bei der Organisation des Balls? Ich glaube wirklich nicht, dass ich das alleine schaffe, und ich habe nicht den Eindruck, dass irgendjemand für dich einspringen würde.«

»Ja, ich lasse dich nicht im Stich, Tessa.« Fifis Stimme hellt sich ein wenig auf. »Wenn ich den Ball zu einem Erfolg mache, dann wird ihnen das zumindest beweisen, dass sie es ohne mich nicht auf die Reihe kriegen.«

Ich verabschiede mich von ihr, esse schnell zu Mittag und begebe mich zum Katzentrakt, wo ich mich mit Jack treffe, um Teddy seine tägliche Dosis des Antibiotikums zu verabreichen. Jack trägt eine hellgraue Cargohose und ein dunkelblaues Poloshirt mit dem Tierschutzabzeichen in Rot auf der linken Brust. Als ich dicht neben ihm vor Teddys Gehege stehe, kann ich den Puls an seinem Hals schlagen sehen und die schattige Vertiefung oberhalb seines Schlüsselbeins. Ich reiße den Blick von ihm und wende meine Aufmerksamkeit dem Kater zu, der auf seinem Regalbrett döst.

»Zu manchen passt das«, sage ich. »Sieh ihn dir an – er ist so was von faul.«

»Das ist der erste Satz der Energieerhaltung, oder? Katzen sind tolle Physiker – sie wissen, dass Energie weder geschaffen noch zerstört wird, deshalb werden sie immer das geringst mögliche Maß an Energie nutzen«, sagt Jack. »Hast du vom Massenträgheitsgesetz in Bezug auf Katzen gehört?«

»Jack, ich war in der Schule wirklich nicht gut in Physik.«

»Das geht so: Eine Katze ist immer bestrebt, in ihrer Bewegungslosigkeit zu verharren, solange keine äußeren Kräfte, wie etwa das Rascheln eines Kartons mit Katzenleckerlis, auf sie einwirkt.« Er gluckst. »Kennst du den Unterschied zwischen Katzen und Hunden?«

»Oh, ja. Hunde haben Besitzer, Katzen hingegen Personal.«

»Wie war der Hausbesuch?«, wechselt Jack das Thema und berührt meine Hand, als er mir einen Streifen Tabletten reicht.

»Kannst du das nicht raten?«, sage ich bedrückt. »Buster hat neue Besitzer.« Ich beiße mir auf die Lippe, und Tränen steigen mir in die Augen, als ich daran denke, dass ich ihn gehen lassen muss.

»Das ist toll«, sagt Jack. »Buster wird ein wunderbares Leben haben.«

»Ich weiß, dass ich das Richtige tue, aber es ist trotzdem so verdammt hart.«

Jack berührt meine Schulter. »Du hast ja immer noch mich«, sagt er leise.

»Flirtest du mit mir?« Es ist schmeichelhaft, und ich muss lächeln.

»Vielleicht«, sagt er. »Wirst du jetzt das wilde Biest einfangen, oder soll ich es tun?«

»Ich hole ihn.« Ich nehme mir ein Handtuch vom Haken vor der Tür. »Komm schon, Teddy.« Ich wickle den Kater in das Handtuch, mache ein kleines Paket aus ihm und lasse bloß noch seinen Kopf und seinen Schwanz herausschauen. »Hier wären wir. Schön verpackt«, sage ich und reiche ihn Jack, der ihn hält, während ich ihm eine Tablette in den Schlund stecke. »Schon passiert.«

»Das war zur Abwechslung mal schmerzlos«, bemerkt Jack und bringt Teddy in sein Gehege zurück. Er schließt die Tür und zögert, als wolle er mich nicht verlassen. »Tess, denkst du immer noch an Nathan? Ich meine, ich bin mir sicher, dass du's tust. Das ist ja nichts, worüber man so leicht hinwegkommt, es ist bloß so, dass ich …«

»Ach, was weißt du schon?«, unterbreche ich ihn, um uns beiden weitere Peinlichkeiten zu ersparen.

»Ich weiß, was es heißt, ein gebrochenes Herz zu haben.«

Ich blicke Jack fest in die Augen und fordere ihn heraus. »Wirklich?«

»Ich habe jemanden getroffen, als ich fort war.« Er hält inne. »Warum erzähle ich dir das überhaupt?«

»Jetzt kannst du es mir jedenfalls nicht *nicht* erzählen«, sage ich, denn ich stelle fest, dass ich diesen Jack, die Person, die er jetzt ist, viel besser kennenlernen möchte. »Wer ist sie?«, frage ich, und Tentakel der Eifersucht zerreißen mir das Herz bei dem Gedanken daran, dass Jack mit dieser unbekannten Frau zusammen ist, dass er sie küsst, mit ihr schläft …

»Wer war sie«, korrigiert Jack mich mit trauriger Miene. »Ich habe sie sehr gemocht. Sie war eine der Wohltätigkeitsarbeiterinnen. Sie war verheiratet und zehn Jahre älter als ich, alles gute Gründe, um sie abzuweisen, aber da war etwas an ihr, dem ich nicht widerstehen konnte.«

»Oh, Jack. Das tut mir so leid.«

»Das muss es nicht. Wenn ich mit ihr zusammen war, kam es mir so vor, als existierte nichts anderes.« Jack lächelt kläglich. »Es war ziemlich heftig, aber es wäre von selbst erloschen, wenn ich noch länger geblieben wäre. Es hätte nicht passieren dürfen. Ich hätte nicht zulassen dürfen, dass es passierte.«

»Mach dich deswegen nicht fertig«, sage ich. Sein Geständnis hat mich überrascht. Jack war immer so gut erzogen, so gut.

»Ich fühlte mich einsam und zurückgewiesen.«

»Weil sie die Beziehung beendet hat?«

»Nein, ich glaube, ich habe mich in sie verliebt, weil ich sehr unglücklich war. Mein Herz war bereits gebrochen, ehe ich ihr begegnet bin.« Er zögert. »Hast du irgendeine Vorstellung, warum ich aus Talyton weggegangen bin?«

»Weil du als Freiwilliger mit den Kragenbären arbeiten wolltest. Das hast du mir schon erzählt.«

»Ich bin weg, als ich hörte, dass du dich mit Nathan verlobt hast«, sagt Jack barsch.

Ich starre ihn an, als er weiterspricht. »Irgendwie hat mir das den Boden unter den Füßen weggezogen. Ich dachte, ich hätte akzeptiert, dass wir nie zusammen sein würden, aber deine Verlobung hat das irgendwie endgültig gemacht. Ich beschloss, dass ich nicht hierbleiben konnte, um dabei zuzusehen, wie du deine Hochzeit vorbereitest. Ich dachte, ich würde mich Tausende von Meilen entfernt besser fühlen.« Er schüttelt langsam den Kopf. »Es machte keinen Unterschied. Du warst zwar aus meinen Augen, Tess, aber niemals aus meinem Sinn.«

Freude und Glückseligkeit steigen in mir auf. Niemand hat jemals etwas so Romantisches zu mir gesagt, aber wohin führt uns das?, frage ich mich. Jack beugt sich zu mir und drückt mir die Lippen auf die Wange.

»Ich sehe dich nachher«, sagt er und lässt mich da stehen. Verrückt vor Verlangen, berühre ich die Stelle, wo er mich geküsst hat, und frage mich, was wohl als Nächstes passieren wird – und wann.

KAPITEL 13

Das entflohene Reh

Es ist früher Nachmittag am folgenden Samstag Ende August, und ich bin allein in der Schutzstation, nachdem ich die letzten Besucher des Tages, eine Familie mit kleinen Kindern, herumgeführt habe. Sie haben nicht angeboten, einen unserer Schützlinge bei sich aufzunehmen, aber die Eltern haben eine großzügige Spende in die Schachtel an der Rezeption geworfen, vielleicht als Wiedergutmachung für das Verhalten ihrer Sprösslinge. Ich hatte ihre Jungs gebeten, die Finger nicht in die Hamsterkäfige zu stecken, woraufhin einer von ihnen fragte, warum nicht, und prompt seinen Finger zwischen den Stäben durchschob. Darum nicht, sagte seine Mutter, als er ein ohrenbetäubendes Heulen ausstieß. Ich glaube, er hätte nicht mehr Aufhebens machen können, wenn der Hamster ihm den Finger abgebissen hätte, und so musste ich den Erste-Hilfe-Koffer hervorkramen, um ein Antiseptikum und ein Pflaster zu holen und den Blutfluss zu stillen. (Ich bin sarkastisch; die Wunde war nicht schlimmer als eine Papierschnittwunde.) Jedenfalls sind sie vor nicht allzu langer Zeit gefahren. Ihr Ziel war die Unfallklinik in Talyton St. George, um herauszufinden, ob das Opfer des Angriffs ein Antibiotikum oder eine Auffrischung der Tetanusimpfung benötigt, während ich den ersten Eintrag in meinem Unfallbuch mache.

Das Vibrieren meines Handys lässt mich zusammenzucken. Es ist Jack.

»Hi«, melde ich mich. Ich habe mich schon gefragt, wo er steckt und was er gerade tut. Ich nehme an, man kann sagen, dass Jack nach seinem Bekenntnis zu meiner Obsession geworden ist. Ich kann weder essen noch schlafen, weil ich ständig an ihn denken muss. Meine Gefühle für ihn sind sehr viel intensiver als alles, was ich je für Nathan empfunden habe, doch keiner von uns hat einen weiteren Schritt auf den anderen zugemacht. Wahrscheinlich ist es so besser. Wir behalten den Status quo bei, aber manchmal wünschte ich, Jack würde die Initiative ergreifen und mich um ein Date bitten.

»Tess, ich komme gleich vorbei und hole dich auf dem Weg nach Talyton ab«, sagt er in einem Tonfall, der keine Widerrede duldet. »Wir brauchen so viele Hände wie möglich – ein verletzter Rehbock läuft im Ort frei herum. Die Polizei kommt nicht besonders nah an ihn ran, aber soweit sie das beurteilen kann, geht es ihm ziemlich übel. Kannst du was mitnehmen? Ich habe die Trage hinten in der Scheune liegen lassen. Kannst du die bitte holen, wenn es dir nichts ausmacht …«

»Ich werde sie finden.« Es macht mir ganz und gar nichts aus. Egal ob Reh oder nicht, ich würde alles für Jack tun. Ich würde bis ans Ende der Welt für ihn laufen, wenn er mich darum bitten würde.

»Danke. Bin in fünf da.«

»Meintest du fünf Minuten oder fünf Sekunden?«, frage ich ihn, als er den Van mit quietschenden Reifen auf dem Parkplatz zum Stehen bringt. Ich werfe die Trage hinten rein, springe neben ihn, und sofort wendet er in drei Zügen. »Wo ist der Rehbock?«

»Er rennt über die Hauptstraße. Die Polizei hat eine

Straßensperre errichtet, um den Verkehr umzuleiten, aber der Rehbock lässt sich nicht aufhalten. Er ist auf direktem Weg in die Stadt unterwegs und vor Schreck völlig außer sich.«

Ich halte mich am Sitz fest, als Jack das Gaspedal fest durchtritt und den Feldweg hinunterrast.

»Zum Glück für uns ist es ein Rehbock und kein Hirsch«, erzählt Jack weiter, »andernfalls hätten wir keine Chance, mit ihm fertigzuwerden. Alex Fox-Gifford oder sein Assistent Justin sind mit einem Betäubungsgewehr unterwegs, falls wir ihn sedieren müssen.«

Ich sehe ihn von der Seite an, während wir nach Talyton fahren. Er konzentriert sich voll und ganz auf die bevorstehende Aufgabe. Wenn irgendwer diesen Rehbock fangen kann, dann ist das Jack.

»In so einem Fall könnten wir ein Blaulicht gut gebrauchen«, bemerke ich, als er auf den Bürgersteig ausweichen muss, weil die Straße wegen des Wochenend- und Urlaubsverkehrs zur Küste von Autos vollgestopft ist.

»Leider ist es uns nicht erlaubt, es an unseren privaten Fahrzeugen zu nutzen«, sagt er und springt aus dem Van. »Aber ja, es wäre in so einer Situation schon sehr hilfreich.« Er nimmt die Trage, reicht mir ein paar Decken und eine Tasche, und wir rennen zum Marktplatz, Jack mit dem Handy am Ohr in vollem Rettungsmodus, stark, fähig und heroisch – und sehr fit, denke ich, während ich nach Luft schnappe, um mit ihm Schritt zu halten. Wir schieben uns durch das Gedränge auf dem Marktplatz, wo die Leute aus ihren Fahrzeugen ausgestiegen sind, um zu sehen, was los ist, angezogen vom Anblick der zwei Polizeiwagen (und nicht des üblichen einzelnen) und einigen Polizisten, die sich vor der Eisenwarenhandlung versammelt haben.

Jack geht direkt zu ihnen hin.

»Tierrettung«, sagt er. »Wo ist der Rehbock?«

»Da drin«, sagt einer der Polizisten. »Der Tierarzt ist schon da und versucht ihn einzufangen.«

Jack stößt die Tür auf, und ich folge ihm in den Laden. Als wir eintreten, ertönt eine Klingel, und ein Papagei kreischt von einem Bauer neben dem Verkaufstresen. Aus dem Hinterzimmer dringen Getöse und einige Stimmen zu uns.

»Oh, Reh, oh, weh«, sagt Jack mit einem Lächeln.

»Haha«, sage ich. »Sehr witzig.«

»Du kommst mir nicht überzeugt vor«, sagt er leichthin, ehe er durch den Laden geht und dabei über Kartons voller Nägel und Schrauben steigt, die auf dem Boden verteilt sind. Mr. Victor, der Ladenbesitzer, ein Mann von kleiner Gestalt mit einem dicken Bauch und Halbglatze, erscheint in einem altmodischen braunen Kittel und mit einer Brille mit dicken, runden Gläsern im Rahmen der Tür zum Hinterzimmer.

»Sie warten besser hier«, sagt er barsch. »Der Tierarzt versucht, dem blöden Vieh einen Betäubungsschuss zu setzen. Sehen Sie sich doch nur an, was für ein Chaos es hier veranstaltet hat. Warum zum Teufel musste es hier reinkommen?«

Mr. Victor ist nicht für seine gute Laune bekannt, und im Augenblick ist er definitiv kein glücklicher Mann. Ich schaue mich um und bemerke die umgestürzte Schaufensterauslage aus Besen, Schrubbern und Eimern. Der Papagei hüpft seitwärts auf seiner Stange entlang und nickt ein paarmal drohend, ehe er den Schnabel öffnet und spricht. Ich brauche ein paar Wiederholungen, bis ich verstehe, dass er uns mit sehr eindeutigen Worten zu verstehen gibt, wir sollten verschwinden.

»Captain, das reicht«, sagt Mr. Victor. Seine Wangen werden roter als die Zunge eines Hundes. »Nicht vor der Dame, bitte!« Er wendet sich an mich. »Sie sind Steves Tochter, nicht wahr?«

»Das stimmt.«

»Ihr Dad war heute Morgen hier und hat Batterien gekauft, Longlife AA«, fährt er fort.

»Wir können jetzt nach hinten gehen, Tess«, unterbricht ihn Jack. »Justin ist es gelungen, den Rehbock zu betäuben.«

»Besser Sie gehen jetzt und schaffen ihn hier raus, bevor ich Rehrücken aus ihm mache«, sagt Mr. Victor.

Jack und ich begeben uns nach hinten in den Garten, eine winzige ummauerte Fläche mit Waschbetonpflaster und Kübeln voller Geranien, wo wir den Tierarzt vorfinden. Er hockt neben einem rötlich braunen Rehbock von der Größe eines Border Collies und zieht gerade einen Pfeil aus seinem Rumpf. Der Bock liegt auf der Seite und wirkt benommen. Er hat eine schwarze Nase, ein kleines Geweih und große braune Augen, die von langen Wimpern gesäumt sind, für die Katies Kunden im Salon einen Mord begehen würden.

»Was meinst du, Justin?«, fragt Jack.

Obwohl ich weiß, dass Justin ein Tierarzt ist, sieht er doch nicht so aus, als stamme er aus einer Geschichte von James Herriot. Er muss Mitte zwanzig sein, aber er sieht jünger aus. In einem Ohr trägt er einen Ring, und sein Haar hat er vorne hochgegelt. Als er sich Jack zuwendet, kann ich das bunte Logo auf seinem schwarzen T-Shirt sehen: *Feed the Fire.*

»Er ist total gestresst. Er hat eine ekelhafte Wunde am linken Hinterlauf, wahrscheinlich als Folge eines Sprungs durch Stacheldraht, und ich bin mir nicht sicher, ob er sich nicht den rechten gebrochen hat. Es ist mir ein Rätsel, wie er so weit hat laufen können.« Justin zögert. »Es widerstrebt mir, ihn einzuschläfern – er ist ein echter Kämpfer –, aber es wird lange dauern, wenn er es schaffen soll. Haben Sie die Zeit und den Platz, ihn in der Schutzstation zu pflegen?«

»Natürlich«, mische ich mich ein. Ich wünsche mir sehnlichst, dass dieses schöne Wesen noch eine Chance zu leben erhält. »Wir weisen kein Tier ab.«

»Wenn das so ist, bringen wir ihn hoch ins Herrenhaus, damit ich ihn dort vollständig sedieren, das Bein röntgen und die Wunde versorgen kann«, beschließt Justin.

Jack rollt die Trage auseinander und legt sie neben dem Patienten ab. »Er kann hinten im Van mitfahren. Da ist er am sichersten.«

»Passen Sie mit den Hufen auf«, warnt mich Justin, als ich helfen will. »Damit tritt er ganz schön zu.«

»Tess kennt sich ein bisschen mit Rehen aus«, sagt Jack. »Sie ist Tierarzthelferin.«

»Das ist cool«, sagt Justin und lächelt kurz. »Dann können Sie mir ja bei der Operation zur Hand gehen. Alex hält nichts davon, sowohl einen Assistenten als auch eine Helferin zu bezahlen.«

»Solange Sie nicht von mir erwarten, dass ich hinterher auch noch umsonst aufräume«, sage ich leichthin. Ich freue mich darauf, einmal wieder – wenn auch nur für kurze Zeit – im Operationssaal aushelfen zu können.

Jack nimmt den Rehbock beim Geweih, während Justin und ich das vordere beziehungsweise hintere Ende stützen. Als wir ihn auf die Trage wuchten, gerät er trotz des Beruhigungsmittels in Panik und tritt wie verrückt um sich, bis Jack ihm ein Handtuch um den Kopf wickelt, sodass er nicht mehr sehen kann, wie ich die Gurte um seinen Körper lege und festzurre. Nachdem der Rehbock gesichert ist, tragen Justin und Jack ihn durch den Laden auf den Marktplatz, wo die Menge anfängt zu jubeln und zu applaudieren, was den Rehbock erneut in Panik versetzt.

»Ruhe, bitte!«, befiehlt Jack mit scharfer Stimme, und der Lärm verstummt. »Je schneller wir das arme Tier hier wegschaffen, desto besser. Machst du bitte den Van auf, Tess?«

»Der Schlüssel, Jack«, sage ich. »Du musst ihn haben.«

Jack hält mit beiden Händen das hintere Ende der Trage, blickt hinab auf seine Hose und verzieht das Gesicht. »Äh, er ist in einer meiner Hosentaschen.«

Toll, denke ich. Bis jetzt habe ich eine strenge Null-Kontakt-Politik verfolgt und mir größte Mühe gegeben, die Finger von ihm zu lassen, um nicht die Leidenschaft anzufachen, die leise zwischen uns glüht, wenn wir zusammen sind, und jetzt bittet er mich darum, in seinen Hosentaschen herumzuwühlen.

»Beeil dich, Tess«, sagt er und sieht mich wegen meines Unbehagens leicht amüsiert an. »Ich bitte dich ja nicht um eine Leibesvisitation.« Er schaut zu Justin hinüber, der zurückgrinst, als hätte er den Grund für mein Zögern längst erkannt, und ich spüre, wie mein Nacken ganz heiß wird. Bin ich so leicht zu durchschauen?

»In welcher Tasche?«, frage ich. Jacks Hose hat verdammt viele Taschen.

»Ich bin mir nicht sicher. Versuch's mal hinten rechts.«

Ich stelle mich hinter ihn, ziehe den oberen Saum seiner Hosentasche mit spitzen Fingern ein Stückchen ab und luge hinein. »Nö.«

»Versuch's mit einer anderen.«

Wenn das nicht eine lebensbedrohliche Situation für den Rehbock wäre, wäre es lustig, denke ich verlegen, weil ich Jack befummeln muss, um den Schlüssel für den Van zu finden, und es ist eine echte Erleichterung herauszufinden, dass das Ding, was ich in einer seiner Vordertaschen ertaste, tatsächlich der Schlüsselring ist, eine Plastikfigur eines Kragenbären.

Mein Gesicht brennt immer noch, als ich den Van aufschließe, damit Jack und Justin die Trage hinten reinschieben können.

»Ich fahre bei dem Patienten mit«, sage ich, denn ich freue mich über die Gelegenheit, so lange im Dunkeln sitzen zu können, bis meine Gesichtsfarbe wieder normal ist.

»Okay«, sagt Jack. »Ich schließe dich ein. Wir sehen uns oben im Herrenhaus.«

»Fahr nicht zu schnell«, sage ich rasch.

»Sei unbesorgt. Ich werde sanft mit dir umgehen«, erwidert Jack, und ein winziger, doch sehr köstlicher Schauer läuft mir über den Rücken, ein Verlangen nach Jack, dass er so sanft mit mir umgeht, wie er will. Nicht zum ersten Mal frage ich mich, wie es wäre, ihn zu küssen und noch einmal von ihm geküsst zu werden, und zwar nicht freundschaftlich auf die Wange, sondern hundertprozentige Mund-zu-Mund-Beatmung.

Es ist schwer, professionell und abgeklärt zu bleiben, wenn man darauf wartet, dass der andere den ersten Schritt macht, denke ich, während ich den Puls des Rehbocks überprüfe und seinen Brustkorb berühre, um zu sehen, ob er noch lebt. Es ist eine Weile her, dass wir den Schwan gerettet haben, und eins ist klar: Irgendetwas muss passieren, und zwar bald, denn die Anspannung zwischen uns ist kaum noch zu ertragen.

Eine halbe Stunde später habe ich alle Gedanken an Jack beiseitegeschoben und arbeite mit Justin in der Praxis im Herrenhaus an dem Rehbock. Der Operationssaal entspricht nicht ganz dem, was ich gewöhnt bin, denn es ist ein normales Zimmer über den Stallungen. Es gibt ein Waschbecken, um sich die Hände zu waschen, eine Bank mit einem Autoklav darauf, um die Instrumente zu sterilisieren, einen Schrank mit verschiedenen Operationsbestecken, die in grünen Stoff gehüllt und mit Klebeband beschriftet sind, und einen OP-Tisch, unter den ein Stück Holz gerammt wurde, weil der Höhenverstellmechanismus kaputtgegangen ist.

»Alex und ich operieren nicht so oft«, erklärt Justin. »Die meisten Fälle überweisen wir, obwohl der Boss vorhat, die Praxis in eines der Nebengebäude auf der anderen Seite des Herrenhauses zu verlegen. Er wartet seit Monaten auf die Baugenehmigung. Es wird großartig, wenn es fertig ist, falls ich dann noch hier bin.«

»Dann ziehen Sie also weiter?«, fragt Jack, der uns zusieht.

»Das hier ist mein erster Job nach dem Studium. Irgendwann werde ich mich nach einer Partnerschaft umsehen oder mir selbst eine Praxis aufbauen.«

Ich justiere die Tropfgeschwindigkeit an der Infusion, während Justin sich die Röntgenaufnahmen vom Hinterlauf des Rehbocks auf seinem Laptop ansieht, den er auf dem Regal neben dem OP-Tisch aufgebaut hat.

»Es ist nichts gebrochen, bloß geprellt, was bedeutet, dass wir uns jetzt um diese Wunde hier kümmern können.« Justin füllt eine Nierenschale mit Baumwollpads und verdünntem Antiseptikum und benutzt dies, um den anderen Hinterlauf des Rehbocks zu säubern, dessen untere Hälfte keine Haut mehr hat. Die glänzenden weißen Sehnen und das Geflecht von dunklen Blutbahnen sind vollkommen offen. »Es ist nichts übrig, was man zusammennähen könnte, deshalb müssen wir es immer wieder verbinden und auf sekundäre Wundheilung hoffen. Das wird ein langer Job, auch wenn es letztendlich verheilen wird, solange der Rehbock nicht an irgendetwas anderem verendet. Manchmal kann es nach einer Gefangennahme zu einer Muskelerkrankung kommen. Dann versagen die Muskeln aufgrund von Stress oder Infektionen.«

»Glauben Sie wirklich, dass wir das Richtige tun?«, fragt Jack.

Ich weiß, was er meint. Der Rehbock ist bereits jetzt total gestresst, und wenn wir alle paar Tage den Lauf neu verbinden müssen, wird das dadurch nicht unbedingt besser, aber – ich überprüfe die Reflexe des Patienten, als ich das Anästhetikum leicht zurückfahre, indem ich an dem Rad an dem Inhalationsgerät drehe – er hat schöne Augen, tief, dunkel und fesselnd, ähnlich wie die von Jack, und ich will ihn wirklich nicht verlieren.

»Es liegt an Ihnen, Tessa«, wendet sich Justin an mich. »Sie sind es, die sich um ihn kümmern wird.«

»Wie schätzen Sie seine Chancen ein?«

»Das kann ich schwer sagen.« Justin zieht eine der Schubladen des Schrankes auf, und ein paar Rollen Verbandsmaterial – von der weichen, flauschigen Sorte, die man zum Abpolstern von Beinen nimmt – hüpfen heraus und kullern über den Boden. Er nimmt eine

Ansammlung von Verbandszeug heraus und legt sie auf den OP-Tisch. »Sechzig zu vierzig, wenn er die nächsten paar Wochen übersteht, in denen das Risiko für eine Muskelerkrankung am höchsten ist. Ich gebe ihm Selen und Vitamin E, um zu versuchen, das zu verhindern, und spritze ihm noch ein Antibiotikum. Er wird markiert werden müssen, damit man sieht, dass er Medikamente bekommen hat, und die Entscheidung liegt bei Ihnen, ob er am Ende der Behandlung in die Freiheit entlassen werden kann oder nicht.«

»Das wird kein großes Problem werden«, sagt Jack. »Ich habe Kontakte zu einer Herde von ausgewilderten Rehen auf einem Landsitz etwa zwanzig Meilen von hier, wenn es erst einmal so weit ist.«

»Dann sollten wir es versuchen«, sage ich. Ich werde den Ärger auf mich nehmen, wenn es ein Problem mit dem Begleichen der Rechnungen gibt. Das ist mir egal. Es ist alle Kosten wert, wenn der Rehbock überlebt. Ich helfe Justin beim Säubern und Verbinden der Wunde, ehe ich das Anästhetikum vollkommen abdrehe, damit der Patient das Bewusstsein wiedererlangt. Ich drücke die Daumen und bete, dass er aufwacht. In der Zwischenzeit geht Jack an sein Handy.

»Das war Libby«, sagt er lächelnd. »Sie fragt sich, wo wir abgeblieben sind.«

»Wo ist sie?«

»Sie ist mit deiner Tante zusammen. Sie haben gehört, dass wir mit dem Rehbock beschäftigt sind, und haben beschlossen, zur Schutzstation zu fahren, als Libbys Schicht beim Co-op zu Ende war. Sie kümmern sich ums Abendessen und lassen Buster und Tia für fünf Minuten raus, ehe sie nach Hause fahren.«

»Das ist sehr nett von ihnen«, sage ich. »Versteh mich

bitte nicht falsch, ich liebe die Jungvögel, aber es ist toll, mal eine Pause zu haben.«

»Ich würde das hier nicht als Pause bezeichnen«, sagt Justin und runzelt die Stirn.

»Oh, das ist es aber, wenn Sie den ganzen Tag in der Schutzstation waren«, versichere ich ihm. Ich wechsle das Thema. »Wie wollen wir ihn transportieren?« Der Rehbock fängt an, sich zu bewegen, seine Ohren und seine Beine zucken, und seine Augen beginnen zu fokussieren. Ich überprüfe seinen Puls. Er ist fast unmöglich zu zählen, und er gefällt mir gar nicht: Ein rasender Puls ist ein sicheres Anzeichen für Stress. Ich lege ein frisches Handtuch über den Kopf des Rehbocks, um ihm die Augen zu bedecken.

»Hat Alex noch irgendwo meinen Lattenverschlag?«, fragt Jack. »Ich habe ihn vor einer Weile hier stehen gelassen.« Er blickt mich an. »Das letzte Reh hat es nicht geschafft.«

»Ich glaube, er ist im Lager«, sagt Justin. »Ich hole ihn.«

Fünf Minuten später kämpft sich Justin mit einem hölzernen Lattenverschlag durch die Tür. Er stellt ihn auf dem Boden ab, und Jack und ich legen unseren Patienten hinein und schließen den Deckel. Ein kurzes krabbelndes Geräusch ertönt, dann herrscht Stille.

»Lass uns zur Schutzstation fahren«, sagt Jack. »Danke, Justin.«

»Wo wollen wir ihn unterbringen?«, frage ich Jack, als er uns an den Ort zurückfährt, den ich beginne, meine Heimat zu nennen. Dieses Mal sitze ich neben ihm, und das Reh ist in seinem Lattenverschlag hinten im Van.

»Du bist der Boss.« Jack sieht mich lächelnd an. »Du entscheidest.«

Ich versetze ihm einen spielerischen Stoß. »Bitte, sieh auf die Straße.«

»Und ich könnte dich bitten, deine Hände bei dir zu lassen«, zieht er mich auf.

»Und, tust du's?«, frage ich mutig. Ich weiß nicht, was heute in mich gefahren ist.

»Tue ich was?«

Ich nehme an, dass er schalten will, um auf den Feldweg zur Schutzstation einzubiegen, doch seine Hand berührt absichtlich meine Finger. Die Berührung ist elektrisierend und sehr verstörend.

»Das weißt du nur zu gut.«

»Du musst schon deutlicher werden«, sagt er mit tiefer, vielsagender Stimme, und jetzt bin ich mir sicher, dass wir auf derselben Wellenlänge sind.

»Bittest du mich darum, meine Hände bei mir zu behalten?«

»Das wäre wohl ein bisschen scheinheilig von mir.«

Weil?, möchte ich gern fragen, doch wir sind bei der Schutzstation angekommen, und Jack versucht, den Van im Rückwärtsgang um die Scheune zu fahren. »Du wirst noch …«

»Tess!«

Ich beiße mir auf die Zunge.

»Ich dachte, der Rehbock könnte in den Schuppen hinter der Scheune«, schlägt Jack vor. »Da ist er niemandem im Weg.«

»Ich bin mir nicht sicher, in welchem Zustand der ist.« Diane und die anderen Freiwilligen haben ihn für die Igel ausgeräumt. Es ist aber eine gute Idee: Je weniger Kontakt der Rehbock mit Menschen hat, desto besser ist es für ihn. »Ich sehe ihn mir mal an.«

Jack hält an und macht den Motor aus. Ich springe

heraus und öffne die Tür zum Schuppen, indem ich den Riegel zurückschiebe, der die Tür geschlossen hält, sodass sie aufschwingt – oder vielmehr aufkratzt.

»Er ist ein bisschen klapprig«, sage ich.

»Was ist er?«, ruft Jack vom Heck des Vans.

»Ich hole eine Ladung Stroh, ein bisschen Heu und einen Eimer mit Wasser und hänge ein Laken über das Fenster. Das muss reichen.«

»Du wirst Talyton Animal Rescue vorschlagen müssen, für eine hochmoderne Reh-Unterkunft Geld lockerzumachen«, sagt Jack. »Ich habe mal eine Auffangstation besucht, da hatten sie Ställe mit Klimaanlage, Abblendschalter und Reh-Kameras. Die Tiere lebten dort in absolutem Luxus.«

»Ich befürchte, dazu wird es hier in nächster Zeit nicht kommen. Obwohl das Komitee prinzipiell zugestimmt hat, die Gelder zu bewilligen, müssen wir erst noch einen langwierigen rechtlichen Prozess durchlaufen.« Ich bereite den Schuppen für den Rehbock vor, ehe Jack und ich den Lattenverschlag hineintragen. Ich schließe die Tür hinter uns, und Jack öffnet die Seite des Verschlags. Sofort rollt unser Patient heraus, kommt taumelnd auf die Beine und torkelt blind zur Wand, wo er sein Geweih gegen die Bohlen schlägt. Jack und ich ziehen uns rasch zurück und fallen unterwegs fast übereinander. Draußen bleiben wir stehen und schieben gemeinsam den Riegel vor.

Jack linst durch eine Lücke zwischen den Brettern.

»Was macht er? Ist er okay?«, frage ich und lege Jack die Hand auf die Schulter, als ich da hinter ihm stehe.

»Er steht aufrecht.« Jack schweigt, und seine Muskeln spannen sich unter meinen Fingern an, bevor er sich umdreht, um mich anzusehen, Auge in Auge und entwaffnend nah mit einem frechen Blitzen im Auge. »Was meinst du, was wir jetzt tun sollten?«

»Wir sollten in einer Stunde oder so zurückkommen und noch einmal nach ihm sehen«, sage ich rasch.

»Und in der Zwischenzeit?« Jack zieht eine Augenbraue hoch, und in diesem Augenblick, da meine Sinne vor Erwartung und Verlangen geschärft sind, sollte und könnte ich meinen Kopf bloß ein kleines bisschen näher zu ihm neigen und die Lippen auf seine pressen, wenn nicht der Rehbock andere Pläne hätte und jegliche Leidenschaft im Keim erstickt, indem er sich einen Weg durch die Schuppenwand tritt und sein Geweih und ein gespaltener Huf durch das Loch erscheinen, das er gemacht hat.

Resigniert seufzend, zieht Jack sein Poloshirt aus und wirft es dem Rehbock über den Kopf in dem Versuch, ihn zu bändigen, ehe er ihn zu Boden ringt, als er in voller Pracht durch das Loch in der Wand erscheint. Jack hängt sich mit aller Kraft an das Geweih, und die Muskeln in seinen Armen sind fest und angeschwollen, während er darauf wartet, dass der Bock sich niederlegt. Er wirft mir einen raschen Blick zu.

»Tut mir leid, Tess. Normalerweise warte ich, bis ich ein Mädchen geküsst habe, bevor ich mir die Klamotten vom Leib reiße.«

»Das will ich doch hoffen.« Ich kann nicht anders: Ich muss über seine Frechheit kichern, und es fühlt sich an, als hätten wir es endlich beide geschafft, unsere Last abzuwerfen: den Unmut und die Missverständnisse wegen der Hochzeit und unsere unterschiedlichen Auffassungen darüber, wie man sich für das Wohlergehen für Tiere wie Dolly einsetzt.

»Wenn du das nicht willst, musst du es jetzt sagen,

und ich werde es nie wieder erwähnen«, fährt er fort. Sein Brustkorb hebt und senkt sich schwer, als er versucht, den Rehbock an der Flucht zu hindern. »Genau genommen brauchst du dir jetzt keine Gedanken um eine Antwort zu machen – ich kann den Kerl nicht mehr lange festhalten. Wohin wollen wir ihn bringen?«

»Ich weiß nicht«, sage ich und reiße den Blick los von den wenigen blonden Haarkringeln, die die leicht gebräunte Haut zwischen Jacks Brustmuskeln schmücken. Er trägt nicht viel zusätzliches Fleisch an seinem Körper. »Die Hunde werden ihn zu Tode erschrecken, und bei den Katzen passt er nicht rein. Wie wäre es mit einer der Boxen? Ich kann Dolly raus auf die Weide führen, wenn du meinst, es stört den Rehbock, dass sie direkt nebenan steht.«

Die Ponystute scheint überrascht zu sein, mich zu sehen, als ich mit ihrem Halfter auftauche, eine Gemütsverfassung, die ich mir zunutze mache, indem ich sie mit Minzbonbons besteche, um sie einfangen zu können, ehe ich sie ohne Streit oder irgendwelches Aufmucken raus auf die Weide führe, wo sie sogleich den Kopf senkt und zu grasen anfängt.

»Beeil dich, Tess!«, ruft Jack. »Ich bekomme einen Krampf!«

»Ich beeile mich ja schon!«, rufe ich zurück. Ich werfe eine zusätzliche Gabel voll Stroh und mehr Heu auf den Boden, ehe ich zu Jack zurückkehre, um ihm beim Tragen des Rehbocks, eines zappelnden Bündels aus Sehnen und Hufen, in den Stall zu helfen, wo wir ihn ablegen, dann Fersengeld geben und die obere und untere Boxentür schließen, bevor er hinter uns hinausstürmen kann. Ich kann hören, wie er herumspringt und sich gegen die Wand wirft.

»Der arme Kerl. Ich glaube nicht, dass er es schafft«, sage ich elend. »Ich wünschte, er wäre vorher gestorben oder ich hätte Justin gebeten, ihn einzuschläfern. Das ist schrecklich.« Als ich die Stalltür betrachte, die Brust leer vor Bedauern, wird mir bewusst, dass Jack dicht neben mir steht und seine Finger über meine Hand gleiten.

»Du solltest nicht so pessimistisch sein, wenn er es so weit geschafft hat. Du solltest niemals aufgeben … Ich habe das einmal getan«, fährt er sanft fort. »Ich habe etwas aufgegeben, jemanden, der der Mittelpunkt meiner Welt war.« Er räuspert sich, und ich habe Angst, ihn zu bitten, es genauer zu erklären, falls er über einen anderen Menschen als mich reden sollte, denn alles, worauf ich mich im Moment konzentrieren kann, ist, die warme Sonne im Mittelpunkt von Jacks Leben zu sein. Tessa und Jack, Jack und Tessa: Mein Herz fängt an in einem wirren Rhythmus zu schlagen, als seine Finger sich um meine schließen.

»Man kann die Zukunft nicht vorhersehen«, sagt er und hält meine Hand auf dem ganzen Weg zurück zum Haus, und ich kann nicht aufhören, auf seine Hand und meine Hand hinabzusehen, wo sie sich treffen, und meine Seele erhebt sich hoch in die Lüfte wie ein Bussard über den Feldern, und ich kann nicht aufhören zu glauben, dass Jack, der Junge meiner Träume und Mann meiner Wirklichkeit, und ich an der Schwelle zu etwas Wundervollem stehen, denn trotz allem, was passiert ist, bin ich doch von tiefstem Herzen eine Romantikerin.

Mir ist schwindelig, und ich bin atemlos vor Freude, aber dieses Mal werde ich nichts überstürzen, deshalb bin ich nicht enttäuscht, als er meine Hand loslässt, damit ich die Tür aufschließen kann, hinter der Tia und Buster ausgelassen bellen und herumkratzen.

»Jack, du musst nicht hierbleiben«, sage ich und halte auf der Türschwelle inne. »Ich kann ein Auge auf den Rehbock haben.«

Er runzelt die Stirn. »Ich will aber bleiben, wenn du nichts dagegen hast.«

»Natürlich habe ich nichts dagegen.« Ich lächle schief. Nichts wäre mir lieber als das.

Ich drücke die Tür auf, woraufhin mich Buster begrüßt, als wäre ich nicht vier Stunden, sondern vier Wochen fort gewesen. Er schnauft und keucht, wedelt mit dem Schwanz und zittert am ganzen Körper. Nachdem er seine Aufmerksamkeit auf Jack gerichtet hat, den er nur marginal weniger überschwänglich willkommen heißt, kommt Tia zu mir gewatschelt, um meine Knie zu beschnüffeln und mir zur Begrüßung die Hand zu lecken.

»Ich frage mich, ob Libby sie gefüttert hat.« Leere Näpfe stehen auf dem Fußboden in der Küche, deshalb nehme ich an, dass sie es getan hat. Ich glaube nicht, dass Tia zulassen würde, dass sie es vergisst. »Möchtest du einen Drink, Jack?«

»Wenn der Rehbock nicht wäre, würde ich mit dir essen gehen«, sagt er. »Wir könnten später noch los.«

»Ich kann uns Rührei auf Toast machen.« Während ich nach der Bratpfanne suche, blickt Jack aus dem Küchenfenster, wo die Sonne gerade hinter den Hügeln untergeht.

»Ich kann nicht glauben, dass du dich hier niemals einsam fühlst«, sagt er, und ich nicke den Hunden zu, die neben dem Schrank sitzen, in dem ich ihr Futter aufbewahre, und so tun, als wären sie ihr ganzes Leben lang noch nie gefüttert worden.

»Ich bin ja nicht wirklich allein, oder? Ich habe keine Minute Ruhe.« Ich halte inne. »Aber manchmal ist es hier schon ein bisschen unheimlich.«

»Was meinst du damit? Gespenstisch? Das ist wahrscheinlich der Geist von Gloria Brambles, der hier herumspukt und nachsieht, ob du auch alles richtig machst«, sagt Jack amüsiert, aber für mich ist das nichts, worüber man Witze machen sollte.

»Ich glaube nicht an Geister. Es ist eher das Gefühl, als würde mich jemand beobachten.« Ich schüttle die Beklemmung ab, die kurzfristig meinen Puls in die Höhe getrieben hat. »Ach, es ist nichts, bloß meine wilde Fantasie, und außerdem, wenn wirklich jemand da draußen wäre, habe ich ja immer noch Buster und Tia, die auf mich aufpassen.«

»Ein Ausreißer und ein blinder Hund.« Jack lacht, ehe er wieder ernst wird. »Tess, wenn du jemals auch nur im Geringsten besorgt bist, kannst du mich jederzeit anrufen. Das ist mein Ernst.«

»Danke.« Ich ziehe einen Laib Brot aus dem Kühlschrank. »Wie viele Eier möchtest du haben?«

Nach Rührei auf Toast mit Butter und schwarzem Pfeffer setzen Jack und ich uns aufs Sofa. Wenn das mal nicht romantisch ist! Nein, eigentlich nicht, denn Tia und Buster quetschen sich zwischen uns. Buster bedrängt mich jedes Mal, wenn ich aufhöre, seinen Bauch zu kraulen, und Tia schnauft wie verrückt und strahlt eine Hitze aus wie ein Kachelofen. Ihr ist viel zu heiß, aber sie weigert sich, ihren Platz aufzugeben.

»Wie geht es deiner Tante?«, fragt Jack über Tias Kopf hinweg. »Ich habe sie eine Weile nicht gesehen. Gibt es immer noch Probleme zwischen ihr und dem Komitee? Wie ist deine Stellung dazu?«

Stellung? Ich rutsche auf meinem Platz herum, während mein Gehirn die Möglichkeit einer Doppeldeutigkeit überdenkt. Ich kann nichts dafür. Ich lasse mich vollkommen von dem Gedanken mitreißen, dass Jack mich heute Abend noch küssen wird.

»Ist deine Arbeit hier sicher?«, fährt er fort.

»Das weiß ich nicht. Ich meine, ich werde nicht bezahlt.«

»Wirst du nicht? Wie kommst du dann zurecht?«

»Jeden Abend Rührei auf Toast«, sage ich lächelnd. »Schon in Ordnung. Ich ernähre mich jetzt sehr gesund. Mein Dad bringt mir Eier, und Fifi kommt mit dem Brot aus dem Gartenzentrum vorbei.«

Irgendwann gibt Tia ihren Platz auf dem Sofa auf. Ich bemerke, dass Jack seinen Arm auf der Rückenlehne zu mir schiebt. Auch Buster entgeht es nicht. Er stellt ein Ohr auf, verdreht ein Auge nach hinten und knurrt eine lange, leise Warnung: Sie gehört mir. Nicht anfassen!

»Buster, ich brauche dich nicht, um meine Tugend zu verteidigen.«

»Tja, da wäre ich mir mal nicht so sicher«, sagt Jack. »Du weißt ja nicht, was ich mit dir vorhabe, Tess.«

»Du hältst dich wohl für sehr witzig, was?«, entgegne ich trocken.

»Dieses Mal mache ich keinen Witz.«

»Nicht?« Ich schaue über Buster hinweg Jack direkt in die Augen. Seine Miene ist sanft, doch ich spüre, wie mein Körper auf den Hunger reagiert, der sich dahinter versteckt.

»Ich lasse Buster bloß schnell zum Pinkeln raus.« So kann man jeden romantischen Augenblick kaputtmachen, denke ich, sobald die Worte über meine Lippen sind. »Das hätte ich auch anders sagen können, was?«

»Na los, mach schon«, lacht Jack. »Vielleicht sollte ich mit dir gehen, falls irgendwelche Strolche sich da draußen herumtreiben.«

»Mir passiert schon nichts. Aber du könntest noch mal nach dem Rehbock sehen.«

»Versuchst du, mich loszuwerden?« Lächelnd, denn er kennt die Antwort bereits, springt er auf und verschwindet nach draußen, während ich Buster und Tia raus in den Garten lasse. Ich warte auf sie und denke über die Theorie nach, dass die Zeit, die ein Hund fürs Pinkeln braucht, direkt proportional ist zu der Außentemperatur und der Anzahl der Kleidung, die getragen wird. Es ist ziemlich kalt geworden. Nach ein paar Minuten rufe ich sie zurück und halte auf dem Rückweg zum Wohnzimmer Buster eine Predigt.

»Du kannst mir nicht vorschreiben, mit wem ich mich treffe und mit wem nicht. Mit dir zusammenzuwohnen ist, als würde ich mit meinem Dad zusammenleben.«

»Ich kann es ihm nicht vorwerfen, dass er dich ganz für sich haben möchte«, sagt Jack, der wieder hereinkommt und sich dicht neben mich setzt, sodass ich seinen Duft nach Moschus und frischer Luft einatme. Als er dieses Mal meine Hand nimmt, bleibt Buster still, und Jack fährt mit leiser Stimme fort: »Das möchte ich schon seit sehr langer Zeit tun.« Er beugt sich zu mir und drückt mir die Lippen auf die Wange. »Es ist das, was ich schon immer wollte«, flüstert er, ehe er mich noch einmal küsst, dieses Mal auf den Mund. Ich lasse meine Hände in seinen Nacken gleiten und schmiege mich mit hämmerndem Herzen in seine Umarmung. Hitze brandet in Wellen durch meinen Körper.

»Ich auch«, murmele ich, während meine Zweifel und meine Ängste um die Zukunft zerbrechen und verschwinden und von einem überwältigenden Glücksgefühl ersetzt werden, wie ich es noch nie zuvor verspürt habe, was mich davon überzeugt, dass das hier der Anfang von etwas wirklich ganz Besonderem ist.

KAPITEL 14

Der Morgen nach dem Abend davor

Abrupt wache ich auf. Ich liege unter der Decke in Jacks Armen, das Morgenlicht ist schmerzhaft grell, und die Erinnerungen an die Nacht zuvor brennen in meinem Bewusstsein. Oh mein Gott! Es ist so schlimm – ich schaue Jacks schönes Gesicht an, die goldenen Bartstoppeln, die seine Wangen schmücken, den Schwung seiner Lippen, während er schläft – und doch so gut!

Ich zwicke mich selbst, denn ich kann es nicht glauben. Ich mache so etwas doch sonst nicht und falle beim ersten Date mit einem Mann ins Bett. Ich korrigiere mich. Es war nicht mal ein Date … Ich weiß, wie ich mich fühlen müsste, wenn ich mit Jack aufwache, aber es ist zu spät, um von einer Woge der Tugendhaftigkeit überrollt zu werden, und ich spare mir mein schlechtes Gewissen auf, denn ich denke, dass es nicht mehr lange dauern kann, bis ich mit Sicherheit behaupten kann, dass Jack und ich zusammen sind, dass wir Freund und Freundin sind, und dann macht es keinen Unterschied mehr.

Während ich daliege und das Gefühl seines Körpers an meinem genieße, werde ich mir des Geräusches bewusst, das ein Fahrzeug macht, welches auf den Parkplatz fährt.

»Jack!« Ich schüttele ihn an der Schulter. »Da kommt jemand.«

Er murmelt eine unverständliche Antwort, und ich versuche es noch einmal. »Jack, wir müssen hier raus.«

»Warum, Tess? Wozu?« Er stützt sich auf die Ellenbogen und runzelt die Stirn. »Schämst du dich für mich?«

Ich schäme mich für mich selbst, aber das sage ich ihm nicht.

»Es wäre mir lieber, die Leute würden nicht erfahren, dass du über Nacht geblieben bist. Noch nicht.«

»Das verstehe ich nicht.« Er streckt die Arme nach mir aus und gibt mir einen Kuss auf die Lippen. »Ich dachte, du magst mich. Tess, ich habe dich wirklich sehr gern, und es ist mir egal, wer auf dieser Welt das weiß, aber wenn es dich glücklich macht, stehe ich auf und tue so, als wäre ich gerade erst angekommen … Oder«, fügt er mit einem anzüglichen Lächeln hinzu, »wir könnten so tun, als wären wir gar nicht da, und uns noch mal von vorne lieben.«

Dafür ist es zu spät. Es klopft an der Tür, woraufhin die Hunde anfangen zu bellen, und jemand ruft »Hallöchen, ich bin's, Tessa!« durch den Briefschlitz.

Stöhnend lege ich mir die Hand auf die Stirn. »Es ist meine Tante.« Der Gedanke, Fifi alles erklären zu müssen, ist einfach zu viel. Ich stehe auf, werfe mir einen Morgenrock über und öffne weit das Fenster. »Hier entlang«, flüstere ich. »Ich lenke Fifi für ein paar Minuten ab – ich sage ihr, du wärst früh gekommen, um nach dem Rehbock zu sehen.« Ich lächle über seine verwirrte Miene. »Mach schon.« Ich nehme mir so viel Zeit, wie nur möglich ist, um den Flur entlang zur Haustür zu gehen, damit Jack Zeit hat, seine Kleider zusammenzuklauben.

»Du hast dir Zeit gelassen«, sagt Fifi streng.

»Ich war noch im Bett – ich habe verschlafen«, erkläre

ich, als meine Tante, gekleidet in ein rot-weiß getupftes Sommerkleid und weiße Schuhe mit roten Schleifen, mir eine Leinentasche mit Proviant übergibt – Brot, Käse und Milch –, wobei sie den Blick auf einen Punkt über meinem linken Ohr gerichtet hält, als erwarte sie, dass jemand hinter mir auftaucht.

»Wie ich sehe, ist Jack schon früh hier.«

»Hm-hm?« Ich bin mir nicht sicher, wie ich reagieren soll.

»Der Van steht um die Ecke.«

»Oh, ja, stimmt. Er hat mir eine SMS geschickt, dass er kommen wolle, um nach dem Rehbock zu sehen, der gestern in die Eisenwarenhandlung geflohen ist.«

»Alle Welt redet über den Talyton-Rehbock«, sagt Fifi. »Seine Anwesenheit hier in der Schutzstation könnte ein wahrer Gewinn werden. Ally Jackson kann eine Geschichte über ihn in den *Chronicle* setzen – es wird jede Menge Besucher geben, die ihn sehen wollen.«

»Er ist ein Wildtier«, sage ich. »Wir können die Leute nicht über die Boxentür gucken lassen.«

»Wir könnten eine Webcam installieren«, schlägt Fifi vor.

»Ich habe mir überlegt« – in Wahrheit habe ich überhaupt nicht an den Rehbock gedacht, aber die Idee schießt mir gerade durch den Kopf – »dass wir ein bisschen Geld einnehmen könnten, indem wir die Leute jeweils ein Pfund bezahlen lassen, um über einen Namen für den Bock abstimmen zu lassen. Wir könnten dann den besten Namen auswählen und einen kleinen Preis verleihen – Schokolade, eine Urkunde und ein Foto.«

»Das ist ein reizender Einfall.«

»Warum kommst du nicht rein?«, sage ich rasch, als ich Jack erblicke, der am Rand des Parkplatzes zur Scheune läuft, seine Stiefel in der einen und seine Socken in der anderen Hand.

»Stimmt irgendetwas nicht?«, fragt Fifi argwöhnisch. »Du hast dich doch nicht an dieser Sommergrippe angesteckt, die gerade umgeht? Du siehst ziemlich erhitzt aus.«

»Wirklich?« Ich fasse mir an die Stirn.

»Deine Nerven scheinen verrückt zu spielen.«

»Mit meinen Nerven ist alles in Ordnung, das kann ich dir versichern«, sage ich und unterdrücke ein Kichern, als Jack mir zuwinkt, ehe er um die Ecke verschwindet. »Komm rein. Ich setze den Kessel auf, ziehe mich an und mache uns ein Frühstück.«

»Möchtest du, dass ich zuerst die Jungvögel füttere?«, fragt Fifi. »Deshalb bin ich eigentlich hier.«

»Wir kümmern uns später gemeinsam um sie. Wir können über die letzten Vorbereitungen für den Ball reden«, sage ich. (Diane hatte nichts dagegen, als ich ihr erzählte, dass meine Tante mir weiterhin mit der Organisation des Balles helfen würde, obwohl sie nicht mehr Vorsitzende ist. Ich glaube, es passt Diane ganz gut, da sie nicht sonderlich wild darauf ist, sich ein Bein auszureißen.) Ich sehe auf die Uhr. Es ist acht, und die Vögelchen bekommen üblicherweise ihre erste Portion von Mehlwürmern oder Katzenfutter gegen halb neun.

Ich lasse Fifi in der Küche den Tee vorbereiten, während ich in Jeans und T-Shirt schlüpfe, mir mit den Fingern durchs Haar fahre und wehmütig denke, dass das reichen muss. Als ich in die Küche zurückeile, höre ich meine Tante mit Jack plaudern.

»Ich fürchte, zum Frühstück haben wir nur die Wahl zwischen frischem Brot oder wieder Toast«, sage ich, reiche Jack einen Becher Tee und hoffe, dass Fifi mein

Versprecher nicht aufgefallen ist. »Wie geht es unserem Patienten?«

»Hast du meine SMS nicht bekommen?«, fragt Jack.

Ich überprüfe mein Handy, das ich letzte Nacht auf der Arbeitsplatte in der Küche liegen gelassen haben muss. Ich klappe es auf und lese die SMS: *Dinner heute Abend? Hol dich um 7 ab, ☺xxxJ*

»Der Rehbock sieht gut aus«, fährt Jack fort. »Als ich ging, hat er am Heu geknabbert. Wann, sagte Justin noch mal, würde er kommen, um den Verband zu wechseln?«

»In drei oder vier Tagen. Danach sollte ich es selbst erledigen können.«

Ich erzähle Fifi beim Frühstück von dem Ausmaß der Verletzungen des Rehbocks und dem Schaden am Schuppen. Wir essen im Wohnzimmer, während Buster und Tia bei uns sitzen, uns nicht aus den Augen lassen und beim süßlichen Geruch von geröstetem Toast und Marmelade auf den Teppich sabbern. Irgendwann fällt mir eine Amsel auf, die auf einem der unteren Zweige des Apfelbaums hockt, zwitschernd hin und her hüpft und so eine der verwilderten Katzen zum Narren hält. Die Katze umschleicht kreisend den Baum, den Blick fest auf den Vogel gerichtet, der aufreizend knapp außer Reichweite bleibt. Ich will Jack gerade fragen, ob wir nicht wieder die Fallen aufstellen sollen, um noch ein paar Katzen einzufangen, als sein Handy klingelt.

Mir fällt auf, wie er die Stirn runzelt, als er die Nummer auf dem Display liest. Er steht auf und hebt die Hand. »Ich muss los. Danke fürs Frühstück.«

Ich gehe mit ihm zur Tür, doch alles, was ich ihm sagen möchte, wird durch die Anwesenheit meiner Tante im Wohnzimmer verhindert. »Bis später.«

»Ja. Bis dann, Tess«, sagt er, öffnet die Haustür und verschwindet rasch über den Parkplatz. Kurz darauf fährt er mit dem Van an mir vorbei, ohne zu winken oder sonst irgendwie zu erkennen zu geben, dass er mich gesehen hat.

»Er ist in Eile.« Ich zucke zusammen, als die Stimme meiner Tante direkt neben mir ertönt. Sie muss sich angeschlichen haben, ohne dass ich es bemerkt habe.

»Oh, Fifi, hast du mich jetzt aber erschreckt.« Ich streiche mit den Fingern über meinen Hals und berühre die Spur von Jacks Küssen der letzten Nacht.

»Das liegt daran, dass du mit den Gedanken eindeutig nicht bei der Sache bist – oder vielmehr bei jemandem, der gar nicht so weit von hier entfernt ist. Hat Jack gesagt, wo er hinwollte?«

Ich schüttele den Kopf.

»Wahrscheinlich ist er zu einem Feuer gerufen worden«, fährt meine Tante fort.

»Ich habe seinen Pager nicht gehört.«

»Tja, er wird immer irgendwo gebraucht. Ich weiß nicht, wie er das schafft.« Fifi verstummt. »Wollen wir uns jetzt um die Jungvögel kümmern?«

»Ja«, stimme ich zu, aber nichts kann mich an etwas anderes denken lassen als an Jack. Wir sind gemeinsam aufgewacht und haben zusammen gefrühstückt – okay, meine Tante war auch mit dabei –, ganz normale, alltägliche Aktivitäten eines Paares, aber sind wir ein Paar oder doch eher Freunde mit gewissen Vorzügen? Ich hoffe, dass wir uns in ein paar Tagen als ein Paar betrachten können und ich der Welt, meinen Freunden und meiner Familie erzählen kann, dass ich einen festen Freund habe. Ich stelle mir vor, wie mein Dad lächeln wird, wenn ich beiläufig erwähne, dass ich jetzt Jacks Mädchen bin.

Ich schicke Jack eine SMS, als ich mit Buster im Wäldchen spazieren gehe: *Kann's kaum erwarten, dich heute Abend zu sehen. xT* Ich denke lange und gründlich darüber nach, wie viele Küsse ich anhängen soll, und beschließe letztendlich, dass einer angemessen ist. Ich glaube nicht, dass Jack sich leicht abschrecken lässt, aber habe genug Erfahrung mit Männern, dass diese Möglichkeit mir in den Sinn kommt, deshalb bin ich ausgesprochen besorgt, als ich gerade anfange, mich für unsere Verabredung fertig zu machen, und er anruft, um abzusagen.

»Es tut mir wirklich leid, Tess, aber es ist mir etwas dazwischengekommen. Ich hoffe, du bist nicht allzu enttäuscht.«

Das wäre eine Untertreibung. Ich bin absolut am Boden zerstört.

»Ein andermal«, sagt er.

»Ein andermal«, wiederhole ich. »Warte nicht zu lange.« Ich versuche, nicht allzu verzweifelt zu klingen. »Du könntest später vorbeikommen, wenn du magst.«

»Nicht heute Abend. Ich seh dich dann demnächst in der Schutzstation.«

Was er sagt, ist absolut vernünftig. Ich fürchte bloß, dass das, was er nicht ausspricht, die eigentliche Geschichte erzählt. Er verspricht nicht, dass er es ein andermal wiedergutmachen wird. Ich wische mir den Eyeliner von den Augen und wasche mir das Gesicht, ehe ich mich mit Buster und Tia auf das Sofa kuschele, Busters Bauch mit der einen Hand kraule und Tias Ohren mit der anderen. Ich sage mir, dass Jack nicht so ist wie Nathan und dass er unsere Verabredung niemals abgesagt hätte, ohne einen guten Grund dafür zu haben, was auch immer es sein mag. Wenn Männer doch nur wie Hunde wären, wäre diese Welt ein besserer Ort.

Ich sehe Jack die nächsten Tage nicht. Ich schicke ihm unter dem Vorwand, ihn über den Gesundheitszustand des Rehbocks auf dem Laufenden zu halten, einige SMS, denn ich kann nicht anders, aber er antwortet nicht.

»Ich nehme an, er hat Probleme mit dem Netz«, sagt Libby, als ich es eines Morgens ihr gegenüber erwähne, während wir dem Rehbock Heu und sein Frühstück bringen, ehe wir die Zwinger sauber machen. Libby nimmt ihren Bruder in Schutz und gibt mir vage Antworten zu seinem Befinden.

»Du bist nicht bei der Sache«, sage ich zu ihr, als sie versucht, mit einer Hand eine Einmalschürze umzubinden, während sie mit der anderen simst. »Ich nehme an, der Weg zur wahren Liebe ist erfolgreich beschritten – du läufst ständig mit einem breiten Grinsen im Gesicht herum.« Ich fülle einen Eimer mit heißer Seifenlauge in der Küchenspüle. Libby nimmt sich ein Paar gelbe Gummihandschuhe und wirbelt auf Zehenspitzen durch den Raum, wobei ihre Füße in den Gummistiefeln schmatzende Geräusche von sich geben.

»Tessa, Ash hat mich gefragt, ob ich mit ihm auf den Ball gehe. Ich bin so aufgeregt. Ich kann es kaum erwarten.«

»Das freut mich«, sage ich lächelnd. »Ich warte darauf, dass dein Bruder mich einlädt.«

»Jack?«, fragt Libby und runzelt die Stirn, als sie sich einen Schrubber schnappt.

»Ups. Vielleicht hätte ich nichts sagen sollen«, fahre ich fort, aber ich meine es nicht. Ich wollte mein Geheimnis unbedingt mit jemandem teilen, der es auch für sich behalten kann, wenigstens so lange, bis Jack und ich beschlossen haben, uns als Paar zu outen. Ich vertraue

Libby. Sie ist mir eine gute Freundin geworden, in letzter Zeit sogar mehr als Katie, denke ich mit einem Anflug von schlechtem Gewissen. Obwohl wir weiterhin in Kontakt sind, scheint seit Nathan und der Hochzeit zwischen uns eine Mauer entstanden zu sein.

Ich folge ihr mit Eimer und Schrubber in den ersten Zwinger. Libby fängt an, die Wände zu schrubben, und schreibt die Buchstaben A-S-H mit Seifenlauge an die Wand, ehe sie sie abwischt.

»Jack hat offenbar nicht …« Meine Stimme versagt, doch dann nehme ich allen Mut zusammen und fange von vorne an. »Jack und ich haben es endlich irgendwie geschafft zusammenzukommen.« Ich erzähle ihr alles. »Ich glaube, ich sage nicht zu viel, wenn ich behaupte, dass wir eine Beziehung haben. Bist du dir sicher, dass er dir nichts erzählt hat?«

»Tessa, Jack ist zwar mein Bruder, aber er erzählt mir nicht alles, was in seinem Leben so vorgeht.«

Ich tauche das Putztuch in den Eimer, wringe es aus und fange mit dem Fußboden an.

»Ich nehme an, ich werde die Initiative ergreifen müssen. Wenigstens kann ich als Organisatorin des Balls ein paar Tickets bis zum letzten Moment für uns zurückhalten«, denke ich laut.

Libby hört auf zu schrubben.

»Äh, ich glaube, ich an deiner Stelle würde darauf warten, dass er mich fragt. So ist es irgendwie Tradition, oder? Dass der Mann die Frau fragt?«, fährt sie fröhlich fort.

»Ich hätte nicht gedacht, dass du eine so heftige Verfechterin der Tradition bist«, sage ich. Ihre Einstellung überrascht mich. »Libby, du bist wirklich ganz schön altmodisch.«

»Na ja, es ist ein Brauch, der seit vielen Jahren gut funktioniert.« Sie taucht die Bürste wieder in den Eimer.

»Vielleicht möchtest du deinem Bruder einen Schubs in die richtige Richtung geben und ihm klarmachen, welches Protokoll er zu befolgen hat.«

»Seit wann hat Jack mich auch nur im Mindesten beachtet?«, sagt sie und wendet sich mit Eifer wieder dem Schrubben der Wand zu. »Gibt es bereits Vorschläge für einen Namen für den Rehbock?«

»Ja, einige.« Ally Jackson hat den Aufruf gestern in den *Chronicle* gesetzt. »Vier Vorschläge sind per E-Mail eingegangen, und unsere letzten Besucher haben die Zettel ausgefüllt und in die Urne am Empfang geworfen. Drei haben denselben Namen vorgeschlagen. Kannst du ihn dir denken?«

»Ja«, sagt Libby. »Bambi. Er passt zu ihm. Er ist so süß.«

»Meinst du wirklich? Nachdem ich gesehen habe, wie er den Schuppen zerstört hat, finde ich überhaupt nicht, dass er zu ihm passt. Da wäre Conan schon besser. Nach Conan, dem Barbaren.«

»Was wird letztendlich aus ihm?«, fragt Libby.

»Das kann man jetzt noch nicht sagen. Es könnte Komplikationen mit der Wunde an seinem Bein geben, und es besteht immer noch die Gefahr, dass er sich zu sehr aufregt und an Myopathie erkrankt. Wenn die Wunde verheilt und er gesund bleibt, haben wir vor, ihn so schnell wie möglich wieder in die Freiheit zu entlassen.«

»Wäre es nicht besser, ihn zu behalten? Mir gefällt die Vorstellung nicht, dass er nach allem, was er jetzt durchgemacht hat, alleine durchkommen muss oder überfahren oder abgeschossen wird.«

»Er ist ein Wildtier«, sage ich. »Er sollte wild und in Freiheit mit anderen Rehen leben können.«

»Ja, wahrscheinlich hast du recht«, sagt Libby. »Aber ich werde trotzdem weinen, wenn wir ihn freilassen.«

»Das werde ich wahrscheinlich auch«, gebe ich zu. Ich bin überrascht, wie sehr mir alle Tiere zu Herzen gehen. Es ist unmöglich, sich nicht emotional zu engagieren. Tatsächlich vermisse ich Buster und Teddy schon jetzt, dabei haben beide die Schutzstation noch nicht verlassen.

»Wir haben ein Zuhause für Teddy gefunden«, erzähle ich Libby. »Er wird bei einem Ehepaar im Ruhestand leben, einem Exadmiral und seiner Frau, in einem Haus oben auf den Klippen bei Talymouth.«

»Ich hoffe, es ist da nicht zu gefährlich für ihn«, macht sich Libby sofort Sorgen.

»Ich habe bereits einen Hausbesuch gemacht, und ich glaube, dass Teddy sehr gut dorthin passt. Er wird eine Einzelkatze sein, und er hat einen gesicherten Garten, in dem er spielen kann.« Zum Glück bereitet ihm der Virus in seinem Körper im Augenblick keine größeren gesundheitlichen Probleme, und laut Maz sieht es so aus, als könne er ziemlich alt werden. »Das Haus liegt nicht direkt an den Klippen, falls du dir deshalb Sorgen machst, Libby. Es ist sogar ein ganzes Stück davon entfernt.«

»Wann wird er gehen? Ich brauche Zeit, um mich von ihm zu verabschieden.«

»Ende der Woche. Sie müssen erst noch eine Katzenklappe anbringen lassen«, erkläre ich.

»Was ist mit Buster? Er wird uns auch bald verlassen, oder?«

»Eigentlich schon, aber die Nelsons haben den Termin, wann sie ihn abholen, ein zweites Mal verschoben, weil sie noch einen Last-Minute-Urlaub machen und ihn nicht gleich für zwei Wochen in einer Pension unterbringen wollen, während sie fort sind.«

»Das ist immerhin fair, meinst du nicht?«, sagt Libby und taucht die Bürste in den Eimer. »Es ist besser für Buster.«

»Das ist es«, stimme ich ihr zu, doch es bedrückt mich, dass sie sich einen Hund ausgesucht haben, dann aber lieber in Urlaub fahren. Na, jedenfalls bedeutet das, dass ich erst einmal keine Angst haben muss, Buster aufzugeben, denn ich weiß, dass das eines der schwersten Dinge sein wird, die ich jemals tun musste.

Seit der Nacht, in der wir miteinander geschlafen haben, sitze ich wie auf glühenden Kohlen und kann es kaum erwarten, Jack wiederzusehen, aber ich habe versucht, wie gewohnt mein Leben weiterzuführen. Zur Wochenmitte hin verändert sich mein Gemütszustand von euphorisch hin zu einer Art klinischer Depression. Ich bin verliebt, und das macht mich leicht verrückt.

Ehe ich komplett verrückt werde, stelle ich in Gedanken eine To-do-Liste auf, während ich mich durch die Vormittagsaufgaben kämpfe: die letzten Ticketbestellungen verschicken, die Band kontaktieren, um zu bestätigen, wann die Musiker für den Aufbau und den Soundcheck kommen wollen, mit dem Koch über die vegetarische Alternative bei den Vorspeisen sprechen und zu guter Letzt mit Jack reden, falls ich ihn jemals wieder zu Gesicht bekomme. Er hat sich nicht mehr gemeldet, seit er unsere Verabredung abgesagt hat, abgesehen von einem kurzen Winken aus dem Land Rover, als er Libby gestern hergebracht hat.

Libby sagte, er würde vor lauter Arbeit kaum noch ein Bein auf den Boden bekommen, als ich sie das erste Mal fragte, wo er denn stecke. Einer der Jungschwäne, die im Juli in dem Nest im Fluss geschlüpft sind, ist mit Verdacht auf Bleivergiftung im Schilf zusammengebrochen, und Jack hat ihn zu der Seevogel-Rettungsstation in Marsh gebracht. Ohne mich, dachte ich bei der Erinnerung an unser Mittagessen mit Blick auf den Hafen und das dahinterliegende Meer. Er hätte mich wenigstens fragen können, selbst wenn ich nicht hier weg gekonnt hätte. Als ich mich ein zweites Mal bei Libby nach ihm erkundigte, sagte sie, er wäre damit beschäftigt, einem Freund in Not zu helfen.

»In was für einer Not?«, fragte ich.

»Ach, ich weiß nicht genau. Aber du weißt doch, wie er ist, Tessa. Ständig hilft er irgendwem.«

In diesem Moment wurde mir klar: Obwohl ich zugelassen hatte, dass ich an Jack als meinen Liebhaber und möglichen Seelenpartner dachte, wusste ich nicht alles über ihn.

Nachdem ich eine Briefmarke auf den letzten Umschlag mit Tickets für den Ball geklebt habe, beschließe ich zum Zwingertrakt zu gehen, doch wenn ich geglaubt habe, die Hunde würden meine Gedanken von der Frage ablenken, was ich wegen Jack machen soll, habe ich mich getäuscht. Es würde ihn wirklich nicht viel kosten, mir eine SMS zu schicken, um mir zu sagen, wo er ist. Dass er das nicht getan hat, will mir nicht aus dem Kopf. Liegt es daran, dass er völlig gedankenlos ist, oder will er nicht, dass ich weiß, wo er ist? Vielleicht versteht er einfach nicht, was diese Nacht für mich bedeutet hat.

Ich versuche, meine Bedenken auszublenden. Ich bin

von Natur aus misstrauisch wegen der Sache mit Nathan. Er machte ein Geheimnis um seine Geschäfte und unsere finanzielle Situation, wodurch es ihm gelang, die Tatsache zu verschleiern, dass wir Tausende von Pfund im Minus standen. Deshalb fällt es mir zwangsläufig schwer, wieder Vertrauen zu einem Menschen aufzubauen. Doch Jack ist nicht wie Nathan, und es gibt keinen Grund, weshalb sich die Geschichte wiederholen sollte.

Zu meiner Überraschung taucht Jack gerade dann in Fleisch und Blut auf, als ich an ihn denke. Seine Silhouette erscheint in der Tür zum Zwingerblock. Ich putze gerade den Betonboden im dritten Zwinger mit einem Schrubber und einem Eimer voll verdünntem Desinfektionsmittel, um ihn für den nächsten Bewohner vorzubereiten, weil der vorherige am Tag zuvor vermittelt werden konnte.

»Hi, Jack. Ich dachte schon, du hättest genug von mir.« Ich lächle vor Erleichterung, ihn endlich wiederzusehen. »Wo hast du gesteckt?«

»Ich hatte ziemlich viel um die Ohren.« Jack tritt auf mich zu.

»Erzähl mir davon.« Ich verlasse den Zwinger und gehe auf ihn zu in der Annahme, dass wir uns küssen werden – wenn schon kein Knutschen mit Zunge und allem Drum und Dran, dann doch wenigstens ein kurzes Streifen der Lippen als Anerkennung dessen, was zwischen uns passiert ist, und Hinweis darauf, was noch passieren wird. Doch als ich mich ihm nähere, zögert Jack und duckt sich zur Seite, als würde ihn mein Anblick – ich trage Gummihandschuhe, Gummistiefel und eine Plastikschürze – anwidern.

»Ich hätte mir ein bisschen mehr Mühe gegeben,

wenn ich gewusst hätte, dass du kommst«, sage ich und zwinge mich zu einem Lächeln. »Wahrscheinlich rieche ich nach irgendwas.« Ich ziehe eine Augenbraue hoch, als mir auffällt, dass Jack mein Lächeln nicht erwidert. »Du hast noch keine Tickets für den Ball gekauft«, fahre ich fort, und er sollte sexy und ironisch antworten: »Ist das ein Wink mit dem Zaunpfahl, Tess?«

»Dann hast du also noch ein paar Tickets?« ist das, was er tatsächlich sagt.

»Ich habe dir welche zurückgelegt.«

»Danke. Äh, wie viel macht das für zwei?«

Ich sage ihm die Summe und warte darauf, dass er mich bittet, ihn zu dem Ball zu begleiten, doch er fährt fort: »Ich nehme jemanden mit. Eine Freundin.«

»Oh?« Ich wusste, dass irgendetwas nicht stimmte. Jacks Gesicht glänzt vor Schweiß, und ständig schaut er zu Boden und kratzt sich imaginären Schmutz unter den Fingernägeln weg. »Jemand, den ich kenne?«, frage ich. Drohende Enttäuschung pocht tief in meiner Kehle, als Jack den Mund öffnet und antwortet.

»Sie heißt Karen.«

»Karen?« Ich befürchte, dass meine Stimme alles verrät. Ich bin am Boden zerstört.

»Erinnerst du dich, dass ich dir von der Frau erzählt habe, die ich in Asien kennengelernt habe?«

»Ja?« Der Schmerz des Verlusts und der Zurückweisung ist unerträglich. »Du hast gesagt …«

»Ich weiß, was ich gesagt habe.« Jack schaut zurück durch die Tür, als wünschte er, er könnte da draußen in den Hügeln sein, weit weg von mir. »Sie hat mich gesucht.«

»Am Tag, nachdem wir …«

Jacks kurzes Nicken erklärt, warum er sich so rargemacht hat. Es war nicht so, dass ich ihn vertrieben habe, indem ich mit ihm ins Bett gefallen bin. Es ist, weil eine Bessere aufgetaucht ist, und zu dem anfänglichen Schock, dass er mich wegen einer anderen sitzen gelassen hat, mischt sich Wut.

»Du Scheißkerl!« Ich stütze mich auf den Schrubber, meine Finger krallen sich um den Stiel und drücken die Borsten flach auf den Boden.

»Sie hat ihren Ehemann verlassen und ist bei mir eingezogen«, fährt Jack fort.

Jetzt ergibt alles einen Sinn – auch Libbys Zögern, sich mit mir auf eine Unterhaltung über ihren Bruder einzulassen.

»Sie konnte nirgendwohin. Was hätte ich sonst tun können?« Jack zuckt die Schultern. »Ich hätte es dir früher sagen sollen, aber ich habe es nicht über mich gebracht.«

»Ja, das hättest du verdammt noch mal tun sollen.« Inzwischen tobe ich. Ich werfe den Schrubber hin, und ich weiß nicht, was in mich fährt, aber ich packe den Eimer und gieße ihn schwungvoll über Jack aus.

»He, was zum Teufel …« Jack steht spuckend da, das Wasser läuft ihm aus dem Haar, über das Gesicht und über seine Kleider und bildet eine Pfütze um seine Füße. »Warum zum Teufel hast du das gemacht?«

»Was meinst du wohl?« Ich lasse den Eimer fallen, und er poltert über den Boden.

»Ich versuche ja, es dir zu erklären«, sagt er aufgebracht. Schaudernd packt er sein Hemd und zieht den Stoff von seiner Haut. »Du hättest wenigstens warmes Wasser nehmen können«, fügt er mit sanfter werdender Stimme hinzu.

»In der Küche gibt es jede Menge Handtücher.«

»Das klingt nach einer deiner besseren Ideen«, sagt er schief. »Ich hole mir eins.«

Es wäre mir lieber, wenn er mich allein lassen würde, aber er kehrt zurück und trocknet sich die Haare mit einem fadenscheinigen Strandtuch ab. »Bist du okay?«

»Was glaubst du denn?« Ich beiße mir auf die Lippe. »Es war grausam von dir, mich so hinzuhalten, wenn du keine Absicht hattest …«

»So war es nicht«, unterbricht Jack mich, aber ich gebe ihm keine Zeit, seinen Gedanken weiter auszuführen.

»Wenn du sie liebst und es so sein soll …« Tränen brennen wie Säure auf meiner Wange. Wie typisch für Jack, immer das Richtige zu tun!

»Tess, ich wünschte, die Dinge lägen anders. Es tut mir so leid.«

»Okay, schon in Ordnung. Ich habe nicht erwartet …« Ich fange an laut zu schluchzen. »Ich habe gar nichts erwartet.«

»Tess, komm her.« Jack schlingt sich das Handtuch um den Nacken und breitet die Arme nach mir aus, doch ich wende mich ab, verlegen und beschämt, dass meine Leidenschaft für Jack mich alle Vernunft und Zurückhaltung hat vergessen lassen. Ich bin am Boden zerstört, dass ich die Situation missverstanden und seine Umarmungen für Liebe gehalten habe. Wie heißt es noch mal? Eine Frau muss sich gebunden fühlen, um Sex zu haben, während ein Mann Sex haben muss, um sich gebunden zu fühlen. Ich bin fix und fertig. Ich war eine solche Idiotin. Noch einmal. Ich verstehe die Männer einfach nicht. Ich gebe es auf. Ich werde Nonne.

»Es tut mir leid«, wiederholt Jack.

»Was tut dir leid? Wir hatten ein Techtelmechtel, einen One-Night-Stand. Solche Dinge passieren.« Ich unterlasse es hinzuzufügen: Aber nicht mir. »Du schuldest mir nichts. Es war meine Entscheidung. Niemand hat mich dazu gezwungen …« Ich werde darüber hinwegkommen. Vielleicht. Eines Tages. Die Worte hallen in meinem Kopf wider. Ich hätte es sein sollen, die bei Jack einzieht, nicht diese geheimnisvolle Fremde. Ich hätte es sein sollen! Ich grabe meine Fingernägel in meine Handballen. Ich wusste nicht, dass ich solchen Schmerz empfinden konnte.

Schwer schluckend, wische ich mir die Augen und sammle meine verbleibende Selbstbeherrschung.

»Ich sollte jetzt lieber weitermachen und hier fertig werden«, sage ich und tue so, als wäre alles normal. (Ich muss doch etwas vom schauspielerischen Talent meines Vaters geerbt haben.) »Ich muss einen Ball vorbereiten.«

»Was ist mit dir?«, sagt Jack. Seine Stimme klingt heiter, doch mit einem traurigen Unterton. »Wer ist der Glückliche, der dich zum Ball führt?«

»Ich habe nicht vor zu tanzen.« Ich höre mich selbst wie eine Irre lachen. »Ich habe zwei linke Füße, und ich konnte mir nie die Schritte merken, als ich beim Ballett war.«

»Ich kann mich nicht erinnern, dass du je beim Ballett warst.«

»Ich war fünf oder sechs, und meine Begeisterung dauerte gerade mal drei Wochen. Alles, was ich wollte, war das Tutu.«

Jack lächelt. »Ich kann mir dich jetzt gar nicht in einem Tutu vorstellen.«

»Was meinst du damit?« Ich blicke auf meine Cargohose hinab. Will er damit sagen, dass ich ein Wildfang bin? Bin ich ihm nicht mädchenhaft genug? Ich hatte noch nie viel von einem Mädchen an mir. Will er mich deshalb nicht? »Außerdem werde ich mit der Organisation beschäftigt sein.«

»Du weißt ja, dass Frauen mit zunehmendem Alter ihrer Mutter immer ähnlicher werden. Du wirst so enden wie deine Tante.«

»Vielen Dank«, sage ich tonlos. »Pass auf, die Sache mit dem Eimer tut mir leid. Aber jetzt muss ich weitermachen. Ich muss hier wirklich fertig werden.«

»Kann ich dir helfen?«, fragt Jack.

»Was immer du willst«, sage ich und schicke ihn weg. Solange du mir aus den Augen bleibst, würde ich am liebsten hinzufügen, denn ich ertrage seine Anwesenheit keine Minute länger. Sie erinnert mich zu sehr an meine massive Fehleinschätzung. Was hatte ich geglaubt? Dass Jack anders wäre als jeder andere Mann, dem ich in meinem Leben begegnet bin? Ich stoße das Ende des Schrubbers in die Ecken des Zwingers und säubere ihn von Spinnweben und Staub.

»Dann werde ich die Jungvögel für dich füttern.« Als ich nicht antworte, sagt er: »Wir sehen uns nachher.«

»Mach dir keine Gedanken, wenn du zurückmusst«, sage ich. »Ich habe hier alles unter Kontrolle.« Oder ich werde es haben, wenn ich endlich den metaphorischen Deckel auf die Kiste mit meinen Gefühlen gelegt habe. Ich halte inne und lausche seinen Schritten, die sich draußen entfernen. Wie konnte er mir das antun? Ich fühle mich deprimierter als an meinem Hochzeitstag. Innerhalb weniger Monate habe ich Jack gehasst und mich in ihn verliebt.

Später, nachdem Libby und die Freiwilligen nach Hause gegangen sind und ich die Schutzstation für mich habe, gehe ich zum Schmusen zu Teddy und heule mich richtig aus. Er schnurrt, stößt mir das Köpfchen ans Kinn, knetet mein Sweatshirt mit seinen Pfötchen und macht winzige Löcher an der Schulter in den Stoff, während sein Fell von meinen Tränen nass und stachelig wird.

»Lieber Teddy«, murmele ich ihm zu. »Wir haben ein gutes Zuhause für dich gefunden – ich habe dir ja gesagt, dass es da draußen jemanden für dich gibt. Aber ich werde dich vermissen.«

Teddy ist das egal, und ich wünschte, ich könnte sein wie er, zufrieden mit meinem Schicksal. Ich lasse ihn wieder in sein Gehege, wo er mit einer geschmeidigen Bewegung auf sein Brett springt und sich auf seinem Bettchen zusammenrollt, als wäre mit ihm alles okay. Ich ziehe die Tür zu und schließe für die Nacht ab, ehe ich in den Bungalow zurückkehre, wo Buster und Tia mich wie üblich begrüßen.

»Wenigstens auf euch kann ich mich verlassen – und auf meine Freunde«, sage ich zu ihnen und beschließe, Katie anzurufen.

»Hi«, meldet sie sich beim ersten Klingeln.

»Bist du beschäftigt?«, frage ich.

»Heute Abend nicht. Ich bleibe zu Hause, um mir die Haare zu waschen. Ich musste irgendeinen Vorwand finden, um ein bisschen Zeit zu Hause zu verbringen – ich war diese Woche jeden Abend aus.« Sie hält den Bruchteil einer Sekunde inne, ehe sie weiterplappert: »Wie geht es dir, Tessa? Bist du bereit für den Ball? Ich bin so aufgeregt. Ich war noch nie auf einem Ball.«

»Also, eigentlich habe ich meine Begeisterung dafür gerade verloren«, sage ich so niedergeschlagen, dass ich sie gar nicht frage, mit wem sie geht.

»Stimmt irgendwas nicht? Hat das Hotel abgesagt oder die Band einen Rückzieher gemacht?«

»Nein, nein, die Vorbereitungen kommen voran wie geplant«, beruhige ich sie. »Bisher hat es noch kein einziges Problem gegeben.«

»Das ist gut zu hören«, sagt Katie. »Ich dachte, weil deine Stimme irgendwie anders klingt …«

»Es ist Jack«, platze ich heraus. »Er geht mit einer anderen auf den Ball. Kannst du dir das vorstellen?«

»Du meinst, er hat dich nicht gefragt? Hattest du das erwartet?«

»Äh, ja, und ich bin fix und fertig.«

»Das ist ja wohl kein Weltuntergang. Ich verstehe immer noch nicht, wie du ihm die Lügen, die er an deinem Hochzeitstag verbreitet hat, verzeihen kannst. Vergiss Jack Miller. Er ist es nicht wert.« Sie hält kurz inne, dann fährt sie fort: »Du musst wirklich mehr ausgehen.«

»Was für einen Unterschied macht das schon«, frage ich mürrisch. »Ich werde nie jemanden kennenlernen, der es mit ihm aufnehmen kann.«

»Ich weiß ehrlich nicht, warum du so verstimmt bist«, wirft Katie ein. »Es ist ja nicht so, als wärst du mit ihm gegangen oder so, es sei denn, es gibt da etwas, was du mir nicht erzählt hast.«

»Ich habe mit ihm geschlafen«, bekenne ich, wonach lange Zeit Stille herrscht.

»Bist du vollkommen bescheuert?«, sagt Katie schließlich. »Du hast doch gesagt, du wolltest nichts überstürzen.«

»Ich weiß. Ich war so was von blöd.«

»Ich hätte nicht gedacht, dass Jack den Mumm dazu besitzt«, haucht Katie. »Und du? Mein Gott, Tessa, was hast du dir dabei gedacht?«

Das ist das Problem. Gar nichts habe ich gedacht. Ich schließe die Augen, erinnere mich an die erste Berührung – wie die eines Schmetterlings – seiner Lippen auf meinen, seinen Geruch nach Moschus, Aftershave und Kaffee, das Hämmern meines Herzschlags und das überwältigende Pulsieren der Lust.

»Lass dir davon nicht alles kaputtmachen«, fährt Katie fort. »Du warst gerade dabei, wieder auf Kurs zu kommen.«

»Er trifft sich mit einer anderen – er hat sie bei sich einziehen lassen, weniger als vierundzwanzig Stunden nachdem er mit mir geschlafen hatte. Also, Jack ist der letzte Fehler, den ich je gemacht habe. Ich werde ein Keuschheitsgelübde ablegen und ins Kloster gehen.« Ich halte inne. »Hey, Katie, wer ist dein Partner für den Ball?«

»Ach, ich wollte es dir gegenüber noch nicht erwähnen, weil ich dich nicht verärgern will …«

»Komm, spuck's aus.« Ich drehe so lange an dem Anhänger an meinem Handy, bis er abreißt.

»Ich gehe mit Nathan«, sagt Katie leise.

»Mit Nathan?« Ich verstehe das nicht. Erst Jack und jetzt Katie. Es fühlt sich an wie ein doppelter Verrat. Schmerz schießt mir durch die Brust. »Wie kannst du nur?«

»Es tut mir leid, Tessa. Es ist einfach passiert. Nathan ist mein fester Freund.«

»Du gehst wirklich mit meinem Ex aus?« Ich kann es kaum fassen.

»Ich kann daran nichts Falsches erkennen. Wie du sagst, er ist dein Ex.«

»Du weißt doch, wie er mich behandelt hat.«

»Jack mag ihm vorgeworfen haben, dich zu betrügen, aber es gab nie irgendeinen Beweis«, sagt Katie trotzig.

»Ich weiß, aber reicht denn nicht die Tatsache, dass er mich auf diesen ganzen Schulden sitzen gelassen hat, um dich davon abzuhalten? Was auf dieser Welt siehst du in ihm, diesem eitlen, selbstverliebten …«

»Ich weiß nicht, warum du so gemein bist«, unterbricht Katie mich. »Du bist mit ihm den ganzen Weg bis zum Altar gegangen, bis du beschlossen hast, dass du ihn nicht willst. Ich musste die Scherben zusammenklauben. Er hatte sonst niemanden, der sich um ihn gekümmert hätte.«

»Er hatte Mike. Er hatte viele andere Freunde«, sage ich. Sie treibt mich zur Weißglut. »Aber schließlich hatte er ja schon immer ein Auge auf dich geworfen, entweder auf deine Brüste oder deinen Po.«

»Er ist ein Mann. Männer machen so etwas nun mal, und um ganz ehrlich zu sein, Tessa, glaube ich, dass du eifersüchtig bist.«

»Weit gefehlt«, zische ich. »Ich bin wütend – nicht auf Nathan, sondern auf dich, weil du so dumm bist. Er wird dich bloß ausnutzen, so wie er mich ausgenutzt hat.«

»Na ja, er kann mich wenigstens nicht dazu bringen, mein ganzes Geld auszugeben – ich habe schließlich keins«, sagt Katie.

»Du hast Kreditkarten«, gebe ich ihr zu bedenken. »Ich hoffe, du hast dich nicht bereit erklärt, für irgendetwas zu zahlen.«

Katie verstummt, was für mich ein Zeichen ist, dass sie es getan hat.

»Katie, du Idiotin.«

»Ich wusste, dass du so reagieren würdest. Pass auf, ich erwarte nicht von dir, dass du dich für mich freust, aber ich kann nun mal meine Gefühle für ihn nicht ändern. Er sorgt dafür, dass ich mich …«

»… wie etwas Besonderes fühle?«, unterbreche ich sie. »Dieses Gefühl hat er mir auch gegeben, aber es war alles bloß Gerede. Schnell fing er an, Ausreden zu erfinden, mehr Zeit im Fitnessstudio zu verbringen oder auf Geschäftsreisen zu gehen, sodass ich ihn kaum noch sah.« Ich mache eine Pause. »Wie lange geht das schon mit euch beiden?«

»Ach, kaum der Rede wert. Ein paar Wochen vielleicht«, sagt Katie rasch. »Und ich weiß, dass du mir nicht glauben wirst, aber ich wollte es dir erzählen«, fährt sie fort und klingt verletzt. »Du hättest mir von Jack erzählen sollen. Früher haben wir immer über alles geredet.«

»Ich weiß, und das vermisse ich auch«, sage ich, und mir wird klar, dass wir beide ziemlich mies zueinander waren. »Tut mir leid.«

»Mir auch.«

»Freundinnen?«

»Freundinnen«, bestätigt sie, und wir plaudern noch ein paar Minuten, bevor ich mit Buster und Tia zu einem letzten Spaziergang aufbreche, während die Dämmerung sich herabsenkt. Ich lasse Tia zu der Behaglichkeit ihres Bettes, also des Sofas, zurückkehren und begebe mich dann auf eine längere Exkursion mit Buster. Es ist schwer zu erklären, aber Buster ist ein willigerer Kummerkastenonkel als Tia.

»Also, Buster, du weißt ja, dass ich dir neulich von Jack erzählt habe. Ich dachte, wir wären zusammen, aber wie sich jetzt herausgestellt hat, sind wir das nicht.« Der Hund schaut zu mir auf und wedelt mit dem Schwanz, während wir den Trampelpfad am Rande des Nachbarfeldes entlanggehen, bevor wir durch das Wäldchen zur Schutzstation zurückkehren. »Jack hat eine Freundin – ich habe Schwein gehabt.« Buster fängt an, an einem hohen Grasbüschel herumzuschnüffeln, und hebt dann das Bein. »Langweile ich dich? Ich nehme an, ich heule dir ein bisschen viel über Männer vor, vor allem über das Fehlen von heiratswürdigen Männern in diesem tiefsten und finstersten Teil von Devon.« Ich blicke mich um zwischen den düsteren Bäumen und den schemenhaften Feldern dahinter, auf denen Schafe weiden. Warum gibt es hier weniger Männer, als Schafe in der Gegend herumlaufen?

»Bald bin ich dreißig, und ich bin dem Richtigen immer noch nicht begegnet«, fahre ich fort. »Weißt du, ich glaube, ich bin wie du und warte auf jemanden, den ich lieben kann und der mich auch liebt.«

Buster zögert, taucht in das Gebüsch seitlich von uns, bis er das Ende seiner ausziehbaren Leine erreicht hat, und steht dann stocksteif da, mit aufgerichteten Ohren und nach hinten gestreckter Rute. Er sieht aus, als habe er Angst, dann stößt er ein tiefes, lang gezogenes warnendes Knurren aus, wobei er die Lefzen hochzieht, bevor er kurz und scharf bellt.

»Was ist los, Buster?« Ich strenge mich an, etwas zu hören.

Wieder bellt er und sagt dem, was auch immer sich dort im Gebüsch herumtreibt, es solle auf Abstand bleiben.

»Du dummer Hund, da ist nichts.« Ich will ihn wegziehen, als ich jemanden oder etwas husten höre. Auch Buster hört es, springt auf die Quelle des Geräusches zu und bellt vollkommen außer sich, bis die Leine nicht mehr länger wird. »Wer auch immer Sie sind«, übertöne ich das Hämmern meines Herzschlags, »hauen Sie ab! Das hier ist Privatbesitz!«

Zur Antwort knacken Äste, und jemand bricht durch

das Unterholz in Richtung Straße, und obwohl ich mich nicht habe einschüchtern lassen wollen, mache ich mich auf den Heimweg, zunächst nur schnell gehend, doch dann renne ich, wie ich nur kann, während Buster neben mir herhetzt. Je schneller ich renne, desto langsamer scheinen meine Beine sich zu bewegen, und es kommt mir wie eine Ewigkeit vor, bis ich endlich am Bungalow angekommen bin. Drinnen knalle ich die Tür hinter mir zu, schiebe oben wie unten die Sicherheitsschlösser vor und ziehe alle Vorhänge und Jalousien zu, sodass niemand mehr hereinsehen kann und – was noch wichtiger ist – ich auch nicht hinaus. Ich nehme die Hunde mit ins Wohnzimmer und rufe meinen Dad an.

»Ruf die Polizei, während du auf mich wartest«, sagt er mit sorgenvoller Stimme. »Ich bin unterwegs.«

»Dad, das ist nicht nötig«, sage ich. Inzwischen komme ich mir ein bisschen dämlich vor.

»Nichts wird mich davon abhalten, meine allerliebste Tochter.«

Er kommt im selben Moment wie PC Phillips hier an, und gemeinsam gehen sie durch das Wäldchen und überprüfen die Nebengebäude, ehe sie ins Haus zurückkehren, wo sie mit mir sprechen. PC Phillips schreibt alles in sein Notizbuch.

»Es gibt mehrere Fußspuren, aber keinerlei Anzeichen dafür, dass Ihnen jemand im Wäldchen aufgelauert hat«, sagt er.

»Natürlich gibt es jede Menge Fußspuren«, erwidere ich. Ich sitze mich hochgezogenen Beinen am Ende des Sofas, ein Kissen auf dem Schoß, und eine Hand liegt zitternd an Busters Halsband. »Wir gehen dort jeden Tag mit den Hunden spazieren.«

»An der Seite, wo der Feldweg verläuft, gibt es Reifenspuren bis zu der Absperrung.« PC Phillips hält inne. »Haben Sie irgendeine Idee, wer einen Grund dafür hätte, so etwas zu tun? Ein ehemaliger Partner vielleicht?«

»Wie sieht es mit Nathan aus?«, schlägt mein Dad vor. »Ist er dir immer noch böse?«

»Da bin ich mir sicher, aber das hier wäre nicht sein Stil. Außerdem weiß ich ziemlich sicher, dass er eine neue Freundin hat. Er hat sich weiterbewegt. Aber es gibt eine Person: Frank Maddocks weiß, dass Dolly hier in der Schutzstation ist, und er ist sich bewusst, dass ich ihn ursprünglich an Jack gemeldet habe. Ich war dort. Er hat mich bedroht.«

»Davon hast du nichts erzählt, Tessa«, meint mein Dad.

»Er hat gesagt, er wüsste, wo ich wohne, das war alles. Sehen Sie, er wollte Einspruch dagegen erheben, dass das Pony von der Polizei beschlagnahmt wurde, aber er hatte damit keinen Erfolg, deshalb hat er jetzt vielleicht vor, die Stute zu stehlen.«

»Ich habe vor einer Weile mit ihm gesprochen, und er will seinen Besitz nicht zurück«, sagt PC Phillips.

»Jack meint, es liegt nicht daran, dass er die Stute nicht haben will. Vielmehr liege es daran, dass er nicht die Mittel hat, sie zu beanspruchen.«

PC Phillips runzelt die Stirn und nimmt sich für seine Antwort gefühlt eine halbe Ewigkeit Zeit. Ich sehe Dad an, und er verdreht voller Mitgefühl mir gegenüber die Augen. Wenn das Gehirn des Polizeiwachtmeisters ein Laptop wäre, hätten seine Vorgesetzten es längst gegen eine schnellere Version eingetauscht.

»Wenn er die Stute entführen wollte, wie würde er sie dann um alles in der Welt hier in der Gegend verstecken?«

»Er könnte sie verkaufen oder wegbringen«, sage ich. »Ich weiß, dass sie nicht viel hermacht, aber es gibt Leute, die viel Geld für einen gescheckten Cob, noch dazu einen Gewichtsträger wie sie, bezahlen würden. Okay, vielleicht wären die nicht mehr so scharf darauf, wenn sie sie erst kennengelernt haben, aber wenn sie als Reit- oder Fahrpony ausgebildet wäre, wäre sie laut Jack sehr nützlich. Können Sie nicht mit ihm reden?«

»Ich fahre mal bei Frank vorbei«, sagt PC Phillips, »aber es gibt keine Indizien, dass er heute Abend hier gewesen ist. Viel wahrscheinlicher ist, dass Sie ein paar Wilderer aufgeschreckt haben. Hatten sie Hunde dabei?«

»Das habe ich nicht erkennen können. Es war dunkel, und sie lauerten irgendwo im Gebüsch.« Ich kaue auf meiner Lippe herum und zwinge mich, mich an jedes Detail zu erinnern, falls ich irgendeinen wichtigen Hinweis übersehen haben sollte. »Nein, ich glaube nicht, dass sie Hunde dabeihatten. Die hätten doch gebellt, als Buster damit anfing.« Langsam bekomme ich selbst Zweifel. »Vielleicht war es auch nur ein Reh oder ein Fuchs.«

»Tessa, ich habe noch nie von einem Tier mit Raucherhusten gehört«, sagt mein Dad. »Als ich angekommen bin, hast du als Allerersten erwähnt, dass du einen Mann hast husten hören.«

»Ja, das hat er auch. Es war ein schrecklich bellender Husten.«

»Nun, es gibt keinerlei Beweise, weder für das eine noch für das andere, deshalb schlage ich vor, dass Sie mit uns in Verbindung bleiben, Tessa, und die üblichen Vorsichtsmaßnahmen ergreifen, damit Ihnen nichts passiert«, sagt PC Phillips und steckt seinen Notizblock und Stift in seine Brusttasche. »Sollten Sie in der Zwischenzeit irgendetwas Verdächtiges sehen oder hören, zögern Sie bitte nicht, mich sofort anzurufen.«

Der Vorfall hat mich ziemlich durcheinandergebracht, und obwohl ich unweigerlich darüber nachdenken muss, ob er glaubt, ich würde mir das alles nur einbilden, bin ich mir im Großen und Ganzen doch ziemlich sicher, dass jemand mich oder die Schutzstation beobachtet.

»Ich bleibe noch eine Weile hier, Tessa«, sagt Dad, nachdem PC Phillips aufgebrochen ist. »Oder du kannst mit mir nach Hause kommen«, fügt er voller Hoffnung hinzu. »Deine Mum und ich vermissen dich, weißt du, und wir haben immer ein Bett für dich bereit.«

»Du glaubst mir doch, Dad, oder?«

»Natürlich tue ich das. So etwas würdest du nicht erfinden.« Er steht vom Sofa auf und wischt sich die Handflächen an seiner weichen Moleskin-Jacke ab. »Ich wünschte bloß, ich würde die kleinen Racker in die Finger kriegen.«

»Du denkst, es könnten Kinder sein?«

»Das würde mich nicht überraschen.«

»Wohin gehst du?«

»Ich schaue mich noch ein letztes Mal um. Ich werde nicht riskieren, die Sicherheit meiner Tochter Talytons schlafendem Polizisten zu überlassen, nicht wahr?«

»Oh, Dad, das ist lustig«, sage ich und entspanne mich zum ersten Mal, seit ich mit Buster zu unserem Spaziergang aufgebrochen bin. »Ein schlafender Polizist. Ist er wirklich so eine Schlafmütze?«

»Es würde mich überhaupt nicht überraschen, wenn er auf dem Feldweg an ihnen vorbeigefahren wäre.«

Auch ich stehe auf und strecke die Hand nach Dads Arm aus. »Du läufst mir nicht alleine im Wäldchen herum«, sage ich zu ihm. Ich werfe ihm einen Blick zu, als er Anstalten macht, mir zu widersprechen. »Ich würde vor Sorge ganz krank. Wenn es sich um Wilderer handelt, haben sie Gewehre.«

Widerwillig setzt er sich wieder hin.

»Da du nicht mit mir nach Hause kommst, bleibe ich über Nacht hier«, sagt er. »Das ist schon in Ordnung. Mein Entschluss steht fest. Ich mache es mir auf dem Sofa bequem, wenn du eine zusätzliche Bettdecke oder ein paar Decken hast.«

»Du könntest schließlich mit Tia dort liegen müssen«, sage ich zweifelnd.

»Mach dir um mich keine Sorgen«, beharrt er. »Und morgen früh kann ich zum Wäldchen hinaufgehen und nachsehen, dass niemand dort ist. Es könnten Reisende gewesen sein, nehme ich an, Urlauber, die in letzter Minute keinen Platz auf dem Campingplatz mehr bekommen haben.«

Es wäre eine Erleichterung, wenn das der Fall wäre, denke ich, aber es kommt mir unwahrscheinlich vor.

»Ich kann dir mit den Tieren helfen, ehe ich gehe, wenn du wieder auf dich gestellt bist. Was ist aus den Freiwilligen geworden?«

»Libby ist hier, wann immer sie kann, während Diane und Wendy nur hin und wieder auftauchen. Um ehrlich zu sein, Wendy ist keine große Hilfe mit ihrer Arthritis und wunderlichen Vorstellungen davon, was sie tun kann und was nicht.«

»Was ist mit Jack? War er heute da?«

Ich senke den Blick auf meine Zehenspitzen, um die Schamesröte zu verbergen, die mir ins Gesicht steigt, als ich an ihn denke.

»Es ginge mir viel besser, wenn ich wüsste, dass du

einen Mann hier bei dir auf dem Gelände hast«, fährt mein Dad fort.

»Jack arbeitet nicht wirklich hier, Dad. Er ist viel unterwegs oder vor Gericht, um als Zeuge in Tierschutzverfahren auszusagen, oder er löscht Feuer. Er ist wirklich nicht so oft hier.«

»Ah, er ist so ein Held«, sagt mein Vater. »Er würde den perfekten Hauptdarsteller abgeben. Hast du dich schon von ihm retten lassen, Tessa?«

»Ich weiß nicht, wovon du redest«, sage ich tonlos, doch er tritt noch tiefer ins Fettnäpfchen.

»Nimmt Jack dich mit auf den Ball?«

»Nein, Dad.«

»Ich nehme an, er ist zu schüchtern, um dich zu fragen.«

»Das ist es nicht.« Ich zwinge mich dazu, den eifrigen Blick meines Vaters zu erwidern. »Ich bin überrascht, dass du es noch nicht weißt – ich nehme an, der Rest von Talyton tut es. Jack hat eine Freundin, eine ältere Frau, und sie ist bereits bei ihm eingezogen.«

»Das kann nicht sein! Das glaube ich einfach nicht. Oh, Tessa, ich dachte …« Mein Dad verzieht das Gesicht, als fange er jeden Moment an zu weinen. »Ich hatte gehofft, dass du und Jack endlich zusammenkommen würdet.« Er ringt die Hände. »Das muss ein Irrtum sein.«

»Es ist kein Irrtum.« Ich setze mich neben ihn aufs Sofa. »Dad, ich muss dir nicht leidtun. Ich bin nicht auf der Suche nach Liebe, denn es ist viel zu früh nach Nathan, und wenn ich es wäre, dann wäre Jack der Mann, der mich am wenigsten interessierte«, fahre ich fort und verschleiere die Mühe, die es mich kostet, meine Gefühle für ihn zu verleugnen.

»Du kannst mich nicht zum Narren halten, liebe Tochter«, sagt Dad, legt den Arm um mich und tätschelt mir die Schulter. »Du warst schon immer ein bisschen in Jack Miller verliebt und er in dich.«

»Wenn er das einmal war«, sage ich leise, »dann ist er es jetzt nicht mehr. Und damit war's das.«

KAPITEL 15

Sea of Love

Endlich ist der Tag der Balles gekommen, doch zuerst muss ich mich von Buster verabschieden. Ich gebe ihm sein Frühstück und nehme ihn auf einen kurzen Spaziergang durch das Wäldchen mit, ehe ich ihn zurück in seinen Zwinger bringe, seine Leine an den Haken davor hänge und ein letzten Mal weggehe, ohne mich umzudrehen, denn ich glaube, ich kann es nicht ertragen, sein Gesicht noch einmal zu sehen. Ich verstehe nicht, warum ich mich so schlecht fühlen kann, wenn ich doch weiß, dass ich mein Bestes für ihn getan habe, indem ich ein Zuhause für ihn gefunden habe, wo man sich bis zum Ende seines Lebens um ihn kümmern und ihn lieben wird. Als ich den Zwingerblock verlasse, höre ich ihn winseln und an den Gitterstäben kratzen. Warum fühlt es sich wie ein Betrug an?

Ich bitte Libby, ihn an die Nelsons zu übergeben, als diese kommen, um ihn abzuholen, und wende meine Aufmerksamkeit unseren übrigen Schützlingen zu, ehe ich die letzten Vorbereitungen für den Ball erledige und den Zeitplan und die Gegenstände überprüfe, die ich für die Auktion gesammelt habe. Bevor ich später am Tag zu dem Veranstaltungsort aufbreche, beobachte ich, wie die letzten Mehlschwalben auf ihrem Weg in den Süden über das Haus fliegen, und frage mich mit einem Kloß in der Kehle, ob Wladimir unter ihnen ist und was Buster wohl gerade macht.

Im Hotel angekommen, gehe ich mit dem Manager alles noch einmal durch. Danach nehme ich mir ein paar Minuten in der Damentoilette, um meinen Lippenstift nachzuziehen und die absichtlich in mein Gesicht fallenden Locken zurückzustecken. Katie hat meine Frisur gemacht, vielleicht als Wiedergutmachung dafür, dass sie mit meinem Ex ausgeht, aber eigentlich war das zum Lachen, und ich bekomme langsam das Gefühl, als könnte ich ihr verzeihen und das alles hinter mir lassen. Wie sie sagte, wäre es schade, sich wegen eines Mannes zu zerstreiten, und erst recht wegen Nathan.

Ich überprüfe mein Ballkleid, das ich mir vom geschenkten Geld meiner Tante gekauft habe, ein einfaches marineblaues bodenlanges Kleid mit gewickeltem Oberteil und einem aquamarin- und goldfarbenen Gürtel. Ich bringe mich in Stellung und streiche über den Stoff, der sich an meine Hüften schmiegt. Alles passt, aber bin ich auch bereit, die Gäste zum Eröffnungsball von Talyton Animal Rescue zu empfangen? Den meisten von ihnen kann ich gelassen gegenübertreten, aber wie werde ich mich fühlen, wenn ich Jack mit seiner Freundin sehe? Ich hole tief Luft und wage mich in die Hotellobby, wo die Gäste langsam eintrudeln. Fifi und ich begrüßen sie, während das Hotelpersonal sie zur Garderobe und an die Bar weiterdirigiert, wo Champagner und Canapés serviert werden.

»Du siehst reizend aus, liebe Nichte«, sagt Fifi und umarmt mich flüchtig.

»Danke.« Ich frage mich, ob ich hinsichtlich des Dresscodes auf den Tickets einen Fehler gemacht habe. Sowohl Fifi als auch mein Dad sehen aus, als wären sie verkleidet: Fifi als die Dame in Rot und mein Dad als ein übergewichtiger Königspinguin. »Du siehst auch toll aus.«

»Hast du alles im Griff?«

»Ich denke schon. Die Band hat ihren Soundcheck gemacht, der DJ ist bereit loszulegen, das Abendessen wird wie geplant serviert werden – außer dass der Koch eine andere vegetarische Vorspeise vorbereitet hat, als auf der Karte steht –, und ich bin mit Dad die Gegenstände für die Auktion durchgegangen. Er ist als Auktionator eingesprungen, nachdem Mr. Lacey uns wegen einer Kehlkopfentzündung absagen musste.«

»Das ist nett von ihm«, sagt Fifi.

»Ich musste ihn dazu überreden.«

»Du hast einen tollen Job gemacht, Tessa.«

»Es ist noch nicht vorbei«, gebe ich zu bedenken. Eine weitere kleine Unannehmlichkeit ist der Ausfall des Schokoladenbrunnens, und der Manager versucht einen Ersatz aus dem Hotel am anderen Ende der Küste zu bekommen.

»Da ist noch etwas …«, sagt Fifi.

»Oh, nein, was habe ich vergessen?«

»Ich habe an der Sitzordnung herumgedoktert.«

»Fifi, warum das? Ich habe Stunden darüber gebrütet.« Ich habe mehrere Versionen gezeichnet und dabei alle Rückmeldungen von Gästen beachtet und mein Wissen darüber, zu welchen sozialen Gruppen die Leute gehören. Ich habe die Pferdeleute, die Bridgespieler und die Mitglieder der Laienschauspielgruppe so weit wie möglich in ihren Gruppen belassen und das gesamte Komitee von Talyton Animal Rescue an einem Tisch untergebracht.

»Du hast uns an denselben Tisch wie Diane gesetzt.

Ich halte es in der Nähe dieser Frau aber nicht aus. Ich ertrage es kaum, mich im selben Raum wie sie aufzuhalten.«

»Das wirst du aber müssen«, gebe ich mit unbewegter Miene zu bedenken, »es sei denn, du willst allein an der Bar essen. Ich kann es nicht jedem recht machen, und außerdem müsst ihr euch endlich aussprechen – und das werdet ihr heute tun.«

»Ich bin hier, um mich zu amüsieren«, sagt Fifi.

»Na ja, dann solltest du den geschäftlichen Teil der ganzen Angelegenheit so schnell wie möglich hinter dich bringen.«

»Deshalb hast du uns an einen Tisch gesetzt, nicht wahr?«, sagt meine Tante. »Tessa, das ist sehr hinterlistig von dir.« Sie kichert. »Ich hätte es nie für möglich gehalten, dass du so verschlagen bist. Du warst mal so ein unschuldiges Mädchen.«

»Wenn du zum Komitee zurückkehren und als ordentliches Mitglied mitarbeiten würdest, wie man dir angeboten hat, würdest du damit demonstrieren, dass es dir um die gute Sache geht und du dich von den Grabenkämpfen nicht beeindrucken lässt. Du würdest Entschlossenheit und Charakterstärke beweisen, indem du dich darüber erhebst und bei dem Rumgezicke und den gehässigen Kommentaren nicht mitmachst.« Ich halte inne, ehe ich fortfahre: »Lass also bitte meinen Sitzplan in Ruhe. Wenn du auch nur ein einziges Paar umsetzt, wird das an anderer Stelle gefährliche Verwerfungen nach sich ziehen.« Ich spreche es nicht aus, aber dazu gehört, dass ich an einem Tisch mit Jack landen könnte, und ich glaube nicht, dass ich das ertragen würde.

»Oje.« Meine Tante schaut an mir vorbei zur Tür. »Halt den Kopf hoch, Tessa.«

Es ist Jack mit seiner Freundin und Libby und Ash, die glücklicher aussehen als je zuvor. Libby trägt ein kurzes, ärmelloses Kleid mit einem Rüschensaum. Ich mache einen Schritt zurück und hoffe, dass Fifi sie begrüßt, während ich mich am Fuß der weißen Marmortreppe, die hinauf zu dem Ballsaal im ersten Stock führt, im Hintergrund halte, aber es ist zu spät. Jack fängt sofort meinen Blick ein. Irgendwie schaut er betreten, während er Hand in Hand mit der Frau, die er mir vorgezogen hat, zu mir herüberkommt. Mein Herz rutscht mir in die Hose, denn obwohl ich gehofft hatte, sie wäre ein bisschen wie Aschenputtels hässliche Stiefschwestern, irgendeine hagere, zahnlose Spinatwachtel mit grauem Star oder eine Platinblonde in einem Catsuit mit Leopardenmuster und künstlichen Brüsten, ist sie sehr attraktiv, schlank und zierlich mit großen grauen Augen und feenhaften Gesichtszügen.

»Das ist Karen«, stellt Jack sie mir verlegen vor. »Karen, das ist Tess.«

»Hallo«, sagt sie. »Jack hat mir alles von Ihnen erzählt.«

Nicht alles, hoffe ich und sehe Jack mit hochgezogener Augenbraue an, woraufhin er kaum merklich errötet.

»Ich nehme an, wir unterhalten uns später noch«, sagt Jack.

»Ich verstehe nicht, was er in ihr sieht«, sagt Fifi zu mir, nachdem sie weitergegangen sind.

Ich schon, fürchte ich. Ihr Kleid mag einfach und ihr Make-up minimalistisch sein, aber ein Lächeln umspielt ihre Lippen, als sie Jack ansieht, genau wie bei Buster, wenn er zu mir aufschaut – ich korrigiere mich –, wenn er zu mir aufschaute und sein Frühstück wollte.

»Sie scheint hübsch genug zu sein«, entgegne ich, »und sie muss auch sonst okay sein, denn sie setzt sich wie wir für den Tierschutz ein.«

»Sie ist alt genug, um seine Mutter sein zu können.«

»Du musst nicht nett zu mir sein«, sage ich zu meiner Tante. »So alt ist sie nun auch nicht.«

»Aber bald zu alt, um eine Familie zu gründen. Ich frage mich, ob Jack daran gedacht hat.« Fifi seufzt. »Ach, wer weiß schon, was die Männer denken? Ich habe viele kennengelernt und bin trotzdem kein Stück klüger.«

Ich lächle in mich hinein. Es ist kein Geheimnis, dass meine Tante während ihrer Ehe einige Liebesaffären hatte. Tatsächlich überrascht es mich, dass mein Onkel das mit sich machen ließ, obwohl meine Mum sagt, es liege daran, dass sie eine offene Beziehung geführt hätten und mein Onkel sich genauso schlimm, wenn nicht noch schlimmer, verhalten habe wie ihre Schwester.

»Hi, Tessa.« Katie kommt an Nathans Arm zu uns. Ich verspüre eine gewisse Genugtuung, als ich bemerke, dass er schon jetzt ziemlich fertig aussieht; sein Schlips ist schlampig gebunden, sein Gesicht ist gerötet, und seine Augen sind blutunterlaufen. Er hat sich gehen lassen, seit ich ihn das letzte Mal gesehen habe, aber er ist immer noch derselbe: ein ekelhafter Scheißkerl, der mich nahezu Bankrott gemacht hat, als er selbst pleiteging. Ich kann ihn nicht ausstehen. Ich versuche, die Wut zu unterdrücken, die bei seinem Anblick in mir aufsteigt.

»Willkommen zum Ball«, sage ich mit größter Überwindung. »Katie, du siehst toll aus. Ich liebe dein Kleid.« Sie sieht in ihrem lilafarbenen Kleid umwerfend aus, und mein einziger Gedanke ist, dass sie es besser machen könnte, als es mit der Ratte an ihrem Arm zu dekorieren.

Getränke werden serviert, gefolgt von einem Bankett, Tanz und einer Unterbrechung für die Auktion. Mein Dad übernimmt die Bühne und das Mikrofon, um sich vorzustellen, obwohl die meisten der Anwesenden sehr genau wissen, wer er ist. Ich blicke mich unter den Gästen um und hoffe, dass wir nicht zu lange gewartet haben, denn viele sehen bereits ziemlich angeheitert aus, aber vielleicht werden sie so mehr ausgeben, als wenn sie nüchtern wären.

»Ich hoffe, Sie genießen diesen Abend, haben viel Spaß und spenden gleichzeitig viel Geld für Talyton Animal Rescue. Nun, sehr verehrte Damen und Herren, Mädels und Jungs, stauben Sie Ihre Geldbörsen ab, und halten Sie Ihr Geld locker bereit für unsere sehr besondere Auktion.« Mein Dad macht eine kurze Pause. »Wir haben uns bei Tessa, meiner reizenden Tochter, zu bedanken« – er blickt zu mir herüber, und ich denke bloß: Bitte, Dad, bring mich nicht in Verlegenheit! – »der besten Tochter, die man nur haben kann, die all die guten Menschen von Talyton St. George angebettelt, beschwatzt und geschröpft hat, um diese wunderbare Sammlung von guten Taten und Auktionsgegenständen zusammenzubekommen.«

All die guten Menschen von Talyton St. George?, denke ich. Er klingt wie die Witwe Bolte.

»Klopfen Sie sich für so viel Großzügigkeit anerkennend auf die Schulter. So, womit fangen wir an?«

»Guck auf die Liste, Dad«, sage ich und eile mit meinem Exemplar zu ihm hinüber.

Er sieht mich an. »Das hilft mir nichts, Liebes. Ich habe meine Brille nicht auf.«

»Der Erste ist Jack«, flüstere ich ihm zu. »Mach schon.«

»Ah, genau. Vielen Dank, Liebes.« Ich verlasse die Bühne, und Dad wendet sich an die Band. »Trommelwirbel, bitte! Und unser erster Posten ist« – seine Stimme übertönt die Trommeln – »ein Sklave für einen Tag, unser lieber Jack Miller. Jack, wo steckst du?«

Ich schaue hinüber zu Jacks Tisch, aber er ist nicht dort. In diesem Moment tritt er unter großem Applaus und anzüglichen Pfiffen durch die Tür seitlich der Bühne und hat nichts an als eine Fliege, Anzugschuhe, eine scharlachrote Schürze mit der Aufschrift »Nur für dich« und einen String.

Errötend und schüchtern neigt Jack den Kopf in Anerkennung der Menge, steht dann breitbeinig und mit auf dem Rücken verschränkten Händen da und erwartet sein Schicksal, das hart werden könnte, wie mir klar wird, als ich die eifrigen Gesichter im Ballsaal um mich herum bemerke. Ich habe Angst, er könnte bei lebendigem Leib aufgefressen werden.

»Okay«, sagt mein Dad. »Jack sagt, er habe viele Talente, aber er ist besonders nützlich bei allem rund ums Haus. Er ist geschickt, kann einen Feuermelder anbringen oder kleinere Reparaturen übernehmen. Er kann mit Ihren Hunden Gassi gehen …«

»Ich hätte gern, dass er mir das Frühstück ans Bett bringt«, ruft jemand vom ersten Tisch. Es ist Diane. »Und mir dann ein Schaumbad einlässt.«

Ich betrachte Jacks Miene. Er sieht eher so aus, als wolle er davonlaufen, als Diane ein Schaumbad einzulassen, denke ich amüsiert, dann werde ich wieder ernst, denn der Schmerz, ihn verloren zu haben, kehrt zurück und schleicht sich in mein Herz. Ich glaube nicht, dass ich je über ihn hinwegkommen werde. Er wird immer derjenige sein, der mich sitzen gelassen hat.

Aber er entkommt Diane nicht. Sie fängt mit dem Bieten an – oder vielmehr fordert sie ihren Ehemann auf, es zu tun – und bietet weiter, bis sie sich Jacks Dienste gesichert hat, woraufhin sie darauf besteht, in einem eng anliegenden hellgrünen Kleid und schwarzen Spangenschuhen auf die Bühne zu torkeln, um sich selbst von der Qualität ihrer Erwerbung zu überzeugen. Jack erträgt ihre Stupser nachsichtig, aber sie will ihn nicht zu schnell gehen lassen, übernimmt das Mikrofon von meinem Dad und hält sich, den Arm um Jacks Hintern gelegt, aufrecht.

»Ich muss doch sichergehen, dass ich nur das Beste für mein Geld bekomme«, kreischt sie. »Sie sollten darauf gefasst sein, hart arbeiten zu müssen, junger Mann.«

»Für Edwards Geld«, ruft Fifi ihr zu. »Du hast gerade das Geld deines Mannes ausgegeben! Mach weiter, Diane! Eine Rede!«

Ich fange den Blick meines Vaters auf. Beeil dich!, lasse ich ihn stumm wissen. Er muss mit der Auktion weitermachen, weil uns die Zeit ausgeht, und ich komme mir langsam vor wie Cinderella, die wusste, dass sie den Ball Punkt Mitternacht verlassen musste, da sich sonst ihre Kleider in Lumpen und ihre Kutsche in einen Kürbis zurückverwandeln würden. Tatsächlich haben wir Zeit bis um zwei, aber die Band muss noch eine letzte Sequenz spielen.

Doch niemand kann Diane aufhalten, wenn sie einmal in Fahrt ist.

»Fifi, du musst zu uns auf die Bühne kommen«, sagt sie, »und Wendy und Frances und der Rest unserer treuen Mitglieder. Wir haben eine wichtige Mitteilung zu machen.«

Die Schar Frauen umringt Jack, der ihnen den Gefallen tut, einer nach der anderen einen Kuss auf die Wange zu geben, während Diane von einem neuen Anfang für Talyton Animal Rescue spricht.

»Heute Nacht hat sich der Phoenix aus der Asche erhoben. Wir haben einige schwierige Monate hinter uns und sind vom Wege abgekommen, aber dank heute Abend ...«

Und ein paar Flaschen Champagner, denke ich.

»... haben wir unsere Meinungsverschiedenheiten ausgeräumt. Ich möchte Ihnen gerne mitteilen, dass ich auf angemessene Art zur Vorsitzenden gewählt wurde, während wir Fifi, die uns für so viele Jahre gut und treu gedient hat, zur Ehrenpräsidentin ernannt haben.« Diane blickt sich suchend nach mir um. »Tess, bitte komm zu uns.«

»Oh nein«, sage ich, doch Jack tritt vor, streckt die Hand nach mir aus und führt mich auf die Bühne, wo Diane mir ihren Dank für meine Arbeit in der Schutzstation ausspricht und bestätigt, dass die Gelder vom Stiftungsfonds bewilligt wurden und ausgezahlt werden, um den Zwingerblock zu erweitern und den Schuppen zu ersetzen.

»Und die Tierarztrechnungen zu bezahlen«, beende ich den Satz für sie.

»Hört, hört!«, ruft Alex Fox-Gifford von einem der Tische im hinteren Teil des Saales.

»Dad, bitte nimm dir das Mikro, ja?«, sage ich, als Diane es an Fifi weitergeben will. »Lass sie nicht anfangen.«

»Aber ich habe so viel zu sagen«, protestiert meine Tante, und aus genau diesem Grund will ich, dass Dad sich das Mikrofon zurückholt, denn wenn meine Tante erst einmal anfängt, kann nichts sie so schnell stoppen.

Die Auktion ist ein voller Erfolg, und wir nehmen viel mehr Geld ein, als ich je gedacht hätte. Das höchste Gebot geht an einen Jahresvorrat von Cupcakes von *Jennie's Cakes* und das niedrigste für ein Glas von Frances' preisgekrönten eingelegten Gurken. Am Ende fängt die Band wieder zu spielen an, und meine Tante klettert auf den Tisch, um dort mit meiner Mum zu tanzen.

»Was ist eigentlich mit den beiden los?«, frage ich meinen Dad. Ein Ticket für den Ball scheint wie eine Lizenz zum schlechten Benehmen zu sein, und je älter sie werden, umso schlimmer werden sie. Sie sind unglaublich.

»Ich weiß, was du denkst. Dass sie sich unschicklich benehmen«, sagt er und grinst breit, »aber diese beiden Mädchen wissen genau, wie man Spaß hat. Sei nicht so ernst, Tessa. Warum tanzt du nicht mit deinem alten Dad? Komm schon.« Er bietet mir seinen Arm an. »Ich lass mir von dir keinen Korb geben.«

Ich tanze, doch ich bin nicht mit ganzem Herzen bei der Sache. Ich hätte mit Jack tanzen sollen.

Später sehe ich auf die Uhr, als die Band »Hi-Ho Silver Lining« anstimmt und die meisten Paare, die noch an den Tischen sitzen, die Tanzfläche stürmen. Es geht auf Mitternacht zu, und ich will nicht hier sein, wenn die langsamen Nummern gespielt werden, deshalb fliehe ich zur nächsten Treppe und hoch zum Balkon mit einem Glas Wein in der Hand, um hinaus aufs Meer zu schauen, das im Mondschein glitzert, und zu den Felsen, die sich am Strand entlang aufeinandertürmen. Auf dem Rasen unter mir spielt das Komitee – Fifi, Wendy, Diane, Frances und der Rest – mit meiner Mum und meinem Dad Minigolf mit fluoreszierenden Bällen. Ich kann ihr Gelächter und hin und wieder einen Schläger auf einen

Ball treffen hören, und ich lächle vor mich hin. Das wäre geregelt.

Ich beuge mich über das Geländer und atme tief die salzige Meeresluft ein.

»Hey, Tess.« Ich zucke zusammen, als ich meinen Namen höre. »Spring nicht, versprich's mir!«

»Jack«, sage ich und drehe mich zu ihm um.

»Ich, äh, habe gesehen, wie du die Treppe hinaufgegangen bist. Darf ich dir Gesellschaft leisten?«

»Nur zu.« Ich nippe an meinem Weinglas. Immer schön den Ball flach halten, denke ich, während mein Puls aufflackert und wieder erlischt, als ich daran denke, dass Jack und ich allein sind, aber nichts passieren wird, weil er mit Karen zusammen ist. Wo ist Karen überhaupt?, frage ich mich. Wenn ich Jacks Freundin wäre, würde ich ihn nicht aus den Augen lassen, nicht weil ich ihm nicht vertraute, sondern weil ich es nicht ertragen könnte, von ihm getrennt zu sein, nicht einmal für eine Minute. Ich beiße mir auf die Lippe. Hat er deshalb etwas mit mir angefangen und mich wieder fallen gelassen? Weil er meine Bereitschaft, mit ihm ins Bett zu gehen, für Verzweiflung hielt und glaubte, einem Leben mit einer Freundin entgegenzusehen, die so anhänglich war wie ein Klette?

»Mit dem ersten Schlag eingelocht!«, ruft jemand auf dem Minigolfplatz unten.

»Das war mein Ball, nicht deiner. Du hast mit dem falschen gespielt.« Fifi und Diane streiten sich wieder.

»Hab ich nicht.«

»Hast du wohl!«

»Oh, nein, hat sie nicht«, mischt sich die Stimme meines Dads ein.

»Oh, doch, hat sie sehr wohl ...« Es folgen noch mehr

Gelächter und der gemeinsame Beschluss, wieder hineinzugehen. Stille senkt sich über uns.

»Die sind verrückt«, fängt Jack an. »Ein Sklave für einen Tag. Es kam mir anfangs wie eine tolle Idee vor.«

»Danke, dass du dich so angeboten hast«, sage ich. »Mir war nicht klar, dass du dich verkleiden würdest.«

»Entkleiden, meinst du wohl eher. Dein Dad meinte, es wäre ein großer Spaß, was es wahrscheinlich auch war – für alle anderen. Diane kann ihre Finger nicht bei sich behalten.« Er lächelt schief. »Wie um alles in der Welt soll ich einen ganzen Tag mit ihr überleben?«

»Keine Ahnung«, sage ich und denke, wenn Karen nicht gewesen wäre, hätte ich um ihn mitgeboten.

»Man hat von hier einen schönen Blick«, sagt er, aber er schaut nicht aufs Meer hinaus. Er sieht mich an, und unwillkürlich frage ich mich, ob er vielleicht ein bisschen betrunken ist.

»Solltest du nicht eigentlich woanders sein?«

»Wahrscheinlich.« Er räuspert sich. »Tess, ich wünschte …«

»Nicht!«, unterbreche ich ihn rasch. »Bitte erwähne es nie wieder. Was auch immer es war, es ist vorbei. Ich bin darüber hinweg.«

»Bist du das wirklich?« Ich kann Enttäuschung in Jacks Stimme ausmachen. »Du tust so, als wärst du so hart …«

»Du hast mich ausgenutzt«, sage ich barsch. »In dieser Nacht …«

»Ich weiß, dass es für dich jetzt so aussehen muss, aber ich hatte nicht vor, dass es so kommt.«

»Ich nehme an, ich habe mich nicht als die Art von Geliebter entpuppt, die du gerne hättest. Ich habe dir einfach nicht gereicht«, sage ich verbittert.

»So war es nicht. Tess, ich hatte nie die Absicht, dir wehzutun.«

»Leg eine neue Platte auf, Jack, ich habe das alles schon mal gehört.« Ich starre hinaus aufs Meer und wünschte, ich könnte irgendwo sein, bloß nicht hier. »Was ist eigentlich los mit euch Männern? Ihr seid alle so verdammt vorhersehbar. Schau dir Nathan an. Er hängt sich an meine beste Freundin. Warum ausgerechnet Katie?«

»Sie sind schon lange zusammen«, sagt Jack leise.

»So lange nun auch wieder nicht, ein paar Wochen, mehr nicht.« Ich runzle die Stirn, als ich versuche, Jacks Gesichtsausdruck in der Dunkelheit zu lesen.

»Es geht schon ein bisschen länger. Nathan wohnt bei Katie, seit er gezwungen wurde, aus eurem alten Haus auszuziehen, als es verkauft wurde.«

»Wie lange?« Ich lasse ihn nicht antworten und füge hinzu: »Katie würde mich nicht anlügen.«

»Vielleicht doch, um ihren Ruf zu schützen – oder was davon übrig ist.«

»Du hast noch nie viel von ihr gehalten, oder?«

»Aus gutem Grund.«

Ich blicke zurück aufs Meer, während die Wolken sich langsam vor den Mond schieben und ihn Stück für Stück verdecken, sodass alles – der Himmel, das Wasser und der Strand – schwarz wird.

»Was weißt du, was ich nicht weiß? Jack, sag es mir.« Instinktiv weiß ich, dass er die Wahrheit sagt und Katie mich angelogen hat. »Bitte, lass mich nicht im Dunkeln.«

»Ich wollte dir nichts davon erzählen – manchmal ist es besser, schlafende Hunde nicht zu wecken.«

»Bitte, Jack«, wiederhole ich. Ich muss es wissen.

»Dein Bräutigam hat Katie schon vor der Hochzeit getroffen.«

Ich brauche einen Moment, um zu begreifen, dass er vor meiner Hochzeit meint, vor der, die nicht stattgefunden hat, und mir ist, als hätte mir jemand den Balkon unter den Füßen weggezogen. Ich umklammere das Geländer und halte mich fest, während meine Knie vor Schreck versagen und Jack die Arme um mich legt.

»Geht es, Tess?«, murmelt er.

»Ich bin okay. Mir ist ein bisschen schwindelig, das ist alles.« Ich zwinge mich zu einem Lächeln. »Zu viel Champagner, nehme ich an.«

»Ich habe dich beobachtet – du hast nichts getrunken.« Jack berührt meine Wange. Ich sollte es nicht tun, aber ich schmiege den Kopf an seine Brust. »Ich habe Nathan und Katie in der Nacht vor deiner Hochzeit in Nathans Auto erwischt, und sie haben sich nicht unterhalten, wenn du verstehst, was ich meine.«

»Wo? Nein, erspar mir die ekligen Einzelheiten.«

»Ich habe versucht, dich anzurufen, aber du warst nicht zu erreichen, und ich bin zu deinem Haus gegangen, doch du warst nicht dort.«

»Ich war bei meinen Eltern.«

»Ja, da habe ich es auch versucht, aber deine Mum wollte mich nicht reinlassen. Sie sagte, du würdest dir die Haare waschen oder wärst früh ins Bett gegangen. Wie auch immer, es war eine lahme Ausrede.«

»Warum hast du mir keine SMS geschickt?«

»Das habe ich. Mehrmals, aber du hast nicht geantwortet. Ich habe die ganze Nacht mit meinem Gewissen gekämpft, hin- und hergerissen zwischen dem Wunsch, dir die Augen zu öffnen, wie dein Bräutigam und deine Brautjungfer wirklich waren, und dich in gnädiger

Unwissenheit weitermachen zu lassen. Als ich schließlich beschlossen hatte, es dir zu sagen, konnte ich nur noch die Hochzeitszeremonie unterbrechen. Ich habe es nicht impulsiv getan oder aus egoistischem Interesse, auch wenn das alle gern so sehen wollten. Tess«, fährt er fort, und seine Stimme ist vor unterdrückten Gefühlen ganz heiser, »ich habe es für dich getan.«

»Aber du hast es nicht erklärt.« Ich fange an zu weinen. Heiße Tränen rinnen mir übers Gesicht.

»Niemand hat mir eine Chance dazu gegeben, und du hast mich danach nicht in deine Nähe gelassen.«

»Du hättest das Thema aufbringen können, als wir angefangen haben, in der Schutzstation zusammenzuarbeiten.« Wir waren einander so nah, so nah wie ein Mann und eine Frau sich nur kommen können, und trotzdem hat er es nie erwähnt.

»Ich wollte nicht alles wieder aufwärmen. Du kamst mir zufrieden vor, und ich wollte dich nicht verärgern. Tess, ich hasse es, dich traurig zu sehen.« Er hält inne und streicht mir übers Haar. »Außerdem schienst du nichts dagegen zu haben, dass Katie und Nathan zusammen waren.«

»Das hatte ich auch nicht – Katie zuliebe – und bevor ich das hier erfahren habe.« Ich fühle mich zutiefst betrogen. »Wie konnte sie das tun? Wie konnte Katie die Rolle meiner ersten Brautjungfer übernehmen und mir erzählen, was für ein Glück ich doch habe, wenn sie die ganze Zeit hinter meinem Rücken mit meinem Verlobten geschlafen hat? Sie hat mir sogar erzählt, sie könne in einer Million Jahre nichts an ihm finden, weil er nicht ihr Typ sei. Und warum hat Nathan es getan? Habe ich ihm auch nicht gereicht?« Ich schaue auf zu Jacks attraktivem Gesicht.

»Ach, warum heule ich mich hier bei dir aus? Hau ab! Geh zurück zu deiner kleinen Freundin«, sage ich und stoße ihn weg, meine Handflächen auf seiner Brust. »Obwohl es schon ziemlich lange her ist, dass sie klein war.«

Ich höre Jack schlucken, als er einen Schritt zurück macht und seine Arme von mir nimmt.

»Es tut mir leid. Ich bin gemein. Sie scheint … nett zu sein.«

»Jack? Jack, bist du hier oben?«, ruft eine Stimme vom Fuß der Treppe.

»Bin schon unterwegs«, ruft Jack, aber wir hören Schritte näher kommen, ehe er sich bewegen kann, und Karen erscheint oben auf der Treppe.

»Ich habe nach dir gesucht. Oh«, sagt sie und schaut mich fragend an, ehe sie sich wieder an Jack wendet. »Ist alles in Ordnung?«, fragt sie kühl.

»Es ist alles okay«, antwortet Jack, und ich bin ihm dankbar, dass er nicht zu erklären versucht, warum ich in Tränen aufgelöst hier stehe. Ich kann jedoch an Karens Gesichtsausdruck erkennen, dass er ihr später wird erklären müssen, warum er mit mir hier oben war.

»Es ist fast an der Zeit für den letzten Tanz«, sagt Karen leise, »wenn du ihn denn mit mir tanzen möchtest.«

»Natürlich will ich das«, sagt Jack. »Gute Nacht, Tess«, fügt er sanft hinzu.

Ich warte auf dem Balkon, lausche ihren verklingenden Schritten und der Band, die in der Ferne eine langsame Nummer spielt. *The Sea of Love.* Ich will nicht wieder hinuntergehen, aber ich muss es. Ich schleiche mich zur Damentoilette, um mir das Gesicht zu waschen und die Augen zu trocknen. Zu meinem Entsetzen ist Katie auch dort, wäscht sich die Hände und überprüft ihre Frisur. Sie lächelt mich schief an und fragt, was los ist.

»Wie konntest du nur?«, sage ich und starre sie fest an. »Du hast mich angelogen und betrogen, deine beste Freundin.«

»Was hat Jack dir erzählt?«

»Das weißt du nur zu gut. Du hast es die ganze Zeit gewusst. Deshalb wolltest du nicht, dass wir zusammenkommen, weil du Angst hattest, er würde dich in die Pfanne hauen. Was hast du dir eigentlich dabei gedacht, mit meinem Verlobten zu schlafen – noch dazu in der Nacht vor der Hochzeit?« Es klingt wie irgendeine kitschige Soap: Erste Brautjungfer schläft mit dem Bräutigam. »Warum?«

»Weil … weil … Ich weiß nicht, warum. Es ist einfach passiert. Er hat mich gebeten, ihn zu treffen, ich dachte, es ginge um die Geschenke für die Brautjungfern, und dann hat eins zum anderen geführt.«

»Warum hast du nicht Nein gesagt, um Himmels willen?«

»Ich konnte ihm nicht widerstehen«, sagt Katie. »Ich war geschmeichelt. Meinetwegen kannst du mich oberflächlich nennen, aber Nathan sagte, ich hätte einen süßen Po.«

Es ist lächerlich, denn der einzige Gedanke in meinem Kopf ist, dass er das nie zu mir gesagt hat. Dieser Scheißkerl. Warum ist er überhaupt mit mir ausgegangen? Für mich war er ein charmanter Außenseiter, und es war, als entschied ich mich für ein exotisches Tier statt für einen Hund oder eine Katze. Obwohl er gesagt hat, ich hätte eine schlampige Ehefrau abgegeben, glaube ich nicht, dass er es so gemeint hat. Ich war wie gemacht zur Heirat: fürsorglich, mütterlich und anständig, eine Frau, die man mit Freuden seinen Eltern vorstellt, wohingegen Katie die Schlampe war. Es gab eine Zeit kurz vor der Hochzeit, als Nathan erwähnte, ich solle einen Ehevertrag unterschreiben, der ihm seine ehelichen Rechte zweimal die Woche garantiere. Damals sollte das ein Witz sein, aber jetzt bin ich mir nicht mehr so sicher.

»Es tut mir leid.« Katie kommt mit ausgebreiteten Armen zu mir. »Passiert ist passiert. Freundinnen?«

»Oh nein, nie mehr.« Ich wende mich ab. »Das werde ich dir nie verzeihen.«

Als ich mit meinen Eltern im Taxi nach Hause zur Schutzstation fahre, versucht mein Dad mich zu trösten.

»Wer braucht da noch Feinde, wenn man Freunde wie sie hat? Die beiden haben einander verdient.«

»Vergiss Katie und ihr verworrenes Liebesleben«, sagt Mum ein wenig undeutlich. »Das war ein reizender Abend, Tessa.«

»Ich denke, er hat sich gelohnt«, sage ich. »Es sieht so aus, als hätten wir mindestens dreitausend Pfund mit dem Ticketverkauf, der Auktion und ein paar großzügigen Spenden eingenommen.«

»Morgen früh werden einige Leute einen mächtigen Kater haben«, sagt Dad.

»Aber nach einem Bloody Mary und Aspirin wird es allen wieder gut gehen«, sagt Mum.

»Möchtest du, dass wir über Nacht bei dir bleiben?«, fragt Dad, als wir auf dem Parkplatz ankommen. »Ich denke, wir sollten das … Es ist sehr ruhig hier draußen auf dem Land.«

»Nicht ganz.« Ich höre Tia im Bungalow jaulen. »Ich komme schon klar, Dad.«

»Du hast den schwarzen Hund nicht mehr.«

»Er ist heute Morgen abgeholt worden.« Ich beiße mir auf die Lippe.

»Ich hatte wirklich ein viel besseres Gefühl, als er noch bei dir gewohnt hat«, sagt Dad.

Ich auch, denke ich, aber ich gebe es nicht zu. »Ihr könnt warten, bis ich sicher ins Haus gegangen bin, wenn ihr euch dann besser fühlt.«

Mein Vater begleitet mich zur Haustür und überzeugt sich davon, dass niemand im Haus und die Tür ordentlich abgeschlossen ist, ehe er im Taxi davonfährt. Ich schalte den Fernseher an, damit es nicht so leise ist, und umarme Tia, ohne mit dem Gesicht zu dicht an ihres zu kommen, denn trotz der ganzen Bäder und ihrer Behandlung riecht sie immer noch nach Hund und Ohrentropfen, was jedoch eine echte Verbesserung gegenüber ihrem früheren Parfüm ist, finde ich.

»Wie es aussieht, sind jetzt nur noch wir beide übrig, alte Dame«, sage ich zu ihr, und sie wedelt mit dem Schwanz und quietscht vor Begeisterung, gerade als ich dachte, dass nichts auf dieser Welt mich je wieder zum Lächeln bringen könnte.

KAPITEL 16

Alter Hund, neue Tricks

Ich erhielt eine SMS von Jack am Tag nach dem Ball, in der er mich fragte, wie es mir gehe, aber ich habe sie ignoriert, und es ist mir in den zwei Wochen seither gelungen, mich von ihm fernzuhalten und bloß dann etwas mit ihm zu tun zu haben, wenn es um meine Schützlinge geht. Die Nachrichten von Buster, oder vielmehr angeblich von Buster, die ich erhalten und auf die ich reagiert habe, seit er in sein neues Zuhause gezogen ist, sind fast gänzlich versandet. Anfangs habe ich zweimal täglich Fotos auf meinem Handy erhalten – Buster beim Frühstücken, Buster beim Ballspielen, Buster, wie er die Pfoten gewaschen bekommt, Buster mit mürrischem Gesichtsausdruck und verdrehten Augen in seinem neuen Körbchen sitzend statt auf dem Sofa –, dann nur noch hin und wieder eine SMS mit der Mitteilung, es gehe ihm gut, und schließlich gar nichts mehr, bis Mrs. Nelson mich eines Nachmittags anruft, um mir zu sagen, dass Buster weg ist. Ich verwerfe ihre Theorie, dass er aus dem Garten entführt wurde. Es ist sehr viel wahrscheinlicher, dass er weggelaufen ist, aber warum sollte er das, wenn er doch angeblich so glücklich war und sich bei seinen neuen Besitzern so gut eingelebt hat?

»Sie haben doch bei der Polizei, den Tierschutzbeauftragten, den Hundefängern und den örtlichen Tierärzten angerufen, um zu erfahren, ob Buster dort irgendwo aufgetaucht ist, nicht wahr? Wann haben Sie bemerkt, dass er weg ist?«

»Gestern Abend«, sagt Mrs. Nelson, und mein Herz zieht sich vor Sorge und Wut zusammen.

»Dann haben Sie ihn also seit vierundzwanzig Stunden einfach herumlaufen lassen? Inzwischen könnte er überall sein!«

»Es tut mir leid, aber mein Mann meinte, ich solle nicht so viel Aufhebens um ihn machen. Buster würde schon zurückkommen, wenn er Hunger hat.« Mrs. Nelson versagt die Stimme, und meine Wut verraucht, als mir klar wird, dass sie sich mindestens genauso sorgt wie ich, wenn nicht noch mehr.

»Wo haben Sie überall nach ihm gesucht?«, frage ich, während ich im Kopf alle Möglichkeiten abspule, wie ich ihn wieder zurückholen kann.

»Ich bin vor und nach der Arbeit in der Gegend herumgefahren«, sagt sie und schweigt dann abrupt.

»Sie sagten doch, Sie würden nicht arbeiten.«

»Na ja, tu ich eigentlich auch nicht. Jedenfalls nicht viel. Ich habe den Job bekommen, nachdem Sie bei uns waren.«

Sie lügt, denke ich, und bin schrecklich enttäuscht für Buster. Ich wünschte, ich hätte mehr auf mein Bauchgefühl vertraut und hätte den Nelsons eine Absage erteilt, als sie anfingen, immer wieder Ausflüchte zu finden, warum sie ihn noch nicht in der Schutzstation abholen konnten. »Wenn er mein Hund wäre, wäre ich jetzt da draußen und würde nach ihm suchen, bis ich ihn gefunden habe. Ich könnte nicht anders.«

»Ich fürchte, ich muss Ihnen etwas gestehen«, sagt Mrs. Nelson. »Er« – so wie sie es sagt, mit ironischer Distanz nämlich, nehme ich an, dass sie damit ihren Ehemann meint – »hat mir zwar gesagt, ich solle nichts durchblicken lassen, aber Sie sollten wissen, dass Buster sich nicht bei uns eingelebt hat, und ich habe mir wirklich große Mühe gegeben. Er ist einfach nicht meine Art von Hund.«

Und sie ist nicht seine Art von Mensch, fährt es mir durch den Kopf, als sie sagt: »Buster macht im Haus alles kaputt. Immer wenn ich von der Arbeit – ich meine, vom Einkaufen zurückkomme, finde ich etwas, was er in Stücke gerissen hat. Meine Louboutins, eine Matratze, die Ledercouch. Es ist wirklich furchtbar, ins Haus zurückzukehren und zu entdecken, dass es in Trümmern liegt.« Ich will sie unterbrechen, doch sie fährt fort: »Ich habe mit einem Verhaltensforscher für Hunde gesprochen, der meinte, der Grund wäre Trennungsangst, ein psychologisches Problem, das geheilt werden könnte, wenn wir das Geld und die Zeit investieren wollen … aber wir können das nicht. Es tut mir leid. Wenn er noch einmal irgendwas kaputt macht, bringt mein Mann ihn um.«

»Warum haben Sie mir das nicht eher erzählt?«, frage ich entsetzt. Der arme Buster – er muss so durcheinander sein.

»Ich habe mich zu sehr geschämt, um irgendetwas zu sagen. Ich hatte das Gefühl, als würden wir Sie enttäuschen – Sie hatten den Hund offenbar sehr gern.«

Ich habe ihn gern, denke ich mit Tränen in den Augen. Buster, wo bist du?

»Zum Glück hatten wir niemals Kinder. Buster und ich haben unterschiedliche Ansprüche und Werte – ich schätze meine Küchenschränke, Buster nicht. Er hat auch die verkratzt. Es wird uns ein Vermögen kosten, den Schaden reparieren zu lassen, den er angerichtet hat.« Ich höre, wie Mrs. Nelson am Telefon anfängt zu schluchzen. »Das Haus kann wieder instand gesetzt werden, aber ich bin mir nicht sicher, ob ich dasselbe über meine Ehe sagen kann. Er hat uns an den Rand einer Scheidung gebracht.«

Ich verstehe die Botschaft. »Dann wollen Sie Buster also nicht zurück?«

»Ganz bestimmt nicht. Es tut mir leid, aber die Tatsache, dass er weggelaufen ist, bestätigt mir bloß, dass er nicht hier bei uns sein möchte, und irgendwie ist es eine Erleichterung, obwohl ich mir natürlich Sorgen um ihn mache. Ich will ihn nie wiedersehen.«

Mrs. Nelson scheint ähnliche Gefühle Buster gegenüber zu haben wie ich gegenüber Jack, aber ich habe keine Wahl, als Jacks Hilfe bei der Suche nach dem Hund in Anspruch zu nehmen. Er kennt die Gegend gut und hat viele Kontakte. Ich setze meine Hoffnungen in ihn. Wenn irgendjemand Buster finden kann, dann ist das Jack, und ich rufe ihn sofort an.

»Es tut mir leid, Tess«, sagt er, als er eine Stunde später mit dem Land Rover kommt, um mich abzuholen.

»Es gehört einfach dazu«, sage ich abweisend, denn ich will Jacks Mitleid nicht. Als ich ihm erkläre, dass die Nelsons Buster nicht zurückhaben wollen, ist er ihnen gegenüber nachsichtiger, als ich es bin, und meint, einen Hund aufzunehmen wäre ungefähr so, als würde man sich mit jemandem verabreden, dann bei ihm einziehen und eine bindende Verpflichtung eingehen, um später zu entdecken, dass man nicht zueinander passt.

»Wo willst du zuerst nach ihm suchen?«, fragt er.

»Er hat sich früher immer auf dem Dorfanger herumgetrieben.«

»Ich habe dort auf dem Hinweg schnell vorbeigeschaut und ein paar der Gassigeher gebeten, nach ihm Ausschau zu halten, obwohl sie alle ziemlich nervös waren angesichts seines früheren Verhaltens. Ich dachte, wir könnten noch mal dorthin zurück und entlang der alten Bahnlinie und auf den Feldern am Fluss nach ihm sehen. Alex Fox-Gifford hat dort eine Herde Schafe stehen, und je schneller wir Buster zurückkriegen, umso besser. Wir wollen ja nicht, dass er beschuldigt wird, die Lämmer in Unruhe zu versetzen, nicht wahr?«

»Oder deshalb abgeschossen wird, meinst du wohl.«

»Alex würde keinen Hund erschießen«, gibt Jack zu bedenken. »Es würde seinem Ruf nicht gerade nützen.«

»Oh, ich halte das nicht aus. Was, wenn er wieder von einem Auto angefahren wurde? Er könnte irgendwo verletzt liegen oder …« Ich kann es nicht aussprechen. Jack streckt die Hand zu mir herüber und legt sie kurz auf meine, eine Geste des Trostes und der Beruhigung, die mein Herz vor Bedauern hüpfen lässt und das flüchtige Verlangen in mir auslöst, alles möge wieder so sein, wie es war, ehe Karen zurück in Jacks Leben trat und meins auf den Kopf stellte.

»Wir werden ihn finden, Tess, selbst wenn wir die ganze Nacht nach ihm suchen müssen. Das verspreche ich dir.«

»Du solltest vorsichtiger sein mit Versprechungen, die du nicht halten kannst«, sage ich tonlos, nachdem wir keine Spur von Buster gefunden haben und Jack mich um kurz nach Mitternacht an der Schutzstation absetzt. Dann fällt mir auf, dass ich gemein klinge: Er hat Stunden damit zugebracht, da draußen mit mir zu suchen, nachdem die anderen Freiwilligen, die er zusammengetrommelt hatte, schon längst wieder nach Hause gegangen waren. »Es tut mir leid. Ich bin müde, das ist alles.«

»Ich bringe dich noch rein«, sagt er leise. Die Dunkelheit wirft Schatten auf sein schönes Gesicht, und sein Anblick rührt mich zu Tränen. »Ich habe gehört, was neulich passiert ist. Du hättest es mir erzählen sollen. Du hättest mich an dem Abend anrufen müssen.«

»Jack, es ist nichts passiert. Wenn ich zurückblicke, frage ich mich, ob ich mir nicht alles bloß eingebildet habe.« Ich versuche, es herunterzuspielen. »Ich habe keine Angst. Ich kann auf mich selbst aufpassen.« Ich wiederhole diese Worte immer wieder in meinem Kopf und hoffe, dass ich sie irgendwann glauben werde.

»Ich komme mit dir zur Tür«, beharrt er.

»Wirklich, es ist alles okay. Ich habe Tia«, sage ich, woraufhin ich mich daran erinnere, dass ich früher zwei Hunde hatte, die auf mich gewartet haben, und Buster wird immer noch gesucht, und schon jetzt beginnt meine Hoffnung auf seine sichere Rückkehr zu schwinden. Ein Schluchzen unterdrückend, springe ich aus dem Land Rover. »Danke«, heule ich, renne zur Haustür, krame nach meinem Schlüssel und versuche, ihn ins Schlüsselloch zu stecken.

»Tess, lass mich das machen«, sagt Jack dicht hinter mir. »Hier …« Er nimmt mir den Schlüssel aus den Fingern, schließt die Tür auf und berührt mich am Rücken, als er mich hineinführt und das Licht anschaltet. Tia schnarcht lang ausgestreckt auf dem Boden. »Sie wird nie ein guter Wachhund«, bemerkt er.

»Du hast recht. Man kann einem alten Hund keine neuen Tricks beibringen«, sage ich und gehe so weit wie möglich von Jack weg, ohne ganz in einem anderen Zimmer zu verschwinden.

»Es tut mir leid wegen Buster«, sagt er verlegen, »aber wir werden ihn finden. Ich weiß das.« Er will mit ausgebreiteten Armen auf mich zukommen, doch ich schüttle den Kopf. Meine Gefühle sind völlig durcheinander: Ich sorge mich so sehr um den weggelaufenen Hund, dass es wehtut, und bin wütend auf mich selbst, dass ich mich von den Nelsons habe an der Nase herumführen lassen. Und außerdem sehne ich mich nach einer Umarmung, aber es wäre nicht richtig.

»Ich fahre jetzt besser«, sagt Jack nach einer Pause. »Ich muss zurück. Bis bald, Tess.«

Wie sich herausstellt, sehen wir uns in den nächsten Tagen kaum, was mich erleichtert. Ich nehme Tia jeden Morgen und jeden Abend mit hinunter an den Fluss und gehe mit ihr auf dem Dorfanger spazieren; sie hat Gewicht verloren und ist viel besser in Form als zu dem Zeitpunkt, als sie in der Schutzstation ankam. Obwohl ich seit dem Zwischenfall im Wäldchen nervös bin, gehe ich auch dort regelmäßig mit ihr spazieren, falls Buster sich auf den Weg zur Schutzstation gemacht haben sollte, aber ich kann ihn nicht entdecken, obwohl ich manchmal glaube, seinen Umriss im Gebüsch auszumachen oder zu sehen, wie er im Schatten der dicht stehenden Koniferen verschwindet. Ich rufe und pfeife nach ihm, aber er kommt nie zu mir.

Gegen Ende der Woche suche ich immer noch nach ihm. Gegen Mittag kehre ich mit Tia ins Wäldchen zurück. Dieses Mal muss ich sie schier hinter mir herziehen.

»Komm schon, altes Mädchen. Beeil dich mal ein bisschen.« Der Himmel verdunkelt sich, und ich kann das Prasseln der ersten Regentropfen auf dem Laub der Birken und der Brombeersträucher neben dem Pfad hören. Doch Tia weigert sich nachzugeben, winselt und steckt die Nase ins Gras neben einem umgestürzten Baumstamm. Es sieht ihr nicht ähnlich, so ein Theater um nichts zu machen, und ihr Verhalten sorgt dafür, dass ich eine Gänsehaut bekomme. Irgendetwas stimmt nicht. Irgendetwas beobachtet mich aus dem Gebüsch heraus.

Besorgt gehe ich zu ihr zurück und will sie weiterscheuchen, doch als ich mich bücke, um sie am Halsband zu packen, höre ich ein Rascheln und erblicke ein winziges Augenpaar und den Umriss einer spitzen Nase tief im Unterholz. Ich brauche eine Weile, ehe mir klar wird, dass Tia einen Welpen gefunden hat.

»Hallo, Kleiner«, sage ich sanft. Ich greife durch die dornigen Zweige, befreie ihn aus seiner misslichen Lage und ziehe ihn ans Tageslicht, wo ich erkenne, dass es sich in der Tat um einen Fuchswelpen handelt, weniger als vier Wochen alt, dessen rotbraunes Fell wie eine Jacke aus flaumigem Filz ist. Vielleicht hat er sich verlaufen, oder er wurde verlassen, jedenfalls ist ihm kalt, und er möchte nichts mehr, als sich zusammenzurollen und die Augen zu schließen. Er hat den Kampf aufgegeben, und ich kann sehen, dass ich das Kämpfen für ihn übernehmen muss.

»Gut gemacht, Tia, auch wenn ich nicht kapiere, wie du das geschafft hast«, sage ich zu Talytons neuem Spürhund, während ich den kleinen Fuchs unter meine Bluse stecke, um ihn warmzuhalten, und zum Haus zurücktrage. »Du bist definitiv der beste Beweis dafür, dass es so etwas wie den sechsten Sinn gibt … denn die anderen fünf funktionieren bei dir ja nicht richtig«, füge ich hinzu, als Tia sich auf dem Weg aus dem Wäldchen den Kopf am Torpfosten stößt.

Ich schicke sie ins Haus zurück, ohne ihr die Pfoten abzuwischen – was wahrscheinlich ein Fehler ist, denn sie sind ziemlich matschig –, ehe ich mit meinen Gummistiefeln in den Van springe. Ich drehe den Zündschlüssel, und nichts passiert. Ich versuche es noch mal, aber die Batterie ist leer. Ich blicke hinüber zu dem Fuchswelpen, den ich – in ein Handtuch gewickelt – in einer Kiste im Fußraum des Beifahrersitzes untergebracht habe. Jetzt brauchen wir beide Hilfe.

Ich rufe meine Tante an, doch sie geht nicht ans Telefon. Ich rufe meinen Dad an – er und Mum sind zu Besuch bei Freunden –, und ich kann um nichts auf der Welt Katie bitten, da wir nicht mehr miteinander sprechen, was mir nur noch eine Hoffnung auf Rettung lässt. Jack und ich sind einander aus dem Weg gegangen, und ich will ihn nicht bitten, aber was kann ich tun? Ich will kein Geld für einen Hausbesuch ausgeben, und die kleine Füchsin muss dringend zum Tierarzt, wenn sie überhaupt eine Überlebenschance haben will. (Ich habe nachgesehen, es ist ein Weibchen.) Ich fasse Mut, und innerhalb von zwanzig Minuten fährt Jack mich und den kleinen Fuchs in seinem Land Rover zum Otter House.

»Danke«, sage ich widerwillig.

»Du kennst mich doch. Ich bin immer froh, wenn ich helfen kann«, sagt er und hält den Blick starr auf die Straße vor uns gerichtet. »Wie geht es dir, Tess?«

»Danke, gut«, sage ich und dann, nach einer langen Pause: »Und dir?«

»Nicht so schlecht.«

»Und Karen?«

»Okay, denke ich.«

Ich denke eine Weile darüber nach, finde aber keine Erklärung für seine Antwort. Jack denkt nur, dass sie okay ist, sinniere ich, was doch irgendwie seltsam ist, wenn er mit ihr zusammenlebt.

»Sie hat viel um die Ohren, die Scheidung läuft ziemlich mies. Ihr Mann ist …« Jack verstummt abrupt, als hätte er bereits zu viel verraten.

Mir ist vor Neid ganz übel. Ich will es nicht wissen. Wie kann ich es mit ihrer Reife und ihrer Erfahrung aufnehmen?

»Gibt es etwas Neues zu Buster?«, wechselt Jack das Thema.

»Nein, gar nichts«, antworte ich.

»Irgendwelche Vorfälle bei der Schutzstation?«

»Nein.«

»Wie geht's dem Fuchs?«

Ich hebe den Zipfel des Handtuchs und linse in die Kiste auf meinem Schoß.

»Unverändert«, antworte ich.

Unser Gespräch ist gestelzt, als fänden wir nichts, worüber wir reden könnten, und ich bin erleichtert, als wir beim Otter House ankommen.

»Was haben wir hier, Tessa?«, fragt Frances, die Rezeptionistin, als ich den Wartebereich betrete. Es fällt mir schwer zu erklären, dass ich mir ziemlich sicher bin, dass der Fuchs stirbt. Meine Stimme versagt völlig, und ich bin dankbar, als Jack auf seine ruhige und taktvolle Art übernimmt. Frances schlägt vor, dass wir den jungen Fuchs ganz nach hinten durch die Praxis bringen, wo Maz sich gerade auf eine Operation vorbereitet, sodass wir nicht auf Emma warten müssen, die andere Tierärztin, die mit einem anderen Patienten im Behandlungsraum ist.

»Ihr kennt den Weg?«, fragt sie.

»Ich kenne den Ort hier wie meine Westentasche«, sagt Jack fröhlich und hält mir die Tür auf, sodass ich mit der Kiste auf dem Arm in den Flur treten kann. »Ich war in letzter Zeit oft genug hier.«

Wir treffen Maz im Vorbereitungsraum, wo sie uns, in einen OP-Kittel und weiße Gummistiefel gekleidet, begrüßt.

»Ich habe eine Notsplenektomie aufgenommen«, sagt sie, als sie meinen Blick auf ihre Gummistiefel bemerkt. »Sie wissen ja, wie das ist.«

»Schwierig«, sage ich und lächle schief, denn ich erinnere mich an das ein oder andere Blutbad, das ich beseitigen musste, als ich noch in einer Praxis gearbeitet habe. »Ich hoffe, alles verläuft gut.« Ich stelle die Kiste auf der Bank ab und hebe den Welpen mit dem Handtuch heraus. »Ich habe sie hier im Wäldchen gefunden. Eigentlich sollte ich der Anerkennung zollen, der Anerkennung gebührt: Tia hat sie gefunden …«

»Es geht ihr ziemlich schlecht«, fährt Jack fort, als meine Stimme erneut versagt.

Maz untersucht sie, öffnet das Maul, um die Farbe der Zunge zu überprüfen, zieht die Haut ein bisschen hoch, um herauszufinden, wie stark dehydriert sie ist, und misst ihre Temperatur, ehe sie ihr Stethoskop zur Hand nimmt, das an einem Haken an der Wand hängt. Nachdem sie dem Welpen die Brust abgehört hat, blickt sie kopfschüttelnd auf.

»Es tut mir leid, aber die Kleine wird es nicht schaffen. Wir könnten versuchen, sie mit Antibiotika und Flüssigkeit zu versorgen, aber ich glaube, es geht ihr schon zu schlecht.«

»Oh?« Ich schlucke ein Schluchzen herunter, während ich zusehe, wie der kleine Fuchs auf die Seite sinkt und das Bewusstsein verliert. Ich wollte so sehr, dass sie überlebt.

»Ich wünschte, ich könnte Wunder vollbringen«, fährt Maz fort. »Izzy«, ruft sie eine ihrer Helferinnen, »kannst du bitte den blauen Saft holen? Wir brauchen nicht viel.«

Wie oft habe ich zugesehen, wie ein Tier eingeschläfert wurde? Man gewöhnt sich an den Vorgang, aber ich glaube nicht, dass es jemals leichter wird, obwohl ich weiß, dass der kleine Fuchs leidet und das hier ihm ein schnelleres Ende ermöglicht. Die Tierarzthelferin reicht Maz eine Spritze und eine Nadel, und sie injiziert das Medikament direkt in das Herz des Welpen, sodass der Tod sofort eintritt und das Leiden des kleinen Tiers ein Ende hat.

Ich will wegsehen, doch mein Blick wird auf den Bauch der Füchsin gezogen. Sie liegt auf der Seite, und ihr rötlich braunes Fell verblasst zu einem dunklen Gold und wird schließlich zwischen den Hinterbeinen grau. Die Muskeln an ihrer Schulter zucken, und ihr starres Auge reflektiert das Licht der Untersuchungslampe über ihr.

Ich unterdrücke ein Schluchzen. Nicht weinen!, ermahne ich mich selbst. Nicht vor der Ärztin und der Helferin – und vor Jack –, doch als ich einen Schritt zurück mache und Izzy dabei zusehe, wie sie den kleinen Körper in einen Tigersack gleiten lässt, der wegen seiner gelben und schwarzen Streifen so genannt wird, rinnen mir Tränen über die Wangen. Ich schmecke Salz auf den Lippen und spüre, wie Jacks Arm zu meinen Schultern gleitet und mir Unterstützung und Bestärkung bietet, und obwohl ein Teil von mir ihn dafür hassen möchte, was er getan hat, dass er erst etwas mit mir angefangen und mich dann abserviert hat, stelle ich fest, dass ich die Berührung mag. Ich lehne mich an ihn. Ich mag sie viel zu sehr.

»Danke, dass Sie sich um den Welpen gekümmert haben, Maz«, sagt Jack, während ich langsam wieder zu Sinnen komme.

»Haben Sie irgendetwas von Buster gehört?«, frage ich sie.

»Nichts Konkretes«, sagte sie, »aber vielleicht sollten Sie es immer mal wieder auf dem Dorfanger versuchen. Einer meiner Kunden erwähnte, er habe heute am frühen Morgen nicht weit von der Brücke einen schwarzen Hund gesehen, als er dort mit seinem Hund spazieren ging. Es war okay, es ist nichts passiert. Er hat nicht angegriffen, nicht dieses Mal.«

Es ist eine gute Nachricht, aber zugleich eine schlechte, denke ich. Gut, weil Buster lebt und er in Ordnung ist, denn das kann nur er gewesen sein; und schlecht, dass er da draußen ist und die Gefahr besteht, dass er seine unverzeihliche Gewohnheit wieder aufnimmt, fremde Hunde anzugreifen.

»Wegen der Bezahlung wende ich mich an Frances, wenn wir gehen«, sage ich.

»Machen Sie sich darüber heute mal keine Gedanken«, meint Maz. »Ich bin froh, dass wir helfen konnten.«

Ich bedanke mich noch einmal, als Izzy wiederkommt, nachdem sie die Leiche des kleinen Fuchses entsorgt hat. Obwohl es einer der Nachteile des Jobs ist, beneide ich sie. Der Geruch nach OP, Desinfektionsmittel, Wundbenzin und feuchtem Hund erinnert mich daran, wie sehr ich die Arbeit in einer Praxis vermisse.

»Wenn Sie je eine Tierarzthelferin brauchen, lassen Sie mich das bitte wissen«, sage ich. »Ich mache alles von der gelegentlichen Aushilfe bis hin zur Urlaubs- oder Krankheitsvertretung. Ich würde sogar eine unbefristete Vollzeitstelle in Erwägung ziehen, wenn sich die Gelegenheit bietet.«

»Wir haben im Moment nichts frei. Du hast doch nicht vor, uns in unmittelbarer Zukunft zu verlassen, oder, Izzy?«, sagt Maz leichthin.

»Sie kämen ohne mich doch gar nicht zurecht.« Izzy lächelt.

»Sie ist schon so lange hier, dass sie fast so etwas wie ein Teil des Inventars ist, aber ich behalte Sie im Kopf, falls wir irgendwann mal eine zusätzliche Helferin benötigen sollten. Es ist immer gut, jemanden aus der Gegend zu haben.«

»Ist das dein Ernst? Willst du wirklich wieder als Tierarzthelferin arbeiten?«, fragt Jack, als wir auf dem Heimweg zur Schutzstation einen Umweg über den Dorfanger machen, um zu sehen, ob wir Buster irgendwo entdecken.

»Ich habe in letzter Zeit den Kopf in den Sand gesteckt. Ich muss einen Weg finden, irgendwie meine Schulden zu bezahlen. Ich kann mich sozusagen nicht weiter auf die Wohltätigkeit verlassen. Ich muss an die Zukunft denken, mir ein eigenes Haus kaufen, in die Rentenkasse einzahlen, das ganze langweilige Zeug eben.«

»Was ist mit der Schutzstation? Was ist mit deiner Tante?« Jack senkt die Stimme und fügt fast unhörbar hinzu: »Was ist mit mir?«

»Mit dir?«, frage ich barsch.

»Ich würde dich vermissen«, fährt er fort und klingt zuversichtlicher.

»Tja, das ist hart.« Ich kann spüren, wie Wut in mir aufsteigt. Wie kann er es wagen, die Frechheit zu besitzen, mir zu sagen, er wolle nicht, dass ich gehe, weil er mich vermissen würde, wenn er mich gerade wegen einer anderen Frau sitzen gelassen hat? »Daran hättest du vorher denken sollen, meinst du nicht?«

Trotz meiner Wut will ich nichts mehr, als zu bleiben, denke ich, als ich Jack ansehe. Außer ihn. Ich will ihn mehr als je zuvor. Ich sehne mich nach seinem Geschmack auf meinen Lippen und seiner Berührung meiner Haut, aber es ist jetzt zu spät. Er hat sich für sie entschieden, nicht wahr?

Das Leben geht weiter, und eine Woche verstreicht. Ich denke daran, Großtante Marion anzurufen, die erstaunlich munter klingt für eine Krebspatientin, die gerade eine Chemotherapie macht.

»Ich bin froh, dass du angerufen hast, Tessa«, sagt sie. »Es ist so schön, von dir zu hören.«

»Wie geht es dir?«, frage ich.

»Nicht so schlecht … na ja, aber auch nicht so gut«, fährt sie fort. »Ich musste die Farm zum Verkauf anbieten, mit allem Drum und Dran, einschließlich der Schafe. Ich muss mich an den Gedanken gewöhnen, irgendwohin zu ziehen, etwas Kleineres, womit ich besser zurechtkomme. Aber lass uns nicht über mich reden. Wie geht es dir? Hast du dir deinen Exverlobten aus dem Kopf geschlagen?«

»Ganz bestimmt«, sage ich.

»Gut für dich.« Sie hält inne. »So kenne ich dich.«

Ich erzähle ihr von dem Ball und den Tieren in der Schutzstation, bis ich merke, dass sie mir nicht mehr antwortet. Ich tippe an den Hörer. Warum mache ich das? Warum meine ich, ich könnte damit irgendetwas ausrichten? Ein paar Sekunden später erklingt eine andere Stimme in der Leitung. Es ist eine Krankenschwester, die mir erzählt, meine Großtante wäre eingeschlafen.

»Sie wird sehr schnell müde«, sagt sie.

Ich bitte sie, meiner Großtante auszurichten, dass ich

bald wieder anrufe, und dann kehre ich ins Büro zurück, um mich in die Arbeit zu stürzen.

Buster ist in letzter Zeit nirgendwo mehr gesehen worden, aber ich habe auch so viel mit den Neuankömmlingen in der Schutzstation zu tun: drei Igeln, einer ungewollten Mäusefamilie, die sich vermehrt hat, weil ihre Besitzer vergessen hatten, die Männchen von den Weibchen zu trennen, und einem Katzenpaar, das abgegeben wurde, weil seine Besitzer ausgewandert sind. Dann noch Hausbesuche und das Wechseln von Bambis Verbänden. Es ist sehr viel einfacher geworden, seit Diane, Wendy und die anderen Mitglieder des Komitees ihren Streit mit Fifi beendet und einen neuen Plan für die Freiwilligen erarbeitet haben. Es hilft außerdem, dass die Jungvögel flügge geworden sind und wir sie nicht länger im Stundentakt füttern müssen, sodass wir inzwischen einige der Außenarbeiten angehen konnten.

Für heute Abend sind alle bereits nach Hause gegangen, und ich sehe noch einmal nach Dolly, weil sie mir den ganzen Tag über irgendwie komisch vorkam. Als Libby sich fertig gemacht hat, um mit Jack nach Hause zu fahren, der an den verbliebenen Zwingern gearbeitet und die Frontverkleidung angebracht hat, hat sie mich gebeten, ein Auge auf die Stute zu haben. Es macht mir nichts aus, das zu tun, solange es draußen noch hell ist, aber ich bin nicht so scharf darauf, als es dunkler wird und meine Vorstellungskraft anfängt, mir Streiche zu spielen, indem ich meine, die Umrisse von Menschen in den Schatten unter den Bäumen und am Saum der hohen Hecken zu erkennen.

Das Pony ist unglücklich. Bisher hat die Stute gut ausgesehen mit ihrem langen Bart, dem dichten Fesselbehang und dem dichten Winterfell, das an ihrem rundlichen Rumpf wächst. Entweder grast sie oder döst vor sich hin, aber heute Abend ist sie unruhig, wandert durch den Paddock und bleibt immer wieder stehen, um sich ihren Bauch anzusehen, der voller Schweißflecken ist.

Ich blicke auf die Uhr. Es ist halb sechs, außerhalb der Sprechstunde, weshalb es einen Bereitschaftszuschlag geben wird, aber ich glaube wirklich nicht, dass das bis morgen früh warten kann, wenn Justin herkommt, um nach dem Rehbock zu sehen.

Obwohl ich nicht viel Erfahrung mit Ponys habe, habe ich so eine Ahnung, dass sie eine Kolik haben könnte. Sie fühlt sich definitiv nicht wohl, und für jemanden, der normalerweise frisst, na ja, fast wie ein Pferd, ist ihr Verhalten mehr als merkwürdig. Ich zögere, mich ratsuchend an Jack zu wenden, denn ich weiß, dass es sich anfühlen wird, als würde ich eine halb verheilte Wunde wieder aufreißen, wenn ich seine Stimme höre, aber ich rufe ihn Dolly zuliebe trotzdem an.

»Ich hoffe, ich störe nicht«, sage ich gespielt heiter, als ich eine Frauenstimme im Hintergrund höre und automatisch annehme, dass es sich um seine Freundin handelt.

»Kein Problem, Tess. Libby kocht für mich. Sie schuldet mir etwas, weil ich ihr einen neuen Akku für ihr Handy besorgt habe. Was kann ich für dich tun?« Er klingt verlegen, doch ich finde seine Schüchternheit attraktiv, sogar sexy. Mein Herz krampft sich vor unerwiderter Liebe zusammen, denn ich liebe ihn wirklich. Ich liebe Jack Miller – habe es immer getan und werde es immer tun –, und ich habe es erst erkannt, als es bereits zu spät war. Ich denke an meinen Dad und eine seiner trivialen, aber sehr wahren Redensarten: Man weiß erst, was man hatte, wenn man es verloren hat.

»Tess, bist du noch dran?«

»Ja, ja. Tut mir leid.« Der Klang seiner Stimme hat mich den Grund meines Anrufs vergessen lassen. »Es geht um Dolly. Ich könnte deinen Rat gebrauchen.« Ich erkläre es ihm, und Jack meint, es könnte eine Kolik sein, und ich solle sofort den Tierarzt verständigen.

»Versuch, Alex oder Justin zu erwischen. Libby und ich sind in fünf Minuten bei dir.«

»Das ist ein bisschen übertrieben«, bemerke ich.

»Ich fahre vorsichtig, versprochen.«

Ich rufe die Großtierpraxis im Herrenhaus an und hoffe Justin, den Assistenten, an den Hörer zu bekommen, denn die Rechnung der Schutzstation sammelt immer noch Zinsen an. Doch es ist Alex, der abnimmt.

»Ich kann gleichzeitig nach dem Rehbock sehen, um Ihnen einen Hausbesuchszuschlag zu ersparen«, sagt er und macht mir damit nur allzu klar, dass er es nicht vergessen hat.

»Das mit dem Geld tut mir leid«, stammele ich.

»Darum kümmern wir uns ein andermal. Ich muss mir Ihre Tante mal vorknöpfen.«

»Bitte, tun Sie das. Die Gelder sollten jetzt eigentlich auf dem Weg auf unser Konto sein.«

»Okay. Soll ich dieses Mal das Betäubungsgewehr mitbringen, um in die Nähe des Ponys zu kommen? Das war ein Scherz. Ich bin gleich bei Ihnen.«

»Danke, Alex.« Ich nehme einen Mantel und einen Schal vom Haken und gehe raus. In der Luft liegt eine herbstliche Kühle, als ich auf Libby und Jack warte. Es wäre viel besser, wenn Libby sich Dolly nähert, als wenn ich es versuche und sehr wahrscheinlich versage.

Als sie eintreffen, bleibt Jack neben mir stehen, während Libby das Pony völlig problemlos einfängt.

»Wie geht es dir, Tessa?«, fragt er. Die Wärme seiner Stimme sorgt dafür, dass mein Herz einen Schlag aussetzt.

»Gut, danke.« Doch plötzlich bin ich den Tränen nahe, die ich mit aller Kraft unterdrücke, während ich mich im Stillen schimpfe, so weich zu sein.

»Ich kann sehen, dass du dir wirklich Sorgen um Dolly machst«, sagt Jack sanft, aber er hat es falsch verstanden. Ja, ich mache mir Sorgen um sie, aber dieser Gefühlsausbruch dreht sich allein darum, was ich für ihn empfinde.

Libby führt das Pony in den Stall neben dem von Bambi. Dolly bewegt sich langsam, zögert alle paar Schritte, schlägt mit dem Schweif und tritt sich gegen den Bauch.

»Komm schon, Dolly.« Libby streichelt der Stute den verschwitzten Nacken. »Was stimmt mit ihr nicht, Jack?«

»Alex ist auf dem Weg. Wir werden es bald herausfinden«, sagt er und sieht mich warnend an, ich solle bloß nichts sagen. Ich weiß, warum: Libby mag das Pony sehr, und er hat Angst, dass der Stress, wenn Dolly irgendetwas passieren sollte, bei Libby einen epileptischen Anfall auslösen könnte.

Alex tritt neben uns. Er trägt ein Stethoskop um den Hals, einen Besuchskoffer in der einen und eine Schachtel mit Gummihandschuhen in der anderen Hand.

»Wie geht es der Patientin?«, fragt er und blickt in den Stall. »Ich nehme an, Sie haben nicht versucht, Fieber zu messen …« Ein kurzes Lächeln huscht über sein Gesicht, als er meine hochgezogene Augenbraue bemerkt. »Es ist schon okay. Es ist immer besser, sie stattdessen den Tierarzt treten zu lassen.«

»Können Sie ihr irgendwas geben?«, fragt Libby und verzieht das Gesicht, als Dolly die Augen verdreht und ein tiefes Stöhnen ausstößt. »Bitte, Alex. Sie scheint große Schmerzen zu haben.«

»Ich möchte ihr lieber noch nichts geben, es sei denn, uns bleibt keine andere Wahl. Lassen Sie mich erst einmal nachsehen, was los ist. Wenn Sie sie umdrehen könnten, sodass sie mir die Kruppe zukehrt. Ich kann sie über den Rand der unteren Tür hinweg untersuchen. Ich habe nicht vergessen, wie sie beim letzten Mal versucht hat, mich umzubringen.« Als Alex mit einer behandschuhten Hand über die Tür greift, legt Dolly die Ohren an und wirft den Kopf in die Luft, ehe sie stocksteif stehen bleibt, als würde sie von einer Welle akuten Schmerzes überrollt. »Wie heißt es noch mal? Einem Wallach kann man es befehlen, aber eine Stute muss man bitten. Offenbar bitte ich sie nicht nett genug.«

»Kann ich irgendetwas tun?«, fragt Jack.

»Ich habe sie. Sie stirbt, nicht wahr?«, sagt Libby und spricht damit aus, was ich befürchte. Obwohl es Zeiten gegeben hat, in denen ich ihr die Pest an den Hals gewünscht habe, meinte ich es nie so. Dolly tut mir leid, trotz ihres Verhaltens, das sie an den Tag legte, als sie hier in die Schutzstation kam, doch noch mehr tut mir Libby leid, deren Lippe zittert, während sie versucht, nicht vor uns allen in Tränen auszubrechen.

»Noch nicht«, sagt Alex. »Sie hat noch viele Jahre vor sich.«

»Dann ist es keine Kolik?«, sagt Jack.

»Nein«, fährt Alex sachlich fort. »Dolly hat Wehen.«

Ich brauche einen Augenblick, bis ich begreife, was er gesagt hat.

»Sie bekommt ein Fohlen?«, frage ich dämlich.

»Genau«, sagt Alex. »Ich verstehe nicht, wie ich das übersehen konnte.«

»Ich kann es nicht glauben. Ich meine, ich hatte ja keine Ahnung.«

»Ich dachte, sie hätte zugenommen, weil sie hier glücklich ist«, sagt Libby und grinst übers ganze Gesicht. Ihre Wangen sind rosig vor Erleichterung.

»Nun, es wird nicht mehr lange dauern, bis Sie alle den Beweis dafür mit eigenen Augen sehen können. Sie hat bereits seit einiger Zeit Wehen.« Alex lächelt, während er sich den Handschuh abstreift und auf den Boden fallen lässt, was einfach typisch ist für einen Tierarzt, bemerke ich. Sie haben ein pathologisches Unvermögen, hinter sich aufzuräumen. »Ich denke, wir sollten sie für eine halbe Stunde oder so in Ruhe lassen, damit sie weitermachen kann.«

»Wenn Sie meinen«, sagt Libby zweifelnd.

»Alles läuft geradezu vorbildlich«, bestätigt Alex. »Ich kann mir in der Zwischenzeit den Rehbock ansehen, und einen Kaffee würde ich auch nicht ausschlagen, weiß, mit drei Stück Zucker, und ein paar von den Keksen, die ich das letzte Mal hatte, die mit dem Karamellkern.«

»Ich sehe mal nach, was wir noch dahaben«, sagt Libby und löst den Führstrick von Dollys Halfter. »Kaffee für alle?«, fragt sie in die Runde. Vor kaum unterdrückter Aufregung ist ihre Stimme ganz hoch.

»Bitte«, sagen Jack und ich gleichzeitig. »Ein Fohlen!«, fährt er fort, und sein Lächeln kann mein Inneres immer noch zum Schmelzen bringen. »Wie erstaunlich!«

»Es ist ein bisschen spät im Jahr. Sie muss Ende letzten Sommers bei einem Hengst gewesen sein«, sagt Alex. »Okay, wo ist Bambi?«

»Er ist im Stall nebenan. Libby und ich haben den Verband an seiner Wunde vor drei Tagen gewechselt, er braucht also einen neuen«, sage ich.

»Dann machen wir das jetzt, damit ich es mir mal ansehen kann«, sagt Alex, und wir tauschen beim Schein der Taschenlampe den Verband gegen einen neuen aus. Alex bestätigt, was ich bereits wusste: dass die Wunde gut von außen nach innen verheilt und es keine Anzeichen für eine Infektion gibt. Er ist optimistisch, dass Bambi bald freigelassen werden kann.

Nach dem Kaffee marschieren wir gemeinsam schweigend zur Scheune zurück. Außer unseren Schritten ist bloß leises Wiehern und das sanfte Rascheln von Stroh zu hören, als wir bei Dolly ankommen. Ein Kloß bildet sich in meiner Kehle, als wir über die Halbtür sehen und das Pony an einem nassen schwarz-weißen Bündel herumleckt, das teilweise noch mit einer dünnen Haut bedeckt ist. »Oh, das ist das Baby«, seufzt Libby. »Sieh nur, Tessa, wie schön es ist. Dolly, du bist so ein schlaues Mädchen.«

»Was meinen Sie, Alex?«, fragt Jack, legt seiner Schwester den Arm um die Schulter und drückt sie an sich, während sie sich die Augen am Ärmel seines Pullovers abwischt. »Sie sind der Experte, wenn es um Ponys geht.«

»Es ist noch ein bisschen früh«, sagt Alex ungerührt, als das Fohlen den Kopf hebt, »aber es sieht aus, als habe es eine schöne Zeichnung. Ich will mal nachsehen, ob Dolly die Nachgeburt bereits abgestoßen hat und alles okay ist. Dann können wir die zwei allein lassen, damit sie sich erst mal kennenlernen.«

»Danke, Alex. Ich wüsste nicht, was wir ohne Sie tun würden.« Ich habe wirklich ein schlechtes Gewissen, dass ich ihn nicht habe rechtzeitig bezahlen können. »Wegen der Rechnung«, fange ich an.

»Schon in Ordnung. Dieser Besuch geht auf mich.«

»Nein, das können wir nicht …«

»Schon gut. Eigentlich habe ich ein schlechtes Gewissen, dass ich nicht einmal in Erwägung gezogen habe, Dolly könnte tragend sein. In Anbetracht ihrer Vorgeschichte hätte ich das überprüfen müssen, als ich zum ersten Mal hier herausgekommen bin, um nach ihr zu sehen. Betrachten Sie es als Spende für die Schutzstation. Ich bin mir sicher, dass es nie genug Geld gibt.«

»Oder genug Platz«, sage ich kläglich. »Ich bin Ihnen wirklich dankbar. Wir sind am Kämpfen.«

»Da hilft es nicht gerade, dass Sie jetzt noch ein Maul zu füttern haben«, sagt Alex.

Das Fohlen ist bald auf den Beinen und trinkt bei der Stute. Wenn ich mir Sorgen gemacht haben sollte, dass Dolly ihr Kind so behandeln könnte wie einige von uns, habe ich mich getäuscht. Sie ist völlig vernarrt.

»Sie ist sehr stolz«, sagt Libby. »Wie sollen wir ihn nennen? Oder sie?«

»Es ist ein kleiner Hengst«, sagt Alex. »Er sieht ziemlich lustig aus mit diesem Fleck über dem Auge.«

»Du wirst dein Herz doch nicht zu sehr an Dolly und ihr Fohlen hängen?«, frage ich Libby, nachdem Alex nach Hause gefahren und Jack gegangen ist, um die Toiletten im Katzentrakt sauber zu machen.

»Ich gebe mir Mühe, dass es nicht passiert, aber das ist Schicksal, nehme ich an«, fährt Libby fort, während sie gleichzeitig eifrig eine Nachricht auf ihrem Handy eingibt. »Dolly wird noch eine Weile hierbleiben müssen, nicht wahr? Sie kann ja mit einem Fohlen bei Fuß nicht weit reisen.«

»Sie wird den Winter über hierbleiben«, bestätige ich ihr. »Wem schreibst du?«

»Ash. Ich lass ihn wissen, was passiert ist«, sagt sie. »Das ist das Beste überhaupt.«

»Dann seid ihr noch zusammen, du und Ash?«

»Ja«, sagt sie und lächelt.

»Halte mich auf dem Laufenden«, necke ich sie. »Ich kann die Kirchenglocken schon hören.«

Libby ignoriert diese Bemerkung, und ich kann sehen, dass ihre Hand zuckt. Als sie bemerkt, dass ich darauf starre, verschränkt sie die Arme und drückt die betroffene Hand an ihre Brust, um sie still zu halten.

»Bist du okay?«, frage ich leise, und als sie mir ein zweites Mal eine Antwort schuldig bleibt, fahre ich fort: »Du hast Ash doch von deiner Epilepsie erzählt, oder? Ich will mich nicht einmischen, aber …«

»Ich habe es nicht, und ich werde es auch nicht tun.« Libbys Augen blitzen vor Verärgerung. Ihre Stimmung hat sich geändert. »Du bist genauso schlimm wie mein Bruder. Habe ich meine Arznei genommen? Wie geht es mir? Habe ich es allen erzählt? Ich kann ja meinen Status bei Facebook ändern und eine Anzeige in den *Chronicle* setzen: Libby Miller hat Epilepsie. Nein, mach ich aber nicht. Im weltweiten Vergleich bedeutet meine Krankheit gar nichts. Ich komme zurecht. Billigt mir das zu.«

»Ich verstehe das«, sage ich, als sie fortfährt: »Ich erzähle es Ash, wenn es sich richtig anfühlt. Wenn ich es ihm jetzt sage, dann verschrecke ich ihn bloß, weil er dann denkt, er würde mir wirklich viel bedeuten, was er ja auch tut …«

»Libby, er sollte es wissen. Es ist nicht fair.«

»Ja, damit wir dann unsere Zeit damit verbringen, dass

er mich beobachtet und nur darauf wartet, dass ich anfange zu zucken und mir Schaum vor den Mund tritt. Wie cool sieht das denn aus?«

»Er muss die Regeln kennen, etwa wie lange er warten darf, ehe er den Notarzt rufen muss. Libby, wie würdest du dich fühlen, wenn es andersherum wäre?«

»Ich wäre starr vor Schreck, dass er mir wegsterben könnte«, sagt sie nach einer langen Gedankenpause. Ihre Lippe zittert, und ich fürchte, dass sie gleich weinend zusammenbricht.

»Genau«, sage ich und lege ihr den Arm um die Schulter. »Denk darüber nach.«

»Das habe ich, und ich habe beschlossen, es noch eine Weile vor ihm geheim zu halten. Ich bin bereit, das Risiko einzugehen. Es ist mein Leben, meine Wahl. Und wage es bloß nicht, einem von beiden etwas davon zu erzählen, weder Jack noch Ash.« Sie wechselt wieder das Thema. »Wie fangen wir an, mit dem Fohlen zu arbeiten?«

»Vorsichtig, will ich meinen. Dolly kommt mir vor, als wäre sie der besitzergreifende Typ – sie wird ihr Baby beschützen wollen. Wir werden es langsam angehen lassen müssen – Schritt für Schritt.«

Wie sehr ich wünschte, Jack und ich hätten es langsam angehen lassen, Schritt für Schritt. Wir hätten ein paarmal miteinander ausgehen und langsam auf unseren ersten Kuss hinarbeiten sollen – und nicht bei der ersten Gelegenheit miteinander ins Bett gehen sollen. Er hätte Zeit gehabt, mich noch besser kennenzulernen, als er mich ohnehin bereits kennt, und dann genau gewusst, was er verliert, indem er mich für Karen abserviert.

»Bist du okay, Tessa?«, fragt Libby, während wir weiter das Fohlen beobachten, das auf wackeligen Beinen zu

Dollys Kopf hinstakst, sodass sie ihm liebevoll das Gesicht putzen kann. »Du kommst mir bloß heute Abend so still vor … Was ist los?«, fährt Libby streng fort, nachdem ich nicht reagiere. »Erholst du dich immer noch von dem Ball?«

»Das ist Wochen her, und ich hatte nicht einmal einen Kater, wenn du das meinst.«

»Du warst eine der wenigen, die nicht zu viel Champagner erwischt haben.« Libby zögert. »Was ist es dann? Haben wir nicht genug Geld eingenommen?«

»Nein, nein. Wir haben alles zusammengerechnet und ein paar Tausend Pfund Gewinn gemacht.«

»Du musst erschöpft sein«, bohrt sie nach.

»Ich bin nicht müde. Nicht wirklich.«

»Liegt es an Jack?« Sie nimmt mein Schweigen als Zustimmung. »Es liegt an Jack. Ich weiß nicht, ob es für dich irgendeinen Unterschied macht, Tessa, aber du solltest wissen, dass Karen ausgezogen ist und jetzt bei Freunden wohnt.«

»Es macht keinen Unterschied für mich«, sage ich leise. Es ist zu spät. Ich habe immer noch Gefühle für Jack, und ich könnte so leicht nachgeben und zu ihm zurückkehren, wenn er mich darum bitten würde, aber es wäre nicht richtig. Es gibt nichts, was ihn davon abhalten könnte, mich wieder zu enttäuschen, wenn ihm eine andere Frau ins Auge fällt, und ich bin nicht bereit, mich dieser Art des Kummers noch einmal auszusetzen.

KAPITEL 17

Neun Leben

Libby und Ash kommen regelmäßig vorbei, um Dolly und das Fohlen zu besuchen, das sie Apache getauft haben. Eines Nachmittags lasse ich sie mit ihrem Vorrat an Karotten am Gatter des Paddocks zurück und gehe ins Haus, um nach einem langen, aber sehr befriedigenden Tag zu duschen. Ich habe mit den Hunden Fangen gespielt und mit den Katzen eine Reihe verschiedener Spielzeuge ausprobiert. Ich lächle vor mich hin, denn jetzt klingt es so, als hätte ich den ganzen Tag nur gespielt, obwohl ich auch das Füttern und Saubermachen übernommen habe. Mit Tieren zu arbeiten ist keine glamouröse Angelegenheit.

Ich lasse gerade Tia für ein paar Minuten raus in den hinter dem Haus liegenden Garten, als ich Ash eindringlich rufen höre.

»Bleib da!«, befehle ich Tia. Unterwegs blicke ich rasch auf meine Armbanduhr und renne, dem Klang von Ashs Stimme folgend, zum Paddock zurück.

»Libby hat einen Anfall«, schreit er neben ihr. Sie liegt am Fuß des Zauns auf dem Boden, die Augen weit aufgerissen, doch mit leerem Blick, das Gesicht puterrot, Speichel auf den Lippen und mit wild zuckenden Gliedern.

»Bleiben Sie ruhig«, sage ich. Ich passe auf, dass sie sich nicht den Kopf am Gatterpfosten anschlägt, und blicke wieder auf die Uhr. »Ash, reden Sie mit ihr. Zeigen Sie ihr, dass Sie da sind.«

»Sollten wir nicht den Notarzt rufen?«, fragt er. Sein Gesicht ist so blass wie Dollys weiße Blesse.

»Noch nicht«, sage ich so ruhig, wie ich nur kann; ich habe noch nie einen Menschen gesehen, der einen epileptischen Anfall hatte. »Vertrauen Sie mir, Ash. Sie ist okay, wenn es nicht länger als drei Minuten dauert.«

»Es muss mindestens schon so lange dauern«, stammelt er.

»Ich habe sofort die Zeit gestoppt, als Sie angefangen haben zu rufen.« Ich versuche, seine Aufmerksamkeit darauf zu lenken, etwas zu tun, damit er nicht in Panik gerät, obwohl ich tief in meinem Innern fürchte, dass wir langsam die Grenze erreichen. »Reden Sie mit ihr, Ash. Kommen Sie schon, das ist Ihre Aufgabe.«

»Ich weiß nicht, was ich sagen soll.«

»Irgendwas. Was Sie zum Frühstück gegessen haben, zum Beispiel. Das reicht schon.« Ich fange an, mich ein wenig zu entspannen, als ich sehe, dass Libbys Körper langsam erschlafft, die Zuckungen nachlassen und ihr Blick sich auf Ashs Gesicht richtet und sie die Stirn runzelt, als versuche sie sich daran zu erinnern, wer er ist. »Sie kommt zu sich«, fahre ich erleichtert fort.

»Hi, Libbs, rate mal, was ich zum Frühstück hatte!«, fängt Ash an, ehe er eine ganze Liste an Lebensmitteln herunterrasselt: »Kalte Pizza, Curry, Cornflakes, gebackene Bohnen, Eier, einen Müsliriegel, Apfelkuchen.« Ich ziehe eine Augenbraue hoch, als er zu mir aufblickt. »Ich hatte das nicht alles heute.«

»Ash«, stöhnt Libby und greift nach seiner Hand. Er verschränkt seine Finger mit ihren und hebt ihre Hand an seine Lippen.

»Gott sei Dank!«, flüstert er, als sie versucht, sich aufzurichten.

»Bleib da«, sage ich zu ihr. »Sie wird zuerst noch ein bisschen verwirrt sein. Sorgen Sie dafür, dass sie da sitzen bleibt, Ash. Ich hole ihr etwas, worauf sie sich setzen kann, und ein Glas Wasser. Möchten Sie irgendwas?«

»Einen doppelten Wodka, nehme ich an«, sagt er und lächelt schwach. »Nein, machen Sie sich um mich mal keine Sorgen.«

Ich nehme mir absichtlich viel Zeit, um ein Glas Wasser aus der Küche zu holen und einen der Verandastühle, um Libby und Ash die Gelegenheit zu geben, miteinander zu reden, während ich mich gleichzeitig darauf vorbereite, einen von beiden zu trösten, falls sie sich trennen sollten.

Als ich mich ihnen wieder nähere, zögere ich und linse um die Ecke des Zwingerblocks. Sie sitzen nebeneinander mit ausgestreckten Beinen und lehnen mit dem Rücken am Zaun.

»Du kannst nicht deswegen mit mir Schluss machen!«, ruft Ash. »Ich sollte mit dir Schluss machen, weil du es mir nicht erzählt hast.«

»Ich kann nicht zulassen, dass du mit mir Schluss machst«, argumentiert Libby. »Ich würde das nie überleben. Wenn du ein ganzer Mann wärst, würdest du zulassen, dass ich mit dir Schluss mache.«

»Aber ich habe jeden Grund dazu. Du hättest es mir vorher sagen müssen, damit ich mich hätte drauf einstellen können. Libby, ich hatte noch nie im Leben solche Angst.« Ashs Tonfall wird weich. »Ich dachte, du müsstest sterben. Warum hast du mir vorher nichts gesagt?«

»Weil ich dachte …« Libby zögert. »Ich wusste, dass es dich abschrecken würde. Wir sollten miteinander ausgehen, uns kennenlernen, Spaß haben. Du willst deine Zeit bestimmt nicht mit mir verplempern, mich beobachten und warten und dich sorgen, wann ich wohl den nächsten Anfall habe.« Sie bricht in Tränen aus. Ash legt die Arme um sie. »Du weißt, dass ich sterben könnte.«

»Na, bis jetzt hast du's noch nicht getan«, sagt er, kramt in den Hosentaschen seiner Shorts herum und zieht ein schmuddeliges Taschentuch heraus, das er ihr in die Hand drückt.

»Es besteht immer das Risiko …«, schluchzt sie laut.

»Also, du bist bisher damit zurechtgekommen. Ich bin mir sicher, ich kann auch damit leben.« Ash hält inne. »Libby, ich liebe dich. Wenn du glaubst, wir würden uns deshalb trennen, dann liegst du falsch.«

Ich komme aus meinem Versteck heraus und habe ein schlechtes Gewissen, dass ich ein privates Gespräch belauscht habe, aber ich bin auch erleichtert, weil sie miteinander reden. Ich gehe zu ihnen und reiche Libby das Glas Wasser. Ich bin mir nicht sicher, ob sie den Stuhl noch braucht.

»Bitte«, sage ich heiter. »Wie fühlst du dich?«

»Ich habe leichte Kopfschmerzen, das ist alles«, sagt Libby. »Ich glaube, Ash geht es viel schlechter«, fügt sie hinzu und wendet sich mit einem leisen Lächeln auf den Lippen zu ihm um, und ich verspüre einen Stich der Eifersucht auf ihre Nähe und darauf, wie sie die Bewegungen des jeweils anderen spiegeln. Obwohl sie noch nicht so lange zusammen sind, sehen sie aus, als wären sie bereits im Sandkasten ineinander verliebt gewesen, und wieder führt das meine Gedanken zu Jack zurück und dazu, dass wir wie Libby und Ash hätten sein können, wenn das Rad der Liebe sich für uns ein bisschen ruhiger gedreht hätte.

Ich lasse sie allein und gehe zurück, um Tia aus dem Garten zu holen, wo sie mich ausnahmsweise einmal ernst genommen hat und immer noch genau dort mitten auf dem Rasen hockt, wo ich sie habe Sitz machen lassen. Eine späte Biene fliegt um ihr Gesicht und foltert sie, denn sie kann sie weder hören noch sehen, sondern nur bemerken, wenn sie sich für den kürzesten Moment auf ihre Nase oder hinter ihr Ohr setzt.

»Komm«, sage ich zu ihr und berühre ihr Halsband, um sie wissen zu lassen, dass ich da bin, und sie rappelt sich auf und folgt mir ins Haus, wo ich dusche und mich zurückziehe, um das Abendessen vorzubereiten, während Libby und Ash kurz hereinkommen, um sich zu verabschieden, ehe sie gehen.

Manchmal glaube ich, dass ich noch verrückt werde, wenn ich Abend für Abend hier allein im Haus bin und nur Tia zur Gesellschaft habe. Ich mache den Druck, den das Führen der Schutzstation mit sich bringt, dafür verantwortlich und meine wachsenden Schulden, denn obwohl zwar endlich die Gelder von dem Stiftungsfonds zugewiesen werden und ich nicht länger privat für das Katzen- und Hundefutter aufkommen muss, deckt mein Lohn nicht einmal meine Zinszahlungen ab. Wenn ich auf die letzten paar Monate zurückblicke, ist es außerdem das erste Mal, dass ich Zeit habe, über meine Hochzeit und den Kummer mit meinem Haus nachzudenken. Darüber hinaus kam mein Dad, ein paar Tage nachdem ich mit Großtante Marion telefoniert hatte, hier vorbei, um mir mitzuteilen, dass sie im Schlaf gestorben sei. Ich habe sie nicht besonders gut gekannt, aber ich bin traurig.

Es war aber nicht alles schlecht, sage ich mir in dem Versuch, weiterhin positiv zu denken. Tatsächlich hat es auch ein paar echte Höhepunkte gegeben, wenn auch Tiefen; das ist das Besondere an der Arbeit im Tierschutz, denke ich.

Das Motorengeräusch eines Autos vor dem Haus lässt mich zusammenfahren, hat jedoch keinerlei Effekt auf Tia, die zu meinen Füßen auf dem Küchenboden liegt und an ihren Krallen herumleckt und -beißt. Eine schlechte Angewohnheit von ihr. Ich bin immer noch nervös, umso mehr, seit Buster fort ist, was mich mit einem sorgenvollen Stich daran erinnert, dass er nach wie vor nicht gefunden wurde. Entweder streift er durch die Gegend, oder er liegt verletzt unter irgendeiner Hecke – oder schlimmer.

Es ist bereits nach sieben, und ich erwarte niemanden. Ich lasse die Gemüsepfanne allein, die ich gerade koche, und schaue durch das Bürofenster, ohne unterwegs die Lichter anzumachen. Katies Wagen steht vor dem Haus.

»Was zum Teufel will sie nur hier?«, grummele ich an Tia gerichtet. Ich habe ihr nichts zu sagen, und falls sie gekommen sein sollte, um von mir bemitleidet zu werden, weil Nathan sie wegen einer anderen abserviert hat, was ich ja die ganze Zeit schon von ihm erwartet habe, dann hat sie sich getäuscht.

Sie hat gegen die Regeln verstoßen, und obwohl sich das jetzt anhören mag wie ein Streit auf dem Spielplatz, ist sie dieses Mal einfach zu weit gegangen. Unsere Freundschaft ist nicht mehr zu retten. Ich bin darüber hinweg.

Ich bin jedoch derart erleichtert, dass es kein Fremder ist, jemand, der mich verfolgt oder mich beobachtet, dass ich zur Tür gehe, als sie klingelt.

»Ja?« Ich stehe der Frau gegenüber, die mit meinem

Verlobten geschlafen hat. Sie sieht blass aus unter ihrem Make-up, doch irgendwie trotzig.

»Ich habe eine Überraschung für dich, Tessa«, sagt Katie.

»Hast du mir davon nicht schon genug bereitet?«

»Dieses Mal ist es eine nette. Ich glaube, du wirst dich freuen.«

»Ist das da Nathan?« Ich schaue zu ihrem Auto. Der Motor läuft, und hinter dem Steuer sitzt ein Schatten.

»Es ist okay. Ich habe ihm gesagt, er soll auf mich warten. Ich bleibe nicht lang.« Sie öffnet den obersten Knopf ihres Mantels, eines kurzen limettengrünen Regenmantels, und macht ihn wieder zu, wobei sie den Ring an ihrem linken Ringfinger vorführt.

»Ach, so ist es also?«, sage ich verärgert. »Du bist hier, um dich zu brüsten.« Ich will ihr die Tür vor der Nase zumachen, doch sie hält mich davon ab.

»Das ist es nicht. Ich bringe dir einen Hund. Den von den Aushängen. Du musst sie bemerkt haben, sie hängen überall in Talyton rum. Ich habe ihn gleich erkannt: Buster, der schwarze Hund, der früher hier in der Schutzstation gelebt hat.«

»Du meinst, du hast ihn gefunden?«, sage ich, denn mir geht endlich ein Licht auf. »Wo ist er? Ist er verletzt?«

»Hey, beruhig dich mal, Tessa. Du kommst mir wegen des Hundes aufgeregter vor, als ich dich wegen irgendeines Mannes je erlebt habe. Es geht ihm gut.«

»Wie bist du in seine Nähe gekommen?«

»Nathan und ich waren gerade auf dem Weg zum Pub, als wir ihm auf dem Dorfanger begegnet sind. Er hat ein Eichhörnchen gejagt. Das Eichhörnchen ist einen Baum hinaufgeflüchtet, und der Hund ist direkt dagegengelaufen. Solange er noch verwirrt aussah – wie Nathan, wenn er ein bisschen zu viel getrunken hat –, ist es uns gelungen, ihn einzufangen.«

»Ach, Nathan ist mir egal. Wo ist Buster?« Ich kann es kaum erwarten, ihn wiederzusehen.

»Hast du eine Leine für uns?«, fragt Katie. »Wir haben Nathans Schlips genommen und ein Stück Seil.«

Ich hole einen Führstrick von unter der Theke im Büro und gehe mit Katie nach draußen, wo sie gerade die hintere Tür ihres Wagens öffnet.

»Nein!«, rufe ich, aber es ist zu spät. Buster – denn es besteht kein Zweifel mehr, dass er es ist – kommt aus dem Auto geflogen, und gerade als ich glaube, dass er über den Parkplatz in die Dunkelheit verschwinden wird, bleibt er schlitternd stehen wie in einem Cartoon, wirbelt herum und jagt, quietschend vor Freude, auf mich zu. Er springt hoch, wedelt mit dem Schwanz und landet mit den Pfoten auf meinen Rippen, sodass er mich fast umwirft. »Buster! Ich dachte schon, ich sehe dich nie wieder. Wo hast du nur gesteckt?«, sage ich halb tadelnd und halb lachend, weil ich so erleichtert bin.

»Ich glaube nicht, dass er es dir erzählen wird«, sagt Katie, als ich ihm die Leine über den Kopf streife.

Ich umarme Buster von ganzem Herzen, ehe ich mich bei Katie dafür bedanke, dass sie ihn hier abgeliefert hat. Dolly hat ein gesundes Fohlen zur Welt gebracht, und Buster ist unversehrt zu mir zurückgekehrt. Vielleicht wird das Leben doch noch gut.

»Du musst dich nicht bei mir bedanken«, sagt Katie. »Ich wusste, dass du ihn gern hast.«

»Ich hatte auch Nathan einmal gern«, sage ich leise.

Katie sieht mir ins Gesicht. »Aber nicht gern genug, wenn du ehrlich bist.«

Der Geruch nach Autoabgasen steigt mir in die Nase. »Welches Recht hast du, mir vorzuwerfen, ich wäre nicht ehrlich, wenn du doch …«

»Lass uns nicht damit wieder anfangen«, unterbricht Katie mich. Sie bindet den Gürtel ihres Regenmantels und zieht ihn eng um ihre Mitte. »Also, ich hoffe, dem Hund geht es gut. Und dir auch.«

Sie sieht erschöpft aus, hat dunkle Ringe unter den Augen, und ihr Gesicht ist ausgemergelt.

»Und wie geht es dir?«, frage ich.

»Gut.« Sie hält inne, als denke sie darüber nach, ob sie es dabei belassen soll, doch ein leises Lächeln huscht über ihr Gesicht, und sie fährt fort: »Ich bin schwanger.«

Ich brauche eine Weile, um etwas zu erwidern. »War es geplant?«

Katie schüttelt den Kopf. »Ich bin mir nicht sicher, ob ich mit zwei Kindern fertigwerde: mit Nathan und einem Säugling.«

»Du wirst es überleben«, sage ich. »Das hast du immer getan. Herzlichen Glückwunsch.«

Nathan drückt auf die Hupe, sodass Katie zusammenfährt.

»Ich gehe jetzt besser«, sagt sie, und ich sehe ihr nach, wie sie in den Wagen steigt, ehe ich die Tür wieder zumache und Buster mit hineinnehme. Ich lasse ihn von der Leine, und er spielt vollkommen verrückt und rennt bellend und schnüffelnd und quiekend durch den Bungalow. Er rast den Flur rauf und runter und schließlich ins Wohnzimmer, wo er sich auf das eine Ende des Sofas wirft und dort keuchend sitzen bleibt, als wolle er sagen: Ich bin wieder da. Ich bin zu Hause.

Tia, die am anderen Ende des Sofas geschlafen hat,

wacht auf und rappelt sich auf. Blinzelnd schaut sie sich blind im Zimmer um, ehe sie ein kurzes, scharfes, fragendes Bellen ausstößt. Buster antwortet ihr, indem er auf dem Bauch zu ihr hinüberrutscht und sich dann halb aufrichtet, um Tias Schnauze und ihr Maul zu lecken und sie überglücklich zu begrüßen. Sie winselt und leckt ihn ebenfalls, und innerhalb von fünf Minuten liegen sie nebeneinander, als wäre Buster niemals fort gewesen.

»Hey, rückt zusammen. Macht mal ein bisschen Platz«, sage ich, denn ich möchte gern bei ihnen sitzen, aber sie weigern sich, sich auch nur ein kleines Stückchen zu bewegen, deshalb versuche ich es mit einer anderen Taktik. »Buster, du musst ja am Verhungern sein. Magst du etwas fressen?«

Beim Wort »fressen« springt er auf, drängt sich an mir vorbei und rennt auf direktem Weg in die Küche mit Tia nicht weit hinter ihm, die durch die Rückkehr ihres Gefährten um Jahre jünger geworden zu sein scheint. Buster schlingt sein Futter hinunter, ehe er zu mir zurücktappt.

»Du bist wie ein Bumerang. Was soll ich bloß mit dir machen?«, frage ich ihn. Ich bin überglücklich, dass ich ihn zurückhabe, mache mir jedoch schon jetzt Sorgen, was wohl als Nächstes mit ihm passieren wird. Ich beschließe, Jack nicht mit der Nachricht von Busters Rückkehr zu stören, sondern bis zum nächsten Morgen damit zu warten. Stattdessen nehme ich Buster mit raus, damit er mich auf meinem spätabendlichen Rundgang durch die Schutzstation begleitet, und blicke lächelnd hinab zu seinem Schatten an meinen Fersen. Es ist genau wie in alten Zeiten.

»Na, dann komm mal, alter Junge«, sage ich zu ihm, nachdem ich den anderen Hunden – einem Collie namens Dandy, einem Labradormischling namens Colin und Benson, einer komisch aussehenden braunen Promenadenmischung mit einem stehenden und einem hängenden Ohr – ihre letzten Hundekuchen für heute gegeben habe. »Wir müssen nur noch Dollys Heu raus in den Paddock bringen.« Sie braucht im Augenblick zusätzliches Futter, damit sie genug Milch für ihr Fohlen hat. Ich gehe rüber zur Scheune und an den Boxen vorbei nach hinten, wo wir tonnenweise Heu für den Winter eingelagert haben, klettere auf den Stapel und stoße einen Ballen von oben herab.

Buster stößt ein scharfes Bellen aus.

»Was ist los?« Ich schaue zu ihm hinunter. »Da ist nichts. Du bildest dir was ein.« Ich rutsche wieder runter, sammle den Ballen ein, der ein Stückchen durch die Scheune gerollt ist, lehne ihn gegen den Fuß des Stapels und zücke das Messer, um die Seile zu durchtrennen, als ich mir bewusst werde, dass ein Fahrzeug den Feldweg heraufrattert. Ich zögere, während mein Puls zu rasen beginnt, als es näher kommt, dann irgendwo draußen stehen bleibt und der Motor abgeschaltet wird.

Ich lege das Messer beiseite und stecke es hinter den Heuballen, ehe ich Buster am Halsband nehme und aus der Scheune krieche. Unterwegs mache ich das Licht aus und bin froh, dass die Nacht mondlos ist. Buster bellt noch einmal.

»Pst!«, zische ich. Ich kann Stimmen hören. Es sind zwei Männer, und sie kommen auf mich zu. Ich ducke mich an die Zwingerwand, ziehe Buster eng an mich und bete, dass er ihre Aufmerksamkeit nicht auf uns ziehen wird, während die Schritte der Männer lauter werden und mir Zigarettenrauch in die Nase steigt. Egal, wer sie sind und weshalb sie hier sind – sie führen nichts

Gutes im Schilde. Ich schaue mich nach einem geeigneten Versteck um, wie früher, als ich mit Jack Verstecken gespielt habe, mache mich so klein wie möglich und wage kaum zu atmen, aber ich kann nichts weiter tun, als mit dem Rücken zur Wand hier zu stehen. Ich krame nach meinem Handy, klappe es auf, tippe das Wort HILFE und füge die Empfänger hinzu, als sie um die Ecke kommen. Ich drücke auf SENDEN und fange an, die Notrufnummer zu wählen, aber es ist zu spät.

Der Schein einer grellen Taschenlampe blendet mich.

»Da ist sie ja.«

»Rühren Sie mich nicht an!«, sage ich und halte Buster fest.

»Das ist die Leiterin. Wo ist dein Freund, Jack Miller, dieser Bastard, der mir meine Dolly gestohlen und fast das Herz gebrochen hat?«

»Er ist nicht mein Freund, und er ist nicht hier«, sage ich ruhig.

»Du lügst!«

»Er ist nicht hier«, wiederhole ich.

»Dann halte ich mich eben an dich für das, was du getan hast. Du hast ihm geholfen und die Entführung angezettelt. Du hast eine ordentliche Abreibung verdient«, sagt einer der Männer, und als mein Sehvermögen wiederkehrt, erkenne ich, dass es sich bei den beiden um Frank Maddocks und seinen Sohn handelt. Mit einem Knurren, das einem das Blut in den Adern gefrieren lassen könnte und nur allzu deutlich macht, dass er es ernst meint, stürzt sich Buster auf sie und schlägt die Zähne ins Bein des älteren Mannes.

»Hau ab! Lass mich in Ruhe!« Fluchend hebt Frank seinen Knüppel und zieht ihn Buster über den Schädel, woraufhin Buster loslässt, bloß um sofort wieder anzugreifen und seine Zähne in Franks Leiste zu graben, was diesen jedoch nur noch mehr aufbringt. Er versetzt ihm einen erneuten Schlag mit dem Stock, und dieses Mal jault Buster auf und stürzt taumelnd zu Boden, wo er regungslos liegen bleibt.

»Buster!« Schreiend versuche ich zu ihm zu gelangen, doch Franks Sohn hat mich an den Schultern gepackt und zerrt mich zurück. »Buster!« Vergebens trete ich um mich, und mein Handy fliegt durch die Luft und zerschellt in tausend Stücke.

»Was sollen wir mit ihr machen, Dad?«, fragt der Sohn. Mit zusammengebissenen Zähnen hält er mich wie in einem Schraubstock gefangen.

»Wir verpassen ihr eine ordentliche Abreibung, wie ich schon sagte.«

»Ich halte nichts davon, eine Frau zu verprügeln«, sagt der Sohn stur. »Warum nehmen wir sie nicht einfach mit?«

»Nein, sie wäre bloß eine Last. Sperr sie irgendwo ein«, sagt Frank barsch mit einer Zigarette zwischen den gummiartigen Lippen. Er krümmt sich vor Schmerz, aber das ist nichts verglichen mit dem Kummer, den ich empfinde, weil Buster daliegt und ich ihm nicht helfen kann.

»Wo?« Franks Sohn zwingt mich dazu, um die Ecke des Gebäudes herumzuschlurfen, wo er die Tür zu den Zwingern öffnet und mich hindurchschiebt. Unsere Anwesenheit löst ein ohrenbetäubendes Gebell aus. Frank ist uns dicht auf den Fersen und schlägt mit seinem Knüppel gegen die Zwingertüren, um die Hunde zum Schweigen zu bringen. Als wir den leeren Zwinger am Ende des Blocks erreichen, stößt Franks Sohn mich brutal hinein. Ich verliere das Gleichgewicht, stürze zu Boden und stoße mir dabei den Kopf an der Wand an. Während ich mich noch aufrappele und den Schaden begutachte, wirft er die Tür zu. Frank reicht ihm eines der zusätzlichen Sicherheitsschlösser, das er sich unterwegs geschnappt haben muss, schiebt es durch den Riegel und lässt es einschnappen.

»Ein schönes Leben noch, du Bitch«, sagt er und lacht über seinen eigenen Witz.

»Lassen Sie mich raus«, sage ich und hänge mich an die Gitter an der Vorderseite des Zwingers. »Sie können das nicht machen! Sie können das doch nicht machen!«, wiederhole ich immer wieder, schreie lauter als das Gebell der Hunde, doch die beiden ignorieren mich, marschieren den Flur hinab, und Frank wirft seine Kippe in die Küche, ehe sie in der tintigen Dunkelheit verschwinden. Ich renne gegen die Zwingertür und werfe mich mit den Schultern dagegen, dann trete ich mit aller Kraft dagegen, aber nichts passiert. Ich wende meine Aufmerksamkeit dem Hinterausgang zu, der auf die Hundespielwiese führt, und verfluche meine Detailversessenheit, wenn es um die Sicherheit geht, denn auch der ist zugesperrt.

Ich bin gefangen. Verzweifelt lasse ich mich mit dem Rücken an der Wand zu Boden sinken. Die Hunde sind verstummt und lauschen den Geräuschen auf dem Parkplatz, dem Geratter eines Anhängers, dem Rufen und Fluchen. Ich kann außerdem meinen Herzschlag hören, der wie ein Schnellzug in einem Tunnel klingt. Mein Körper ist vor Wut und Angst ganz heiß. Was passiert mit Buster? Was machen die da draußen? Wann wird mich jemand finden?

Als meine Augen sich an die Dunkelheit gewöhnen, kann ich die Linien des Zements zwischen den Ytong-

Steinen erkennen und den Glanz auf einem Stapel Edelstahlschüsseln, die in der Ecke auf dem Boden stehen geblieben sind. Ich werde mir außerdem einer Veränderung bewusst, dem Geruch nach Feuer und dem beißenden Gestank von Rauch, der sich durch den Korridor zu mir hin ausbreitet. Ich brauche einen Augenblick, bis mir klar wird, dass Franks weggeworfene Zigarettenkippe irgendetwas in der Küche in Brand gesteckt haben muss, und jetzt gerate ich wirklich in Panik. Da draußen sind Säcke voller Hundefutter, Stapel von alten Handtüchern und Zeitungen – viel Nahrung für ein Feuer.

Ich springe wieder auf und laufe im Zwinger auf und ab. Gedanken ans Überleben, an Gloria Brambles und das Feuer, welches das Buttercross Cottage bis auf die Grundmauern niedergebrannt hat, rasen mir durch den Kopf. Es kann nicht schon wieder passieren. Die Schutzstation ist verflucht.

Als ich das Geräusch eines wegfahrenden Fahrzeugs höre und Dollys verzweifeltes Wiehern vom Paddock, fangen die Hunde an zu heulen, und auch ich erhebe meine Stimme, während ich mich die ganze Zeit frage, ob es mir noch gelungen ist, die SMS zu verschicken, und ob rechtzeitig Hilfe eintreffen wird.

Der beißende Rauch wirbelt unter der Decke, senkt sich langsam zu Boden und erfüllt nach und nach den Flur. Es kommt mir vor wie Stunden, doch wahrscheinlich dauert es bloß zehn Minuten, bis das Heulen der Feuerwehrsirenen alles übertönt.

»Tess!« Ich erkenne Jacks Stimme in der Ferne.

»Ich bin hier!« Ich rüttle wieder an den Gitterstäben. »Ich bin hier!« Ich kann kaum noch sprechen vor lauter Husten, aber er muss mich gehört haben, denn ein Umriss löst sich aus dem Rauch, ein Schemen mit einem Helm und dunkler feuerfester Kleidung mit reflektierenden Streifen. Er trägt eine Lampe. Ich würde ihn überall an seiner Stimme und an seiner Art, sich zu bewegen, erkennen, sicher und selbstbewusst. »Jack, ich bin hier eingesperrt. Da ist ein Sicherheitsschloss.« Ich ziehe mir mein T-Shirt über Mund und Nase, während er das Schloss aufbricht und die Tür aufstößt.

»Lass uns dich hier rausbringen«, sagt er. »Kannst du gehen?«

Ich nicke zustimmend, und er führt mich durch den Flur, an der Küchentür vorbei, die jetzt geschlossen ist. In stummem Einvernehmen bleiben wir stehen und lassen die Hunde frei, zerren den Collie am Halsband in den Flur, als er sich in der Ecke verkriecht, und schicken die drei nach draußen, wo sie von einigen der vielen Menschen, die gekommen sind, um zu helfen, in Empfang genommen werden.

»Wo ist Buster?« Er ist jetzt, da ich selbst in Sicherheit bin, meine erste Priorität, doch Jack will mich zu einem Notarzt schicken. Ich weigere mich rundheraus.

»Du hast dir den Kopf angestoßen, Tess. Du fantasierst. Buster ist verschwunden. Du warst unterwegs und hast ihn gesucht, erinnerst du dich?«

»Mit mir ist alles okay«, beharre ich und greife mir an die Schläfe, wo ich das Pulsieren einer Beule und die klebrige Spur geronnenen Blutes spüre. »Katie hat Buster heute Abend zurückgebracht. Ich habe gerade meine letzte Runde durch die Schutzstation mit ihm gemacht, als die Maddocks hier auftauchten. Buster hat Frank angegriffen – er hat ihn zweimal gebissen. Wenn er nicht hier gewesen wäre, wenn er sich nicht auf ihn gestürzt hätte – ich bin mir nicht sicher, ob ich dann noch davon erzählen könnte.« Ich erschaudere, als ich mich daran erinnere, wie rachsüchtig Franks Miene gewesen war, an seinen Mangel an Mitgefühl und seine wilde Entschlossenheit zu bekommen, wofür auch immer er hergekommen ist.

»Busters Einschreiten hat mir diesen kleinen Moment an zusätzlicher Zeit verschafft. Er war lang genug, dass Franks Sohn ihn davon abhalten konnte, mir wirklich ernstlich wehzutun. Stattdessen hat er den Hund niedergeknüppelt.« Ich beiße mir auf die Lippe, als ich ihn hinter dem Feuerwehrauto, das nah an den Zwingertrakt herangefahren ist, am Boden liegen sehe. Maz kniet neben ihm und hört ihm mit dem Stethoskop die Brust ab. Ihr Haar schimmert im Schein des Blaulichts. Ich trete über den Schlauch, den einer der Feuerwehrmänner in den Zwingerblock ausrollt, und knie mich zu ihr neben Buster, der verdächtig still auf der Seite liegt.

»Ist er …«, fange ich an.

»Ich weiß es nicht«, sagt Maz. »Sprechen Sie mit ihm, Tessa. Auf mich reagiert er nicht.«

»Buster?« Mein Herz ist schwer vor Kummer und Furcht, dass ich ihn gefunden haben könnte, bloß um ihn gleich wieder zu verlieren. »Komm schon«, bedränge ich ihn. »Bitte wach auf!« Langsam und zittrig hebt er den Kopf und schaut sich mit glasigem Blick um. Sabberfäden hängen ihm aus den Lefzen. »Buster!«, wiederhole ich. Fast bleibt mir sein Name im Hals stecken. »Erkennst du mich denn nicht?« Ich strecke die Hand aus und berühre seine Pfote. Ich drücke sie, und er schlägt mit der Rute zweimal auf die Decke, die Maz unter ihn geschoben hat. »Hallo, Süßer«, sage ich, während eine Welle der Erleichterung durch mich hindurchrollt. »Du bist jetzt in Sicherheit. Ich werde dich nie mehr aus den Augen lassen.«

»So ist es schon besser«, sagt Maz. »Er brauchte wohl ein paar Streicheleinheiten. Ich nehme an, das war jetzt ein weiteres seiner neun Leben.«

Er ist ein Hund, keine Katze, will ich sagen. Katzen haben angeblich neun Leben, aber es ist egal. Buster ist bloß ein bisschen benommen, aber sein Gehirn hat keinen bleibenden Schaden erlitten. Mein Hund, mein Retter, wird wieder ganz gesund.

»Ich nehme an, Sie wollen ihn zur Beobachtung lieber hierbehalten«, fährt Maz fort.

»Ja, es wäre mir lieber, Sie würden ihn nicht aufnehmen, es sei denn, es ist absolut notwendig. Ist es okay, wenn wir ihn reinbringen? Auf dem Sofa hätte er es bequemer.« Als Maz einwilligt, sehe ich mich suchend nach Jack um, um herauszufinden, ob wir gefahrlos in den Bungalow gehen können.

»Das Feuer ist gelöscht«, sagt Jack. »Es war nicht viel – ein paar Handtücher und Zeitungen. Den Hunden geht's gut – sie sind in der Box neben Bambi. Die Katzen sind ein bisschen durcheinander, aber trotz des Lärms und des ganzen Trubels in guter Verfassung.«

»Und was ist mit Dolly?«, frage ich. »Sie hat vorhin im Paddock herumgetobt.«

»Sie dreht fast durch«, sagt Jack. »Die Maddocks haben Apache mitgenommen.«

»Oh, mein Gott! Wo ist er? Er wird ohne seine Mum verhungern!«

»Er ist im Trailer am Ende des Feldwegs, und ich hatte gehofft, du würdest mir dabei helfen, ihn zurückzuholen.« Er hebt die Hand und zeigt mir Apaches Fohlenhalfter, an das Libby ihn bereits gewöhnt hat. »Ich denke, wir können meiner Schwester dankbar sein, dass sie bereits angefangen hat, mit ihm zu arbeiten.«

»Wo ist Frank?«, frage ich. Ich habe Angst, er könnte entkommen sein.

»Er ist festgenommen und auf die Polizeistation gebracht worden.« Jack hebt Buster auf und trägt ihn in den Bungalow, wo Maz und Tia auf ihn aufpassen können, ehe wir durch die Dunkelheit den Feldweg hinunter zu dem Trailer joggen, der aufs Geratewohl an der Einmündung zur Landstraße an der Hecke abgestellt worden ist. Jack reicht mir das Fohlenhalfter.

»Apache ist an Frauen gewöhnt«, sagt er, öffnet die Seitentür des Anhängers und schiebt mich hinein.

»Er ist an Libby gewöhnt«, bemerke ich, als das Fohlen mich nur einmal ansieht und in Panik gerät, vor mir zurückweicht und gegen die Rampe tritt.

»Ganz ruhig«, beruhige ich ihn und strecke ihm die Hand entgegen, dass er sie untersuchen kann. »Bin ich wirklich so beängstigend?«, murmele ich.

»Du kannst es sein, Tess«, grummelt Jack draußen. Ich muss lächeln. »Es ist mir nicht entgangen, dass du in letzter Zeit sehr viel sicherer darin geworden bist, die Freiwilligen bei der Stange zu halten.«

Als ich mich entspanne, scheint auch Apache ruhiger zu werden. Mit weit vorgestrecktem Kopf macht er einen Schritt vorwärts. Sein Atem streicht warm über meine Finger. Ich hetze ihn nicht.

»Hast du ihn schon?«, flüstert Jack.

»Fast.« Apache macht noch einen Schritt und erlaubt mir, seinen Nacken zu kraulen, ehe ich das Fohlenhalfter über seine Nase streife und hinter seinen Ohren schließe. »Guter Junge!«

»Redest du wieder von mir?«

»Bilde dir bloß nichts ein, Jack Miller«, sage ich mit gedämpfter Stimme, um Apache nicht noch mehr zu verschrecken. Ohne seine Mutter, die in der Ferne nach ihm ruft, kommt er mir sehr verstört und unruhig vor. »Okay, du kannst uns jetzt rauslassen.«

Langsam macht Jack die Rampe auf. Apache wartet. Seine Ohren zucken, und er ist bereit loszurennen, wenn es sein muss, aber ich habe ihn, und mit sanftem Druck führe ich ihn die Rampe hinab und – mit Jack neben uns – den Feldweg entlang bis zum Paddock, wo er stehen bleibt und ein hohes Wiehern ausstößt. Als sie ihn hört, galoppiert Dolly zum Zaun, kommt gerade noch rechtzeitig schlitternd zum Stehen, schnaubt und wiehert und steigt und versucht verzweifelt, zu ihrem Fohlen zu gelangen. Jack öffnet das Gatter gerade weit genug, dass ich Apache hineinschieben kann, und Dolly begrüßt ihn, beschnuppert und benagt seinen Rücken, während er sie auf der Suche nach Milch beschnüffelt.

»Ah«, mache ich mit einem Kloß im Hals, als er anfängt zu trinken und Dolly mit gesenktem Kopf und halb geschlossenen Augen dasteht und der Schweiß auf ihren Flanken langsam trocknet. Sie mag die meisten Menschen hassen, aber sie ist eine tolle Mutter. Ich werfe ihr noch ein bisschen Heu hin, ehe ich zu Buster zurückkehre, um Maz abzulösen, damit sie nach Hause gehen kann. PC Phillips kommt zu mir, um eine Aussage aufzunehmen, und gerade als er gehen will, taucht Jack auf, um mir mitzuteilen, dass die Feuerwehr jetzt fertig sei und abziehe.

»Danke, Jack«, sage ich, setze mich zu Buster aufs Sofa und kraule ihm das Ohr. Er seufzt hin und wieder, als wolle er das Beste aus der Situation herausholen, während Tia stumm zu meinen Füßen hockt, warm wie ein Paar Plüschpantoffeln. »Buster und du habt mir gemeinsam das Leben gerettet.«

»Ich habe bloß meinen Job gemacht.« Jack lächelt. Seine Zähne scheinen hell in dem gedimmten Licht. »Es ist hart, Damen in Not zu retten, aber irgendjemand muss es ja tun.« Er hält inne. »Bist du dir sicher, dass du okay bist?« Ich nicke, als er fortfährt: »Ich finde, du solltest mit dieser Beule am Kopf nicht allein bleiben. Ist dein Dad unterwegs? Weiß er Bescheid?«

»Ich habe ihn vom Festnetz aus angerufen, um ihm zu sagen, dass es mir gut geht – er und Mum sind auf der Beerdigung meiner Großtante. Ich habe ein schlechtes Gewissen, dass ich nicht auch gefahren bin, aber ich hatte das Gefühl, ich könnte die Schutzstation nicht allein lassen.«

»Du hättest etwas sagen sollen – ich hätte hier die Stellung übernommen.« Er steht groß neben mir. »Wie es aussieht, werde ich jetzt hierbleiben, da deine Eltern nicht da sind.«

»Setzt du dich, bitte?« Ich bin zu erschöpft, um mich mit ihm zu streiten. »Du machst das Zimmer ganz unordentlich.«

Er macht es sich auf dem Sessel bequem, und wir unterhalten uns.

»Ich wusste, dass mich jemand beobachtet.« Ich erzähle ihm von all den Begebenheiten, als ich mich in der Schutzstation unbehaglich fühlte, weil ich meinte, irgendjemandes Anwesenheit zu spüren, und auch von dem einen Mal, als ich meinen Dad angerufen hatte und PC Phillips vorbeikam und ich mir aber irgendwie einreden konnte, dass – falls irgendjemand da gewesen sein sollte – es sich dabei um Wilderer gehandelt haben müsste. »Irgendwie hatte ich die Vermutung, dass es Frank Maddocks war, aber ich dachte, er wäre bloß auf Rache aus. Ich hatte keine Ahnung, dass er darauf wartete, bis Dolly ihr Fohlen bekam, damit er es uns unter der Nase wegklauen konnte.«

»Es war ein dummer Plan«, sagt Jack. »Ich habe keine Ahnung, wie er glauben konnte, er könne Apache ohne seine Mutter großziehen.«

»Ich nehme an, er hätte auch Dolly mitgenommen, wenn er sie hätte einfangen können.«

»Also, ich bin jedenfalls froh, dass wir die beiden wieder zusammenbringen konnten, ehe ein Schaden entstanden ist.«

Tia bewegt sich auf meinen Füßen. Buster gähnt und streckt mir den Bauch hin – ein nicht gerade subtiler Hinweis darauf, dass ich ihn dort kraulen soll.

»Tess, gibt es eine Chance …?«, fängt Jack schließlich an.

»Eine Chance?« Ich blicke abrupt auf, und unsere Blicke treffen sich. »Eine Chance wofür?«

»Für uns. Dass du und ich noch einmal von vorn anfangen.«

»Ich glaube nicht.« Ich verstumme und versuche, meine Gefühle wieder in den Griff zu bekommen, ein Wirrwarr aus Verletztheit und Verärgerung darüber, wie Jack sich mir gegenüber verhalten hat. »Ich kann nicht glauben, dass du das fragst. Ich dachte, zwischen uns wäre etwas Besonderes gewesen, und dann hast du mich einfach so für eine andere Frau fallen gelassen.« Ich drücke Buster an meine Brust. »Warum sollte ich das Risiko eingehen, dass du mir ein zweites Mal das Herz brichst?«

»Ich habe einen Fehler gemacht«, sagt Jack mit zitternder Stimme, sodass ich ihm gegenüber weicher werde, aber ich darf nicht zulassen, dass er meine Abwehrmauern durchbricht.

»Dann lass mich das also mal klarstellen«, sage ich.

»Diese andere Frau, mit der du eine Art Affäre oder Techtelmechtel hattest, kommt zurück in dein Leben stolziert, und du lädst sie ein, mit dir in deinem Haus zu wohnen, und dann behauptest du, es wäre ein Fehler gewesen? Ich verstehe das einfach nicht.«

»Ich versuche ja, es dir zu erklären. Ich wusste nicht, was ich tun sollte, als Karen mit nichts als einem Koffer und einer Reisetasche auf meiner Schwelle aufgetaucht ist. Sie war am Boden zerstört und wusste nicht, wohin. Was hätte ich denn sonst tun sollen? Sie auf die Straße setzen?« Er sieht mir direkt in die Augen. »Was hättest du getan?«

»Ich hätte ihr irgendwo einen Unterschlupf gesucht. In einer Pension in Barton Farm. Oder ein Zimmer im *Talymill Inn*.«

»Ich habe mich für sie verantwortlich gefühlt. Sie war in einer schrecklichen Verfassung und hat die ganze Zeit geweint. Ich wollte sie nicht aus den Augen lassen, weil ...« Jack zuckt mit den Achseln. »Ich dachte, sie könnte sich etwas antun.«

»Entweder das, oder sie hat dich emotional erpresst, um dich zurückzubekommen. Jack, was auch immer ihre Motivation und deine Gründe dafür waren, dass ihr euch wieder zusammengetan habt – und ich will definitiv keine Details hören –, du hättest wirklich den Anstand besitzen müssen, mir Bescheid zu geben, statt mich in der Luft hängen zu lassen ... Oh, ich erinnere mich, ich habe mich dir ja regelrecht an den Hals geworfen. Warum solltest du mir gegenüber so etwas wie Respekt aufbringen?«, füge ich verbittert hinzu.

»Ich war ein Feigling. Ich hatte nicht den Mumm, es dir zu erzählen. Karen ist aus heiterem Himmel aufgetaucht, und ich habe mir immer wieder gesagt, dass ich mir die Zeit nehmen würde, um dich zu treffen, damit ich es dir von Angesicht zu Angesicht sagen könnte. Denn dich per SMS oder Telefon im Stich zu lassen wäre nicht richtig gewesen. Tess, du hast dich mir nicht an den Hals geworfen. So war es nicht«, fährt er fort. Sein Blick verrät seinen Schmerz.

»War es nicht?«, sage ich trotzig.

»Du weißt, dass es so nicht war«, wiederholt er. »Diese Nacht, die wir zusammen verbracht haben, hat mir alles bedeutet.«

»So viel, dass du verschwunden bist und dir eine andere Frau ins Bett geholt hast …«

»Tessa, ich habe nicht mit ihr geschlafen«, unterbricht Jack mich. »Glaubst du wirklich, dass ich so etwas tun würde? Ich habe meine Prinzipien! Ich bin kein Straßenkater!«

Er hat nicht mit Karen geschlafen, denke ich, und mein Herz wird ein wenig leichter. Ich fühle mich ein klein wenig besser, aber es ändert nichts an der Tatsache, dass er mich fallen gelassen hat, als sie aufgetaucht ist, selbst wenn es auf sein überaktives Pflichtgefühl und das Verlangen zurückzuführen ist, jeden und alle zu retten, denen er begegnet.

»Wie kann ich zu dir durchdringen?«, fährt Jack fort. »Du bist so verdammt stur. Als ich fort war, habe ich Karen gewisse Versprechungen gemacht, dumme, spontane Versprechen, dass ich mich um sie kümmern würde, wenn die Dinge anders lägen – das heißt, wenn sie nicht verheiratet wäre. Aber es war eine kurze Affäre, etwas Wunderbares und Unerwartetes, und es war nicht darauf ausgelegt, für immer zu halten.« Tief seufzend, fährt sich Jack mit den Fingern durchs Haar. »Das ist alles so ein Chaos!«

»Libby sagt, sie wäre ausgezogen.«

»Sie wusste, dass ich mit einer anderen zusammen war – mit dir, Tess.«

»Mit mir?« Ich schüttele den Kopf. Ich habe Mitleid mit mir selbst und mit dieser Frau, die ihre Heimat und ihren Ehemann verlassen hat, bloß um dann herausfinden zu müssen, dass Jack sie doch nicht liebte. »Nein, Jack. Ich habe kein Interesse. Wer sagt mir, dass du so etwas nicht wieder tust, wenn dir dein Gewissen gebietet, du müsstest einer anderen Ex deinen Schutz anbieten?« Der flüchtige Gedanke, Jack könnte eine Schutzstation für Exfreundinnen einrichten, schießt mir durch den Kopf.

»So viele Exfreundinnen habe ich nicht«, verteidigt Jack sich. Er wischt sich die Handflächen an der Hose ab. »Falls du je deine Meinung ändern solltest, bin ich für dich da. Ich warte auf dich.«

»Mach dich nicht lächerlich«, sage ich mit gespielter Heiterkeit. »Du wirst nicht immer hier herumhängen.«

»Ich habe es dir gesagt. Ich gehe nirgendwohin.«

Ich hingegen schon, denke ich. Jacks Geständnis, die Höhe meiner Schulden und meine nahe Begegnung mit dem Tod haben mich zu der Erkenntnis gebracht, dass ich irgendwo von vorn anfangen sollte. Wenn ich hierbleibe, ende ich noch in unüberwindbaren finanziellen Verpflichtungen, und Jack wird mich immer daran erinnern, was hätte sein können. Das Leben ist wirklich zu kurz. Wenn ich meine Unabhängigkeit wiedererlangen und mir ein Haus und eine Rente erarbeiten will, dann muss ich das jetzt tun und nicht warten, bis es zu spät dafür ist. Es ist an der Zeit, dass ich erste Schritte für meine Flucht unternehme, dass ich Talyton St. George verlasse und irgendwo neu anfange.

Jack bleibt mit gesenktem Kopf und hängenden Schultern im Sessel sitzen, und ich kann mich nicht entscheiden, ob ich ihn bitten soll, zu gehen oder zu mir herüberzukommen, mich festzuhalten und nie mehr loszulassen.

»Erinnerst du dich daran, wie du am Tag der offenen Tür gesagt hast, man würde sich nie eine Katze aussuchen, sondern die Katze ihren Menschen?«, sagt er. »Buster muss ein paar kätzische Eigenschaften aufgeschnappt haben, denn so wie es aussieht, hat er sich dich ausgesucht. Er geht nirgendwo mehr hin, nicht wahr?«

»Du hast recht«, antworte ich. Ich bin erleichtert, dass wir ein neues Thema gefunden haben. Was Buster betrifft, werde ich dieses Mal auf mein Herz hören und nicht mehr auf meinen Kopf. »Er bleibt bei mir und Tia. Ich kann es nicht riskieren, ihn dem Trauma einer erneuten fehlgeschlagenen Adoption auszusetzen. Es wäre niemandem gegenüber fair.« Ich weiß, dass ich gesagt habe, ich würde keine Tiere aufnehmen, aber wenn ich wegziehe, komme ich nicht mehr in Versuchung, es sei denn, mir begegnet ein gelegentlicher Streuner mit herzzerreißender Geschichte, wenn ich wieder in einer Tierarztpraxis arbeite.

»Buster hat Glück, dass er so mit dir kuscheln kann«, sagt Jack. Seine Miene zeigt tiefes Bedauern. »Denk daran, was ich gesagt habe: Wenn du je deine Meinung ändern solltest, weißt du, wo du mich finden kannst.«

»Jack«, sage ich sanft, denn mir wird klar, dass er zutiefst verstört darüber ist, dass ich nie einwilligen werde, zu ihm zurückzukehren, obwohl ich mir nichts sehnlicher wünsche, als ihm in die Arme zu fallen und alles zu vergessen – wenigstens für heute Nacht. »Können wir über etwas anderes reden?«

»Zum Beispiel?«, fragt er.

»Wie stellen wir es an, Bambi wieder freizulassen, falls und wenn wir das Okay von Justin bekommen? Die neuesten Pläne des Komitees für die Schutzstation? Sie haben vorgeschlagen, einen Extraraum für Jungvögel einzurichten, die unweigerlich im nächsten Frühjahr wieder auftauchen werden.« Ich lächle, und Jack lächelt leise zurück, als ich fortfahre: »Womit möchtest du anfangen?«

Es dauert eine Weile, bis unser Gespräch in Gang kommt, aber das tut es, und Jack und ich reden bis zum Morgengrauen – als Freunde, und nur als Freunde.

KAPITEL 18

König des Waldes

Eine Woche später habe ich meine Meinung noch immer nicht geändert, obwohl ich mir ziemlich sicher bin, dass Jack sein Möglichstes tut, damit ich meine Entscheidung infrage stelle, indem er viele Stunden seiner freien Zeit in der Schutzstation verbringt, den durch das Feuer in der Küche des Zwingerblocks entstandenen Schaden repariert, die Wände neu streicht und mir generell in die Quere kommt. Er kauft Geschenke für Buster und Tia, Metallmarken mit meinem Namen und meiner Handynummer darauf, die man am Halsband anbringt, nachdem ich sie jetzt offiziell adoptiert habe.

Ich schicke mehrere Bewerbungen ab und warte auf Antwort, doch meine Sorgen wegen meiner Schulden werden mir durch einen Besuch meines Vaters genommen, der eines Abends mit einer Flasche Sekt auftaucht, um die Wende meines Schicksals zu feiern, die nicht durch eine gute Fee herbeigezaubert wurde, sondern durch die Freundlichkeit meiner Großtante Marion. Sie hat mir in ihrem Testament einen beträchtlichen Betrag vermacht, mehr als genug, um meine gegenwärtigen Verpflichtungen zu begleichen.

Ich habe gute Freunde, ich habe Buster und Tia, Frank Maddocks ist wegen versuchtem Diebstahl und Körperverletzung angeklagt, und Justin hat bestätigt, dass Bambi fast so weit ist, wieder in die Freiheit entlassen zu werden. Alles in allem geht es mir gut, abgesehen von der Unsicherheit, was Jack betrifft.

Wir beschließen, Bambi an einem nebligen Morgen Anfang Oktober freizulassen, als die Wetterprognose für die nächsten Tage beständiges und ruhiges Herbstwetter verspricht. Die Verletzung an seinem Hinterlauf ist verheilt, und obwohl er eine beträchtliche Narbe davongetragen hat, haben die Tierärzte erklärt, er könne in die Freiheit entlassen werden. Er kann äsen, sich normal bewegen und ist in guter Verfassung, und, was genauso wichtig ist, er hat immer noch Angst vor Menschen und Haustieren wie Buster und Tia. Wir haben darüber gesprochen, eine sanfte Freilassung zu versuchen, ihn aus der Schutzstation laufen zu lassen, sodass er sich Zeit nehmen könnte, uns zu verlassen, um vielleicht erst einmal in dem Wäldchen zu bleiben und sich dem dortigen Rudel anzuschließen, doch letztendlich haben wir uns dann doch für eine harte Freilassung in einem ruhigen Waldstück auf den Fox-Gifford'schen Ländereien entschieden.

Mit Libbys Hilfe ist es Jack und mir gelungen, Bambi in einem gepolsterten Verschlag auf der Landefläche von Jacks Land Rover zu verstauen. Wir sind zum Aufbruch bereit.

»Spring rein, Libby«, sagt Jack und klettert auf den Fahrersitz.

»Ich komme nicht mit«, sagt sie.

»Aber du hast doch gesagt, du wolltest unbedingt. Du hast so einen Aufstand gemacht.«

»Ich habe meine Meinung geändert. Ich glaube, ich werde mich zu sehr aufregen«, sagt sie, »und außerdem – drei sind bereits eine Menge.« Sie schaut mit einem Lächeln auf den Lippen zu ihrem Bruder auf. »Du und Tessa habt ihn gerettet, deshalb solltet ihr es auch sein, die ihn in die Freiheit entlassen.«

»Nein, du musst mitkommen«, sage ich rasch. Es ist noch nicht allzu lange her, da hätte ich mir nichts sehnlicher gewünscht als eine Gelegenheit, mit Jack allein zu sein. Jetzt bin ich mir nicht sicher, ob ich mich in seiner Nähe auf mich selbst verlassen kann. Es gibt so viel, was ich ihm sagen möchte, was jedoch besser nicht ausgesprochen wird, und außerdem sollte Libby nicht allein hier in der Schutzstation zurückbleiben. Sie hat mir Angst gemacht, als sie diesen Anfall hatte, und ich kann jetzt verstehen, warum Jack so hin- und hergerissen ist zwischen dem Wunsch, ihr ihre Unabhängigkeit zu lassen, und dem, sie ständig im Auge zu behalten.

»Libby?«, sagt Jack.

»Mach dir keine Sorgen. Diane und Wendy sind in zehn Minuten hier. Ich werde mit Apache üben, dass er sich um das Wäldchen führen lässt. Er braucht eine richtige Ausbildung, damit er nicht so endet wie seine Mum.«

»Du wirst noch mal eine von diesen verrückten Pferdebesitzerinnen«, sagt Jack und seufzt gespielt, »die kein Gespräch über irgendetwas anderes führen können als den Preis von Heu und Hufeisen.«

»Ich kann's kaum erwarten«, sagt Libby grinsend. Seit der Festnahme von Mr. Maddocks und seinem Sohn steht sie in Verhandlung, Dolly und ihr Fohlen zu kaufen, und im nächsten Frühjahr will sie die beiden nach Farley's End umquartieren, wo Ashs Mum eine Weide für ihr betagtes Pony gepachtet hat.

»Ich nehme an, Ash kommt noch mit der Post vorbei«, sage ich, als mir klar geworden ist, warum sie unbedingt hierbleiben möchte.

»Ich komme schon zurecht«, bestätigt Libby und wird knallrot. »Fahrt jetzt und kommt nicht so bald zurück.«

»Dann mal los, Tess«, sagt Jack entschlossen. »Lass uns fahren.«

Ich springe in den Wagen. Ich trage neue Stiefel und einen Wachsmantel, den ich bei *Overdown Farmers* gekauft habe.

»Ich habe ein paar Notfallrationen mitgebracht – ich bin mir nicht sicher, wie lange das dauern wird«, sagt er und deutet mit dem Kopf auf die Thermoskanne und die Tafel Schokolade auf dem Sitz zwischen uns, als er den Zündschlüssel umdreht.

Auf dem kurzen Stück zu dem Ort, den Jack zur Freilassung bestimmt hat, kann ich seinen Duft nach frischem Aftershave und sauberer Haut riechen. Krank vor Sehnsucht und sauer auf mich selbst, dass ich nicht über ihn hinwegkomme, schaue ich Jack an, der die Hände am Lenkrad und den Blick stur auf die Straße gerichtet hält, als er durch das Eingangstor zum Herrenhaus fährt, wo wir die Jungenten vor ein paar Wochen freigelassen haben – auf dem Fox-Gifford'schen Teich –, und dann weiter den Hügel hinauf, während rechts und links von uns sich grüne Felder erstrecken.

»Hier ist es«, sagt Jack, biegt nach der nächsten Heckenlinie links ab, wo das Gebüsch mit silbrigen Spinnweben überzogen ist, und kommt vor einem Baumstamm zum Stehen, der quer über den Weg gelegt ist. Dahinter beginnt der Wald, wo sich die Bäume in ihre feurigen Herbstfarben Rot, Gold und Bronze gehüllt haben. »Wir müssen den Stamm gemeinsam wegheben. Macht es dir etwas aus?«

Ich versuche, die Tür auf meiner Seite zu öffnen, doch

sie klemmt. Ich versetze ihr einen Stoß, aber sie rührt sich immer noch nicht.

»Also, das ist mir jetzt wirklich peinlich«, fange ich an, als Jack sich über mich beugt, um an dem Griff zu ziehen. Sein Arm berührt mich, und der Kontakt bereitet mir eine Gänsehaut und lässt mein Herz schneller schlagen. Ich erinnere mich an seine Berührungen in jener Nacht, als wir miteinander schliefen. Für einen kurzen Moment erstarrt auch er, als hätte die Erinnerung daran ihn ebenso übermannt, doch dann ruft uns das Klicken der Tür wie das Schnipsen der Finger eines Hypnotiseurs zurück in die Gegenwart.

»Na, bitte. Wer sagt's denn«, sagt Jack. »Ganz einfach.«

»Wenn man weiß, wie«, entgegne ich trocken.

»Es gibt einen Trick«, verrät er und hält mir die Tür auf, sodass ich hinausspringen und um den Wagen herum zu dem Baumstamm gehen kann, wo die Luft nach zerdrücktem Gras, Nassfäule und Mulch riecht. Der Stamm ist durchnässt und von orangefarbenen und grauen Pilzen überzogen, und es wird ziemlich schnell klar, dass wir ihn auch zu zweit nicht bewegen können. Jack setzt den Wagen zurück – natürlich mit meiner Hilfe –, wendet den Land Rover, sodass er in die andere Richtung deutet, und spannt ein Seil von der Anhängerkupplung zu dem einzigen Ast, der an dem Stamm verblieben ist. Dann zieht er ihn beiseite ins Unterholz, damit wir passieren können. Wir fahren weiter zwischen den Bäumen hindurch, bis wir an eine Stelle kommen, wo der Weg sich in drei Richtungen teilt.

Jack hält stirnrunzelnd an.

»Weißt du, wo wir hinmüssen?«, frage ich.

»Laut Karte sollte es hier irgendwo eine Lichtung geben.«

»Ich dachte, du wärst vorher schon mal hier gewesen, um den Ort auszusuchen, wo wir ihn in die Freiheit entlassen können.«

»Das war ich auch. Es ist bloß so, dass … also leider sieht ein Baum so ziemlich aus wie der andere.« Jack trommelt mit den Fingern auf dem Lenkrad, und Regentropfen beginnen auf die Windschutzscheibe zu prasseln. »Das sieht nicht sehr verheißungsvoll aus.«

»Wir können Bambi nicht bei diesem Wetter freilassen, oder?«

»Lass uns eine halbe Stunde oder so warten und sehen, ob der Regen aufhört. Das verschafft uns die Zeit, den richtigen Ort zu finden.« Jack streckt den Arm hinter meiner Rückenlehne aus. Seine Hand ist meiner Schulter sehr nah, als er sich umdreht, um durch das Heckfenster des Wagens zu schauen und zurückzusetzen. Die Räder drehen zuerst im Schlamm durch, dann finden sie Halt, und der Land Rover schießt blitzschnell zurück.

»Pass doch auf«, sage ich, »der arme Rehbock!«

»Tut mir leid«, sagt Jack. »Ich glaube, wir müssen hier entlang.« Er nimmt den schmaleren Weg nach rechts, der uns auf eine kleine Lichtung führt, auf der das Gras saftig und hoch steht. Er parkt unter den Bäumen am Rand. Der Regen verwandelt sich in einen richtigen Platzregen, und es sieht immer unwahrscheinlicher aus, dass wir Bambi heute noch freilassen.

»Sollen wir heimfahren?«, frage ich.

»Gib uns noch zehn Minuten – solange es dir nichts ausmacht, hier mit mir zu warten …« Jacks Stimme verklingt, und ich weiß nicht, was ich sagen soll. Solange es mir nichts ausmacht? Trotz allem, trotz der Hochzeit und der Art, wie er sich bei der Sache mit Karen verhalten hat, liebe ich es, Zeit mit ihm zu verbringen, nur wir zwei – und Bambi, der sich in dem Verschlag im Laderaum bewegt. »Ich will nicht zurück zur Schutzstation«, fährt Jack fort. Seine Stimme ist rau wie Kiesel. »Es gefällt mir hier.« Er schaut zu mir herüber. »Kaffee?«

»Bitte«, sage ich, als er die Thermosflasche nimmt und mir einen Becher einschenkt.

»Wie nimmst du ihn?«

»Erinnerst du dich nicht?«, frage ich enttäuscht, dass er es vergessen hat, wenn ich doch glaubte, wir würden einander so gut kennen.

»Ich ziehe dich auf, Tess. Mit Milch, ohne Zucker. Siehst du, ich weiß es noch.« Er hält inne. »Möchtest du einen Keks dazu?«

»Nein danke. Ich habe keinen Hunger.« Mein fehlender Appetit hat mehr mit dem Mann zu tun, der neben mir sitzt, als mit der Tatsache, dass ich drei Weetabix zum Frühstück hatte.

»Heute ist unser Glückstag«, sagt Jack schließlich, als der Regen aufhört, die Sonne herauskommt, die Wolken über den Bäumen aufreißen und blauer Himmel zum Vorschein kommt. »Was meinst du?«

»Lass es uns versuchen«, sage ich. Ich kann es kaum erwarten, aus dem Land Rover zu kommen. Ich muss ein wenig Abstand zwischen uns bringen, damit ich mir Klarheit über meine verwirrten Gefühle verschaffen kann, die durch Jacks Nähe hervorgerufen werden. Aber wir sollten auch Bambi so schnell wie möglich aus der Enge des Verschlags befreien. Jack steigt aus und marschiert zur Beifahrerseite herum, um die Tür für mich aufzumachen. Ich verliere das Gleichgewicht, als ich herausspringe, und falle ihm wortwörtlich in die Arme. Er hält mich an den Schultern fest, und die Welt steht still. Als ich es wage aufzuschauen, blickt er mir direkt in die Augen.

»Danke«, sage ich und schiebe ihn weg. Ich ertrage die Intensität unserer Berührung keine Sekunde länger. Dann richte ich meine Aufmerksamkeit auf die Lichtung. Ich kann mir vorstellen, wie Schneewittchen in ihrem gläsernen Sarg in der Mitte liegt, der vergiftete Apfel mit dem herausgebissenen Stück neben ihr. Ich habe mich selbst für jeden Mann nach Jack vergiftet. Ich wünschte, es wäre nie passiert, doch gleichzeitig bin ich froh darüber. »Lass uns Bambi nicht länger warten lassen.«

Gemeinsam heben wir den Verschlag hinten aus dem Land Rover und stellen ihn auf dem Boden ab. Wir sind ein gutes Team, Jack und ich, denke ich, während ich die angespannten Sehnen in Jacks Armen und die Stärke seiner Schultern betrachte, die eine Prinzessin von den Füßen reißen und auf ein schimmerndes Ross heben könnten, während er den größten Teil des Gewichts trägt. Mein Blick wandert zu den angespannten Muskeln seiner Oberschenkel, und ich stelle mir vor, wie sie sich um das bereits genannte Ross legen und dann um die Prinzessin, als er sie mit in den Wald nimmt, um sich mit ihr zu vergnügen. Ach, wie sehr wünschte ich doch, ich würde an Märchen glauben.

»So. Bist du bereit?«, fragt Jack mich. »Du darfst dir die Ehre geben.«

»Wir sollten es zusammen machen«, sage ich, nehme seine Hand und lege sie auf den Riegel an der Oberseite des Verschlags. Meine Finger liegen auf seinen, und ich kann die Wärme seiner Haut spüren. Wir öffnen den Riegel und schieben die Tür zurück, ehe wir uns Hand in Hand auf die andere Seite der Lichtung zurückziehen, um Bambi Platz zu machen. Ich stehe neben Jack und beobachte den Verschlag, bin mir jedoch voll und ganz des Mannes neben mir bewusst, dem Rhythmus und der Tiefe seiner Atemzüge und der Anspannung in seinem Körper, die meiner eigenen gleichkommt, und erkenne, was ich bereits weiß: dass ich ihn immer noch wie verrückt liebe.

Ich zwinge mich dazu, mich auf den Verschlag zu konzentrieren.

Bambis glänzende schwarze Nase erscheint, gefolgt von seinen Augen und seinen Ohren. Plötzlich springt er vorwärts, torkelt aus dem Verschlag und gewinnt seine Beherrschung zurück, sobald seine Hufe den Grasboden berühren. Er trabt zum Bach, schwebt über die Lichtung auf seinen unfassbar schlanken Läufen, den Kopf hocherhoben und die Ohren unsicher lauschend.

Einen Augenblick lang denke ich, dass er verschwindet, doch er zögert, wendet den Kopf und sieht mich und Jack mit diesen schmerzhaft schönen braunen Augen an, als wolle er sich verabschieden.

»Viel Glück«, flüstere ich und versuche stark zu sein, doch als ich sehe, wie der letzte Schimmer seines Fells mit den Schatten des Waldes verschwimmt, fange ich an zu weinen.

»Hey, Tess.« Jack lässt meine Hand los und legt mir den Arm um die Schulter. Behutsam zieht er mich an sich heran, und ich schmiege mich an seine Brust. »Es wird ihm gut gehen. Es ist das Beste so.«

»Ich weiß«, sage ich.

Durch einen Tränenschleier hindurch konzentriere ich mich auf den Leberfleck an Jacks Hals und lausche dem tiefen Brummen in seinem Hals, als er fortfährt: »Das ist es, was ich an meinem Job liebe. Wenn ich sie loslassen kann.«

Loslassen, hallt es stumm in meinem Kopf wider. Wenn ich jetzt gehe, lasse ich auch Jack los und mit ihm alle meine Träume über eine Zukunft mit ihm.

»Es ist das schönste Gefühl«, sagt Jack.

»Fast das schönste.« Da, ich habe es gesagt. Ich habe das Thema endlich angesprochen. »Es gibt noch andere Dinge im Leben, außer der Tierrettung, meine ich.« Ich beiße mir auf die Lippe und schmecke Blut.

»Zum Beispiel?« Jack hält mich fester. »Nur zu. Sag es mir.«

»Jack, wir müssen reden«, fange ich an, aber ich bekomme kaum ein Wort heraus, so sehr bin ich von Liebe und Verlangen überwältigt – und von der Angst, dass er seine Meinung geändert haben könnte und mich nicht mehr will. »Ich habe dich sehr gern.«

»Ich dich auch«, sagt er leise.

»Es ist mehr als das«, stammele ich weiter. »Ich kann nicht aufhören, an dich zu denken, von dem ersten Augenblick, wenn ich am Morgen aufwache, bis zu dem Moment, wenn ich abends einschlafe, und wenn ich dann endlich schlafe, bist du in meinen Träumen.«

»Keine schlimmen Träume, hoffe ich mal.« Als ich zu ihm aufblicke, funkeln seine Augen amüsiert. »War's das?«

»War's das?« Ich versuche ihn wegzustoßen, aber er weicht keinen Zentimeter. »Ich habe dir gerade mein Herz ausgeschüttet, und alles, was du sagen kannst, ist: ›War's das?‹«

Seine Miene wird ernst. »Wenn du nur wüsstest, wie lange ich schon darauf warte, dass du es zugibst … Was hat dich dazu gebracht, deine Meinung zu ändern?«

»Ich musste es dir sagen«, sage ich. »Ich werde bei der Schutzstation kündigen.«

»Das kannst du nicht machen«, sagt er heiser.

»Doch, ich kann«, sage ich. »Aber ich muss es nicht.«

»Wovon redest du? Das ergibt keinen Sinn.«

»Was ich versuche zu sagen, ist, dass meine Entscheidung von dir abhängt, Jack.«

»Das musst du mir erklären.« Er lässt mich los, nimmt meine Hand und führt mich zu dem Land Rover, wo wir uns nebeneinander auf die Ladeklappe setzen. »Schieß los.«

»Zum ersten Mal seit langer Zeit kann ich mich entscheiden«, fange ich an. »Ich habe einen Termin für ein Bewerbungsgespräch bei einer Praxis in West London.«

»London? Das ist ewig weit weg. Du wirst es da hassen.« Jack berührt mein Gesicht und schiebt mir eine Haarsträhne hinters Ohr. Es ist eine winzige, herzerweichende Geste, die mich beinahe wieder heulen lassen würde. »Ich dachte, du hättest dich auf der Schutzstation eingelebt. Ich habe gehört, wie du sie dein Zuhause genannt hast. Und was ist mit deinen Eltern, mit Tia und Buster, mit mir und Libby und deiner Tante?«

»Ich kann sie mitnehmen – die Hunde, meine ich. Mum und Dad können mich besuchen kommen – ihnen wird das Nachtleben gefallen.« Ich will nicht leichtfertig erscheinen, aber das ist meine Art, mit einer unangenehmen Situation umzugehen, in der ich das Gefühl habe, mich auf höchst intime Art zu offenbaren.

»Was wird aus den Tieren? Deinen Schützlingen?«

»Sie haben dich und Libby, Diane und Wendy …«

»Du sagtest, du könntest dich entscheiden«, unterbricht Jack mich barsch. »Was ist die Alternative?«

»Meine Großtante hat mir ein beträchtliches Vermögen hinterlassen, genug, um meine Schulden zu bezahlen, was bedeutet, dass ich nicht gezwungen bin, mir sofort einen Job zu suchen, von dem ich leben kann, also …«

»Musst du nicht gehen«, beendet Jack den Satz für mich.

Ich schüttle den Kopf und schmiege mich an ihn, während er den Arm um meine Taille legt.

»Bitte, geh nicht«, flüstert er. »Du bedeutest mir sehr viel, Tess. Ich würde alles für dich tun, wirklich alles. Ich würde über glühende Kohlen laufen …«

»Würdest du die nicht erst löschen?«, sage ich, und mein Herz schlägt schneller. »Schließlich bist du doch ein Feuerwehrmann.« Und ein Lebensretter, denke ich und erinnere mich daran, wie er mich in jener Nacht, als die Maddocks Apache entführt haben, durch den beißenden Rauch im Zwingertrakt geführt hat.

»Seit ich herausgefunden habe, wie Nathan und Katie dich behandelt haben, und ich sah, wie traurig du warst, als du in der Schutzstation angefangen hast, wollte ich nichts anderes mehr, als dich zu retten, Tess«, fährt Jack fort. Er hält inne, als ich bewusst in die Ferne schaue, als suchte ich dort etwas. »Was machst du?«

»Ich suche den weißen Hengst, das Kettenhemd und die Lanze«, sage ich lächelnd. »Jack, ich muss nicht gerettet werden.«

»Das weiß ich. Du nimmst es mit jedem auf«, sagt er kläglich. »Lass es mich anders ausdrücken: Ich möchte nicht, dass du gehst. Talyton Animal Rescue braucht dich. Die Tiere brauchen dich.« Er atmet tief ein. »Ich brauche dich, Tess, meine Liebste. Ich liebe dich. Ich habe dich schon immer geliebt. Ich habe Fehler gemacht, aber ich werde dich nie mehr enttäuschen, das verspreche ich.«

»Jack …«

»Lass mich ausreden.« Er beugt sich zu mir und legt seine Nasenspitze an meine. Sanft blickt er mir in die Augen. »Ich möchte dich glücklich machen. Willst du …?«

»Ja, Jack.« Unfähig, meine Freude noch länger zurückzuhalten, verschlinge ich die Hände in seinem Nacken und presse meine Lippen auf seine. »Weißt du, ich könnte eine Ausnahme für dich machen. Du kannst mich jederzeit retten …«